dtv

D0629016

»Kurt Wallander saß in seinem Zimmer im Polizeipräsidium in Ystad und gähnte. In diesem Moment kam Martinsson ins Zimmer: ›Vor ein paar Minuten haben wir einen merkwürdigen Anruf erhalten‹, begann er, ›er kam aus einer Telefonzelle. Ein Mann behauptet, daß bald irgendwo hier an der Küste ein Rettungsboot mit zwei toten Männern an Land treiben würde. Er meldete sich nicht mit Namen und sagte auch nicht, wer die Toten sind. Dann legte er auf.‹ Die Obduktion ergab sehr schnell, daß es sich bei den Toten möglicherweise um Russen handelte. ›Wenn du den Zynismus entschuldigst‹, sagte Mörth, ›die beiden Männer waren vermutlich froh, als sie jemand erschossen hat. Sie wurden nämlich nach allen Regeln der Kunst gefoltert, bevor sie starben.‹ Um halb acht setzte Wallander sich ins Auto und fuhr nach Hause. Der Wind hatte nachgelassen, und es war plötzlich kälter geworden.«

Henning Mankell, geboren 1948 in Härjedalen, ist einer der angesehensten und meistgelesenen schwedischen Schriftsteller. Er lebt als Regisseur und Autor in Maputo/Mosambik. Für seine Bücher wurde er mehrfach ausgezeichnet, unter anderem von der Schwedischen Akademie für Kriminalliteratur. Mit Kurt Wallander schuf er einen der weltweit beliebtesten Kommissare. Auf deutsch sind von Mankell erschienen: ›Mörder ohne Gesicht‹ (1991, dt. 1993), ›Hunde von Riga‹ (1992, dt. 1993), ›Die weiße Löwin‹ (1993, dt. 1995), ›Der Mann, der lächelte‹ (1994, dt. 2001), ›Die falsche Fährte‹ (1995, dt. 1999), ›Die fünfte Frau‹ (1996, dt. 1998), ›Mittsommermord‹ (1997, dt. 2000) sowie ›Die Brandmauer‹ (1998, dt. 2001), Kriminalromane. Außerdem: ›Der Chronist der Winde‹ (1995, dt. 2000) und ›Die rote Antilope‹ (2000, dt. 2001), Romane.

Henning Mankell

Hunde von Riga

Roman

Aus dem Schwedischen von
Barbara Sirges und Paul Berf

Deutscher Taschenbuch Verlag

Kurt Wallanders Fälle in chronologischer Folge:

Erster Fall: ›Mörder ohne Gesicht‹ (<u>dtv</u> 20232)
Zweiter Fall: ›Hunde von Riga‹ (<u>dtv</u> 20294)
Dritter Fall: ›Die weiße Löwin‹ (<u>dtv</u> 20150)
Vierter Fall: ›Der Mann, der lächelte‹
Fünfter Fall: ›Die falsche Fährte‹ (<u>dtv</u> 20420)
Sechster Fall: ›Die fünfte Frau‹ (<u>dtv</u> 20366)
Siebter Fall: ›Mittsommermord‹
Achter Fall: ›Die Brandmauer‹

Überarbeitete Neuausgabe
Januar 2000
8. Auflage Oktober 2001
Deutscher Taschenbuch Verlag GmbH & Co. KG, München
www.dtv.de
© 1992 Henning Mankell
Titel der schwedischen Originalausgabe:
›Hundarna i Riga‹ (Ordfront Verlag, Stockholm 1992)
© 1993 der deutschsprachigen Ausgabe:
edition q Verlags-GmbH, Berlin
Umschlagkonzept: Balk & Brumshagen
Umschlaggestaltung unter Verwendung eines Gemäldes von
Anthonis van Dyck (Alte Pinakothek, München/© Artothek)
Satz: KCS GmbH, Buchholz/Hamburg
Gesetzt aus der Aldus 10/11,75˙ (QuarkXPress)
Druck und Bindung: Druckerei C. H. Beck, Nördlingen
Gedruckt auf säurefreiem, chlorfrei gebleichtem Papier
Printed in Germany · ISBN 3-423-20294-7

1

Am Morgen, kurz nach zehn, kam der Schnee.

Der Mann, der im Ruderhaus des Fischerbootes am Steuer stand, fluchte. Er hatte im Radio gehört, daß es schneien sollte, aber dennoch gehofft, die schwedische Küste zu erreichen, bevor das Unwetter über ihm hing. Wäre es am Abend vorher bei Hiddensee nicht zu einer Verspätung gekommen, hätte er jetzt bereits Ystad in Sichtweite gehabt und den Kurs ein paar Grad in östliche Richtung drehen können. So aber hatte er immer noch sieben Seemeilen vor sich, und falls der Schneesturm stärker wurde, würde er gezwungen sein beizudrehen, um auf bessere Sicht zu warten.

Er fluchte noch einmal. Mal wieder am falschen Ende gespart, dachte er. Ich hätte machen sollen, woran ich schon letzten Herbst gedacht hatte. Ich hätte mir eine neue Radaranlage kaufen sollen. Meine alte Decca ist einfach nicht mehr zuverlässig. Ich hätte eines dieser neuen, amerikanischen Modelle kaufen sollen. Aber ich war zu geizig und habe den Ostdeutschen nicht getraut. Ich war mir nicht sicher, ob sie mich nicht doch hereinlegen würden.

Es fiel ihm immer noch schwer zu begreifen, daß es keinen Staat namens DDR mehr gab, daß ein ganzes Volk, das ostdeutsche, aufgehört hatte zu existieren. Über Nacht hatte die Geschichte mit ihren alten Grenzlinien aufgeräumt. Jetzt gab es nur noch ein Deutschland, und im Grunde wußte niemand, welche Folgen es haben würde, wenn sich die beiden Bevölkerungen in einem gemeinsamen Alltag begegneten. Zu Anfang, als die Mauer in Berlin plötzlich gefallen war, hatte er sich Sorgen gemacht. Bedeutete die Wende nicht auch, daß ihm die Grundlage für seine eigene Tätigkeit entzogen wurde? Aber seine ostdeutschen Geschäftspartner hatten ihn beruhigt. Auf absehbare Zeit würde sich überhaupt nichts ändern. Vielleicht würden sich durch die Ereignisse sogar neue Chancen eröffnen?

Das Schneegestöber wurde dichter, und der Wind drehte auf Südsüdwest. Er zündete sich eine Zigarette an und goß Kaffee in eine Tasse, die in einem speziellen Halter neben dem Kompaß saß. Die Wärme im Ruderhaus brachte ihn ins Schwitzen. Der Geruch von Dieselöl stach ihm in der Nase. Er warf einen Blick in Richtung Maschinenraum. Auf der schmalen Pritsche dort unten sah er einen von Jakobssons Füßen. Durch ein Loch in der Wollsocke lugte der große Zeh hervor. Es ist wohl das beste, wenn er weiterschläft, dachte er. Sollten wir beidrehen müssen, wird er die Wache übernehmen, während ich mich ein paar Stunden ausruhe. Er nahm einen Schluck lauwarmen Kaffee und dachte wieder an den gestrigen Abend. Mehr als fünf Stunden hatten sie in dem kleinen, verfallenen Hafen an Hiddensees Ostseite warten müssen, bis der Lastwagen endlich klappernd in der Dunkelheit auftauchte und die Ware abholte. Weber hatte behauptet, sie hätten sich verspätet, weil der Lastwagen liegengeblieben sei. An und für sich konnte das durchaus stimmen. Der Lastwagen war ein altes, umgebautes sowjetisches Militärfahrzeug, und er hatte sich schon oft gewundert, daß diese Karre immer noch fuhr. Aber er traute Weber nicht. Auch wenn Weber ihn noch nie hereingelegt hatte, war er mißtrauisch. Es war eine Sicherheitsmaßnahme, die ihm notwendig erschien. Immerhin ging es um erhebliche Werte, die er mit jeder Fahrt zu den Ostdeutschen hinüberschaffte. Zwanzig bis dreißig komplette Computerausrüstungen, ungefähr hundert Autotelefone und genauso viele Autostereoanlagen, was bedeutete, daß er bei jeder Fahrt die Verantwortung für Millionenbeträge trug. Sollte man ihn schnappen, würde er sich kaum so herausreden können, daß er mit einer glimpflichen Strafe davonkam. Und von Webers Seite war nicht mit Hilfe zu rechnen. In Webers Welt dachte jeder nur an sich selbst.

Er kontrollierte den Kurs und korrigierte ihn um zwei Grad in nördlicher Richtung. Das Log zeigte an, daß er beständig seine acht Knoten machte. Immer noch waren es gut sechseinhalb Seemeilen, bis er die schwedische Küste sichten und Kurs auf Brantevik nehmen konnte. Im Moment konnte er gerade noch die graublauen Wellen vor sich erkennen. Aber das Schneegestöber schien immer dichter zu werden.

Noch fünf Fahrten, dachte er. Dann ist es vorbei. Dann habe ich mein Geld zusammen und kann mich aus dem Staub machen. Er zündete sich noch eine Zigarette an und lächelte bei dem Gedanken. Bald würde er sein Ziel erreicht haben, alles hinter sich lassen und sich auf die lange Reise nach Porto Santo begeben, um dort seine Bar zu eröffnen. Schon bald brauchte er nicht mehr in dem zugigen und undichten Ruderhaus zu stehen und zu frieren, während Jakobsson auf seiner Pritsche in dem verdreckten Maschinenraum schnarchte. Wie sein neues Leben aussehen würde, wußte er noch nicht, aber trotzdem sehnte er sich danach.

Plötzlich hörte das Schneetreiben auf, ebenso schnell, wie es begonnen hatte. Zuerst wagte er nicht, an sein eigenes Glück zu glauben. Aber dann begriff er, daß keine Schneeflocken mehr vor seinen Augen vorbeiflimmerten. Vielleicht schaffe ich es doch noch, dachte er. Vielleicht zieht das Unwetter weiter südlich vorbei, in Richtung Dänemark?

Er goß sich noch einen Kaffee ein und begann, vor sich hin zu pfeifen. An der Wand des Ruderhauses hing die Tasche mit dem Geld. Um weitere dreißigtausend Kronen war Porto Santo nähergerückt, seine kleine Insel bei Madeira. Das unbekannte Paradies, das ihn erwartete …

Er wollte gerade noch einen Schluck von dem lauwarmen Kaffee nehmen, als er das Schlauchboot entdeckte. Wenn das Schneetreiben nicht so unerwartet aufgehört hätte, wäre es ihm niemals aufgefallen. So aber schaukelte es in nur fünfzig Meter Entfernung backbord auf den Wellen. Es war ein rotes Rettungsboot. Er wischte die beschlagene Scheibe mit dem

Ärmel seiner Jacke frei und kniff die Augen zusammen, um das Boot zu fixieren. Es ist leer, dachte er. Es hat sich von einem Schiff losgerissen. Er drehte bei und verlangsamte die Fahrt. Jakobsson erwachte mit einem Ruck, weil das Geräusch des Dieselmotors sich geändert hatte. Sein unrasiertes Gesicht tauchte aus dem Maschinenraum auf.

»Sind wir da?« fragte er.

»An Backbord liegt ein Boot«, sagte Holmgren, der Mann am Steuer. »Ich dachte, wir könnten es an Bord holen. Es ist bestimmt ein paar Tausender wert. Übernimm du das Ruder, dann hole ich den Bootshaken.«

Jakobsson stellte sich ans Steuer, während Holmgren sich die Mütze über die Ohren zog und das Ruderhaus verließ. Beißend kalter Wind schlug ihm ins Gesicht, und er hielt sich an der Reling fest, um die Wellen zu parieren. Das Boot kam langsam näher. Er begann, den Bootshaken loszumachen, der zwischen dem Dach des Ruderhauses und dem Spill festgezurrt war. Seine Finger wurden klamm, während er an den gefrorenen Knoten zerrte. Endlich bekam er den Bootshaken los und wandte sich um.

Er fuhr zusammen. Das Boot lag jetzt nur noch ein paar Meter vom Rumpf des Fischerbootes entfernt, und er erkannte, daß er sich geirrt hatte. Das Boot war nicht leer. Zwei Menschen befanden sich darauf. Zwei tote Menschen. Jakobsson rief vom Ruderhaus her etwas Unverständliches. Auch er hatte die Toten entdeckt.

Es war nicht das erste Mal, daß Holmgren einen Toten sah. Einmal in seiner Jugend, als er seinen Wehrdienst leistete, war während eines Manövers eine Artilleriegranate explodiert und hatte vier seiner Kameraden in Stücke gerissen. Auch später, während der vielen Jahre als Fischer, hatte er Leichen gesehen, die an Land gespült worden waren oder im Wasser umhertrieben.

In dem Boot lagen zwei Männer. Holmgren fiel sofort auf, daß sie eigentümlich gekleidet waren. Es waren offensichtlich weder Fischer noch Matrosen. Sie trugen Anzüge und Krawatten und lagen eng umschlungen, als hätten sie versucht, sich gegenseitig vor dem Unausweichlichen zu schützen. Er versuchte sich vorzustellen, was geschehen war. Wer konnten sie sein? Inzwischen war Jakobsson aus dem Ruderhaus geeilt und stellte sich neben ihn.

»Mist«, sagte er. »Verdammter Mist. Was sollen wir jetzt tun?«

Holmgren dachte kurz nach.

»Nichts«, antwortete er. »Wenn wir sie an Bord nehmen, bringt uns das nur eine Menge unangenehmer Fragen ein. Wir haben sie ganz einfach nicht gesehen. Schließlich schneit es.«

»Sollen wir sie einfach so treiben lassen?« fragte Jakobsson zweifelnd.

»Ja«, antwortete Holmgren. »Sie sind tot. Wir können nichts mehr für sie tun, und ich habe keine Lust zu erklären, woher wir mit unserem Boot kamen. Du etwa?«

Jakobsson schüttelte unschlüssig den Kopf. Schweigend betrachteten sie die toten Männer. Holmgren dachte, daß sie jung waren, nicht älter als dreißig. Ihre Gesichter waren weiß und starr, und Holmgren schauderte.

»Komisch, daß kein Name auf dem Boot steht«, sagte Jakobsson. »Von welchem Schiff es stammt.«

Holmgren nahm den Bootshaken und manövrierte das Boot mit ihm so, daß sie es von allen Seiten sehen konnten. Jakobsson hatte recht. Es gab keinen Namen.

»Was, zum Teufel, kann passiert sein«, murmelte er. »Wer sind sie? Wie lange treiben sie hier schon? In Anzug und Krawatte?«

»Wie weit ist es bis Ystad?« fragte Jakobsson.

»Gut sechs Seemeilen.«

»Wir können sie ein wenig näher zur Küste schleppen«, sagte Jakobsson. »Damit sie irgendwo an Land treiben und gefunden werden.«

Holmgren dachte nach. Es widerstrebte ihm, sie einfach zu

verlassen, das konnte er nicht leugnen. Aber es war ein Risiko, das Boot ins Schlepptau zu nehmen. Sie konnten von einer Fähre oder einem Frachter gesehen werden.

Er wägte das Für und Wider ab.

Dann entschloß er sich schnell. Er machte eine Fangleine los, beugte sich über die Reling und vertäute das Boot. Jakobsson änderte den Kurs in Richtung Ystad, und Holmgren spannte die Leine, als das Boot etwa zehn Meter hinter dem Fischerboot lag und nicht mehr in der Welle der Schiffsschraube war.

Als sie die schwedische Küste erkennen konnten, kappte Holmgren die Fangleine. Das Boot mit den toten Männern verschwand in kürzester Zeit weit hinter dem Fischerboot. Jakobsson drehte den Kurs auf Ost, und einige Stunden später liefen sie in den Hafen von Brantevik ein. Jakobsson bekam seine Fünftausend, setzte sich in seinen Volvo und fuhr heim nach Svarte. Holmgren verriegelte das Ruderhaus und legte eine Persenning über die Ladeluke. Der Hafen war menschenleer, und langsam und methodisch kontrollierte er die einzelnen Trossen. Dann nahm er die Tasche mit dem Geld und ging zu seinem alten Ford, der nur zögernd ansprang.

Normalerweise hätte er sich nun in die Ferne geträumt, nach Porto Santo. Aber heute schaukelte das rote Rettungsboot vor seinem inneren Auge. Er versuchte sich auszurechnen, wo das Boot die Küste erreichen würde. Die Strömungen waren unberechenbar und wechselten ständig. Der Wind war böig und drehte in unterschiedliche Richtungen. Er kam zu dem Schluß, daß das Boot im Grunde überall entlang der Küste an Land treiben konnte. Trotzdem ging er davon aus, daß es irgendwo in der Nähe von Ystad an Land kommen würde. Falls es nicht schon vorher von der Besatzung oder den Passagieren auf einer der vielen Fähren nach Polen entdeckt wurde.

Es dämmerte schon, als er nach Ystad hineinfuhr. An der Ecke zum Hotel »Continental« hielt er an einer roten Ampel.

Zwei Männer in Anzug und Krawatte, dachte er. In einem Boot? Irgend etwas stimmte da nicht. Irgend etwas hatte er gesehen, ohne weiter darüber nachzudenken. Als die Ampel auf Grün schaltete, fiel es ihm ein. Die beiden Männer waren nicht nach einem Seeunglück in dieses Rettungsboot gestiegen. Sie waren bereits tot, als sie dort landeten. Er konnte es nicht beweisen, konnte nicht einmal Argumente dafür finden. Und doch wußte er es. Die beiden Männer waren tot in das Boot gelegt worden.

Einer blitzschnellen Eingebung folgend, traf er seine Entscheidung. Er bog rechts ab und hielt an der Telefonzelle gegenüber der Buchhandlung am Marktplatz. Er überlegte sich genau, was er sagen würde. Dann wählte er die Nummer der Notrufzentrale und verlangte die Polizei. Als jemand am anderen Ende antwortete, sah er durch die schmutzige Scheibe der Telefonzelle, daß es wieder begonnen hatte zu schneien.

Es war der 12. Februar 1991.

2

Hauptkommissar Kurt Wallander saß in seinem Büro im Polizeipräsidium von Ystad und gähnte. Er gähnte dermaßen, daß sich plötzlich ein Muskel unter seinem Kinn verkrampfte. Es tat höllisch weh. Um den Krampf wieder zu lösen, begann er, mit den Knöcheln der rechten Hand gegen die Unterseite des Kinns zu schlagen. Im gleichen Moment betrat Martinsson, einer der jüngeren Polizisten des Distrikts, den Raum. Verblüfft blieb er in der Tür stehen. Kurt Wallander bearbeitete den Muskel so lange, bis der Schmerz abgeklungen war. Martinsson machte kehrt, um wieder zu gehen.

»Komm rein«, sagte Wallander. »Hast du noch nie so gegähnt, daß du einen Krampf bekommen hast?«

Martinsson schüttelte den Kopf.

»Nein«, antwortete er. »Ich muß gestehen, daß ich mich ernsthaft gefragt habe, was du da machst.«

»Jetzt weißt du es«, meinte Wallander. »Warum bist du gekommen?«

Martinsson setzte sich auf einen Stuhl und verzog das Gesicht. In der Hand hielt er einen Notizblock.

»Vor ein paar Minuten haben wir einen merkwürdigen Anruf erhalten«, begann er. »Ich wollte deine Meinung dazu hören.«

»Bei uns gehen doch täglich merkwürdige Anrufe ein«, erwiderte Wallander.

»Ich weiß nicht, was ich davon halten soll«, fuhr Martinsson fort. »Der Anruf kam aus einer Telefonzelle. Ein Mann behauptet, daß bald irgendwo hier an der Küste ein Rettungsboot mit zwei toten Männern an Land treiben würde. Er meldete sich nicht mit Namen und sagte auch nicht, wer die Toten sind. Dann legte er auf.«

Wallander sah ihn erstaunt an.

»War das alles?« fragte er. »Wer hat das Gespräch entgegengenommen?«

»Ich«, antwortete Martinsson. »Er sagte genau das, was ich dir gerade erzählt habe. Er klang irgendwie glaubwürdig.«

»Glaubwürdig?«

»Mit der Zeit bekommt man eine gewisse Routine«, erwiderte Martinsson zögernd. »Manchmal kann man sofort heraushören, daß nichts dahintersteckt. Aber der Mann, der gerade angerufen hat, klang sehr bestimmt.«

»Zwei tote Männer in einem Rettungsboot? Die irgendwo an der Küste an Land treiben sollen?«

Martinsson nickte.

Wallander unterdrückte ein erneutes Gähnen und lehnte sich im Stuhl zurück.

»Haben wir Berichte über Seenotfälle reinbekommen?« fragte er.

»Nichts«, antwortete Martinsson.

»Gib es an die anderen Distrikte längs der Küste weiter«, sagte Wallander. »Rede mit dem Seenotrettungsdienst. Wir können keine Ermittlungen aufnehmen, die einzig und allein auf einem anonymen Anruf basieren. Wir können nur abwarten.«

Martinsson nickte und erhob sich vom Stuhl.

»Ich bin ganz deiner Meinung«, erwiderte er. »Wir können nur abwarten.«

»Heute nacht kann es schlimm werden«, meinte Wallander mit einem vielsagenden Blick in Richtung Fenster. »Schnee.«

»Ich jedenfalls werde jetzt nach Hause fahren«, sagte Martinsson und sah auf seine Uhr. »Schnee hin, Schnee her.«

Martinsson ging, und Kurt Wallander streckte sich auf seinem Stuhl. Er spürte, wie müde er war. Zwei Nächte in Folge war er aus dem Schlaf gerissen worden, um Einsätze zu übernehmen, die nicht bis zum nächsten Morgen warten konnten. Zuerst der Mann, der einer Vergewaltigung verdächtigt wurde und sich in einem der verlassenen Sommerhäuser in Sandskogen verschanzt hatte. Da der Mann unter Drogen stand und Grund zu der Annahme bestand, daß er bewaffnet war, hatten sie bis fünf Uhr morgens abgewartet, um ihn mürbe zu machen. Dann hatte er von sich aus aufgegeben. In der darauffolgenden Nacht war Wallander wegen eines Totschlags in der Innenstadt geweckt worden. Ein Geburtstagsfest war ausgeartet und hatte damit geendet, daß das Geburtstagskind, ein Mann um die Vierzig, ein Tranchiermesser direkt in die eine Schläfe bekommen hatte.

Er stand auf und zog sich seine Winterjacke an. Jetzt muß ich schlafen, dachte er. Um den Schneesturm soll sich ein anderer kümmern. Als er das Polizeipräsidium verließ, mußte er sich gegen den Wind stemmen. Er schloß die Autotür auf und stieg in seinen Peugeot. Die Schneeschicht auf den Fenstern des Wagens gab ihm das Gefühl, sich in einem warmen und geschützten Raum zu befinden. Er ließ den Motor an, legte eine Kassette ein und schloß die Augen.

Sofort mußte er an Rydberg denken. Es war noch keinen Monat her, daß sein Kollege und Freund an Krebs gestorben war. Wallander hatte letztes Jahr von der Krankheit erfahren, als sie gemeinsam den brutalen Mord an dem alten Ehepaar aus Lenarp klärten. Während der letzten Monate seines Lebens, als allen, nicht zuletzt Rydberg selbst, klar war, daß sein Tod unausweichlich war, hatte Kurt Wallander sich vorzustellen versucht, wie es sein würde, zum Polizeipräsidium zu gehen und zu wissen, daß Rydberg nicht mehr da war. Wie sollte er ohne den Rat und das Urteil des alten, erfahrenen Rydberg zurechtkommen? Er wußte, daß es noch zu früh war, um diese Frage zu beantworten. Er hatte noch keine schwierigen Ermittlungen durchführen müssen, seit Rydberg krank geworden und schließlich gestorben war. Aber der Schmerz über seinen Tod war noch da, er vermißte Rydberg.

Er stellte die Scheibenwischer an und fuhr nach Hause. Die Stadt wirkte verlassen, so als bereiteten sich die Menschen darauf vor, von dem herannahenden Schneesturm belagert zu werden. Er hielt an der Tankstelle an der östlichen Umgehungsstraße und kaufte eine Abendzeitung. Dann parkte er den Wagen in der Mariagatan vor dem Haus und ging in seine Wohnung hinauf. Zuerst wollte er ein Bad nehmen und sich dann etwas kochen. Bevor er ins Bett ging, würde er noch seinen Vater anrufen, der in einem kleinen Haus außerhalb von Löderup wohnte. Seit sein Vater sich letztes Jahr eines Nachts im Zustand geistiger Verwirrung und nur mit einem Schlafanzug bekleidet auf einen Spaziergang begeben hatte, war es für Kurt Wallander zur Gewohnheit geworden, ihn täglich anzurufen. Er dachte, daß er damit nicht zuletzt sich selbst einen Gefallen tat. Er hatte ständig ein schlechtes Gewissen, weil er ihn so selten besuchte. Aber nach dem Vorfall im letzten Jahr hatte sein Vater eine Haushaltshilfe bekommen, die ihm regelmäßig zur Hand ging, was die zeitweise unerträglichen Launen seines Vaters gebessert hatte. Trotzdem nagte es an seinem Gewissen, daß er ihm viel zuwenig Zeit widmete.

Kurt Wallander nahm ein Bad, machte sich ein Omelett, telefonierte mit seinem Vater und ging dann schlafen. Bevor er die Rolladen des Schlafzimmerfensters herunterließ, sah er auf die leere Straße hinaus. Eine Straßenlaterne schaukelte in dem böigen Wind. Vereinzelte Schneeflocken tanzten vor seinen Augen. Das Thermometer zeigte drei Grad unter Null. Vielleicht war das Unwetter ja weiter südlich vorbeigezogen? Er ließ die Rolladen mit einem Krachen heruntersausen und kroch unter die Decke. Kurz darauf war er eingeschlafen.

Am nächsten Tag fühlte er sich ausgeruhter. Bereits um Viertel nach sieben war er in seinem Arbeitszimmer im Polizeipräsidium. Abgesehen von einigen kleinen Autounfällen war die Nacht erstaunlich ruhig verlaufen. Der Schneesturm hatte schon wieder aufgehört, ehe er richtig begonnen hatte. Wallander ging in die Kantine, nickte einigen müden Verkehrspolizisten zu, die über ihren Kaffeetassen saßen, und holte sich dann selbst eine Tasse. Schon beim Aufwachen hatte er beschlossen, den Tag zu nutzen, um ein paar liegengebliebene Berichte abzuschließen. Unter anderem ging es um eine schwere Körperverletzung, in die einige Polen verwickelt waren. Wie immer schob es jeder auf jeden. Außerdem gab es keine glaubwürdigen Zeugen, die übereinstimmende Aussagen hätten machen können. Aber der Bericht mußte geschrieben werden, obwohl ihm klar war, daß sie den Schuldigen nicht ausmachen konnten und die Zertrümmerung eines Kieferknochens unbestraft bleiben würde.

Um halb elf schob er den letzten Bericht beiseite und holte sich noch einen Kaffee. Auf dem Rückweg in sein Büro hörte er das Telefon auf seinem Schreibtisch klingeln.

Es war Martinsson.

»Erinnerst du dich an das Rettungsboot?« fragte Martinsson.

Wallander mußte ein paar Sekunden nachdenken, ehe ihm einfiel, was Martinsson meinte.

»Unser Anrufer wußte, wovon er sprach«, fuhr Martinsson fort. »Bei Mossby Strand ist ein Rettungsboot mit zwei Leichen an Land getrieben worden. Eine Frau, die mit ihrem Hund draußen war, hat es entdeckt. Sie rief an und war völlig hysterisch.«

»Wann hat sie angerufen?« fragte Wallander.

»Gerade eben«, antwortete Martinsson. »Vor dreißig Sekunden.«

Zwei Minuten später war Wallander auf der Küstenstraße in Richtung Westen unterwegs nach Mossby Strand. Er hatte seinen eigenen Wagen genommen. Vor ihm fuhren Peters und Norén in einem Einsatzwagen mit heulenden Sirenen am Meer entlang, und Wallander schauderte, als er sah, wie sich die kalten Wellen am Strand brachen. Im Rückspiegel erkannte er einen Krankenwagen und dahinter Martinsson in einem weiteren Einsatzwagen.

Mossby Strand war menschenleer. Der Kiosk war verrammelt, und die Schaukeln schlenkerten und quietschten an ihren Ketten. Als er aus dem Auto stieg, spürte er den kalten Wind im Gesicht. Oben auf der grasbewachsenen Düne stand eine einsame Gestalt und fuchtelte mit dem Arm in der Luft herum. Neben ihr zerrte ein Hund ungeduldig an seinem Halsband. Wallander ging etwas schneller. Wie immer hatte er Angst vor dem, was er zu sehen bekommen würde. Der Anblick toter Menschen würde ihn immer berühren, niemals würde er sich daran gewöhnen. Tote Menschen waren wie lebende, sie waren immer verschieden.

»Da vorn!« schrie die Frau, die völlig außer sich war. Wallanders Blick folgte ihrer ausgestreckten Hand. In Ufernähe schaukelte ein rotes Rettungsboot. Es war neben dem langen Badesteg zwischen zwei Steinen steckengeblieben.

»Warten Sie hier«, sagte Wallander zu der Frau.

Dann stolperte er den Hang hinunter und lief über den Strand. Er ging auf den Steg hinaus und sah auf das Rettungsboot herab. Zwei tote Männer lagen dort, umschlungen, bleich. Er versuchte, alles, was er sah, wie ein Foto zu fixieren. Während seiner vielen Jahre als Polizist hatte er gelernt, daß der erste Eindruck zählte. Ein Toter stand am Ende einer langen und komplizierten Kette von Ereignissen. Manchmal konnte man die Kette von Anfang an erahnen.

Martinsson, der Stiefel trug, stapfte ins Wasser und zog das Boot auf den Strand. Wallander hockte sich hin und betrachtete die Leichen. Die Krankenwagenfahrer standen bibbernd und mißmutig daneben und warteten mit ihren Bahren. Wallander hob den Kopf und sah, daß Peters damit beschäftigt war, die Frau zu beruhigen. Sie hatten Glück, daß das Boot nicht im Sommer an Land getrieben war, wenn der Strand voller spielender und badender Kinder war. Was er da vor sich hatte, war kein schöner Anblick. Die Verwesung hatte bereits eingesetzt, und ein unverkennbarer Leichengeruch konnte sogar in dem kräftigen Wind noch wahrgenommen werden.

Er nahm ein Paar Gummihandschuhe aus der Jacke und durchsuchte vorsichtig die Taschen der Männer. Er fand nichts. Doch als er das Jackett des einen Mannes zur Seite schlug, entdeckte er auf dem weißen Hemd in Brusthöhe einen dunkelroten Fleck. Er sah Martinsson an.

»Das war kein Unfall«, sagte er. »Das war Mord. Zumindest diesem Mann ist direkt ins Herz geschossen worden.«

Er stand auf und ging einige Meter zur Seite, damit Norén das Boot fotografieren konnte.

»Was denkst du?« fragte er Martinsson.

Martinsson schüttelte den Kopf.

»Ich weiß nicht«, antwortete er.

Wallander drehte langsam eine Runde um das Boot, während er die Toten betrachtete. Beide Männer waren blond und kaum älter als dreißig Jahre. Nach den Händen und ihrer Kleidung zu urteilen, waren sie keine Arbeiter. Aber wer waren sie? Warum waren ihre Taschen leer? Er ging immer wieder um das Boot herum. Ab und zu wechselte er ein paar Worte mit Martinsson. Nach einer halben Stunde war er der Meinung, daß es nichts Neues zu entdecken gab. Zu diesem Zeitpunkt hatten die Leute von der Spurensicherung bereits ihre Untersuchung begonnen. Über dem Boot war ein kleines Plastikzelt aufgespannt worden. Norén hatte die Fotoarbeiten abgeschlossen; alle froren und wollten fort. Wallander fragte sich, was Rydberg wohl gesagt hätte. Welche Dinge hätte Rydberg gesehen, die ihm entgingen? Er setzte sich in sein Auto und ließ den Motor an, um sich aufzuwärmen. Das Meer war grau, und sein Kopf leer. Wer waren eigentlich diese Männer?

Viel später, als Wallander so durchgefroren war, daß er am ganzen Körper zitterte, konnte er endlich den Sanitätern zunicken, die daraufhin mit ihren Bahren herbeikamen. Sie hatten alle Hände voll zu tun, um die Männer aus ihrer Umklammerung zu befreien. Nachdem die Leichen abtransportiert worden waren, durchsuchte Wallander eingehend das Boot. Aber dort war nichts zu entdecken, nicht einmal ein Paddel. Wallander sah auf das Meer hinaus, als ob die Lösung irgendwo am Horizont zu suchen wäre.

»Du mußt mit der Frau sprechen, die das Boot entdeckt hat«, sagte er zu Martinsson.

»Das habe ich doch schon getan«, erwiderte Martinsson erstaunt.

»Gründlich«, verdeutlichte Wallander. »Man kann bei diesem Wind nicht ordentlich miteinander reden. Nimm sie mit ins Präsidium. Norén soll dafür sorgen, daß das Boot im jetzigen Zustand ins Präsidium gelangt. Sag ihm das.«

Danach ging er zu seinem Auto zurück.

Jetzt bräuchte ich Rydberg, fuhr es ihm wieder durch den Kopf. Was hätte er gesehen, das ich nicht sehe? Was hätte er gedacht?

Als er ins Polizeipräsidium von Ystad zurückgekehrt war, ging er auf direktem Weg zu Björk, dem Polizeichef. Er berichtete ihm kurz, was er draußen bei Mossby Strand gesehen hatte. Björk hörte betroffen zu. Wallander hatte oft das Gefühl, daß Björk sich persönlich angegriffen fühlte, wenn in seinem Distrikt ein schweres Gewaltverbrechen verübt wurde. Wallander hegte einen gewissen Respekt für seinen Chef. Er mischte sich nicht in die Arbeit der einzelnen Polizeibeamten ein, und wenn eine Ermittlung festzufahren drohte, versuchte er stets, gute Laune zu verbreiten. An den Umstand, daß er hin und wieder launisch sein konnte, hatte Wallander sich gewöhnt.

»Du mußt an der Sache dranbleiben«, sagte Björk, als Wallander fertig war. »Martinsson und Hansson helfen dir. Ich glaube, daß wir einige Leute auf den Fall ansetzen können.«

»Hansson ist gerade mit dem Vergewaltiger beschäftigt, den wir vor ein paar Nächten gefaßt haben«, wandte Wallander ein. »Vielleicht wäre Svedberg besser?«

Björk nickte. Wallander bekam seinen Willen. So war es immer.

Als er Björks Büro verließ, merkte er, daß er Hunger hatte.

Da er leicht zunahm und ständig gegen ein drohendes Überge-
wicht ankämpfte, hatte er sich angewöhnt, das Mittagessen
ausfallen zu lassen. Aber die Toten im Rettungsboot machten ihn rastlos. Er fuhr ins Zentrum, parkte den Wagen wie
gewöhnlich in der Stickgatan und ging durch die schmalen,
verschlungenen Gassen zu Fridolfs Konditorei. Dort aß er ein
paar belegte Brote und trank ein Glas Milch dazu. Währenddessen überdachte er, was passiert war. Gestern, kurz vor
18 Uhr, hatte ein unbekannter Mann bei der Polizei angerufen
und sie anonym davon in Kenntnis gesetzt, was geschehen
würde. Nun wußten sie, daß er die Wahrheit gesagt hatte. Ein
rotes Boot mit zwei toten Männern treibt an Land. Zumindest
einer von ihnen ist durch einen Schuß ins Herz ermordet worden. In ihren Taschen befindet sich nichts, was über ihre Identität Aufschluß geben könnte.

Das war alles.

Wallander holte einen Stift aus seiner Jacke und machte sich
ein paar Notizen auf einer Papierserviette. Bereits jetzt hatte er
eine Reihe von Fragen, die es zu beantworten galt. Die ganze
Zeit führte er in seinen Gedanken ein Gespräch mit Rydberg.
Stelle ich die richtigen Fragen, vergesse ich etwas? Er versuchte,
sich Rydbergs Antworten und Reaktionen vorzustellen. Mal
gelang es ihm, mal sah er nur Rydbergs ausgemergeltes und
eingefallenes Gesicht auf dem Totenbett vor sich.

Gegen halb vier war er wieder im Polizeipräsidium. Er ließ
Martinsson und Svedberg in sein Büro kommen, schloß die
Tür und gab der Zentrale die Anweisung, bis auf weiteres
keine Gespräche zu ihm durchzustellen.

»Das wird nicht einfach werden«, begann er. »Wir können
nur hoffen, daß die Obduktionen und die Untersuchung des
Bootes und der Kleider etwas hergeben. Aber da sind trotzdem
ein paar Fragen, auf die ich schon jetzt eine Antwort haben will.«

Svedberg lehnte mit einem Notizblock in der Hand an der
Wand. Er war vierzig, fast glatzköpfig und in Ystad geboren. Es
kursierten böswillige Gerüchte, er bekomme bereits Heim-

weh, wenn er nur die Stadtgrenze passiere. Er wirkte behäbig und desinteressiert. Aber er war sehr gründlich, und darauf legte Wallander großen Wert. Martinsson war in vielerlei Hinsicht das genaue Gegenteil Svedbergs. Er war um die Dreißig, in Trollhättan geboren, und setzte alles daran, bei der Polizei Karriere zu machen. Darüber hinaus engagierte er sich in der Liberalen Partei, und Wallander hatte gehört, seine Aussichten, bei der Wahl im Herbst in den Stadtrat gewählt zu werden, stünden gut. Als Polizist war Martinsson impulsiv und ein wenig schlampig. Aber er hatte oft gute Ideen, und sein Ehrgeiz ließ ihn große Energie entwickeln, wenn er glaubte, der Lösung eines Problems auf die Spur gekommen zu sein.

»Ich will wissen, woher dieses Boot kommt«, sagte Wallander. »Sobald wir wissen, wie lange die beiden Männer schon tot sind, müssen wir versuchen herauszubekommen, aus welcher Richtung und wie lange das Boot schon getrieben ist.«

Svedberg sah ihn fragend an.

»Geht das?« wollte er wissen.

Wallander nickte.

»Wir müssen den Wetterdienst anrufen«, sagte er. »Die wissen alles über Wind und Wetter. Wir sollten uns ein ungefähres Bild davon machen können, woher das Boot gekommen ist. Dann will ich alles wissen, was über das Boot herauszukriegen ist. Wo es hergestellt wurde, welcher Schiffstyp so ein Boot bei sich gehabt haben könnte. Alles.«

Er nickte Martinsson zu.

»Das übernimmst du«, sagte er.

»Sollten wir nicht zuerst im Computer nachsehen, ob diese Männer gesucht werden?« fragte Martinsson.

»Damit fängst du am besten an«, erwiderte Wallander. »Nimm mit dem Seenotrettungsdienst Kontakt auf, informiere sämtliche Küstendistrikte entlang der Südküste. Und frag Björk, ob wir nicht sofort Interpol einschalten sollen. Wir müssen von Anfang an auf breiter Front vorgehen, wenn wir herausfinden wollen, wer sie sind.«

Martinsson nickte und notierte etwas auf einem Zettel. Svedberg kaute gedankenverloren an seinem Stift.

»Ich werde die Kleidung der Männer untersuchen«, fuhr Wallander fort. »Es muß eine Spur geben. Es muß doch irgend etwas zu finden sein.«

Es klopfte an die Tür, und Norén kam herein. Er hielt eine zusammengerollte Seekarte in der Hand.

»Ich dachte, daß wir die brauchen könnten«, meinte er.

Wallander nickte.

Sie breiteten die Karte auf seinem Schreibtisch aus und beugten sich darüber, als planten sie eine Seeschlacht.

»Wie schnell treibt so ein Boot?« fragte Svedberg. »Strömungen und Winde können ja sowohl antreiben als auch aufhalten.«

Schweigend betrachteten sie die Seekarte. Dann rollte Wallander sie auf und stellte die Rolle hinter seinem Stuhl in die Ecke. Keiner hatte etwas zu sagen.

»Laßt uns anfangen«, meinte er. »Wir können uns ja um sechs Uhr wieder hier treffen und austauschen, was wir herausbekommen haben.«

Svedberg und Norén verließen das Zimmer, während Wallander Martinsson bat, noch zu bleiben.

»Was hat die Frau gesagt?« fragte er.

Martinsson zuckte mit den Schultern.

»Frau Forsell«, sagte er. »Witwe Forsell wohnt in einem Haus in Mossby. Sie ist eine pensionierte Studienrätin vom Gymnasium in Ängelholm. Wohnt hier das ganze Jahr über mit ihrem Hund, der Tegnér heißt. Merkwürdiger Name für einen Hund. Die beiden schnappen jeden Tag am Strand etwas frische Luft. Als sie gestern abend durch die Dünen ging, war noch kein Boot zu sehen. Heute lag es dort. Sie entdeckte es ungefähr um Viertel nach zehn und rief sofort hier an.«

»Viertel nach zehn«, meinte Wallander nachdenklich. »Ist das nicht ein bißchen spät, um mit dem Hund rauszugehen?«

Martinsson nickte.

»Das habe ich auch gedacht«, erwiderte er. »Aber es stellte sich heraus, daß sie um sieben Uhr mit dem Hund rausging und den Strand in entgegengesetzter Richtung entlang lief.«

Wallander wechselte das Thema.

»Der Mann, der gestern angerufen hat«, begann er, »wie hat der geklungen?«

»Wie ich schon sagte. Glaubwürdig.«

»Welchen Dialekt hatte er? Wie alt war er?«

»Er hat Schonisch gesprochen. Wie Svedberg. Seine Stimme klang heiser. Ich könnte mir vorstellen, daß er Raucher ist. Zwischen Vierzig und Fünfzig vielleicht. Er hat sich einfach und klar ausgedrückt. Er kann alles vom Bankangestellten bis zum Landwirt gewesen sein.«

Wallander hatte noch eine Frage.

»Warum hat er angerufen?«

»Darüber habe ich auch nachgedacht«, antwortete Martinsson. »Er kann gewußt haben, daß das Boot an Land treiben würde, weil er selbst in die Sache verwickelt ist. Er könnte der Täter sein. Er könnte aber auch etwas gesehen oder gehört haben. Es gibt verschiedene Möglichkeiten.«

»Was ist logisch?« fuhr Wallander fort.

»Letzteres«, antwortete Martinsson schnell. »Er muß etwas gesehen oder gehört haben. Das scheint mir kein Mord zu sein, bei dem der Täter sich freiwillig die Polizei auf den Hals hetzt.«

Wallander hatte denselben Gedanken gehabt.

»Laß uns einen Schritt weitergehen«, meinte er. »Irgend etwas gesehen oder gehört? Zwei tote Männer in einem Rettungsboot. Wenn er nicht in die Sache verwickelt ist, wird er kaum den Mord oder die Morde beobachtet haben. Dann hat er also das Boot gesehen.«

»Ein treibendes Boot«, sagte Martinsson. »Und wo sieht man das? Wenn man sich selbst auf einem Schiff auf See befindet.«

Wallander nickte.

»Genau«, sagte er. »Ganz genau. Aber wenn er selbst nicht der Täter ist, warum will er dann anonym bleiben?«

»Die Leute wollen sicher nur ungern in etwas verwickelt werden«, erwiderte Martinsson. »Du weißt doch, wie das ist.«

»Vielleicht. Aber es gibt noch eine andere Möglichkeit: daß er aus einem ganz anderen Grund nichts mit der Polizei zu tun haben will.«

»Ist das nicht etwas weit hergeholt?« fragte Martinsson zögernd.

»Ich denke bloß laut«, erwiderte Wallander. »Wir müssen versuchen, diesen Mann aufzuspüren.«

»Sollen wir ihn öffentlich auffordern, sich zu melden?«

»Ja«, sagte Wallander. »Aber nicht heute. Zuerst will ich mehr über die beiden Toten wissen.«

Wallander fuhr zum Krankenhaus. Obwohl er schon viele Male dort gewesen war, fiel es ihm immer noch schwer, sich in dem neugebauten Komplex zurechtzufinden. Er ging zur Cafeteria im Erdgeschoß und kaufte sich eine Banane. Danach machte er sich auf den Weg zur Pathologischen Abteilung. Der Pathologe namens Mörth hatte mit der gründlichen Untersuchung der Leichen noch nicht begonnen. Trotzdem konnte er Wallander einige Fragen beantworten.

»Beide Männer sind erschossen worden«, sagte er. »Aus nächster Nähe, direkt ins Herz.«

»Ich möchte das Resultat gern so schnell wie möglich haben«, sagte Wallander. »Kannst du schon etwas über die Todeszeit sagen?«

Mörth schüttelte den Kopf.

»Nein«, erwiderte er. »Und das ist in gewisser Weise auch eine Antwort.«

»Wie meinst du das?«

»Daß sie wahrscheinlich schon ziemlich lange tot sind. Dann ist es nämlich schwieriger, den genauen Zeitpunkt ihres Todes festzustellen.«

»Zwei Tage? Drei? Eine Woche?«

»Das kann ich so nicht sagen«, wehrte Mörth ab. »Und ich will nicht raten.«

Mörth verschwand im Obduktionssaal. Wallander zog seine Jacke aus, streifte sich Gummihandschuhe über und begann, die Kleider der Toten zu durchsuchen, die auf einem Tisch ausgebreitet lagen, der aussah wie eine altertümliche Spüle.

Der eine Anzug war in England hergestellt worden, der andere in Belgien. Die Schuhe kamen aus Italien, und Wallander glaubte erkennen zu können, daß sie teuer waren. Hemden, Krawatten und Unterwäsche sprachen dieselbe Sprache. Sie waren von bester Qualität. Als Wallander die Kleider zweimal durchsucht hatte, stellte er fest, daß sie praktisch keine Spuren trugen, die ihn weiterführten. Er hatte lediglich herausbekommen, daß die Toten anscheinend gut bei Kasse gewesen waren. Aber wo waren ihre Brieftaschen? Eheringe? Uhren? Noch verwirrender war die Tatsache, daß beide ohne ihre Jacketts erschossen worden waren. Es ließen sich keine Löcher oder Pulverspuren an ihren Sakkos erkennen.

Wallander versuchte, das Ganze vor sich zu sehen. Jemand schießt zwei Männern direkt ins Herz. Dann zieht der Täter ihnen ihre Jacken an und verfrachtet sie in ein Rettungsboot. Warum?

Er durchsuchte noch einmal die Kleider. Es gibt etwas, das ich nicht sehe, dachte er. Rydberg, hilf mir.

Aber Rydberg blieb stumm. Wallander kehrte zum Polizeipräsidium zurück. Er wußte, daß die Obduktionen viele Stunden dauern würden. Einen vorläufigen Bericht würde er frühestens am nächsten Tag in die Finger bekommen. Auf seinem Schreibtisch lag eine Mitteilung von Björk, daß sie seiner Meinung nach mit der Einschaltung von Interpol noch etwas warten konnten. Wallander verspürte eine gewisse Irritation. Es fiel ihm oft schwer, Björks übertrieben vorsichtiges Vorgehen nachzuvollziehen.

Die Besprechung um sechs war kurz. Martinsson berichtete, daß keine Suchmeldung oder Fahndung nach Männern vorlag, die mit den Toten im Schlauchboot zu tun haben konnte. Svedberg hatte längere Zeit mit einem Meteorologen beim Wetterdienst in Norrköping telefoniert, der versprochen hatte, ihnen zu helfen, sobald ihm eine offizielle Anfrage der Ystader Polizei vorlag.

Wallander berichtete, daß beide Männer ermordet worden waren, wie er bereits vermutet hatte. Er bat Svedberg und Martinsson, sich Gedanken zu machen, warum man zwei Toten ihre Jacketts anzieht.

»Wir machen noch ein paar Stunden weiter«, beendete Wallander die Besprechung. »Falls ihr gerade andere Fälle bearbeitet, legt sie zur Seite oder übergebt sie einem anderen. Das hier ist ein harter Brocken. Ich sorge dafür, daß die Ermittlungsgruppe gleich morgen erweitert wird.«

Als Wallander allein war, rollte er die Seekarte auf dem Tisch aus. Er zeichnete mit dem Finger die Küstenlinie bis Mossby Strand nach. Das Boot kann weit getrieben sein, dachte er. Oder nur eine kurze Strecke. Es kann vor und zurück getrieben sein. Mal hierhin, mal dorthin.

Das Telefon klingelte. Einen kurzen Moment zögerte er, ob er überhaupt abnehmen sollte. Es war schon spät, und er wollte nach Hause, um die Ereignisse in aller Ruhe überdenken zu können. Dann nahm er doch den Hörer ab.

Es war Mörth.

»Bist du schon fertig?« fragte Wallander erstaunt.

»Nein«, antwortete Mörth. »Aber es gibt etwas, das mir wichtig erscheint. Etwas, das ich schon jetzt sagen kann.«

Wallander hielt gespannt den Atem an.

»Diese beiden Männer sind keine Schweden«, fuhr Mörth fort. »Auf jeden Fall sind sie nicht in Schweden geboren.«

»Woher weißt du das?«

»Ich habe in ihre Münder geschaut«, erwiderte Mörth. »Und ihre Plomben sind nicht von einem schwedischen Zahnarzt. Eher von einem russischen.«

»Einem russischen?«

»Ja. Von einem russischen Zahnarzt. Auf jeden Fall von

einem Zahnarzt aus dem Ostblock. Die arbeiten mit ganz anderen Methoden als wir.«

»Bist du ganz sicher?«

»Sonst hätte ich nicht angerufen«, erwiderte Mörth, und Wallander bemerkte einen unwirschen Klang in seiner Stimme.

»Ich glaube dir ja«, pflichtete er schnell bei.

»Da ist noch etwas«, fuhr Mörth fort. »Was vielleicht mindestens genauso wichtig ist. Die beiden Männer waren vermutlich recht froh, daß sie erschossen wurden – wenn du den Zynismus entschuldigst. Sie wurden nämlich nach allen Regeln der Kunst gefoltert, bevor sie starben. Verbrannt, gehäutet, hatten gequetschte Finger, jede grausame Methode, die man sich nur vorstellen kann. Bist du noch dran?« fragte Mörth.

»Ja«, antwortete Wallander. »Ich bin noch dran. Ich denke nur darüber nach, was du da sagst.«

»Ich bin mir sicher.«

»Daran zweifle ich nicht. Aber so etwas haben wir ja nicht alle Tage.«

»Genau aus dem Grund habe ich es auch für wichtig gehalten, jetzt schon anzurufen.«

»Das war gut so«, sagte Wallander.

»Du bekommst meinen vollständigen Bericht morgen«, sagte Mörth. »Abgesehen von den Resultaten einiger Laborproben, die länger dauern.«

Sie beendeten das Gespräch. Wallander ging in die Kantine und goß sich den letzten Schluck Kaffee aus der Maschine ein. Der Raum war leer. Er setzte sich an einen der Tische.

Russen. Gefolterte Menschen aus dem Ostblock?

Er dachte, selbst Rydberg wäre der Ansicht gewesen, daß dies ganz nach einer schwierigen und langwierigen Ermittlung aussah.

Um halb acht stellte er die leere Kaffeetasse auf die Spüle.

Anschließend setzte er sich ins Auto und fuhr nach Hause. Der Wind hatte nachgelassen, und es war plötzlich kälter geworden.

3

Kurz nach zwei in dieser Nacht erwachte Kurt Wallander von einem stechenden Schmerz in seiner Brust. Er lag in der Dunkelheit und war sicher, daß er jetzt sterben würde. Es war die pausenlose und aufreibende Plackerei als Polizist, die nun ihren Tribut forderte. Jetzt sollte er also den Preis dafür zahlen. Scham und Verzweiflung darüber, daß alles bereits vorbei sein sollte, erfüllten ihn. Vom Leben blieb also zu guter Letzt nichts. Er lag regungslos in der Dunkelheit und spürte, wie der Schmerz und die Angst in ihm wuchsen. Wie lange er so dalag, nicht in der Lage, seine Angst in den Griff zu bekommen, konnte er später nie sagen. Aber nach und nach zwang er sich dazu, die Kontrolle über sich wiederzugewinnen.

Vorsichtig verließ er das Bett, zog sich an und ging zum Auto. Der Schmerz war schon nicht mehr so stechend, er kam und ging wie ein pulsierender Strom, strahlte bis in die Arme aus und schien dadurch etwas von seiner ersten, überwältigenden Intensität zu verlieren. Er setzte sich ins Auto, überredete sich, ruhig zu atmen, dann fuhr er durch die leeren, nächtlichen Straßen zur Notaufnahme des Krankenhauses. Eine Krankenschwester mit freundlichen Augen nahm ihn in Empfang und hörte sich an, was er zu sagen hatte. Sie behandelte ihn nicht wie eine hysterische, leicht übergewichtige Person, sondern wie einen Menschen, der Angst hat und weiß, daß er sich seine Schmerzen nicht einbildet. Aus einem anderen Behandlungsraum hörte man das Grölen eines Betrunkenen. Kurt Wallander lag auf einer Trage, der Schmerz kam und ging, und plötzlich stand ein junger Arzt neben ihm. Noch einmal beschrieb er seine Brustschmerzen. Sie schoben die Trage in einen anderen Raum, und er wurde an ein EKG-Gerät angeschlossen, Blutdruck und Puls wurden gemessen, und auf die Frage, ob er rauche, schüttelte er den Kopf. Er hatte noch nie plötzliche Schmerzen in der Brust verspürt, und soweit ihm bekannt war, gab es auch keine chronischen Herzerkrankungen in seiner Familie. Der Arzt studierte die Kurve seines EKGs.

»Nichts Außergewöhnliches«, sagte er. »Es scheint alles in Ordnung zu sein. Was glauben Sie selbst? Was kann Ihre Angst ausgelöst haben?«

»Ich weiß es nicht.«

Der Arzt fuhr fort, das Krankenblatt zu studieren.

»Sie sind Polizist«, meinte er. »Ich könnte mir vorstellen, daß dies von Zeit zu Zeit ein sehr stressiger Beruf ist.«

»Eigentlich immer.«

»Wie steht es mit Ihrem Alkoholkonsum?«

»Ich bilde mir ein, daß er normal ist.«

Der Arzt setzte sich auf die Tischkante und legte das Krankenblatt weg. Kurt Wallander sah, daß er sehr müde war.

»Ich glaube nicht, daß es sich um eine Herzattacke handelt«, sagte der Arzt. »Vielleicht ist es einfach so, daß Ihr Körper Ihnen ein Alarmzeichen geben will, daß nicht alles so ist, wie es sein sollte. Darauf können nur Sie selbst antworten.«

»Das ist sicher richtig«, antwortete Wallander. »Ich frage mich täglich, was eigentlich mit meinem Leben los ist. Und ich merke, daß ich niemanden habe, mit dem ich darüber reden kann.«

»Das sollten Sie aber«, entgegnete der Arzt. »Es ist wichtig, so jemanden zu haben.«

Als in seiner Brusttasche ein Pieper ertönte, stand er von der Tischkante auf.

»Sie können über Nacht hierbleiben«, sagte er. »Versuchen Sie, sich auszuruhen.«

Anschließend lag Wallander völlig regungslos da und lauschte dem Rauschen einer unsichtbaren Belüftung. Auf dem Flur waren Stimmen zu hören.

Jeder Schmerz hat eine Ursache, dachte er. Wenn es nicht das Herz war, was dann? Mein ewiges schlechtes Gewissen darüber, daß ich meinem Vater so selten Zeit und Kraft widme? Die Sorge, daß die Briefe meiner Tochter aus der Volkshochschule in Stockholm doch nicht der Wahrheit entsprechen? Daß es überhaupt nicht stimmt, wenn sie schreibt, sie fühle sich wohl, arbeite, sehe sich heute von etwas erfüllt, wonach sie lange gesucht habe. Ist es vielleicht so, daß ich, ohne mir dessen bewußt zu sein, ständig fürchte, sie werde wieder versuchen, sich das Leben zu nehmen, wie damals, als sie fünfzehn war? Oder läßt sich der Schmerz aus der Eifersucht ableiten, die ich immer noch wegen Mona empfinde, die mich verlassen hat? Obwohl seitdem mehr als ein Jahr vergangen ist?

Das Licht im Raum war grell. Er dachte, daß sein ganzes Leben von Trostlosigkeit geprägt war, aus der es keinen Ausweg gab. Aber konnte ein Schmerz wie jener, den er soeben verspürt hatte, wirklich nur aus seiner Einsamkeit entstehen? Er fand keine Antworten, denen er nicht sofort wieder mißtraut hätte.

»Ich kann so nicht weiterleben«, sagte er laut zu sich selbst. »Ich muß mich mit meinem Leben auseinandersetzen. Bald. Jetzt.«

Um sechs Uhr erwachte er mit einem Ruck. Der Arzt stand neben ihm und sah ihn an.

»Keine Schmerzen?« fragte er.

»Es scheint alles in Ordnung zu sein«, antwortete Wallander. »Was kann das bloß gewesen sein?«

»Anspannung«, entgegnete der Arzt. »Streß. Sie wissen bestimmt selbst am besten, was es gewesen ist.«

»Ja«, sagte Wallander. »Wahrscheinlich.«

»Ich bin der Meinung, daß Sie sich einer gründlichen Generaluntersuchung unterziehen sollten«, meinte der Arzt. »Um sicher zu gehen, daß Ihnen nicht doch körperlich etwas fehlt.

Dann wird es Ihnen auch leichter fallen, in Ihr Inneres zu schauen, um festzustellen, was sich in den Schatten verbirgt.«

Er fuhr nach Hause, duschte und trank Kaffee. Das Thermometer zeigte drei Grad unter Null. Der Himmel war auf einmal völlig klar, und es war windstill. Erfüllt von den Gedanken der Nacht blieb er noch lange sitzen. Die Schmerzen und der Aufenthalt im Krankenhaus waren von einem unwirklichen Schimmer umgeben. Aber er begriff, daß er es nicht einfach ignorieren konnte. Für sein Leben trug er selbst die Verantwortung.

Erst als die Uhr Viertel nach acht anzeigte, zwang er sich, wieder Polizist zu werden.

Unmittelbar nach seiner Ankunft im Polizeipräsidium hatte er eine heftige Auseinandersetzung mit Björk, der die Meinung vertrat, die Spurensicherung aus Stockholm hätte unverzüglich zur gründlichen Untersuchung des Tatorts hinzugezogen werden müssen.

»Es gab keinen Tatort«, antwortete Wallander. »Wenn es überhaupt etwas gibt, dessen wir sicher sein können, dann ist es die Tatsache, daß diese Männer nicht in dem Rettungsboot ermordet wurden.«

»Jetzt, da Rydberg nicht mehr da ist, müssen wir uns Hilfe von außen holen«, fuhr Björk fort. »Wir haben einfach nicht die nötige Kompetenz. Wie ist es nur möglich, daß ihr nicht einmal den Strand an der Stelle, wo das Boot gefunden wurde, abgesperrt habt?«

»Der Strand war nicht der Tatort. Das Boot trieb draußen auf See. Sollten wir ein Plastikband um die Wellen spannen?«

Kurt Wallander wurde langsam wütend. Es stimmte, daß weder er selbst noch irgendein anderer der Kriminalpolizisten in Ystad über Rydbergs Erfahrung verfügte. Aber dies bedeutete noch lange nicht, daß sie nicht in der Lage waren zu entscheiden, wann Spezialisten von der Spurensicherung aus Stockholm benötigt wurden.

»Entweder läßt du mich die Entscheidungen treffen«, sagte er. »Oder du übernimmst selbst die Verantwortung für die Ermittlung.«

»Darum geht es doch gar nicht«, antwortete Björk. »Aber ich bin immer noch der Meinung, daß es eine Fehleinschätzung war, sich nicht mit Stockholm abzusprechen.«

»Da bin ich aber ganz anderer Meinung«, erwiderte Wallander. Dann hatten sie sich nichts mehr zu sagen.

»Ich komme in ein paar Minuten zu dir«, sagte Wallander. »Ich habe da einiges Material, zu dem du dich äußern mußt.«

Björk staunte.

»Haben wir etwas, dem wir nachgehen können?« fragte er. »Ich dachte, wir würden völlig in der Luft hängen?«

»Nicht direkt. Ich komme in zehn Minuten.«

Er ging in sein Büro und rief das Krankenhaus an. Zu seinem eigenen Erstaunen erreichte er Mörth sofort.

»Etwas Neues?« fragte er.

»Ich bin gerade dabei, den Bericht zu schreiben«, antwortete Mörth. »Kannst du dich nicht noch ein paar Stunden gedulden?«

»Ich muß Björk informieren. Kannst du mir nicht wenigstens sagen, wie lange sie schon tot waren?«

»Nein. Wir müssen auf das Ergebnis der Laboruntersuchungen warten: Mageninhalt und Abbau des Zellgewebes. Ich kann so nur schätzen.«

»Dann tu das.«

»Ich halte nicht viel vom Schätzen, wie du weißt. Was hast du schon davon?«

»Du hast Erfahrung. Du verstehst etwas von deiner Arbeit. Die Laborresultate werden deine Vermutungen sicher bestätigen, sie zumindest nicht widerlegen. Ich will nur, daß du mir deine Vermutung ins Ohr flüsterst. Ich werde es auch nicht weitererzählen.« Mörth dachte nach, und Wallander wartete.

»Eine Woche«, sagte Mörth. »Mindestens eine Woche. Aber das gibst du an niemanden weiter.«

»Ich habe es schon wieder vergessen. Und du bist dir immer noch sicher, daß es sich um Ausländer handelt, Russen oder zumindest Osteuropäer?«

»Ja.«

»Hast du etwas entdeckt, was dich überrascht hat?«

»Ich verstehe eigentlich nichts von Munition. Aber solche Kugeln habe ich noch nie gesehen.«

»Sonst noch etwas?«

»Ja. Einer der Männer hat eine Tätowierung auf dem Oberarm. Es ist so eine Art Krummsäbel. Ein türkischer Säbel oder wie das auch immer heißt.«

»Was für ein Ding?«

»Eine Art Schwert. Man kann nicht verlangen, daß ein Pathologe Spezialist für antike Waffen ist.«

»Steht da auch was?«

»Wie meinst du das?

»Tätowierungen bestehen in aller Regel auch aus Text. Einem Frauennamen oder einem Ort.«

»Da steht nichts.«

»Noch etwas?«

»Im Moment nicht.«

»Dann erst mal vielen Dank.«

»Keine Ursache.«

Wallander legte den Hörer auf, holte Kaffee und ging zu Björk.

Die Türen zu Martinssons und Svedbergs Büros standen offen. Keiner der beiden war da. Er setzte sich und trank Kaffee, während Björk ein Telefongespräch beendete. Zerstreut hörte er Björk zu, der immer wütender zu werden schien. Aber als Björk schließlich mit aller Kraft den Hörer auf die Gabel knallte, zuckte er dann doch zusammen.

»Das ist doch wohl das Allerletzte«, sagte Björk. »Wofür arbeiten wir überhaupt noch?«

»Das ist eine gute Frage«, entgegnete Wallander. »Aber ich weiß trotzdem nicht, was du meinst.«

Björk zitterte vor Wut. Wallander konnte sich nicht erinnern, ihn jemals so außer sich gesehen zu haben.

»Was ist denn los?« fragte er.

Björk sah ihn an.

»Ich weiß gar nicht, ob ich darüber sprechen kann«, sagte er. »Aber ich muß wohl. Einer der Mörder von Lenarp, der Typ, den wir Lucia genannt haben, bekam vor einigen Tagen Hafturlaub und kehrte natürlich nicht zurück. Vermutlich hat er das Land schon verlassen. Den werden wir nie wieder schnappen.«

Wallander traute seinen Ohren nicht.

»Hafturlaub? Aber er hat doch nicht einmal ein Jahr gesessen? Wegen eines der schlimmsten Gewaltverbrechen, das wir in diesem Land je erlebt haben? Wie, zum Henker, konnte er Hafturlaub bekommen?«

»Zur Beerdigung seiner Mutter.«

Wallander konnte es nicht fassen.

»Aber seine Mutter ist doch schon seit zehn Jahren tot, oder nicht? Daran kann ich mich noch aus dem Bericht erinnern, den uns die tschechische Polizei geschickt hat.«

»Eine Frau, die sich als seine Schwester ausgegeben hat, ist im Gefängnis von Hall aufgetaucht. Sie hat sich dafür eingesetzt, daß er Hafturlaub bekommt, damit er an der Beerdigung teilnehmen kann. Niemand scheint das kontrolliert zu haben. Sie hatte eine Karte, auf der stand, daß die Beisetzung in der Kirche von Ängelholm stattfinden würde. Die war natürlich gefälscht. Es scheint in diesem Land immer noch Menschen zu geben, die naiv genug sind zu glauben, daß man Einladungen zu Beerdigungen nicht fälscht. Er bekommt also Hafturlaub unter Bewachung. Das war vorgestern. Aber es gab natürlich keine Beerdigung, weder eine tote Mutter noch eine Schwester. Sie überwältigen also die Wache, fesseln sie und werfen sie in ein Waldgebiet irgendwo außerhalb von Jönköping. Dann sind sie sogar noch so dreist, mit dem Auto der Strafvollzugsbehörde über Limhamn zum Flughafen Kastrup zu fahren. Dort steht es nun, und die beiden sind verschwunden.«

»Das ist doch nicht möglich«, beharrte Wallander. »Wer in Gottes Namen kann einem solchen Verbrecher Hafturlaub geben?«

»Schweden ist phantastisch«, sagte Björk. »Es kann einem richtig schlecht werden.«

»Aber dafür trägt doch jemand die Verantwortung? Derjenige, der ihm Hafturlaub gewährt hat, sollte seine Zelle im Gefängnis übernehmen. Wie kann so etwas nur passieren?«

»Das werde ich noch eingehender untersuchen«, erwiderte Björk. »Aber so ist nun mal der Stand der Dinge. Der Kerl ist verschwunden.«

Wallander dachte an den unfaßbar brutalen Doppelmord an dem alten Ehepaar aus Lenarp zurück. Dann sah er Björk mit einem resignierten Blick an.

»Was macht das noch für einen Sinn?« fragte er. »Warum sollen wir uns noch weiter damit befassen, Verbrecher zu jagen, wenn der Strafvollzug sie sofort wieder auf freien Fuß setzt?«

Björk antwortete nicht. Wallander stand auf und ging zum Fenster.

»Wie lange hält man das durch?« fragte er.

»Wir müssen durchhalten«, antwortete Björk. »Sagst du mir jetzt, was du über diese Männer in dem Schlauchboot hast?«

Wallander erstattete Bericht. Er fühlte sich bleiern, müde und enttäuscht. Björk machte sich ein paar Notizen, während Wallander sprach.

»Russen«, sagte er, als Wallander fertig war.

»Oder Osteuropäer. Mörth schien sich seiner Sache sicher zu sein.«

»Dann werde ich mich ans Außenministerium wenden«, sagte Björk. »Es ist ihre Sache, Kontakt mit der russischen Polizei aufzunehmen. Oder der polnischen, der Polizei in den Ostblockstaaten.«

»Es kann sich natürlich auch um Russen handeln, die in

Schweden leben«, meinte Wallander. »Oder in Deutschland. Oder warum nicht in Dänemark?«

»Die meisten Russen leben immer noch in der Sowjetunion«, erwiderte Björk. »Ich werde sofort Verbindung mit dem Außenministerium aufnehmen. Die wissen, wie man sich in einer solchen Situation zu verhalten hat.«

»Wir könnten die Leichen ja wieder zurück in das Boot stopfen und die Küstenwacht bitten, es in internationales Gewässer zu schleppen«, sagte Wallander. »Dann würden wir uns alle weiteren Bemühungen in dieser Angelegenheit sparen.«

Björk schien das nicht zu hören.

»Wir brauchen Hilfe, um sie identifizieren zu können«, sagte er. »Durch Fotografien, Fingerabdrücke, Kleider.«

»Und eine Tätowierung. Einen Krummsäbel.«

»Einen Krummsäbel?«

»Ja, genau. Einen Krummsäbel.«

Björk schüttelte den Kopf und streckte sich nach dem Telefonhörer.

»Warte mal«, sagte Wallander.

Björk ließ die Hand sinken.

»Ich denke an diesen Mann, der angerufen hat«, sagte Wallander. »Laut Martinsson handelte es sich um jemanden, der mit schonischem Dialekt sprach. Wir sollten versuchen, ihn zu finden.«

»Haben wir eine Spur?«

»Keine. Und deshalb wollte ich vorschlagen, daß wir uns an die Öffentlichkeit wenden. Wir können ganz allgemein bleiben, nach Personen fragen, die ein rotes, umhertreibendes Schlauchboot gesehen haben, und sie bitten, sich bei uns zu melden.«

Björk nickte.

»Ich muß sowieso mit der Presse reden. Die löchern mich schon die ganze Zeit. Wie sie so schnell herausfinden konnten, was an einem verlassenen Strand passiert ist, geht über mein Fassungsvermögen. Gestern hat es gerade mal eine halbe Stunde gedauert.«

»Du weißt doch, daß wir eine undichte Stelle haben«, sagte Wallander und erinnerte sich wieder an den Doppelmord von Lenarp.

»Wer ist wir?«

»Die Polizei. Die Polizei im Polizeidistrikt von Ystad.«

»Wer hält denn da nicht dicht?«

»Woher soll ich das wissen? Es sollte eigentlich deine Aufgabe sein, die Leute hier an die nötige Diskretion und an ihre Schweigepflicht zu erinnern.«

Björk schlug wütend mit der flachen Hand auf den Schreibtisch, so als habe er damit eine symbolische Ohrfeige ausgeteilt. Aber er sagte nichts.

»Wir wenden uns an die Öffentlichkeit«, sagte er nur. »Um zwölf, vor den Nachrichten. Ich möchte, daß du bei der Pressekonferenz dabei bist. Aber jetzt muß ich Stockholm anrufen, um Instruktionen zu bekommen.«

»Es wäre schön, nichts mehr damit zu tun zu haben«, sagte Wallander.

»Womit?«

»Mit der Suche nach den Mördern der Männer im Boot.«

»Ich werde mal hören, was Stockholm sagt«, entgegnete Björk und schüttelte nur den Kopf.

Wallander verließ den Raum. Martinssons und Svedbergs Türen standen immer noch offen. Es sah auf die Uhr. Fast halb zehn. Er ging in das Untergeschoß des Polizeipräsidiums. Dort stand das rote Schlauchboot auf ein paar Holzböcken. Mit einer starken Taschenlampe begutachtete er es genauestens, ohne einen Firmennamen oder ein Herkunftsland entdecken zu können. Das wunderte ihn. Er konnte einfach keine einleuchtende Erklärung dafür finden. Noch einmal ging er um das Boot herum. Ein Tauende weckte plötzlich sein Interesse. Es unterschied sich von den übrigen Leinen im Boot, die den Holzboden an Ort und Stelle hielten. Er begutachtete es. Es sah aus, als wäre es mit einem Messer gekappt worden. Auch dafür konnte er keine Erklärung finden. Er versuchte sich vorzustellen, welche Schlüsse Rydberg gezogen hätte, aber sein Kopf war völlig leer.

Um zehn Uhr war er wieder in seinem Büro. Weder Martinsson noch Svedberg antworteten, als er bei ihnen anrief. Er zog einen Schreibblock zu sich heran und begann das Wenige, was er über die beiden Toten wußte, zu notieren. Menschen aus einem Ostblockland, aus nächster Nähe ins Herz geschossen, dann mit ihren Jacketts bekleidet und in ein Rettungsboot verfrachtet, das bisher noch nicht identifiziert werden konnte. Und die Männer waren gefoltert worden. Er schob den Schreibblock zur Seite. Ein Gedanke war ihm plötzlich durch den Kopf gefahren. Gefolterte und ermordete Menschen, dachte er. Die läßt man verschwinden, gräbt ihnen ein Grab oder läßt sie auf den Meeresboden sinken, mit Eisengewichten an den Füßen. Wenn man sie in ein Rettungsboot wirft, geht man ein ausgesprochen hohes Risiko ein, daß sie gefunden werden.

Kann das Absicht gewesen sein? Sollten sie gefunden werden? Deutet das Rettungsboot nicht darauf hin, daß die Morde an Bord eines Schiffes begangen wurden?

Er knüllte das oberste Blatt zusammen und warf es in den Papierkorb. Ich weiß zu wenig, dachte er. Rydberg hätte mir geraten, nicht so ungeduldig zu sein.

Das Telefon klingelte. Die Uhr zeigte inzwischen Viertel vor elf. Im gleichen Augenblick, in dem er die Stimme seines Vaters erkannte, wurde ihm klar, daß er ihre Verabredung vergessen hatte. Um zehn hätte er in Löderup sein und seinen Vater mit dem Auto abholen sollen. Anschließend hatten sie gemeinsam zu einem Geschäft in Malmö fahren wollen, das Leinwände und Farben führte.

»Warum bist du noch nicht da?« wollte sein Vater mit wütender Stimme wissen.

Kurt Wallander beschloß zu sagen, wie es war.

»Entschuldige bitte vielmals«, sagte er. »Aber ich habe es wirklich völlig vergessen.«

Es war lange still am anderen Ende der Leitung, ehe sein Vater antwortete.

»Immerhin eine ehrliche Antwort«, sagte er schließlich.

»Ich könnte morgen«, meinte Wallander.

»Dann erledigen wir es eben morgen«, sagte sein Vater und legte auf.

Wallander machte sich einen Merkzettel und klebte ihn auf das Telefon. Morgen durfte er die Sache unter keinen Umständen vergessen.

Er rief Svedberg an. Es ging immer noch keiner an den Apparat. Aber Martinsson hob ab, er war gerade in sein Büro zurückgekehrt. Wallander ging auf den Flur hinaus, wo sie sich trafen.

»Weißt du, was ich heute gelernt habe?« sagte Martinsson. »Daß es fast unmöglich ist, das Aussehen eines Rettungsbootes zu beschreiben. Alle unterschiedlichen Fabrikate und Modelle sehen im Grunde gleich aus. Nur Experten können sie auseinanderhalten. Also bin ich nach Malmö gefahren und habe die Runde bei verschiedenen Importeuren gemacht.«

Sie waren in die Kantine gegangen, um sich einen Kaffee zu holen. Martinsson nahm sich außerdem ein paar Skorpor, und dann kehrten sie in Wallanders Zimmer zurück.

»Dann weißt du jetzt also alles über Rettungsboote«, sagte Wallander.

»Nein. Ich weiß so einiges. Aber ich weiß zum Beispiel nicht, woher dieses Boot hier stammt.«

»Es ist schon seltsam, daß überhaupt keine Typenbezeichnung oder ein Herkunftsland zu finden ist«, meinte Wallander. »Rettungsausrüstungen sind in der Regel doch vollgekleistert mit verschiedenen Vorschriften.«

»Da hast du recht, und das meinten die Importeure in Malmö auch. Aber es gibt eine Lösung für unser Problem. Die Küstenwache. Ein Kapitän Österdahl.«

»Wer ist das?«

»Ein pensionierter Offizier, der sein ganzes Leben den Wachbooten des Zolls gewidmet hat. Fünfzehn Jahre in Arkösund, zehn Jahre in den Schären von Gryt. Dann kam er nach Simrishamn und wurde schließlich pensioniert. Im Laufe all dieser Jahre hat er ein Archiv über Fahrzeugtypen zusammengestellt. Das umfaßt auch Schlauchboote und Rettungsboote.«

»Wer hat dir das erzählt?«

»Ich hatte Glück, als ich die Küstenwache anrief. Der Typ, der dranging, fuhr auf einem der Zollboote, auf denen Österdahl Kapitän war.«

»Gut«, sagte Wallander. »Vielleicht kann er uns wirklich helfen.«

»Wenn er es nicht kann, dann kann es niemand«, antwortete Martinsson philosophisch. »Er wohnt draußen bei Sandhammaren. Ich dachte, ich hole ihn hierher, damit er sich das Boot ansehen kann. Gibt es sonst noch etwas Neues?«

Wallander berichtete, zu welchen Resultaten Mörth gekommen war. Martinsson hörte ihm aufmerksam zu.

»Das würde bedeuten, daß wir vielleicht mit der russischen Polizei zusammenarbeiten müssen«, meinte er, nachdem Wallander fertig war. »Kannst du Russisch?«

»Kein Wort. Aber es könnte auch bedeuten, daß wir uns mit der ganzen Sache nicht mehr befassen müssen.«

»Man soll die Hoffnung nie aufgeben.«

Martinsson schien plötzlich nachdenklich zu werden.

»Manchmal geht es mir wirklich so«, sagte er nach einer Weile. »Mit manchen Untersuchungen hätte ich am liebsten nichts zu tun, weil sie zu grausam sind, zu blutig und zu unwirklich. Als ich in der Ausbildung war, hat man uns nicht beigebracht, wie wir uns angesichts von gefolterten Leichen in Schlauchbooten zu verhalten haben. Es ist, als wären die Verbrechen mir weit voraus. Und dabei bin ich erst dreißig.«

Kurt Wallander hatte in den letzten Jahren oft dasselbe gedacht. Es war schwieriger geworden, Polizist zu sein. Sie lebten in einer Zeit, die sie mit Formen von Kriminalität konfrontierte, für die es aus der Vergangenheit keinerlei Erfahrungswerte gab. Er wußte, es war ein Mythos, daß viele Polizisten ihren Beruf aus finanziellen Gründen aufgaben, um in den Wachdienst zu wechseln oder für private Unternehmen zu arbeiten. Die Wahrheit war, daß die meisten Polizisten ihren Beruf aus Unsicherheit aufgaben.

»Vielleicht sollten wir zu Björk gehen und eine Fortbildung für den Umgang mit gefolterten Menschen verlangen«, sagte Martinsson.

Wallander hörte, daß keine Spur von Zynismus in Martinssons Worten lag. Sie waren nur Ausdruck der gleichen Unsicherheit, die er bei sich selbst oft feststellte.

»Jede Generation von Polizisten scheint dasselbe zu sagen«, meinte er. »Wir bilden da offensichtlich keine Ausnahme.«

»Ich kann mich nicht erinnern, daß Rydberg sich jemals beklagt hätte.«

»Rydberg war eine Ausnahme. Aber bevor du gehst, wollte ich dich noch etwas fragen. Dieser Mann, der anrief. Es gab also keinen Hinweis darauf, daß er Ausländer war?«

Martinsson war sich seiner Sache sicher.

»Keinen. Er war Schone. Punktum.«

»Ist dir an dem Gespräch noch etwas aufgefallen?«

»Nein.«

Martinsson stand auf.

»Ich fahre jetzt nach Sandhammaren und sehe zu, daß ich Kapitän Österdahl finde«, sagte er.

»Das Boot steht im Keller«, sagte Wallander. »Viel Glück. Weißt du eigentlich, wo sich Svedberg herumtreibt?«

»Keine Ahnung. Ich weiß überhaupt nicht, womit er sich beschäftigt. Vielleicht ist er ja beim Wetterdienst.«

Kurt Wallander fuhr mit dem Auto ins Zentrum hinunter und aß zu Mittag. Die unwirkliche Nacht rief sich wieder in Erinnerung, und er begnügte sich mit einem Salat.

Kurz vor Beginn der Pressekonferenz war er wieder im Polizeipräsidium. Auf einem Zettel hatte er sich ein paar Notizen gemacht und ging zu Björk.

»Ich hasse Pressekonferenzen«, sagte Björk. »Deshalb will ich auch nie Landespolizeichef werden. Aber das werde ich wohl sowieso nie.«

Gemeinsam gingen sie zu dem Raum, in dem die Pressekonferenz stattfinden sollte. Wallander erinnerte sich an das Gedrängel, als sie vor einem Jahr an dem Doppelmord von Lenarp ermittelten. Heute saßen nur drei Personen im Raum. Zwei Journalisten kannte er von früher, eine Frau von ›Ystads Allehanda‹, die in der Regel ordentliche und klar formulierte Artikel schrieb, und einen Mann aus der Lokalredaktion der Zeitung ›Arbete‹, den er bisher nur ein paarmal gesehen hatte. Dann war noch ein Mann im Raum. Er hatte kurzgeschnittenes Haar und trug eine Brille. Wallander hatte ihn noch nie zuvor gesehen.

»Wo ist ›Sydsvenskan‹?« zischelte Björk ihm ins Ohr. »›Skånska Dagbladet‹? Das Lokalradio?«

»Woher soll ich das wissen«, gab Wallander zurück. »Fang jetzt an.«

Björk stieg auf das Podium am Kopfende des Raumes. Er sprach stockend und nicht gerade mitreißend, und Wallander hoffte, er würde nicht länger sprechen als unbedingt nötig.

Dann war er an der Reihe.

»Zwei tote Männer sind bei Mossby Strand in einem Rettungsboot an Land getrieben worden. Es ist uns bisher nicht gelungen, die Leichen zu identifizieren. Soweit wir wissen, ist es zu keinen Schiffsunglücken gekommen, die mit diesem Boot in Verbindung gebracht werden können. Uns liegen auch keine Meldungen über Personen vor, die auf See vermißt werden. Wir brauchen deshalb die Hilfe der Bevölkerung. Und Ihre.«

Er sagte nichts von dem Mann, der angerufen hatte. Er kam direkt zu seinem Anliegen.

»Wir möchten alle, die unter Umständen etwas gesehen haben, bitten, sich bei der Polizei zu melden. Ein vor der Küste treibendes, rotes Rettungsboot. Oder etwas anderes, das von Bedeutung sein könnte. Das war alles.«

Björk stellte sich wieder auf das Podium.

»Wenn es noch Fragen gibt, können sie jetzt gestellt werden«, sagte er.

Die freundliche Dame von ›Ystads Allehanda‹ wollte wissen, ob es in letzter Zeit nicht zu ungewöhnlich vielen Gewaltverbrechen in dem ansonsten doch so friedlichen Schonen gekommen sei.

Kurt Wallander rümpfte innerlich die Nase. Friedlich, dachte er. Hier ist es noch nie besonders friedlich gewesen.

Björk bestritt, daß es einen nennenswerten Anstieg angezeigter Straftaten gegeben habe, und die Dame von ›Ystads Allehanda‹ gab sich mit dieser Antwort zufrieden. Der Lokalredakteur von ›Arbete‹ hatte keine Fragen. Björk wollte die Pressekonferenz gerade beenden, als der junge Mann mit der Brille die Hand hob.

»Ich habe noch eine Frage«, sagte er. »Warum sagen Sie nichts davon, daß die Männer in dem Boot ermordet wurden?«

Wallander warf schnell einen Blick auf Björk.

»Wir wissen zum gegenwärtigen Zeitpunkt noch nicht, wie die beiden Männer umgekommen sind«, sagte Björk.

»Das ist einfach nicht wahr. Jeder weiß doch, daß sie durch Herzschuß getötet wurden.«

»Die nächste Frage, bitte«, sagte Björk, und Wallander sah, daß Björk schwitzte.

»Nächste Frage«, erwiderte der Journalist aufgebracht. »Warum soll ich eine neue Frage stellen, bevor ich Antwort auf meine erste bekommen habe?«

»Sie haben die Antwort bekommen, die ich Ihnen zum gegenwärtigen Zeitpunkt geben kann«, antwortete Björk.

»Das ist doch nicht zu fassen«, sagte der Journalist. »Aber ich werde trotzdem noch eine Frage stellen. Warum sagen Sie nicht, daß Sie den Verdacht hegen, es handele sich bei den Toten um zwei russische Staatsangehörige, die ermordet wurden? Warum berufen Sie eine Pressekonferenz ein, wenn Sie die Fragen nicht beantworten und auch nicht sagen, wie die Dinge liegen?«

Die undichte Stelle, dachte Wallander. Wie, zum Teufel, hat er das alles herausgefunden? Gleichzeitig verstand er selbst nicht, warum Björk nicht zugab, daß der Journalist völlig recht hatte. Welche Gründe gab es, die vorliegenden Fakten nicht auf den Tisch zu legen?

»Wie Kriminalkommissar Wallander bereits erklärt hat, ist es uns bisher noch nicht gelungen, die beiden Männer zu identifizieren«, sagte Björk. »Gerade deswegen bitten wir die Bevölkerung um Hilfe. Wir hoffen natürlich, daß die Presse uns dabei unterstützt.«

Der junge Journalist stopfte demonstrativ seinen Notizblock in die Jackentasche.

»Danke, daß Sie gekommen sind«, sagte Björk.

Am Ausgang hielt Wallander die Dame von ›Ystads Allehanda‹ auf.

»Wer war denn der eine Journalist?« fragte er.

»Keine Ahnung. Ich habe ihn noch nie gesehen. Stimmt das, was er gesagt hat?«

Wallander antwortete nicht, und die Dame von ›Ystads Allehanda‹ war höflich genug, die Frage nicht zu wiederholen.

»Warum hast du nicht gesagt, wie es ist?« fragte Wallander, als er Björk auf dem Flur eingeholt hatte.

»Diese verdammten Journalisten«, knurrte Björk. »Und wie hat er das eigentlich alles herausgefunden? Wer hält hier nicht dicht?«

»Das könnte jeder sein«, sagte Wallander. »Im Prinzip sogar ich.«

Björk blieb abrupt stehen und sah ihn an. Aber er kommentierte Wallanders Äußerung nicht weiter. Statt dessen konnte er mit neuen Informationen aufwarten.

»Das Außenministerium hat uns gebeten, uns zurückzuhalten«, sagte er.

»Warum?« fragte Wallander.

»Das mußt du die schon fragen«, erwiderte Björk. »Ich hoffe, schon heute nachmittag neue Instruktionen zu bekommen.«

Wallander ging in sein Büro zurück. Plötzlich hing ihm die ganze Sache gründlich zum Halse heraus. Er setzte sich auf seinen Stuhl und schloß eine Schublade seines Schreibtisches auf, in der die Kopie einer Stellenanzeige lag. Die Gummifabrik in Trelleborg suchte einen neuen Sicherheitschef. Unter der Kopie lag die Bewerbung, die Wallander vor ein paar Wochen geschrieben hatte. Jetzt dachte er ernsthaft darüber nach, sie abzuschicken. Wenn die Polizeiarbeit zu einem Spiel mit Informationen wurde, die entweder nach außen drangen oder ohne ersichtlichen Grund zurückgehalten wurden, wollte er nicht mehr mitspielen. Er nahm seine Arbeit als Polizist sehr ernst. Tote in Rettungsbooten verlangten seine ganze Geistesgegenwart. Er konnte sich kein Dasein vorstellen, in dem Polizeiarbeit nicht rationalen und moralischen Prinzipien unterlag, die niemals in Frage gestellt werden durften.

Seine Gedankengänge wurden unterbrochen als Svedberg die Tür mit dem Fuß aufstieß und hereinkam.

»Wo um alles in der Welt bist du gewesen?« fragte Wallander.

Svedberg sah ihn erstaunt an.

»Ich habe doch eine Nachricht auf deinem Tisch hinterlassen«, sagte er. »Hast du sie nicht gesehen?«

Der Zettel war auf den Boden gefallen. Wallander hob ihn auf und las, daß Svedberg bei den Meteorologen auf dem Flughafen Sturup zu finden sei.

»Ich dachte, ich könnte etwas schneller sein«, sagte Svedberg. »Ich kenne einen der Jungs auf dem Flugplatz. Wir beobachten zusammen Vögel, draußen auf Falsterbonäs. Er hat mir geholfen zu berechnen, woher das Boot gekommen sein kann.«

»Sollte das nicht der Wetterdienst machen?«

»Ich dachte, es würde so vielleicht schneller gehen.«

Er zog ein paar zusammengerollte Blätter aus der Tasche und breitete sie auf dem Tisch aus. Wallander sah eine Reihe von Diagrammen und Zahlenkolonnen.

»Wir haben eine Berechnung auf der Grundlage durchgeführt, daß das Boot etwa fünf Tage lang getrieben ist«, sagte Svedberg. »Weil die Windrichtung in den letzten Wochen konstant gewesen ist, konnten wir zu einem Resultat kommen. Aber leider zu einem Resultat, das uns kaum klüger machen wird.«

»Was heißt das?«

»Daß unser Boot vermutlich sehr weit getrieben ist.«

»Das heißt?«

»Das es sowohl aus Estland wie auch aus Dänemark stammen kann.« Wallander betrachtete Svedberg ungläubig.

»Kann das wirklich stimmen?«

»Ja. Du kannst Janne ja selbst fragen.«

»Ist schon in Ordnung«, sagte Wallander. »Geh damit zu Björk und erzähl es ihm. Dann wird er es ans Außenministerium weiterleiten. Vielleicht sind wir die ganze Geschichte dann los.«

»Wieso los?«

Wallander berichtete, was im Laufe des Tages passiert war. Svedberg wirkte immer niedergeschlagener.

»Ich mag es nicht, etwas sausen zu lassen, wenn ich einmal damit angefangen habe«, sagte Svedberg.

»Es ist ja noch nichts entschieden. Ich erzähle doch nur, was gerade vor sich geht.«

Svedberg verschwand zu Björk, und Wallander fuhr fort, seine Bewerbung bei der Gummifabrik in Trelleborg durchzulesen. Ununterbrochen schaukelte das Boot mit den ermordeten Männern durch sein Bewußtsein.

Um vier Uhr bekam er Mörths Obduktionsbericht. Bis die Laborproben analysiert worden waren, konnte Mörth nur einen vorläufigen Bericht abliefern. Aber die Männer waren vermutlich seit einer Woche tot. Wahrscheinlich waren sie ebenso lange dem Salzwasser ausgesetzt. Der eine Mann war ungefähr achtundzwanzig, der andere ein paar Jahre älter. Beide waren völlig gesund gewesen. Sie waren gefoltert worden; osteuropäische Zahnärzte hatten ihre Zähne behandelt.

Wallander schob den Bericht zur Seite und sah aus dem Fenster. Es war schon dunkel, und er war hungrig.

Über das Haustelefon teilte Björk ihm mit, daß sich das Außenministerium erst in den Morgenstunden wieder mit neuen Instruktionen melden würde.

»Dann fahre ich jetzt nach Hause«, antwortete Wallander.

»Tu das«, sagte Björk. »Ich frage mich, wer eigentlich dieser Journalist war?«

Am nächsten Tag erfuhren sie es. Die Schlagzeilen im überregionalen ›Expressen‹ verkündeten einen sensationellen Leichenfund an der schonischen Küste. Der Titelseite konnte man zudem entnehmen, daß es sich bei den Ermordeten vermutlich um Bürger der Sowjetunion handelte. Das Außenministerium sei eingeschaltet worden. Die Polizei in Ystad habe ausdrücklich die Anweisung erhalten, die ganze Sache zu vertuschen. Die Zeitung verlangte, den Grund dafür zu erfahren.

Aber bis Wallander diese Schlagzeilen endlich zu sehen bekam, war es schon drei Uhr nachmittags geworden.

Und bis dahin war es bereits ein ereignisreicher Tag gewesen.

4

Als Kurt Wallander am nächsten Morgen um kurz nach acht ins Polizeipräsidium kam, überschlugen sich die Ereignisse. Es war wieder wärmer geworden, und ein lautloser Nieselregen fiel auf die Stadt. Wallander hatte gut geschlafen, und die Beschwerden der vorherigen Nacht hatten sich nicht wieder eingestellt. Er fühlte sich ausgeruht. Nur die Frage, welcher Laune sein Vater wohl sein würde, wenn sie später zusammen nach Malmö fuhren, machte ihm zu schaffen.

Martinsson kam ihm im Flur entgegen. Wallander erkannte sofort, daß er ihm etwas Wichtiges mitzuteilen hatte. Wenn Martinsson zu unruhig war, um in seinem Büro zu bleiben, wußten alle, daß etwas passiert sein mußte.

»Kapitän Österdahl hat das Rätsel des Rettungsboots gelöst!« rief er. »Hast du Zeit?«

»Ich habe immer Zeit«, antwortete Wallander. »Wir gehen in mein Büro. Sieh nach, ob Svedberg auch gekommen ist.«

Ein paar Minuten später waren sie versammelt.

»Eigentlich sollten Menschen wie Kapitän Österdahl registriert werden«, begann Martinsson. »Die Polizei sollte eine Abteilung auf Landesebene einrichten, deren einzige Aufgabe darin besteht, mit Menschen zusammenzuarbeiten, die ungewöhnliche Kenntnisse besitzen.«

Wallander nickte. Der Gedanke war ihm nicht neu. Überall im Land gab es Menschen, die über ein umfassendes Wissen auf den merkwürdigsten Gebieten verfügten. Allen im Gedächtnis war jener alte Holzfäller in Härjedalen, der vor einigen Jahren den Kronkorken einer asiatischen Biermarke identifizieren konnte, was weder der Polizei noch zahlreichen

Getränkehändlern gelungen war. So wurde ein Mörder überführt, der sonst wahrscheinlich davongekommen wäre.

»Lieber jemand wie Kapitän Österdahl als diese Berater, die für horrende Honorare Banalitäten preisgeben«, fuhr Martinsson fort. »Kapitän Österdahl war es eine Freude, uns helfen zu können.«

»Und das konnte er?«

Martinsson zog einen Notizblock aus der Tasche und knallte ihn auf den Tisch; er machte ein Gesicht, als hätte er ein Kaninchen aus einem unsichtbaren Hut gezaubert. Wallander mißfiel dieses Verhalten. Manchmal konnte Martinsson einem mit seinem dramatischen Gesten auf die Nerven gehen. Aber vielleicht trat ein angehender Kommunalpolitiker der Liberalen Partei nun mal so auf, fuhr es ihm durch den Kopf.

»Wir sind ganz Ohr«, sagte Wallander nach kurzem Schweigen.

»Nachdem ihr gestern abend nach Hause gegangen wart, haben Kapitän Österdahl und ich zusammen ein paar Stunden bei dem Rettungsboot im Keller verbracht«, sagte Martinsson. »Früher ging es nicht, weil er nachmittags regelmäßig Bridge spielt. Er weigerte sich kategorisch, für uns eine Ausnahme zu machen. Kapitän Österdahl ist ein sehr entschlossener älterer Herr. Ich würde mir wünschen, selbst einmal so zu werden, wenn ich in die Jahre komme.«

»Komm endlich zur Sache«, ermahnte Wallander. Er wußte genug über entschlossene ältere Herren. Er hatte seinen Vater als lebendiges Beispiel.

»Er ist wie ein Hund um das Boot gestrichen«, fuhr Martinsson fort. »Er hat sogar daran gerochen. Anschließend hat er verkündet, daß es mindestens zwanzig Jahre alt und in Jugoslawien hergestellt worden sei.«

»Woher konnte er das so genau wissen?«

»Die Herstellungsart. Die Materialmischung. Als er alles überprüft hatte, gab es für ihn keinen Zweifel mehr. Seine

Anmerkungen stehen hier auf dem Block. Ich liebe Menschen, die wissen, worüber sie sprechen.«

»Warum gibt es keine Bezeichnung an dem Schlauchboot, die auf das Herstellungsland Jugoslawien hindeutet?«

»Nicht Schlauchboot«, erwiderte Martinsson. »Das hat Kapitän Österdahl mir als erstes beigebracht. Es heißt Rettungsboot und nichts anderes. Und für die Tatsache, daß es keine Bezeichnung hatte, die auf Jugoslawien hindeutet, hatte er eine sehr einleuchtende Erklärung. Die Jugoslawen liefern ihre Rettungsboote oft nach Griechenland oder Italien. Dort gibt es Unternehmen, von denen die Rettungsboote mit falschen Herstellungsangaben versehen werden. Das funktioniert nach dem gleichen Prinzip, nach dem viele Uhren zwar in Asien hergestellt werden, aber europäische Markennamen tragen.«

»Was hat er noch erzählt?«

»Viel. Ich glaube, daß ich die Geschichte des Rettungsbootes auswendig kann. Schon vor langer Zeit, im Altertum, gab es unterschiedliche Arten von Rettungsbooten. Die ersten Varianten scheinen aus Schilf hergestellt worden zu sein. Aber der Typ, mit dem wir es hier zu tun haben, findet sich am häufigsten auf kleineren, osteuropäischen oder russischen Frachtern. Auf skandinavischen Fahrzeugen gibt es sie dagegen nie. Sie werden von der Schiffahrtsbehörde nicht anerkannt.«

»Warum nicht?«

Martinsson zuckte mit den Schultern.

»Schlechte Qualität. Sie können leicht kaputtgehen. Die Gummimischung ist meistens minderwertig.«

Wallander dachte nach.

»Wenn Kapitän Österdahls Analyse stimmt, handelt es sich also um ein Rettungsboot, das direkt aus Jugoslawien stammt, ohne zuerst eine Bezeichnung, beispielsweise in Italien, bekommen zu haben. Mit anderen Worten, wir haben es mit einem jugoslawischen Fahrzeug zu tun?«

»Nicht unbedingt«, antwortete Martinsson. »Ein Teil der Boote geht direkt von Jugoslawien nach Rußland. Das ist wahrscheinlich ein Teil des unfreiwilligen Tauschhandels zwischen Moskau und den übrigen Ostblock-Staaten. Er behauptete übrigens, einmal genau diesen Bootstyp auf einem russischen Fischerboot gesehen zu haben, das vor Häradskär aufgebracht wurde.«

»Wir können uns also mit Sicherheit auf ein osteuropäisches Schiff konzentrieren?«

»Kapitän Österdahl war dieser Ansicht.«

»Gut«, sagte Wallander. »Dann wissen wir zumindest so viel.«

»Aber im großen und ganzen ist das auch schon alles«, kommentierte Svedberg.

»Wenn der Typ, der hier angerufen hat, sich nicht wieder meldet, wissen wir viel zuwenig«, meinte Wallander. »Aber es spricht einiges dafür, daß die Männer von der anderen Seite der Ostsee hierher getrieben wurden, und daß es sich nicht um Schweden handelt.«

Er wurde durch ein Klopfen an der Tür unterbrochen. Eine Sekretärin reichte einen Umschlag mit den endgültigen Resultaten der Obduktion herein. Wallander bat Martinsson und Svedberg zu bleiben, während er die Seiten kurz überflog. Er hielt schon bald verblüfft inne.

»Hier haben wir etwas«, sagte er. »Mörth hat Interessantes in ihrem Blut gefunden.«

»Aids?« fragte Svedberg.

»Nein. Aber Drogen. Eindeutig nachweisbare Mengen von Amphetamin.«

»Russische Drogenabhängige«, meinte Martinsson. »Russische gefolterte und ermordete Drogenabhängige. In Anzug und Krawatte. Treibend in einem jugoslawischen Rettungsboot. Das ist mal was ganz anderes als ausgebuffte Schwarzbrenner oder die Schlägereien an öffentlichen Plätzen.«

»Wir wissen noch nicht genau, ob es wirklich Russen sind«, wandte Wallander ein. »Im Grunde genommen wissen wir gar nichts.«

Er wählte Björks Nummer.

»Björk.«

»Hier ist Wallander. Ich sitze gerade mit Svedberg und Martinsson zusammen. Wir wollten wissen, ob du irgendwelche Anweisungen vom Außenministerium erhalten hast.«

»Bisher noch nicht. Aber sie werden sich bald melden.«

»Ich fahre für ein paar Stunden nach Malmö.«

»Mach das. Ich melde mich, sobald das Außenministerium angerufen hat. Bist du übrigens auch von Journalisten belästigt worden?«

»Nein, warum?«

»Ich bin heute morgen um fünf von einem Journalisten des ›Expressen‹ geweckt worden. Seitdem steht das Telefon nicht mehr still. Ich muß gestehen, daß ich etwas beunruhigt bin.«

»Mach dir keine Gedanken. Die schreiben sowieso, was sie wollen.«

»Das ist es ja gerade, was mich beunruhigt. Die Ermittlung wird durch Spekulationen, die in den Zeitungen auftauchen, doch nur gestört.«

»Wenn wir Glück haben, bringt das vielleicht jemanden, der etwas weiß oder gesehen hat, dazu, sich zu melden.«

»Das bezweifle ich stark. Außerdem mag ich es nicht, morgens um fünf geweckt zu werden. Wer weiß, was man alles so redet, wenn man noch halb schläft?«

Wallander legte auf.

»Wir belassen es dabei«, sagte er. »Ihr könnt erst einmal nach eigenem Gutdünken weiterarbeiten. Ich habe noch etwas in Malmö zu erledigen. Wir können uns nach dem Mittagessen wieder bei mir treffen.«

Svedberg und Martinsson gingen. Wallander plagte sein Gewissen, da er den Eindruck erweckt hatte, aus dienstlichen Gründen nach Malmö fahren zu müssen. Er wußte, daß jeder Polizist, genau wie alle anderen, die Gelegenheit dazu hatten, einen gewissen Teil seiner Arbeitszeit damit verbrachte, private Dinge zu erledigen. Trotzdem widerstrebte es ihm.

Ich bin altmodisch, fuhr es ihm durch den Kopf. Obwohl ich kaum älter als vierzig bin.

Er gab der Zentrale Bescheid, daß er nach dem Mittagessen wieder zurück sein werde. Danach fuhr er auf die östliche Umgehungsstraße, setzte seine Fahrt durch Sandskogen fort und bog Richtung Kåseberga ab. Der Nieselregen hatte aufgehört. Statt dessen war es windig geworden.

In Kåseberga tankte er. Da er etwas früh dran war, fuhr er zum Hafen hinunter. Er parkte und trat in den Wind hinaus. Kein Mensch war zu sehen. Der Kiosk und die Fischräuchereien waren geschlossen.

Wir leben in einer merkwürdigen Zeit, dachte er. Manche Gegenden dieses Landes sind nur während der Sommermonate geöffnet. Ganze Gemeinden hängen Schilder auf, auf denen »Geschlossen« steht.

Obwohl er fror, ging er auf den steinernen Pier hinaus. Das Meer war wie leergefegt, nirgends war ein Schiff zu entdecken. Er dachte an die Leichen in dem Rettungsboot. Wer waren sie? Was war geschehen? Warum waren sie gefoltert und ermordet worden? Wer hatte ihnen die Jacketts angezogen?

Er sah auf die Uhr, ging zum Auto zurück und fuhr auf direktem Weg zum Haus seines Vaters, das südlich von Löderup auf dem Land lag.

Sein Vater stand wie immer in dem alten Schuppen und malte. Kurt Wallander schlug der satte Duft von Terpentin und Ölfarbe entgegen. Es kam ihm vor, als sei er wieder in seine Kindheit zurückgekehrt. Der seltsame Geruch, der seinen an der Staffelei stehenden Vater ständig umgab, gehörte zu den frühesten Erinnerungen seines Lebens. Nicht einmal das Motiv auf der Leinwand hatte sich im Laufe der Jahre verändert. Sein Vater malte immer wieder das gleiche Bild, eine Landschaft im Sonnenuntergang. Auf Wunsch der Auftraggeber fügte er links im Vordergrund hin und wieder einen Auerhahn hinzu.

Kurt Wallanders Vater malte Gebrauchskunst. Er hatte es in seinem Genre zu einer Vollendung gebracht, die darin bestand, nicht einmal mehr das Motiv wechseln zu müssen. Erst als Erwachsener hatte Kurt Wallander begriffen, daß die Gründe dafür nicht Faulheit oder Unfähigkeit waren. Es war eher so, daß das Unveränderliche seinem Vater jene Geborgenheit gab, die er offensichtlich brauchte, um mit seinem Leben zurechtzukommen.

Sein Vater legte den Pinsel zur Seite und wischte sich die Hände an einem schmutzigen Handtuch ab. Er trug wie immer einen Overall und abgeschnittene Gummistiefel.

»Ich bin fertig. Wir können fahren«, meinte er.

»Willst du dich nicht umziehen?« schlug Wallander vor.

Sein Vater sah ihn verständnislos an.

»Warum sollte ich mich umziehen? Muß man heutzutage einen Anzug tragen, um Farbe kaufen zu können?«

Wallander wußte, daß jede Diskussion sinnlos war. Sein Vater besaß eine grenzenlose Sturheit. Außerdem bestand die Gefahr, daß er wütend wurde und die Fahrt nach Malmö unerträglich machte.

»Mach, was du willst«, sagte er deshalb nur.

»Ja«, erwiderte sein Vater. »Ich mache, was ich will.«

Sie fuhren nach Malmö. Sein Vater betrachtete die Landschaft, die am Autofenster vorbeizog.

»Es ist häßlich«, sagte er unvermittelt.

»Was ist häßlich?«

»Schonen ist im Winter häßlich. Grauer Lehm, graue Bäume, grauer Himmel. Und das grauste von allem sind die Menschen.«

»Vielleicht hast du recht.«

»Natürlich habe ich recht. Das ist gar keine Frage. Schonen ist im Winter häßlich.«

Das Farbengeschäft lag im Zentrum von Malmö. Kurt Wallander hatte Glück und bekam direkt vor dem Geschäft einen Parkplatz. Sein Vater wußte genau, was er wollte. Leinwand, Farben, Pinsel und einige Palettenmesser. An der Kasse zog er ein zerknittertes Bündel Geldscheine aus seiner Tasche. Kurt Wallander hielt sich die ganze Zeit im Hintergrund. Er durfte seinem Vater nicht einmal helfen, die Utensilien zum Auto zu tragen.

»Jetzt bin ich fertig«, meinte sein Vater. »Wir können wieder nach Hause fahren.«

Plötzlich kam Kurt Wallander der Gedanke, daß sie unterwegs irgendwo einkehren und zusammen essen könnten. Zu seiner Verwunderung hielt sein Vater das für eine gute Idee. Sie hielten an dem Motel in Svedala und betraten das Restaurant.

»Sag dem Oberkellner, daß wir einen guten Tisch wollen«, wies sein Vater ihn an.

»Das hier ist ein Selbstbedienungsrestaurant«, antwortete Kurt Wallander. »Hier wird es keinen Oberkellner geben.«

»Dann gehen wir woanders hin«, gab sein Vater kurz zurück. »Wenn wir schon essen gehen, will ich das Essen auch serviert bekommen.«

Kurt Wallander warf mißmutig einen Blick auf den schmutzigen Overall seines Vaters. Dann fiel ihm ein, daß es in Skurup eine heruntergekommene Pizzeria gab. Dort würde der Aufzug seines Vaters sicher niemanden stören. Sie fuhren nach Skurup und parkten vor der Pizzeria. Beide wählten das Tagesgericht, gekochten Dorsch. Kurt Wallander beobachtete seinen Vater, während sie aßen, und dachte, daß er ihn wohl niemals wirklich kennenlernen würde, bevor es zu spät war. Früher hatte er immer geglaubt, ihm in keiner Weise ähnlich zu sein. Aber in den letzten Jahren waren ihm immer stärkere Zweifel gekommen. Seine Ex-Frau Mona hatte ihm häufig vorgeworfen, dieselbe anstrengende Eigensinnigkeit und pedantische Egozentrik zu besitzen. Vielleicht will ich die Gemeinsamkeiten einfach nicht wahrhaben, überlegte er. Vielleicht habe ich Angst, so zu werden wie er? Ein Dickkopf, der nur das sieht, was er sehen will?

Auf der anderen Seite wußte er, daß Starrsinn für einen Polizisten von Vorteil war. Ohne eine gewisse Hartnäckigkeit, die von Außenstehenden als übertrieben empfunden wurde, wären viele der von ihm geleiteten Ermittlungen im Sande verlaufen. Hartnäckigkeit war also keine Berufskrankheit, sondern vielmehr eine entscheidende Voraussetzung für seinen Beruf.

»Warum sagst du nichts?« unterbrach sein Vater verstimmt seine Gedanken.

»Entschuldigung. Ich habe bloß nachgedacht.«

»Ich will nicht mit dir essen gehen, wenn du nicht mit mir redest.«

»Was willst du denn hören?«

»Du könntest ja mal erzählen, wie es dir geht. Wie es deiner Tochter geht. Du könntest mir auch erzählen, ob du ein neues Frauenzimmer gefunden hast.«

»Frauenzimmer?«

»Trauerst du etwa immer noch Mona hinterher?«

»Ich trauere nicht. Aber das heißt nicht, daß ich ein neues Frauenzimmer gefunden habe, wie du das ausdrückst.«

»Warum nicht?«

»Es ist nicht so einfach, eine neue Frau zu finden.«

»Wie stellst du es denn an?«

»Wie meinst du das?«

»Ist das denn so schwer zu verstehen? Ich frage doch nur, wie du es anstellst, eine neue Frau zu finden!«

»Ich gehe nicht tanzen, falls du das meinst.«

»Ich meine gar nichts. Ich frage bloß. Ich finde, daß du von Jahr zu Jahr verschrobener wirst.«

Kurt Wallander legte die Gabel zur Seite.

»Verschrobener?«

»Du hättest auf mich hören sollen. Du hättest niemals Polizist werden dürfen.«

Jetzt geht das wieder los, dachte Kurt Wallander. Das wird sich nie ändern …

Der Geruch von Terpentin. Ein kalter und eisiger Tag 1967. Sie wohnen noch in der umgebauten Schmiede außerhalb von Limhamn. Aber bald wird er dort weggehen. Da er auf den Brief gewartet hat, ist er sofort zum Briefkasten gelaufen, als er den Wagen des Briefträgers sah. Hat das Kuvert aufgerissen und die ersehnte Bestätigung gelesen. Er ist auf der Polizeischule angenommen worden und wird im Herbst anfangen. Er läuft zurück und reißt die Tür zu dem kleinen Zimmer auf, in dem sein Vater malt. »Ich habe einen Platz an der Polizeischule!« ruft er. Aber sein Vater gratuliert ihm nicht, legt nicht einmal den Pinsel zur Seite, sondern malt einfach weiter. Er erinnert sich noch heute daran, daß sein Vater gerade die von der untergehenden Sonne rotgefärbten Wolken malte. Und er hatte begriffen, daß er eine Enttäuschung für ihn war, weil er Polizist werden wollte.

Der Kellner kam und räumte den Tisch ab. Kurz darauf kehrte er mit zwei Kaffeetassen zurück.

»Eins habe ich nie verstanden«, sagte Kurt Wallander. »Warum hattest du etwas dagegen, daß ich Polizist werden wollte.«

»Du hast getan, was du wolltest.«

»Das ist keine Antwort auf meine Frage.«

»Ich hätte eben nie gedacht, daß mein Sohn nach Hause kommen und sich an den Tisch setzen würde, während ihm noch die Leichenwürmer aus den Hemdsärmeln kriechen.«

Kurt Wallander erschrak über diese Antwort. Leichenwürmer aus den Hemdsärmeln?

»Wie meinst du das?« wollte er wissen.

Aber sein Vater antwortete nicht. Er leerte die Tasse mit dem lauwarmen Kaffee.

»Jetzt bin ich fertig«, sagte er. »Wir können fahren.«

Kurt Wallander bat um die Rechnung und bezahlte.

Ich werde niemals eine Antwort bekommen, dachte er. Ich

werde niemals begreifen, warum es ihm dermaßen mißfällt, daß ich Polizist geworden bin.

Sie fuhren nach Löderup zurück. Es war windiger geworden. Sein Vater trug die Leinwände und Farben in die Werkstatt.

»Wollen wir nicht bald wieder Karten spielen?« fragte er.

»Ich komme in ein paar Tagen vorbei«, antwortete Wallander.

Dann machte er sich auf den Weg nach Ystad. Er wußte nicht, ob er wütend oder entrüstet sein sollte. *Leichenwürmer aus den Hemdsärmeln?* Wie hatte er das bloß gemeint?

Es war Viertel vor eins, als er den Wagen parkte und in sein Büro zurückkehrte. Da hatte er bereits den Entschluß gefaßt, seinem Vater bei ihrem nächsten Treffen eine ordentliche Antwort abzuverlangen.

Er verdrängte diese Gedanken und zwang sich, wieder Polizist zu werden. Als erstes mußte er mit Björk reden. Aber bevor er zum Telefon greifen konnte, klingelte es. Er nahm den Hörer ab.

»Wallander.«

Es knisterte und rauschte im Hörer. Er wiederholte seinen Namen.

»Sind Sie derjenige, der den Fall mit dem Rettungsboot bearbeitet?«

Die Stimme war Wallander unbekannt. Sie gehörte einem Mann, der schnell und unnatürlich sprach.

»Mit wem spreche ich?«

»Das tut nichts zur Sache. Es geht um dieses Rettungsboot.«

Wallander setzte sich im Stuhl auf und zog Papier und Stift zu sich heran.

»Haben Sie neulich schon einmal angerufen?«

»Angerufen?«

Das Erstaunen in der Stimme des Mannes klang echt.

»Ich habe nicht angerufen.«

»Sie haben also nicht angerufen und gesagt, daß irgendwo in der Nähe von Ystad ein Rettungsboot an Land treiben würde?«

Im Hörer war es lange Zeit still. Wallander wartete.

»Dann hat es sich erledigt«, sagte der Mann schließlich.

Das Gespräch wurde unterbrochen.

Wallander notierte schnell, was gesagt worden war. Er begriff sofort, daß er einen Fehler gemacht hatte. Der Mann hatte angerufen, um etwas über die Männer in dem Rettungsboot zu berichten. Nachdem er von dem ersten Telefongespräch gehört hatte, war er verwirrt oder hatte Angst bekommen und daraufhin das Gespräch kurz entschlossen beendet.

Die Schlußfolgerung lag auf der Hand.

Der Mann, der soeben angerufen hatte, war nicht identisch mit Martinssons Gesprächspartner.

Mit anderen Worten, es gab mehr als eine Person, die etwas wußte. Auch dafür glaubte er eine Erklärung zu haben. Sein Gespräch mit Martinsson hatte ihm die Antwort nahegelegt. Alle, die etwas gesehen hatten, mußten sich auf einem Schiff aufgehalten haben. Sie mußten zu einer Besatzung gehört haben, da sich im Winter so schnell keiner allein in einem Boot auf See begab. Aber welche Art von Schiff? Es konnte sich um eine Fähre oder ein Fischerboot handeln, um einen Frachter oder einen der vielen Öltanker, die ständig die Ostsee befuhren.

Martinsson öffnete die Tür einen Spalt breit.

»Sind wir soweit?«

Wallander entschied sich schnell, bis auf weiteres nichts von dem Anruf zu erzählen. Er wollte seinen Mitarbeitern einen durchdachten Lagebericht abgeben können.

»Ich habe noch nicht mit Björk gesprochen«, sagte er deshalb nur. »Wir können uns in einer halben Stunde treffen.«

Martinsson ging, und er wählte Björks Nummer.

»Björk.«

»Wallander. Wie war es?«

»Komm zu mir, dann werde ich es dir erzählen.«

Was Björk ihm mitzuteilen hatte, verblüffte Wallander.

»Wir bekommen Besuch«, sagte Björk. »Das Außenministerium schickt uns einen Beamten, der uns bei den Ermittlungen behilflich sein soll.«

»Ein Beamter aus dem Außenministerium? Was weiß der schon über Morduntersuchungen?«

»Ich habe keine Ahnung. Aber er kommt schon heute nachmittag. Du holst ihn am besten selbst ab. Sein Flugzeug landet um 17.20 Uhr in Sturup.«

»Das ist doch nicht zu fassen«, erwiderte Wallander. »Kommt er, um uns zu helfen oder um unsere Ermittlungen zu überwachen?«

»Ich weiß es nicht«, antwortete Björk. »Außerdem ist das erst der Anfang. Rate mal, wer mich angerufen hat?«

»Der Landespolizeichef?«

Björk zuckte zusammen.

»Woher weißt du das?«

»Irgend etwas mußte ich ja sagen. Was wollte er?«

»Er bat darum, fortlaufend informiert zu werden. Außerdem schickt er uns ein paar Leute, einen Kollegen von der Mordkommission und einen vom Rauschgiftdezernat.«

»Sollen die auch am Flughafen abgeholt werden?«

»Nein. Die kommen allein zurecht.«

Wallander dachte nach.

»Mir kommt das alles seltsam vor«, sagte er schließlich. »Ganz besonders dieser Beamte aus dem Außenministerium. Warum kommt er? Haben sie mit der sowjetischen Polizei Kontakt aufgenommen? Mit der Polizei in den anderen osteuropäischen Ländern?«

»Alles folgt der gängigen Praxis. So hat es mir das Außenministerium zumindest mitgeteilt. Aber was das letztlich bedeutet, weiß ich auch nicht.«

»Warum bekommst du keine ordentlichen Informationen?«

Björk hob abwehrend seine Hände.

»Ich bin lange genug Polizeichef, um zu wissen, wie es in diesem Land zugeht. Manchmal werde ich außen vor gehalten. Bei anderen Gelegenheiten wird ein Justizminister hinters Licht geführt. Aber meistens ist es der schwedische Steuerzahler, der nicht mehr als einen Bruchteil von dem erfährt, was wirklich hinter den Kulissen geschieht.«

Wallander verstand sehr gut, was Björk meinte. Die zahlreichen politischen Skandale der letzten Jahre hatten die bis dahin unsichtbaren Tunnelsysteme des Staatsapparats ans Licht gebracht. Tunnel, die verschiedene Ministerien und Institutionen miteinander verbanden. Was früher nur Ahnungen gewesen waren oder als sektiererische Wahnvorstellung galt, hatte sich inzwischen bewahrheitet. Die eigentliche Macht wurde größtenteils in schwach beleuchteten, geheimen Gängen ausgeübt und war so der Kontrolle entzogen, dem grundlegenden Merkmal jedes Rechtsstaates.

Es klopfte an die Tür. Björk rief Herein. Es war Svedberg, der eine Abendzeitung in der Hand hielt.

»Ich dachte, das würde euch interessieren.«

Wallander zuckte zusammen, als er die Titelseite der Zeitung sah. In fetten Schlagzeilen teilte die Zeitung mit, daß an der schonischen Küste ein sensationeller Leichenfund gemacht worden war. Björk sprang von seinem Stuhl auf und riß die Zeitung an sich. Dann lasen sie jeweils über die Schulter des anderen gebeugt. Zu seinem Entsetzen sah Wallander sein eigenes, mitgenommenes Gesicht auf einem verschwommenen Foto. Das muß während der Ermittlungen zu den Lenarp-Morden gemacht worden sein, fuhr es ihm durch den Kopf.

Die Ermittlungen werden von Kriminalinspektor Knut Wallmann geleitet.

In der Bildunterschrift stimmte weder Name noch Dienstgrad. Björk schmiß die Zeitung zur Seite. Auf seiner Stirn zeigte sich der rote Fleck, der bei ihm immer einen Wutanfall ankündigte. Svedberg zog sich diskret in Richtung Tür zurück.

»Hier steht einfach alles«, sagte Björk. »Als wäre es von dir persönlich geschrieben worden, Wallander, oder von dir, Svedberg. Die Zeitung weiß, daß das Außenministerium eingeschaltet worden ist, daß der Landespolizeichef die Entwicklung verfolgt. Sie wissen sogar, daß es sich um ein jugoslawisches Rettungsboot handelt. Da wissen sie mehr als ich. Stimmt das?«

»Es stimmt«, antwortete Wallander. »Martinsson hat es mir heute morgen erzählt.«

»Heute morgen? Mein Gott! Wann wird diese Scheißzeitung eigentlich gedruckt?«

Björk marschierte durch das Zimmer. Wallander und Svedberg warfen sich einen Blick zu. Wenn Björk aus der Fassung geriet, konnte er sich in endlosen Litaneien verlieren.

Björk schnappte sich erneut die Zeitung und las laut:

»*Sowjetische Todespatrouillen. Das neue Europa hat Schweden für eine Kriminalität mit politischen Dimensionen geöffnet.*‹ Was meinen die damit? Kann mir das einer von euch erklären? Wallander?«

»Ich habe nicht die leiseste Ahnung. Meiner Meinung nach ist es am besten, wenn man darauf pfeift, was in den Zeitungen steht.«

»Wie soll man darauf pfeifen können? Ab jetzt werden wir von der Presse belagert werden.«

Als habe er damit eine Prophezeiung ausgesprochen, klingelte im gleichen Augenblick das Telefon. Am Apparat war ein Journalist von ›Dagens Nyheter‹, der einen Kommentar haben wollte. Björk legte die Hand über die Sprechmuschel.

»Wir müssen noch eine Pressekonferenz einberufen«, sagte er. »Oder sollen wir erst eine Pressemitteilung rausschicken? Was ist am besten? Was meint ihr?«

»Sowohl als auch«, schlug Wallander vor. »Aber warte mit der Pressekonferenz bis morgen. Vielleicht hat der Mann vom Außenministerium noch interessante Neuigkeiten.«

Björk gab dem Journalisten Bescheid und beendete das Gespräch, ohne eine einzige Frage zu beantworten. Svedberg verließ das Zimmer. Björk und Wallander verfaßten gemeinsam eine kurze Pressemitteilung. Als Wallander Anstalten machte zu gehen, bat Björk ihn noch zu bleiben.

»Wir müssen etwas gegen diese undichte Stelle unternehmen«, sagte Björk. »Ich war offensichtlich viel zu naiv. Mir ist eingefallen, daß du dich schon letztes Jahr beschwert hast, als du mit den Mordfällen von Lenarp beschäftigt warst. Ich muß gestehen, daß ich damals dachte, du übertreibst. Bleibt die Frage, was ich tun soll.«

»Ich frage mich, ob man da überhaupt etwas machen kann«, wandte Wallander ein. »Das habe ich wohl schon letztes Jahr begriffen. Ich glaube, wir müssen lernen, damit zu leben.«

»Ich freue mich heute schon auf den Tag, an dem ich endlich in Pension gehen kann«, meinte Björk nach einer Weile nachdenklichen Schweigens. »Manchmal habe ich das Gefühl, als käme ich einfach nicht mehr mit.«

»Das Gefühl haben wir alle«, antwortete Wallander. »Ich werde diesen Beamten in Sturup abholen. Wie heißt er?«

»Törn.«

»Vorname?«

»Habe ich keinen bekommen.«

Wallander ging in sein Büro zurück, wo Martinsson und Svedberg ihn bereits erwarteten. Svedberg beschrieb gerade, was er in Björks Büro erlebt hatte.

Wallander beschloß, die Besprechung kurz zu halten. Er berichtete von dem Telefongespräch und seiner Schlußfolgerung, daß mehr als eine Person Hinweise zu dem Rettungsboot geben konnten.

»War er aus Schonen?« fragte Martinsson.

Wallander nickte.

»Dann müßte es möglich sein, sie aufzuspüren«, fuhr Martinsson fort. »Öltanker und Frachtschiffe können wir ausschließen. Was bleibt da noch?«

»Fischerboote«, sagte Wallander. »Wieviele Fischerboote gibt es entlang der schonischen Südküste?«

»Viele«, meinte Martinsson. »Aber ich glaube, daß jetzt im Februar ein großer Teil im Hafen liegt. Auch wenn es sehr viel Arbeit macht, halte ich es für möglich.«

»Das entscheiden wir morgen«, sagte Wallander. »Da kann die Sache schon ganz anders aussehen.«

Er erzählte, was er zuvor von Björk erfahren hatte. Martinsson reagierte erstaunt und ärgerlich wie er selbst. Svedberg zuckte dagegen lediglich mit den Schultern.

»Heute kommen wir nicht mehr weiter«, beendete Wallander die Besprechung. »Ich muß über den bisherigen Ermittlungsstand einen Bericht schreiben, ihr auch. Dann besprechen wir das Ganze mit den Kollegen von der Mordkommission und vom Rauschgiftdezernat, die morgen kommen. Und mit diesem Törn vom Außenministerium.«

Wallander kam frühzeitig am Flughafen an. Er trank eine Tasse Kaffee bei den Grenzbeamten und hörte sich die üblichen Beschwerden über lange Arbeitszeiten und niedrige Löhne an. Viertel nach fünf setzte er sich auf eine Bank in der Ankunftshalle und sah zerstreut auf einen Reklamefernseher, der von der Decke hing. Die Ankunft wurde angekündigt, und Wallander fragte sich, ob der Mann vom Außenministerium einen uniformierten Polizisten erwartete. Wenn ich die Arme hinter dem Rücken verschränke und auf den Zehen wippe, sieht er vielleicht, daß ich Polizist bin, dachte er selbstironisch.

Er betrachtete die vorbeigehenden Passagiere, konnte aber niemanden entdecken, der nach einem ihm Unbekannten suchte. Als der Strom der Passagiere abebbte und schließlich ganz aufhörte, glaubte er, den Mann verpaßt zu haben. Wie sieht ein Beamter des Außenministeriums aus, überlegte er. Ganz normal oder eher wie ein Diplomat? Aber wie sieht ein Diplomat aus?

»Kurt Wallander?« hörte er eine Stimme hinter seinem Rücken sagen.

Als er sich umdrehte, sah er eine etwa dreißigjährige Frau vor sich.

»Ja«, sagte er. »Das bin ich.«

Die Frau zog ihre Handschuhe aus und reichte ihm die Hand.

»Birgitta Törn«, stellte sie sich vor. »Ich komme vom Außenministerium. Sie haben vielleicht eher einen Mann erwartet?«

»Das habe ich wohl«, antwortete er.

»Es gibt nach wie vor nicht viele Frauen im Diplomatischen Dienst«, erwiderte Birgitta Törn. »Dennoch liegt ein großer Teil der schwedischen Verwaltung im außenpolitischen Bereich in den Händen von Frauen.«

»Soso«, sagte Wallander. »Willkommen in Schonen.«

Am Gepäckband betrachtete er sie unauffällig. Ihr Aussehen ließ sich nur schwer beschreiben. Da war vor allem etwas mit ihren Augen, das ihn stutzen ließ. Als er ihre Tasche nahm und sich ihre Blicke trafen, wußte er, was es war. Sie trug Kontaktlinsen. Das kannte er noch von Mona. Sie hatte in den letzten Jahren ihrer Ehe auch Kontaktlinsen getragen.

Sie gingen zum Wagen hinaus. Kurt Wallander erkundigte sich nach dem Wetter in Stockholm und fragte, ob sie eine angenehme Reise gehabt hätte. Obwohl sie auf seine Fragen antwortete, spürte er doch, daß sie eine gewisse Distanz zu ihm hielt.

»Man hat für mich ein Zimmer im Hotel ›Sekelgården‹ reserviert«, sagte sie auf der Fahrt nach Ystad. »Ich möchte gerne alle vorliegenden Berichte über den momentanen Stand der Ermittlungen einsehen. Ich nehme an, daß man Sie bereits angewiesen hat, mir sämtliches Material zur Verfügung zu stellen.«

»Nein«, erwiderte Wallander. »Davon hat mir niemand etwas gesagt. Aber da nichts davon geheim ist, bekommen Sie es trotzdem. Auf dem Rücksitz liegt ein Ordner.«

»Das war vorausschauend«, meinte sie.

»Eigentlich habe ich nur eine einzige Frage«, sagte Wallander. »Aus welchem Grund sind Sie hier?«

»Die instabile politische Lage in Osteuropa veranlaßt das Außenministerium, alle außergewöhnlichen Vorkommnisse zu überwachen. Außerdem können wir bei formellen Anfragen Hilfestellung leisten, die eventuell Ländern übermittelt werden müssen, die nicht an Interpol angeschlossen sind.«

Sie redet wie ein Politiker, dachte Wallander. In ihren Worten ist für Unsicherheit kein Platz.

»Außergewöhnliches Vorkommnis«, wiederholte er. »So könnte man es nennen. Wenn Sie wollen, kann ich Ihnen das Rettungsboot im Polizeipräsidium zeigen.«

»Nein danke«, antwortete Birgitta Törn. »In die polizeiliche Arbeit mische ich mich nicht ein. Aber es wäre natürlich gut, wenn wir uns morgen vormittag zu einer Besprechung treffen könnten. Ich möchte mir gern ein Bild machen.«

»Um acht wäre es mir recht«, sagte Wallander. »Wissen Sie, daß die Landespolizei uns ein paar zusätzliche Ermittlungsbeamte geschickt hat? Ich nehme an, daß sie morgen eintreffen werden.«

»Ich bin davon unterrichtet worden«, antwortete Birgitta Törn.

Das Hotel »Sekelgården« lag an einer Straße hinter dem Marktplatz. Wallander parkte den Wagen und reckte sich nach dem Ordner mit den Berichten. Dann hob er ihre Tasche aus dem Kofferraum.

»Sind Sie schon einmal in Ystad gewesen?« fragte er.

»Ich glaube nicht.«

»Dann darf ich vielleicht vorschlagen, daß die Ystader Polizei Sie zum Abendessen einlädt.«

Als sie antwortete, war ein schwaches Lächeln auf ihrem Gesicht zu erkennen.

»Das ist sehr freundlich von Ihnen«, sagte sie. »Aber ich habe noch viel Arbeit zu erledigen.«

Die Antwort ärgerte Kurt Wallander. War ihr ein Polizist aus einer Kleinstadt als Begleitung etwa nicht fein genug?

»Im Hotel ›Continental‹ ist das Essen am besten«, sagte er.

»Es liegt rechts vom Marktplatz. Soll ich Sie morgen früh abholen?«

»Ich komme schon allein zurecht«, sagte sie. »Aber trotzdem vielen Dank, auch dafür, daß Sie mich abgeholt haben.«

Wallander fuhr nach Hause. Es war schon halb sieben, und plötzlich hatte er das ganze Leben satt. Es lag nicht nur an der Leere, die er empfand, wenn er seine Wohnung betrat, in der ihn niemand erwartete. Es lag auch an dem Gefühl, daß es immer schwieriger wurde, eine Orientierung zu finden. Nun hatte selbst sein Körper begonnen, erste Warnsignale von sich zu geben. Früher hatte er sich in seiner Arbeit als Kriminalbeamter geborgen gefühlt. Aber jetzt war das anders. Ein Jahr zuvor, als er versuchte, den brutalen Doppelmord von Lenarp zu lösen, hatte ihn das Gefühl der Unsicherheit befallen. Er hatte oft mit Rydberg darüber gesprochen, daß ein Land wie Schweden, das sich in eine unbekannte und nicht überblickbare Richtung entwickelte, vielleicht andere Polizisten brauchte. Mit jedem neuen Tag fühlte er sich selbst immer unzureichender. Dieser Verunsicherung konnte keiner der regelmäßig von der Leitung der Landespolizei angeordneten Kurse abhelfen.

Er nahm ein Bier aus dem Kühlschrank, schaltete den Fernseher ein und ließ sich aufs Sofa sinken. Im Kasten flimmerte eines dieser ewigen Vorabendprogramme vorbei, die den Zuschauern täglich serviert wurden.

Er dachte erneut daran, sich doch noch für die ausgeschriebene Stelle bei der Gummifabrik in Trelleborg zu bewerben. Vielleicht war ein Neuanfang genau das, was er jetzt brauchte?

Vielleicht sollte man nur eine gewisse Zeit seines Lebens Polizist sein und danach etwas völlig anderes machen?

Er blieb bis zum späten Abend auf dem Sofa sitzen. Erst kurz vor Mitternacht legte er sich ins Bett.

Er hatte gerade das Licht gelöscht, als das Telefon klingelte. Nicht schon wieder, fuhr es ihm durch den Kopf. Nicht noch ein Mord. Er setzte sich im Bett auf und nahm den Hörer. An der Stimme erkannte er augenblicklich den Mann wieder, der ihn schon am Nachmittag angerufen hatte.

»Kann sein, daß ich etwas über das Rettungsboot weiß«, sagte der Mann.

»Wir sind an allen Informationen interessiert, die uns weiterhelfen können.«

»Ich kann nur unter der Bedingung aussagen, daß die Polizei mir garantiert, von meinem Anruf nichts bekannt werden zu lassen.«

»Sie können anonym bleiben, wenn Sie das wünschen.«

»Das reicht mir nicht. Die Polizei muß garantieren, daß sie nichts darüber verlauten läßt, daß überhaupt jemand angerufen hat.«

Wallander überlegte kurz. Dann gab er das Versprechen. Der Mann schien immer noch zu zögern.

Vor irgend etwas hat er Angst, dachte Wallander.

»Ich verspreche es bei meiner Ehre als Polizist«, versuchte er es noch einmal.

»Darauf gebe ich nicht viel«, erwiderte der Mann.

»Das können Sie aber«, antwortete Wallander. »Ich habe meine Versprechen noch immer gehalten. Da können Sie fragen, wen Sie wollen.«

Am anderen Ende wurde es still. Wallander hörte die Atemzüge des Mannes.

»Wissen Sie, wo die Industrigatan liegt?« fragte der Mann plötzlich.

Wallander wußte es. Sie lag in einem Industriegebiet am östlichen Stadtrand.

»Fahren Sie dorthin«, sagte der Mann. »Fahren Sie hinein. Es ist eine Einbahnstraße, aber das macht nichts. Nachts ist dort kein Verkehr. Schalten Sie den Motor aus und löschen Sie das Licht.«

»Jetzt?« fragte Wallander.

»Jetzt.«

»Wo genau soll ich anhalten? Die Straße ist lang.«

»Fahren Sie einfach dorthin. Ich werde Sie schon finden. Und kommen Sie allein. Sonst wird nichts draus.«

Die Leitung wurde unterbrochen.

Wallander beschlich ein unbehagliches Gefühl. Einen kurzen Augenblick spielte er mit dem Gedanken, Martinsson oder Svedberg anzurufen und um Hilfe zu bitten. Dann zwang er sich nachzudenken, ohne auf das schleichende Gefühl des Unbehagens Rücksicht zu nehmen. Was konnte schon passieren?

Er warf die Decke zurück und stand auf. Ein paar Minuten später schloß er auf der leeren Straße seinen Wagen auf. Die Temperatur war unter den Gefrierpunkt gesunken. Er bibberte, als er sich ins Auto setzte.

Fünf Minuten später bog er in die Industrigatan ein, die von Autofirmen und verschiedenen Kleinbetrieben gesäumt wurde. Nirgends konnte er Lichter erkennen. Er fuhr zur Mitte der Einbahnstraße. Dann hielt er an, schaltete den Motor und das Licht aus und wartete in der Dunkelheit. Die grünschimmernde Uhr neben dem Lenkrad zeigte sieben Minuten nach Mitternacht.

Es wurde halb eins, ohne daß irgend etwas geschah. Er beschloß, bis eins zu warten. War bis dahin niemand gekommen, würde er wieder nach Hause fahren.

Er entdeckte den Mann erst, als er schon neben dem Auto stand. Wallander kurbelte schnell die Scheibe herunter. Das Gesicht des Mannes lag im Schatten, so daß er die Gesichtszüge nicht ausmachen konnte. Aber die Stimme erkannte er wieder.

»Fahren Sie hinter mir her«, sagte der Mann nur.

Dann verschwand er.

Einige Minuten später kam ihm ein Auto entgegen. Die Lichthupe wurde betätigt.

Kurt Wallander ließ den Motor an und folgte dem Wagen. Sie fuhren aus der Stadt heraus, Richtung Osten.

Plötzlich wurde Wallander klar, daß er Angst hatte.

5

Der Hafen von Brantevik war wie ausgestorben.

Die meisten Lampen der Hafenbeleuchtung waren gelöscht. Nur vereinzelte Lichtpunkte fielen über das Hafenbecken mit seinem dunklen, unbeweglichen Wasser. Kurt Wallander fragte sich kurz, ob die Lampen eingeschlagen worden waren oder ob es Teil der allgemeinen städtischen Sparmaßnahmen war, für immer erloschene Glühbirnen nicht auszuwechseln. Wir leben in einer sich verdunkelnden Gesellschaft, dachte er. Ein symbolisches Bild wird mehr und mehr zur Wirklichkeit.

Die Bremslichter vor ihm erloschen, dann auch die Scheinwerfer. Wallander schaltete sein eigenes Licht aus und blieb in der Dunkelheit sitzen. Die Uhr auf dem Armaturenbrett zeigte mit elektronisch ruckenden Bewegungen die Zeit an. Fünf Minuten vor halb zwei. Plötzlich begann eine Taschenlampe in der Dunkelheit zu schwirren wie ein rastloses Glühwürmchen. Wallander öffnete die Autotür und stieg aus. Die kalte Nachtluft ließ ihn schaudern. Der Mann mit der Taschenlampe blieb ein paar Meter vor ihm stehen. Wallander konnte seine Gesichtszüge immer noch nicht erkennen.

»Wir gehen auf den Kai hinaus«, sagte der Mann.

Er sprach breites Schonisch. Wallander dachte, daß nichts wirklich bedrohlich klingen konnte, solange es Schonisch ausgesprochen wurde. Er kannte keinen anderen Dialekt, in dessen Tonfall so viel *Fürsorglichkeit* lag.

Dennoch zögerte er.

»Warum?« fragte er. »Warum sollen wir auf den Kai hinausgehen?«

»Haben Sie Angst?« erwiderte der Mann. »Wir werden auf den Kai hinausgehen, weil dort ein Boot liegt.«

Er wandte sich um und setzte sich in Bewegung. Wallander folgte ihm. Eine plötzliche Bö fegte ihm ins Gesicht. Sie blieben vor der dunklen Silhouette eines Fischerbootes stehen. Der Geruch von Meer und Öl war jetzt sehr intensiv. Der Mann gab Wallander die Taschenlampe.

»Leuchten Sie auf die Vertäuungen«, sagte er.

In diesem Moment sah Wallander zum ersten Mal sein Gesicht. Ein Mann um die vierzig, vielleicht etwas älter. Ein wettergebräuntes Gesicht mit der gegerbten Haut eines Menschen, der sich oft im Freien aufhält. Er trug einen dunkelblauen Overall und eine graue Jacke und hatte eine schwarze Mütze tief in die Stirn gezogen.

Der Mann hielt sich an einer der Halteleinen fest und kletterte an Bord. Er verschwand in der Dunkelheit in Richtung Ruderhaus, und Wallander wartete. Kurz darauf wurde eine Petroleumlampe entzündet. Der Mann kehrte über das knarrende Deck zum Bug zurück.

»Kommen Sie an Bord«, sagte er.

Unbeholfen hielt sich Wallander an der kalten Reling fest und kletterte an Bord.

Er folgte dem Mann über das abschüssige Deck und stolperte über ein Tau.

»Fallen Sie bloß nicht rein«, sagte der Mann. »Das Wasser ist kalt.«

Wallander folgte ihm in das enge Ruderhaus und dann weiter in den Maschinenraum. Es roch nach Diesel und Schmieröl. Der Mann hängte die Petroleumlampe an einen Haken an der Decke und schraubte den Docht herunter.

Wallander begriff plötzlich, daß der Mann große Angst hatte. Seine Finger zitterten, und er hatte es eilig.

Wallander setzte sich auf die unbequeme Pritsche, auf der eine schmutzige Decke lag.

»Sie halten, was Sie versprechen«, sagte der Mann.

»Ich halte immer, was ich verspreche«, antwortete Wallander.

»Das tut keiner«, meinte der Mann. »Mich interessiert nur das, was mich angeht.«

»Haben Sie auch einen Namen?«

»Der tut hier nichts zur Sache.«

»Aber Sie haben ein rotes Rettungsboot mit zwei toten Männern gesehen?«

»Vielleicht.«

»Sonst hätten Sie wohl kaum angerufen.«

Der Mann zog eine schmutzige Seekarte zu sich heran, die neben ihm auf der Pritsche lag.

»Hier«, sagte er und zeigte auf die Karte. »Hier habe ich es gesehen. Es war nachmittags neun Minuten vor zwei, als ich es entdeckte. Am zwölften, am Dienstag also. Ich habe mir meine Gedanken darüber gemacht, woher es gekommen sein könnte.«

Wallander suchte in seinen Taschen nach einem Stift und etwas, worauf er schreiben konnte. Aber er fand natürlich nichts.

»Mal langsam«, sagte Wallander. »Erzählen Sie noch einmal von vorne. Wo haben Sie das Boot entdeckt?«

»Ich habe es aufgeschrieben«, sagte der Mann. »Gut sechs Seemeilen von Ystad entfernt, direkt nach Süden gepeilt. Das Boot trieb in nordöstliche Richtung. Ich habe mir die genaue Position aufgeschrieben.«

Er streckte die Hand aus und reichte Wallander einen zerknitterten Zettel. Wallander hatte das Gefühl, daß die Positionsbestimmung genau war, auch wenn ihm die Zahlen nichts sagten.

»Das Boot trieb dort also«, sagte er. »Wenn es geschneit hätte, wäre ich nie darauf aufmerksam geworden.«

Wären *wir* nie darauf aufmerksam geworden, dachte Wallander kurz. Jedesmal, wenn er *ich* sagt, zögert er fast unmerklich. Als ob er sich selbst daran erinnern müßte, nur teilweise die Wahrheit zu sagen.

»Es trieb an Backbord«, fuhr der Mann fort. »Ich schleppte es bis zur schwedischen Küste. Als ich Land sah, machte ich es wieder los.«

Das erklärt die abgeschnittene Leine, dachte Wallander. Sie hatten es eilig und waren nervös. Sie zögerten nicht, ein Stück von einer Leine zu opfern.

»Sie sind Fischer?« fragte er dann.

»Ja.«

Nein, dachte Wallander. Jetzt lügst du wieder. Und du lügst ungeschickt. Ich frage mich, wovor du Angst hast.

»Ich war auf dem Heimweg«, fuhr der Mann fort.

»Sie haben doch sicher ein Funkgerät an Bord«, sagte Wallander. »Warum haben Sie nicht die Küstenwache alarmiert?«

»Ich hatte meine Gründe.«

Wallander verstand, daß er dem Mann im Overall seine Angst nehmen mußte. Sonst würde er nie etwas herausfinden. Vertrauen, dachte er. Er muß spüren, daß er sich wirklich auf mich verlassen kann.

»Ich muß mehr erfahren«, sagte Wallander. »Alles, was hier gesagt wird, werde ich natürlich bei den Ermittlungen verwenden. Aber niemand wird erfahren, daß Sie es gesagt haben.«

»Niemand hat etwas gesagt. Niemand hat angerufen.«

Auf einmal begriff Wallander, wie das Ganze zusammenhing. Es gab eine einfache und völlig logische Erklärung für den beharrlichen Willen des Mannes, anonym zu bleiben, und für seine Angst. Der Mann, der ihm gegenübersaß, war nicht allein an Bord des Schiffes gewesen, als sie das Rettungsboot sichteten, das hatte er schon vorher begriffen, bei seinem Gespräch mit Martinsson. Aber jetzt wußte er, wie groß die Besatzung war. Sie waren zu zweit gewesen. Nicht zu dritt oder viert, sondern zu zweit. Und es war der andere Mann, vor dem er solche Angst hatte.

»Niemand hat angerufen«, sagte Wallander. »Ist das hier Ihr Boot?«

»Was spielt das für eine Rolle?«

Wallander fing noch einmal von vorne an. Es war sich nun sicher, daß der Mann nichts mit den beiden Leichen zu tun hatte, abgesehen davon, daß er an Bord des Kutters gewesen war, von dem aus das Rettungsboot gesichtet und in Richtung Land geschleppt worden war. Dies vereinfachte die Situation, auch wenn er nach wie vor nicht verstehen konnte, warum der Zeuge solche Angst hatte. *Wer war der andere Mann?*

Schmuggler, fuhr es ihm plötzlich durch den Kopf. Schlepper oder Schnapsschmuggler. Dieses Boot hier wird zum Schmuggeln verwendet. Deshalb kann ich hier auch keinen Fisch riechen.

»Haben Sie ein Schiff in der Nähe gesehen, als Sie das Boot entdeckt haben?«

»Nein.«

»Sind Sie sich da völlig sicher?«

»Ich sage nur, was ich auch sicher weiß.«

»Aber Sie haben gesagt, daß Sie nachgedacht haben?«

Seine Antwort kam sehr bestimmt.

»Das Boot hat eine Zeitlang im Wasser gelegen. Es kann also nicht gerade erst ins Wasser geworfen worden sein.«

»Warum nicht?«

»Es war schon ein wenig mit Algen besetzt.«

Daran konnte sich Wallander nicht erinnern.

»Als wir es gefunden haben, gab es aber keine Spuren von Algen.« Der Mann dachte nach.

»Die wurden wohl abgespült, als ich es an Land geschleppt habe. Das Boot lag so, daß es auf der Heckwelle tanzte.«

»Was meinen Sie, wie lange hat es im Wasser gelegen?«

»Eine Woche vielleicht. Das ist schwer zu sagen.«

Wallander saß da und beobachtete den Mann. Seine Augen flackerten unruhig. Wallander hatte außerdem den Eindruck, daß er die ganze Zeit über angespannt lauschte.

»Haben Sie noch mehr zu sagen?« fragte Wallander. »Alles kann von Bedeutung sein.«

»Ich glaube, das Boot ist aus dem Baltikum hergetrieben.«

»Wie kommen Sie darauf? Wieso nicht aus Deutschland?«

»Ich kenne die Gewässer hier. Ich glaube, das Boot kam aus dem Baltikum.«

Wallander versuchte, sich eine Karte zu vergegenwärtigen.

»Das ist ein weiter Weg«, sagte er. »An der ganzen polnischen Küste entlang, mitten durch deutsche Hoheitsgewässer. Ich kann mir kaum vorstellen, daß das stimmt.«

»Während des Zweiten Weltkrieges sind Minen mitunter in sehr kurzer Zeit sehr weit getrieben. Der kräftige Wind in der letzten Zeit könnte es möglich gemacht haben.«

Das Licht der Petroleumlampe wurde plötzlich schwächer.

»Mehr habe ich nicht zu sagen«, meinte der Mann und faltete die schmutzige Seekarte zusammen. »Sie wissen hoffentlich noch, was Sie mir versprochen haben?«

»Ich weiß, was ich versprochen habe. Aber ich habe noch eine Frage: Warum hatten Sie solche Angst, mich zu treffen? Warum mitten in der Nacht?«

»Ich habe keine Angst«, erwiderte der Mann. »Und selbst wenn ich welche hätte, wäre das meine Sache. Ich habe meine Gründe.«

Der Mann schob die Karte in ein Fach direkt unter dem Steuer. Wallander versuchte, sich noch eine Frage einfallen zu lassen, bevor es zu spät war.

Keiner von ihnen bemerkte die schwache Bewegung im Rumpf des Bootes. Es war ein Schaukeln, so leicht, daß es unbeachtet vorübergehen konnte, wie der Nachklang einer Dünung, die erst jetzt das Land erreichte.

Wallander kletterte wieder aus dem Maschinenraum heraus. Schnell ließ er die Taschenlampe über die Wände des Ruderhauses spielen. Er konnte nichts erkennen, was ihm bei einer späteren Gelegenheit helfen würde, das Fischerboot zu identifizieren.

»Wie kann ich Sie erreichen, falls das notwendig sein sollte?« fragte er, als sie wieder auf dem Kai standen.

»Das können Sie nicht«, sagte der Mann. »Es wird auch nicht nötig sein. Ich habe nichts mehr zu sagen.«

Wallander zählte seine Schritte, als er den Kai entlangging. Als er den Fuß zum dreiundsiebzigsten Mal aufsetzte, spürte er den Schotter des Hafenplatzes unter seinen Füßen. Der Mann war von der Dunkelheit verschluckt worden. Er hatte die Taschenlampe genommen und war dann verschwunden, ohne ein Wort zu sagen. Wallander wartete einige Minuten. Für einen kurzen Moment meinte er einen Schatten erkennen zu können, der sich in der Dunkelheit bewegte. Aber das war natürlich nur Einbildung. Dann begriff er, daß er offensichtlich zuerst fahren sollte. Als er wieder auf die Hauptstraße gestoßen war, verlangsamte er sein Tempo. Aber hinter ihm tauchten keine Scheinwerfer auf.

Viertel vor drei schloß er schließlich wieder die Tür zu seiner Wohnung auf. Er setzte sich an den Küchentisch und machte sich Notizen zu dem Gespräch, das er im Maschinenraum des Fischerbootes geführt hatte.

Das Baltikum, dachte er. Kann das Boot wirklich so weit getrieben sein? Er stand auf und ging ins Wohnzimmer. In einem Schrank fand er zwischen Stapeln alter Illustrierten und Opernprogrammen seinen alten Schulatlas. Er schlug die Karte über Südschweden und den Ostseeraum auf. Das Baltikum schien ihm gleichzeitig weit weg und doch sehr nah zu sein.

Ich weiß nichts über das Meer, dachte er. Ich weiß nichts über Strömungen, Abdrift und Windverhältnisse. Vielleicht hat er ja recht? Und warum sollte er etwas behaupten, was nicht der Wahrheit entspricht?

Wieder dachte er an die Angst des Mannes. Den anderen Mann an Bord, den Unbekannten, vor dem er sich fürchtete.

Es war vier Uhr, als er wieder in seinem Bett war. Er lag noch lange wach, bis es ihm endlich gelang einzuschlafen.

Er wachte mit einem Ruck auf und wußte sofort, daß er verschlafen hatte.

Die Uhr auf seinem Nachttisch zeigte 7.46 an. Er fluchte, sprang aus dem Bett und begann, sich anzuziehen. Zahnbürste und Zahnpasta stopfte er sich in die Jackentasche. Drei Minuten vor acht parkte er sein Auto vor dem Polizeipräsidium. Ebba aus der Zentrale winkte ihn zu sich.

»Du sollst dich bei Björk melden«, sagte sie. »Wie siehst du überhaupt aus? Hast du verschlafen?«

»Allerdings«, antwortete Wallander und hastete in eine Toilette, um sich die Zähne zu putzen. Gleichzeitig versuchte er, seine Gedanken vor der kommenden Besprechung zu sammeln. Wie sollte er zum Beispiel seinen nächtlichen Ausflug zu einem Fischerboot im Hafen von Brantevik vorbringen?

Als er zu Björks Büro kam, war dort niemand. Er ging weiter zum größten Konferenzraum des Polizeipräsidiums, klopfte an die Tür und fühlte sich wie ein Schüler, der zu spät kommt.

Sechs Personen saßen an dem ovalen Tisch und schauten ihn an.

»Ich bin etwas spät dran«, sagte er und setzte sich auf den nächstbesten leeren Stuhl. Björk sah ihn streng an, während Martinsson und Svedberg neugierig schmunzelten. Bei Svedberg konnte er außerdem eine Spur von Schadenfreude erkennen. An Björks linker Seite saß Birgitta Törn mit ihrem nicht zu deutenden Gesichtsausdruck.

Es befanden sich zwei weitere Personen im Raum, die Wallander noch nie zuvor gesehen hatte. Er stand von seinem Stuhl auf und ging um den Tisch herum, um sie zu begrüßen. Beide Männer waren um die fünfzig, sahen sich auffallend ähnlich, waren kräftig gebaut und hatten freundliche Gesichter. Der eine stellte sich als Sture Rönnlund vor, der andere hieß Bertil Lovén.

»Ich bin von der Mordkommission«, sagte Lovén. »Sture hier ist vom Rauschgiftdezernat.«

»Kurt ist unser erfahrenster Ermittlungsbeamter«, sagte Björk. »Bitte, bedient euch. Hier ist Kaffee.«

Als endlich alle ihre Plastikbecher gefüllt hatten, eröffnete Björk die Besprechung.

»Wir sind natürlich dankbar für jede Hilfe, die wir bekommen können«, begann er. »Niemandem von euch wird entgangen sein, welch einen Aufstand dieser Leichenfund in den Medien verursacht hat. Nicht zuletzt deswegen ist es von großer Wichtigkeit, die Ermittlungen mit großer Energie, kraftvoll und energisch zu führen. Birgitta Törn ist natürlich in erster Linie als Beobachter gekommen und um uns bei eventuellen Kontakten mit den Ländern, in denen Interpol keinen Einfluß hat, zu helfen. Aber das soll uns nicht davon abhalten, ihren Ansichten auch dann Gehör zu schenken, wenn sie die konkrete Ermittlungsarbeit betreffen.«

Dann war Wallander an der Reihe. Weil alle im Raum Versammelten Kopien der bisherigen Ermittlungsberichte vorliegen hatten, sparte er es sich, den Stand der Dinge detailliert durchzugehen. Er begnügte sich mit einer Übersicht und den zeitlichen Abläufen und verwendete mehr Zeit auf die Obduktion und ihre Ergebnisse. Als er fertig war, stellte Lovén einige Fragen zu Details, die er eingehender erklärt haben wollte. Das war alles. Björk sah sich in der Runde um.

»Schön«, sagte er. »Wie machen wir nun weiter?«

Kurt Wallander reizte Björks untertänige Haltung gegenüber der Frau vom Außenministerium und den beiden Kriminalpolizisten aus Stockholm. Er würde sich nicht davon abhalten lassen, die Konfrontation zu suchen. Er nickte Björk zu, um das Wort zu bekommen.

»Es gibt hier allzuviel, was mir unklar erscheint«, sagte er. »Damit meine ich nicht den Stand der Ermittlungen an sich. Aber es will mir einfach nicht in den Kopf, warum es das Außenministerium für notwendig erachtet, Birgitta Törn nach Ystad zu schicken. Ich kann nicht glauben, daß uns das Außenministerium nur bei Kontakten, zum Beispiel zur russischen

Polizei, beistehen will, falls das überhaupt nötig sein sollte. Das könnte man auch durch ein Telex nach Stockholm regeln. Mir scheint vielmehr, als habe das Außenministerium beschlossen, unsere Ermittlungen zu überwachen. Deshalb möchte ich gerne wissen, was genau überwacht werden soll, und vor allen Dingen, warum das Außenministerium auf diese Idee gekommen ist. Ich kann nicht leugnen, daß ich den meines Erachtens naheliegenden Verdacht hege, daß das Außenministerium etwas weiß, wovon wir keine Ahnung haben. Aber vielleicht ist es auch gar nicht das Außenministerium, das auf diese Idee gekommen ist? Vielleicht ist es ja auch jemand anderer?«

Es war totenstill im Raum, als er verstummte. Björk starrte Wallander entsetzt an.

Schließlich war es Birgitta Törn, die das Schweigen brach.

»Es gibt keine Veranlassung, den von uns angegebenen Gründen für unsere Präsenz in Ystad zu mißtrauen. Die instabile politische Lage in Osteuropa verlangt von uns, daß wir den Entwicklungen genauestens folgen.«

»Aber wir wissen doch nicht einmal genau, ob die Männer wirklich aus Osteuropa stammen«, wandte Wallander ein. »Oder wißt ihr da etwas, was wir nicht wissen? Wenn dem so ist, würde ich nämlich gerne wissen, was es ist.«

»Vielleicht sollten wir uns jetzt wieder etwas beruhigen«, meinte Björk.

»Ich möchte Antwort auf meine Fragen bekommen«, protestierte Wallander. »Ich begnüge mich nicht mit leeren Phrasen über die instabile politische Lage.«

Birgitta Törns Gesicht verlor auf einmal seinen undeutbaren Ausdruck. Sie sah ihn mit Augen an, die deutlich von einer wachsenden Mißbilligung und Distanzierung zeugten. Ich bin lästig, dachte Wallander. Ich gehöre zum lästigen Fußvolk.

»Es verhält sich genau so, wie ich gesagt habe«, sagte Birgitta Törn. »Wenn Sie vernünftig wären, würden Sie einsehen, daß es überhaupt keinen Grund für Ihr Mißtrauen gibt.«

Wallander schüttelte den Kopf. Dann wandte er sich an Lovén und Rönnlund.

»Wie sehen eure Instruktionen aus?« fragte er. »Stockholm schickt doch fast nie jemanden, es sei denn, es liegt ein offizielles Ersuchen um Hilfe vor. Und einen solchen Antrag haben wir nicht gestellt, soweit ich weiß. Oder haben wir das etwa?«

Björk schüttelte den Kopf, als Wallander sich ihm fragend zuwandte.

»Das hat Stockholm also eigenmächtig entschieden«, fuhr er fort. »Ich möchte gerne den Grund dafür erfahren, wenn wir wirklich zusammenarbeiten können sollen. Es kann doch nicht angehen, daß unserem Polizeidistrikt die Fähigkeit, seine Arbeit ordentlich zu erledigen, bereits abgesprochen wird, obwohl wir gerade erst mit ihr begonnen haben?«

Lovén rutschte unbehaglich hin und her. Schließlich blieb es Rönnlund überlassen zu antworten. Kurt Wallander hörte, daß in seiner Stimme Sympathie mitschwang.

»Der Landespolizeichef war der Ansicht, daß ihr Hilfe brauchen könntet«, sagte er. »Unsere Aufgabe ist es, euch zur Verfügung zu stehen, nichts anderes. Ihr leitet die Ermittlungen. Wenn wir euch helfen können, tun wir das gerne. Weder Bertil noch ich zweifeln an eurer Fähigkeit, diesen Fall auch ohne uns zu bearbeiten. Persönlich bin ich der Meinung, daß ihr eure Arbeit in diesen Tagen sowohl schnell als auch zielstrebig erledigt habt.«

Wallander nickte angesichts dieser Anerkennung. Martinsson saß da und lächelte, während Svedberg mit einem Holzstückchen, das er vom Konferenztisch abgebrochen hatte, gedankenverloren in den Zähnen herumstocherte.

»Dann können wir jetzt vielleicht überlegen, wie wir weitermachen«, sagte Björk.

»Ausgezeichnet«, sagte Wallander. »Ich habe da ein paar Theorien, zu denen ich gerne eure Meinung hören würde. Aber zunächst möchte ich euch von einem kleinen nächtlichen Abenteuer erzählen.«

Sein Ärger war verflogen. Jetzt war er wieder ruhig. Er hatte seine Kräfte mit Birgitta Törn gemessen und war nicht besiegt worden. Er würde schon noch herausfinden, warum sie wirklich gekommen war. Auch Rönnlunds Sympathie hatte sein Selbstbewußtsein gestärkt. Er berichtete von dem Telefonanruf und seinem Besuch auf dem Fischerboot in Brantevik. Insbesondere unterstrich er die entschiedene Aussage des Mannes, das Boot könne tatsächlich aus dem Baltikum herübergetrieben sein. In einem Anfall unerwarteter Tatkraft rief Björk die Telefonzentrale an und bat jemanden, unverzüglich übersichtliche und detaillierte Karten von dem gesamten in Frage kommenden Gebiet zu besorgen. Vor seinem inneren Auge konnte Wallander sehen, wie Ebba sich den nächstbesten Polizeibeamten griff, der an der Zentrale vorbeikam, und ihm Bescheid gab, sofort die entsprechenden Karten zu besorgen. Er goß sich noch etwas Kaffee ein und ging dazu über, seine Theorien darzulegen.

»Alles deutet darauf hin, daß die Männer an Bord eines Schiffes ermordet wurden«, sagte er. »Dafür, daß ihre Leichen nicht im Meer versenkt wurden, kann ich nur eine denkbare Erklärung finden: der oder die Mörder wollten, daß die Leichen gefunden werden. Dafür wiederum kann ich allerdings kaum eine plausible Erklärung finden, niemand konnte voraussehen, wann und wo das Boot an die Küste getrieben würde. Die Männer sind jedenfalls durch Schüsse aus nächster Nähe ermordet worden, nachdem man sie zuvor gefoltert hatte. Menschen foltert man, um sich an ihnen zu rächen oder um Informationen zu bekommen. Das nächste auffällige Indiz, das wir nicht aus den Augen verlieren dürfen, ist die Tatsache, daß beide Männer unter Einfluß von Drogen standen, Amphetamin, um genau zu sein. Rauschgift ist also in irgendeiner Form Teil der ganzen Geschichte. Außerdem habe ich den Eindruck, daß die Männer wohlhabend gewesen sind. Ihre Kleidung deutet darauf hin. Mit osteuropäischem Maß gemessen, müssen sie sogar sehr wohlhabend gewesen sein, wenn sie es sich leisten konnten, solche Anzüge und Schuhe zu kaufen. Ich könnte mir das nicht leisten.«

Sein letzter Kommentar ließ Lovén lauthals auflachen. Birgitta Törn aber starrte weiterhin verbissen auf den Tisch.

»Wir wissen also eine ganze Menge«, fuhr Wallander fort, »auch wenn wir die einzelnen Teile nicht zu einem Bild zusammenfügen können, das den Tathergang und das Motiv für die Morde erklärt. Wir müssen jetzt vorrangig die Identität der Männer feststellen. Darauf müssen wir uns konzentrieren, und auf eine schnelle ballistische Untersuchung der Kugeln. Ich will eine vollständige Aufstellung vermißter oder gesuchter Personen in Schweden und Dänemark. Die Fingerabdrücke, Fotografien und Personenbeschreibungen sollen unverzüglich via Interpol verschickt werden. Vielleicht finden wir auch etwas in unserer Verbrecherkartei? Außerdem muß natürlich die baltische sowie die sowjetische Polizei unmittelbar kontaktiert werden, wenn dies nicht schon geschehen ist. Aber das kann Birgitta Törn vielleicht beantworten?«

»Es wird im Laufe des Tages geschehen«, sagte sie. »Wir werden Kontakt mit dem Dezernat für internationale Fragen bei der Moskauer Polizei aufnehmen.«

»Die Polizei in Estland, Lettland und Litauen muß auch benachrichtigt werden.«

»Das geschieht durch Moskau.«

Wallander sah sie fragend an. Dann wandte er sich an Björk.

»Hatten wir nicht letzten Herbst eine Studiendelegation der litauischen Polizei hier?«

»Es wird wohl so sein, wie Birgitta Törn sagt«, antwortete Björk. »Es gibt natürlich eine nationale Polizei in diesen Staaten. Aber es ist nach wie vor die Sowjetunion, die offiziell die Entscheidungsgewalt hat.«

»Ich frage mich, ob das wirklich so stimmt«, meinte Wallander. »Aber das weiß das Außenministerium wohl besser als ich.«

»Ja«, sagte Birgitta Törn. »Das tun wir wohl.«

Die Besprechung wurde von Björk beendet, der anschließend mit Birgitta Törn verschwand. Eine Pressekonferenz war für zwei Uhr nachmittags angesetzt worden.

Wallander blieb noch etwas im Konferenzraum. Gemeinsam mit den anderen ging er die Aufgaben durch, die vor ihnen lagen. Svedberg holte die Plastiktüte mit den beiden Pistolenkugeln, und Lovén übernahm es, sich um die ballistische Untersuchung zu kümmern und sie etwas zu beschleunigen. Die anderen teilten sich die umfangreiche Arbeit, die Vermißten- und Verbrecherkartei zu durchkämmen. Martinsson, der ein paar persönliche Kontakte zur Kopenhagener Polizei hatte, erklärte sich bereit, Verbindung mit den Kollegen auf der anderen Seite des Sundes aufzunehmen.

»Um die Pressekonferenz braucht ihr euch nicht zu kümmern«, sagte Wallander abschließend. »Die muß nur Björk und mir Kopfzerbrechen bereiten.«

»Sind die hier genauso unangenehm wie in Stockholm?« wollte Rönnlund wissen.

»Ich weiß ja nicht, wie Pressekonferenzen in Stockholm ablaufen«, antwortete Wallander. »Aber Spaß machen sie hier beim besten Willen nicht, das kann ich euch versichern.«

Der Rest des Tages verging damit, die Personenbeschreibungen an sämtliche Polizeidistrikte des Landes und die übrigen skandinavischen Länder zu schicken. Zudem mußten sie noch eine ganze Reihe verschiedener Karteien durchsehen. Schon bald war klar, daß die Fingerabdrücke der Ermordeten weder bei der schwedischen noch bei der dänischen Polizei registriert waren. Interpol würde noch etwas Zeit benötigen, bevor mit einer Antwort zu rechnen war. Wallander und Lovén diskutierten längere Zeit die Frage, ob die ehemalige DDR mittlerweile schon zu einem vollwertigen Mitglied von Interpol geworden war oder nicht. Waren ihre Verbrecherkarteien in ein neues, zentrales Computernetz überführt worden, welches das gesamte wiedervereinigte Deutschland abdeckte? Wo verlief die Grenze zwischen dem umfangreichen Archiv der Stasi und einer möglicherweise vorhandenen Kartei der Kriminalpolizei? Hatte es überhaupt eine solche Grenze gegeben?

Lovén übernahm es, dies herauszufinden, während Wallander die Pressekonferenz vorbereitete.

Als er vor Beginn der Pressekonferenz Björk traf, merkte er, daß der sich reserviert gab.

Warum sagt er jetzt nichts? dachte Wallander. Wenn er schon meint, daß ich mich der schicken Dame vom Außenministerium gegenüber unverschämt verhalten habe.

Eine große Zahl von Journalisten und Vertreter anderer Medien hatte sich in dem Raum versammelt, in dem die Pressekonferenz abgehalten werden sollte. Wallander blickte sich suchend nach dem jungen Mann von ›Expressen‹ um, ohne ihn entdecken zu können. Wie üblich war es Björk, der die Einleitung übernahm. Mit unerwarteter Heftigkeit griff er die *unbegreiflichen Unglaubwürdigkeiten*, wie er es nannte, die in der Presse verbreitet worden seien, an. Wallander dachte an sein nächtliches Treffen mit dem verängstigten Mann in Brantevik. Als er an der Reihe war, wiederholte er zunächst seine Aufforderung an die Öffentlichkeit, sich mit eventuellen Beobachtungen an die Polizei zu wenden.

Als einer der Journalisten sich erkundigte, ob noch keine Hinweise eingelaufen seien, antwortete er, daß sie bisher noch keine Hinweise erhalten hätten. Die Pressekonferenz verlief erstaunlich schleppend, und Björk war zufrieden, als sie den Raum verließen.

»Was macht die Dame vom Außenministerium?« fragte Wallander, als sie den Flur entlanggingen.

»Sie hängt die meiste Zeit am Telefon«, antwortete Björk. »Du bist wahrscheinlich der Meinung, daß wir ihre Gespräche abhören sollten?«

»Das wäre vielleicht gar keine so dumme Idee«, brummte Wallander.

Der Tag verging, ohne daß etwas Aufsehenerregendes geschah. Jetzt galt es, die Geduld zu bewahren und abzuwarten, ob jemand an die Köder, die sie ausgelegt hatten, anbiß.

Kurz vor sechs steckte Martinsson seinen Kopf durch die Tür zu Wallanders Büro und fragte ihn, ob er Lust hätte, bei ihm daheim zu Abend zu essen. Er hatte Lovén und Rönnlund zu sich eingeladen, die beide an Heimweh zu leiden schienen.

»Svedberg hatte schon etwas anderes vor«, sagte er. »Birgitta Törn hat gesagt, daß sie heute abend nach Malmö fahren will. Hast du Lust zu kommen?«

»Ich habe keine Zeit«, antwortete Wallander. »Ich habe heute abend leider schon etwas anderes vor.«

Das stimmte nur zum Teil. Er hatte sich noch nicht endgültig entschlossen, an diesem Abend nach Brantevik hinauszufahren, um das Fischerboot genauer zu inspizieren.

Gegen halb sieben führte er das tägliche Telefongespräch mit seinem Vater. Wallander erhielt von ihm den Auftrag, bei seinem nächsten Besuch ein neues Kartenspiel mitzubringen. Sobald er das Gespräch beendet hatte, verließ er das Polizeipräsidium. Der Wind war schwächer geworden, und der Himmel war klar. Auf dem Heimweg hielt er an einem Lebensmittelgeschäft und kaufte etwas zu essen. Um acht, als er gegessen hatte und darauf wartete, daß der Kaffee fertig war, hatte er sich immer noch nicht entschieden, ob er nach Brantevik hinausfahren sollte oder nicht. Er dachte, daß dies ebenso gut noch bis zum nächsten Tag warten konnte. Außerdem war er noch müde von seinem Ausflug in der vorangegangenen Nacht.

Lange blieb er mit seiner Kaffeetasse am Küchentisch sitzen. Er versuchte sich vorzustellen, Rydberg säße ihm gegenüber und kommentiere die Ereignisse des Tages. Schritt für Schritt ging er mit seinem unsichtbaren Besucher die Ermittlung durch. Drei Tage waren nun vergangen, seit das Boot bei Mossby Strand an Land getrieben war. Solange es ihnen nicht glückte, die Identität der Männer festzustellen, würden sie nicht weiterkommen. Dann würde das Rätsel mit großer Wahrscheinlichkeit für immer ungelöst bleiben.

Er stellte die Kaffeetasse auf die Spüle. Eine vertrocknende Blume am Küchenfenster zog seine Aufmerksamkeit auf sich. Er goß sie mit einem Glas Wasser, ging dann ins Wohnzimmer und legte eine Platte mit Maria Callas auf. Zu den Tönen von ›La Traviata‹ faßte er endgültig den Beschluß, das Fischerboot warten zu lassen.

Später am Abend versuchte er, seine Tochter in der Volkshochschule bei Stockholm anzurufen. Er ließ es lange klingeln, ohne daß jemand abhob. Gegen halb elf legte er sich schließlich hin und schlief fast augenblicklich ein.

Am nächsten Tag, dem vierten Tag der Ermittlungen, kurz vor zwei Uhr nachmittags, traf ein, worauf alle gewartet hatten. Birgitta Törn kam zu Wallander und reichte ihm ein Telex. Über ihre Vorgesetzten in Moskau hatte die Polizei im lettischen Riga dem schwedischen Außenministerium mitteilen lassen, daß es sich bei den Männern, die in einem Rettungsboot an der schwedischen Küste aufgefunden worden waren, höchstwahrscheinlich um lettische Staatsangehörige handelte. Um die weiteren Ermittlungen zu erleichtern, schlug Major Litvinov von der Moskauer Polizei seinen schwedischen Kollegen vor, direkten Kontakt mit der Mordkommission in Riga aufzunehmen.

»Es gibt sie also«, sagte Wallander. »Die lettische Polizei.«

»Hat etwa jemand das Gegenteil behauptet?« sagte Birgitta Törn. »Aber wenn Sie sich direkt an Riga gewandt hätten, wäre es unter Umständen zu diplomatischen Verwicklungen gekommen. Es ist noch nicht einmal sicher, ob wir überhaupt eine Antwort erhalten hätten. Ich nehme an, es ist Ihnen nicht entgangen, daß die Lage in Lettland im Augenblick äußerst gespannt ist.«

Wallander wußte, was sie meinte. Es war nicht einmal ein Monat vergangen, seit jene sowjetische Elitetruppe, die auch die »Schwarzen Barette« genannt wurde, das Gebäude des Innenministeriums im Zentrum von Riga beschossen hatte. Eine Reihe unschuldiger Zivilisten war dabei getötet worden. Auf den Zeitungsbildern hatte Wallander Barrikaden aus Steinblöcken und zusammengeschweißten Eisenrohren gesehen. Aber er verstand trotzdem nicht richtig, was dort wirklich vor sich ging. Er schien immer zu wenig darüber zu wissen, was um ihn herum geschah.

»Was machen wir jetzt?« fragte er unsicher.

»Wir nehmen Kontakt zur Polizei in Riga auf. Vor allem geht es wohl zunächst darum, eine Bestätigung dafür zu erhalten, ob die Männer tatsächlich lettische Staatsbürger waren.«

Wallander las das Schreiben noch einmal durch.

Offensichtlich hatte der Mann auf dem Kutter recht gehabt. Das Boot war tatsächlich aus einem der baltischen Länder angetrieben worden.

»Wir wissen immer noch nicht, wer die Männer sind«, sagte er.

Drei Stunden später wußte Wallander es. Ein Telefongespräch aus Riga war angekündigt worden, und die gesamte Fahndungsgruppe hatte sich im Konferenzraum versammelt. Björk war so aufgeregt, daß er seinen Anzug mit Kaffee bekleckerte.

»Ist jemand hier, der Lettisch spricht?« fragte Wallander. »Ich kann es jedenfalls nicht.«

»Das Gespräch wird auf englisch geführt werden«, sagte Birgitta Törn. »Darum haben wir gebeten.«

»Du wirst das Gespräch übernehmen«, sagte Björk zu Wallander.

»Mein Englisch ist nicht sonderlich gut.«

»Seins bestimmt auch nicht«, meinte Rönnlund. »Wie hieß er noch? Major Litvinov? Das gleicht sich schon aus.«

»Major Litvinov arbeitet in Moskau«, korrigierte Birgitta Törn. »Gleich werden wir mit der Polizei in Riga sprechen. Das liegt in Lettland.«

Neunzehn Minuten nach fünf kam das Gespräch. Die Leitung war erstaunlich gut, und Wallander hörte eine Stimme, die sich als Major Liepa von der Kriminalpolizei in Riga vorstellte. Wallander machte sich Notizen, während er zuhörte. Dann und wann antwortete er auf eine Frage. Major Liepa sprach ein sehr schlechtes Englisch. Wallander verstand nicht alles, was der Major sagte. Aber als das Gespräch beendet war, hatte er dennoch das Wichtigste auf seinem Notizblock festgehalten.

Zwei Namen. Zwei Identitäten.

Janis Leja und Juris Kalns.

»Riga hatte ihre Fingerabdrücke«, sagte Wallander. »Nach dem, was Major Liepa sagt, besteht kein Zweifel, daß es sich bei unseren Leichen um diese zwei Personen handelt.«

»Ausgezeichnet«, sagte Björk. »Was sind das für Herren?«

Wallander schaute auf seinen Notizblock.

»*Notorious criminals*, hat er gesagt. Das läßt sich vielleicht mit berüchtigte Kriminelle übersetzen?«

»Wußte er, warum sie ermordet wurden?« wollte Björk wissen.

»Nein. Aber er schien mir auch nicht sonderlich überrascht. Wenn ich ihn richtig verstanden habe, wird er uns eine ganze Menge Material zuschicken. Er erkundigte sich außerdem, ob wir daran interessiert seien, daß er uns ein paar lettische Polizeibeamte schickt, die bei der Ermittlung mithelfen können.«

»Das wäre natürlich bestens«, sagte Björk. »Je schneller wir diese Geschichte aus der Welt schaffen können, desto besser.«

»Das Außenministerium unterstützt natürlich einen solchen Vorschlag«, fügte Birgitta Törn hinzu.

Damit war es beschlossene Sache. Am nächsten Tag, dem fünften Tag der Ermittlung, schickte Major Liepa ein Telex, in dem er mitteilte, daß er persönlich am folgenden Nachmittag auf dem Flughafen Arlanda eintreffen würde. Anschließend würde er direkt nach Sturup weiterfliegen.

»Ein Major«, sagte Wallander. »Was das wohl bedeutet?«

»Keine Ahnung«, antwortete Martinsson. »Ich fühle mich in diesem Beruf meistens eher wie ein Unteroffizier.«

Birgitta Törn kehrte nach Stockholm zurück. Jetzt, da sie fort war, fiel es Wallander bereits schwer, sich ihr Aussehen oder ihre Stimme in Erinnerung zu rufen.

Die sehe ich nie wieder, dachte er. Und ich werde wohl auch nie herausfinden, warum sie eigentlich gekommen ist.

Björk fuhr selbst zum Flughafen, um den lettischen Major abzuholen, deshalb hatte Kurt Wallander Zeit, seinen Vater zu besuchen und mit ihm Canasta zu spielen. Im Auto auf dem Weg nach Löderup dachte er, daß der Fall für sie bald erledigt sein würde. Der lettische Polizeibeamte würde ihnen ein denkbares Motiv liefern. Dann würde man die ganze Morduntersuchung nach Riga verlegen können, wo die Täter wahrscheinlich zu suchen waren. Das Rettungsboot war an die schwedische Küste getrieben worden. Aber die Hintergründe des Mordes waren auf der anderen Seite des Meeres zu suchen. Die Leichen würden nach Lettland überführt werden, dort würde man den Fall lösen.

Das war eine grobe Fehleinschätzung.

Im Grunde hatte es noch gar nicht richtig angefangen.

An diesem Abend brach der Winter mit all seiner Macht über Schonen herein.

6

Kurt Wallander war davon ausgegangen, daß Major Liepa Uniform tragen würde, wenn er sich im Ystader Polizeipräsidium zeigte. Aber der Mann, den Björk ihm am Morgen des sechsten Ermittlungstages vorstellte, trug einen schlecht sitzenden grauen Anzug mit plump geknoteter Krawatte. Außerdem war er klein, und sein Kopf schien direkt auf den hochgezogenen Schultern zu sitzen; in Wallanders Augen hatte er nichts Soldatisches. Der Major, der mit Vornamen Karlis hieß, war Kettenraucher, und seine Fingerspitzen waren vom Nikotin gelb verfärbt.

Die Rauchgewohnheiten des lettischen Majors führten im Polizeipräsidium unmittelbar zu Problemen. Aufgebrachte Nichtraucher unter den Polizisten beschwerten sich bei Björk, daß Liepa überall rauche, auch in den Nichtraucherzonen. Björk entgegnete zwar, daß dem Gast ein gewisses Verständnis entgegengebracht werden müsse, bat aber anschließend Wallander, Major Liepa zu erklären, daß er das Rauchverbot respektieren solle. Als Wallander dies in seinem holprigen Englisch erklärte, zuckte Liepa nur mit den Schultern und drückte sofort seine Zigarette aus. Danach versuchte er, außerhalb von Wallanders Büro und dem Konferenzraum, das Rauchen zu unterlassen. Als der Rauch sogar für Wallander unerträglich zu werden drohte, wandte er sich an Björk und bat um ein eigenes Büro für Major Liepa. Man löste das Problem, indem Svedberg vorübergehend zu Martinsson ins Zimmer zog, während Major Liepa sich in Svedbergs Büro einrichtete.

Major Liepa aus Riga war sehr kurzsichtig. Seine randlose Brille schien viel zu schwach zu sein. Wenn er las, hielt er das

Papier nur wenige Zentimeter vor die Augen. Man konnte den Eindruck gewinnen, daß er am Papier roch, statt den Text zu lesen. Seine schwedischen Kollegen konnten sich anfangs vor Lachen kaum halten. Ab und zu schnappte Wallander im Flur respektlose Kommentare über den kleinen, gebückten lettischen Major auf. Er hatte jedoch keine Schwierigkeiten, dem respektlosen Gerede Einhalt zu gebieten. Er hatte rasch festgestellt, daß Liepa ein äußerst scharfsinniger und geschickter Polizist war. Er hatte eine gewisse Ähnlichkeit mit Rydberg. Wie Rydberg war Major Liepa ein leidenschaftlicher Mensch. Selbst wenn die Ermittlungen fast immer vorgegebenen Mustern folgten, durfte dies doch nicht dazu verleiten, in eingefahrenen Bahnen zu denken. Major Liepa war mit Leib und Seele Polizist. Hinter seiner farblosen äußeren Erscheinung verbargen sich ein scharfer Verstand und ein erfahrener Ermittler.

Der Morgen des sechsten Tages war grau und windig. Eine herannahende Schneefront sollte am Abend über Schonen hereinbrechen. Da gleichzeitig unter den Polizisten eine Grippewelle grassierte, sah Björk sich gezwungen, Svedberg bis auf weiteres von der laufenden Ermittlung freizustellen. Andere Delikte häuften sich und duldeten keinen Aufschub mehr. Lovén und Rönnlund waren nach Stockholm zurückgekehrt. Björk, der sich auch schlapp fühlte, ließ Martinsson und Wallander mit Major Liepa allein, nachdem er sie einander vorgestellt hatte. Sie saßen im Konferenzraum, und Major Liepa rauchte eine Zigarette nach der anderen.

Wallander, der am Abend zuvor mit seinem Vater Canasta gespielt hatte, war schon um fünf Uhr aufgestanden, um noch eine Broschüre über Lettland lesen zu können, die ihm sein Buchhändler am Vortag herausgesucht hatte. Er hatte sich außerdem überlegt, daß es sinnvoll wäre, zuerst über Aufbau und Organisation der jeweiligen Polizeiapparate zu reden. Schon die Tatsache, daß bei der lettischen Polizei militärische Dienstgrade verwendet wurden, ließ auf große Unterschiede schließen. Als Wallander bei seinem Morgenkaffee versucht hatte, in englisch einige allgemeine Informationen über die schwedische Polizei zu formulieren, war er plötzlich unsicher geworden. Er wußte selbst kaum, wie die schwedische Polizei funktionierte. Daß der geschäftige, energische Landespolizeichef vor kurzem erhebliche Reformen angekündigt hatte, machte die Sache auch nicht leichter. Wallander hatte ellenlange und immer schlecht formulierte Rundschreiben über bereits beschlossene Umstrukturierungen gelesen. Als er einmal versucht hatte, mit Björk darüber zu reden, wie sich die angekündigten Änderungen eigentlich in der Praxis auswirken würden, hatte er lediglich unbestimmte und ausweichende Antworten bekommen. Als er nun dem kettenrauchenden Major gegenübersaß, kam ihm der Gedanke, daß er genausogut auf diese Informationen verzichten konnte. Sollten wegen rein organisatorischer Fragen Mißverständnisse auftauchen, konnten sie auch bei entsprechender Gelegenheit geklärt werden.

Nachdem Björk hustend den Raum verlassen hatte, hielt Wallander es für angebracht, zunächst mit ein paar Höflichkeitsfloskeln zu beginnen. Er fragte, wo Major Liepa während seines Besuches in Ystad wohne.

»Im Hotel«, antwortete Liepa. »Aber ich weiß nicht, wie es heißt.«

Wallander geriet aus dem Konzept. Liepa schien nur an der laufenden Ermittlung interessiert zu sein.

Die Höflichkeiten müssen wir eben nachholen, dachte er. Was uns verbindet, ist die Aufklärung eines Doppelmordes, und nichts anderes.

Major Liepa schilderte des langen und breiten, wie es der lettischen Polizei gelungen war, die Identität der beiden Männer festzustellen. Sein Englisch war schlecht, ein Umstand, der ihn offensichtlich irritierte. In einer Pause rief Wallander einen befreundeten Buchhändler an und fragte, ob er ein Englisch-Lettisches Wörterbuch vorrätig habe, und erhielt ein

Nein als Antwort. Sie würden also mühselig miteinander zurechtkommen müssen, ohne eine gemeinsame Sprache zur Verständigung.

Nach über neun Stunden intensiven Aktenstudiums – Martinsson und Wallander starrten Stunde um Stunde auf ihre Kopie eines unverständlichen lettischen Protokolls, während Major Liepa übersetzte, nach Worten suchte und weitermachte – konnte sich Wallander halbwegs ein Bild machen. Janis Leja und Juris Kalns waren trotz ihrer jungen Jahre als zwei unberechenbare und habgierige Verbrecher bekannt. Wallander war die Verachtung nicht entgangen, mit der Major Liepa bemerkt hatte, daß die beiden Männer der russischen Bevölkerung im Land angehörten. Wallander hatte bereits begriffen, daß sich die große russische Volksgruppe, die seit der Annektierung während des Zweiten Weltkriegs im Lande lebte, dem Unabhängigkeitsprozeß widersetzte. Er konnte sich jedoch kein klares Bild davon machen, wie groß das Problem war. Dazu reichte sein politisches Wissen nicht aus. Aber Major Liepas Verachtung war unverblümt und zeigte sich immer wieder.

»Russische Banditen«, nannte er sie. »*Russian bandits, members of our Eastern maffia.*«

Obwohl sie noch recht jung waren – Leja war achtundzwanzig und Kalns einunddreißig –, hatten sie ein langes Strafregister. Sie waren in Diebstähle, Überfälle, Schmuggel und illegale Devisengeschäfte verwickelt gewesen. Die Polizei in Riga hatte in mindestens drei Fällen Grund zu der Annahme gehabt, daß die beiden jungen Männer Morde begangen hatten. Aber die Verbrechen konnten ihnen nie nachgewiesen werden.

Als Major Liepa schließlich alle Berichte und Auszüge aus lettischen Verbrecherkarteien durchgegangen war, hatte Wallander sich eine Frage überlegt, die ihm von entscheidender Bedeutung zu sein schien.

»Diese Männer haben viele schwere Verbrechen begangen«, sagte er. (Das Wort *schwer* bereitete ihm Probleme, bis Martinsson das englische Wort *serious* vorschlug.) »Um so seltsamer kommt es mir vor, daß sie anscheinend nur für sehr kurze Zeit im Gefängnis gesessen haben? Obwohl sie überführt und verurteilt worden sind?«

Da lächelte Major Liepa. Das blasse Gesicht öffnete sich in einem breiten und interessierten Lächeln.

Die Frage wollte er hören, fuhr es Wallander durch den Kopf. Sie war wichtiger als alle Höflichkeitsfloskeln.

»Ich muß Ihnen etwas über mein Land erzählen«, sagte Major Liepa und zündete sich eine neue Zigarette an. »Nicht mehr als ein Drittel der lettischen Bevölkerung sind Russen. Trotzdem haben sie seit dem Zweiten Weltkrieg bis heute unsere Gesellschaft auf jede erdenkliche Art und Weise dominiert. Die Ansiedlung von Russen ist eine der Methoden des von Moskau gesteuerten Kommunismus, unser Land zu unterdrücken, vielleicht sogar die effektivste Methode. Sie fragen, wie es sein kann, daß Leja und Kalns so wenig Zeit im Gefängnis verbracht haben, obwohl sie eigentlich lebenslänglich verdient hätten, vielleicht sogar hätten hingerichtet werden sollen. Ich behaupte gar nicht, daß alle Staatsanwälte und Richter korrupt sind. Das würde bedeuten, die Tatsachen allzu sehr zu vereinfachen. Das wäre überheblich und taktisch unklug. Andererseits bin ich davon überzeugt, daß Leja und Kalns andere, bedeutend mächtigere Beschützer im Hintergrund hatten.«

»Die Mafia«, sagte Wallander.

»Ja und nein. Die Mafia in unseren Ländern benötigt auch einen unsichtbaren Beschützer. Ich bin überzeugt, daß Leja und Kalns viel Zeit damit verbracht haben, für den KGB zu arbeiten. Die Geheimpolizei hat es nie besonders gemocht, ihre eigenen Leute im Gefängnis zu sehen, es sei denn, sie waren Verräter oder Überläufer. Stalins Schatten schwebt ständig über den Köpfen dieser Menschen.«

Dasselbe gilt eigentlich auch in Schweden, dachte Wallander. Selbst wenn wir nicht damit angeben können, ein Phantom im Hintergrund zu haben. Ein verschlungenes Netz von Abhängigkeitsverhältnissen ist nicht unbedingt nur für ein totalitäres politisches System typisch.

»Der KGB«, wiederholte Major Liepa. »Dann die Mafia. Das läßt sich nicht trennen. Alles ist durch Fäden miteinander verbunden, die nur Eingeweihte erkennen können.«

»Die Mafia«, sagte Martinsson, der bisher nur den Mund aufgemacht hatte, um Wallander bei der Suche nach einem passenden englischen Wort oder einer Erklärung zu helfen. »Für uns in Schweden ist es etwas Neues, daß es gut organisierte russische oder osteuropäische Verbrechersyndikate gibt. Vor ein paar Jahren stellte die schwedische Polizei fest, daß Gruppen sowjetischer Syndikate auftauchten, hauptsächlich in Stockholm. Aber wir wissen nach wie vor sehr wenig darüber. Einige brutale interne Auseinandersetzungen waren die ersten Anzeichen dafür, daß sich etwas geändert hatte. Man hat uns lediglich gewarnt, daß wir in den nächsten Jahren mit dem Versuch dieser Leute rechnen müssen, sich in unsere Gesellschaft einzuschleusen, um dort Schlüsselpositionen zu übernehmen.«

Wallander lauschte neidisch Martinssons Englisch. Die Aussprache war fürchterlich, aber der Wortschatz war viel größer als sein eigener. Warum bietet die Landespolizeileitung keine Englischkurse an, dachte er vorwurfsvoll. Anstelle dieser verdammten Kurse in Personalführung und interner Demokratie?

»Ich glaube, das stimmt«, meinte Major Liepa. »Die sich auflösenden kommunistischen Staaten ähneln sinkenden Schiffen. Die Kriminellen sind die Ratten, die als erste das Schiff verlassen. Sie haben Kontakte, sie haben Geld, sie können es sich leisten. Viele der im Westen Asyl suchenden Menschen aus den osteuropäischen Staaten sind nichts anderes als Banditen, die nicht vor der Unterdrückung fliehen, sondern neue Jagdgebiete suchen. Die Lebensgeschichte und die Identität eines Menschen zu fälschen ist sehr einfach.«

»Major Liepa«, sagte Wallander. »Sie sagen, Sie glauben. *You believe. You do not know?*«

»Ich bin sicher«, antwortete Major Liepa. »Aber ich kann es nicht beweisen, noch nicht.«

Wallander mußte einsehen, daß sich hinter Major Liepas Worten Zusammenhänge und Inhalte verbargen, die er nicht unmittelbar überblicken oder verstehen konnte. In Major Liepas Heimat war die Kriminalität an eine politische Elite geknüpft, die Macht und Autorität besaß, Verbrechen zu vertuschen oder den Strafvollzug direkt zu beeinflussen. Die beiden Leichen, die an der schwedischen Küste an Land getrieben worden waren, hatten den unsichtbaren Gruß eines komplizierten und fremden Hintergrundes mitgebracht. Welche Hände hatten eigentlich die Waffen gehalten, die auf ihre Herzen gerichtet gewesen waren?

Wallander wurde schlagartig klar, daß Major Liepa bei jeder Ermittlung Beweise für einen politischen Hintergrund suchte. Vielleicht sollten wir in Schweden auf dieselbe Weise arbeiten, dachte er. Vielleicht sollten wir uns eingestehen, daß wir in die Kriminalität, die wir täglich erleben, nicht tief genug vordringen?

»Die Männer«, sagte Martinsson. »Wer hat sie ermordet? Und warum?«

»Ich weiß es nicht«, antwortete Major Liepa. »Sie wurden natürlich hingerichtet. Aber warum wurden sie gefoltert? Wer hat das getan? Was wollten die Mörder wissen, ehe Leja und Kalns zum Schweigen gebracht wurden? Haben sie erfahren, was sie wollten? Auch ich habe viele unbeantwortete Fragen.«

»Die Antworten lassen sich wohl kaum in Schweden finden«, sagte Wallander.

»Ich weiß«, meinte Major Liepa. »Die Antwort liegt vielleicht in Lettland.«

Wallander stutzte. Warum sagte er »vielleicht«?

»Wenn die Antwort nicht in Lettland liegt, wo dann?« fragte er.

»Weiter weg«, antwortete Liepa.

»Weiter östlich«, schlug Martinsson vor.

»Vielleicht auch weiter südlich«, sagte Major Liepa zögernd; Martinsson und Wallander begriffen, daß er sie noch nicht in seine Überlegungen einweihen wollte.

Sie beendeten die Besprechung. Wallander, der während des langen, mühseligen Gesprächs die ganze Zeit still dagesessen hatte, spürte seinen Hexenschuß. Martinsson versprach, Major Liepa beim Geldtauschen behilflich zu sein. Wallander bat ihn, auch mit Lovén in Stockholm Kontakt aufzunehmen, um zu hören, was die ballistische Untersuchung ergeben hatte. Er selbst wollte einen Bericht über die Ergebnisse der Besprechung schreiben. Staatsanwältin Anette Brolin hatte ihm mitteilen lassen, daß sie gerne so bald wie möglich über den bisherigen Ermittlungsstand informiert werden wollte.

Anette Brolin, dachte Kurt Wallander, als er den verrauchten Konferenzraum verließ und über den Flur ging. Es wird dir erspart bleiben, diesen Fall vor Gericht zu bringen. Den schicken wir so schnell wir können nach Riga, zusammen mit zwei Leichen und einem roten Rettungsboot. Dann können wir die Voruntersuchung als abgeschlossen betrachten und beruhigt feststellen, daß wir unseren Teil der Angelegenheit erledigt haben und *zu weiteren Maßnahmen keine Veranlassung besteht.*

Nach dem Mittagessen hatte er seinen Bericht fertig. Martinsson war mit Major Liepa unterwegs gewesen, der Kleider für seine Frau kaufen wollte. Er hatte gerade bei der Staatsanwaltschaft angerufen und erfahren, daß Anette Brolin Zeit für ihn hatte, als Martinsson zur Tür hereinkam.

»Wo hast du den Major gelassen?« fragte Wallander.

»Er sitzt in seinem Büro und raucht«, antwortete Martinsson. »Er hat schon Asche auf Svedbergs schönem Teppich hinterlassen.«

»Hat er schon gegessen?«

»Ich habe ihn zum Tagesgericht ins ›Lurblåsaren‹ eingeladen. Es gab Gulasch. Ich glaube, es hat ihm nicht geschmeckt. Er hat vor allem geraucht und Kaffee getrunken.«

»Hast du mit Lovén gesprochen?«

»Er liegt mit einer Grippe im Bett.«

»Hast du mit einem seiner Kollegen gesprochen?«

»Es war unmöglich, jemanden ans Telefon zu bekommen. Keiner war erreichbar. Keiner wußte, wer wann zurückkommt. Alle versprechen zurückzurufen. Aber keiner tut es.«

»Vielleicht kann Rönnlund dir helfen?«

»Ich habe schon versucht, ihn zu erreichen. Aber er war dienstlich unterwegs. Keiner wußte weshalb, wo er war oder wann er zurückkommen würde.«

»Du kannst es ja später noch mal probieren. Ich gehe mit dem Ganzen zur Staatsanwältin. Ich nehme an, daß wir Major Liepa die Angelegenheit recht bald übergeben können. Die Leichen, das Rettungsboot und das Ermittlungsmaterial. Er kann alles nach Riga mitnehmen.«

»Darüber wollte ich mit dir sprechen.«

»Worüber?«

»Über das Rettungsboot.«

»Was ist damit?«

»Major Liepa wollte es untersuchen.«

»Da braucht er doch nur in den Keller hinunterzugehen.«

»Ganz so einfach ist das nicht.«

Wallander wurde langsam ungehalten. Manchmal nahm Martinsson sich wirklich sehr lange Zeit, bis er endlich zur Sache kam.

»Was kann so schwierig daran sein, die Kellertreppe runterzugehen?«

»Das Boot ist weg.«

Wallander sah Martinsson ungläubig an.

»Weg?«

»Ja, weg.«

»Was meinst du damit? Das Boot steht doch da unten auf zwei Holzböcken? Wo du und Kapitän Österdahl es untersucht habt? Wir sollten uns bei ihm offiziell bedanken. Es war gut, daß du mich daran erinnert hast.«

»Die Böcke sind auch noch da«, sagte Martinsson. »Aber das Boot ist verschwunden.«

Wallander begriff, daß Martinsson es ernst meinte. Er legte seine Unterlagen auf den Tisch zurück. Zusammen mit Martinsson lief er in den Keller.

Martinsson hatte recht. Das Boot war weg. Die beiden Holzböcke lagen umgekippt auf dem Betonboden.

»Was, zum Teufel, ist hier passiert?« wollte Wallander wissen.

Martinssons Antwort kam zögernd, so als zweifle er an seinen eigenen Worten.

»Ein Einbruch«, sagte er schließlich. »Gestern abend hat Hansson das Boot noch gesehen, als er wegen irgendeiner Angelegenheit hier unten war. Heute morgen entdeckte ein Verkehrspolizist, daß die Türen aufgebrochen waren. Das Boot muß demnach irgendwann heute nacht gestohlen worden sein.«

»Das ist doch nicht möglich«, erwiderte Wallander. »Es kann doch keinen Einbruch im Polizeipräsidium gegeben haben. Hier sind doch rund um die Uhr Leute. Ist noch etwas verschwunden? Warum hat keiner etwas davon gesagt?«

»Der Verkehrspolizist hat es Hansson erzählt. Dann hat Hansson vergessen, dir Bescheid zu sagen. Hier unten war nur das Boot. Alle anderen Türen waren abgeschlossen und sind nicht aufgebrochen worden. Die Täter hatten es einzig und allein auf das Boot abgesehen.«

Wallander starrte auf die beiden umgekippten Böcke. Er spürte ein wachsendes Unbehagen.

»Martinsson«, sagte er langsam. »Kannst du dich erinnern, ob in der Zeitung stand, daß das Rettungsboot im Keller des Polizeipräsidiums deponiert wurde?«

Martinsson überlegte.

»Ja«, antwortete er. »Ich erinnere mich, gelesen zu haben, daß das Boot im Keller ist. Ich meine auch, daß ein Fotograf hier unten war. Aber wer nimmt schon das Risiko in Kauf, bei der Polizei einzubrechen, nur um ein Boot zu klauen?«

»Das ist es ja gerade«, meinte Wallander. »Wer riskiert so etwas?«

»Ich verstehe das nicht«, gab Martinsson zurück.

»Vielleicht hat Major Liepa eine Erklärung«, sagte Wallander. »Hol ihn her. Und dann brauchen wir die Spurensicherung hier unten. Wenn du den Major holst, sag Bescheid, daß der Verkehrspolizist auch herkommen soll. Wer war es?«

»Ich glaube, Peters. Er ist jetzt bestimmt zu Hause und schläft. Wenn nächste Nacht ein Schneesturm über uns hereinbricht, wird er alle Hände voll zu tun bekommen.«

»Wir müssen ihn trotzdem wecken«, entschied Wallander.

Martinsson verschwand, und Wallander blieb allein im Keller zurück. Er betrachtete die aufgebrochene Tür. Obwohl es sich um eine dicke Stahltür mit doppeltem Schloß handelte, waren die Einbrecher hereingekommen, ohne die Tür zu beschädigen. Die Schlösser waren mit einem Dietrich geöffnet worden.

Menschen, die wußten, was sie wollten, dachte Wallander. Menschen, die wissen, wie man Schlösser öffnet.

Noch einmal betrachtete er die umgekippten Holzböcke. Er hatte das Rettungsboot selbst untersucht und seine Arbeit erst abgeschlossen, als er absolut sicher war, nichts übersehen zu haben.

Martinsson und Österdahl hatten das Boot untersucht, Rönnlund und Lovén ebenfalls.

Was haben wir nicht gesehen? überlegte er. Irgend etwas muß es doch gewesen sein.

Martinsson kehrte mit dem rauchenden Major Liepa in den Keller zurück. Wallander schaltete die gesamte Deckenbeleuchtung ein. Martinsson erklärte dem Major, was passiert war. Wallander beobachtete ihn. Wie erwartet, schien Liepa nicht übermäßig überrascht zu sein. Durch langsames Nicken bedeutete er ihnen, daß er verstanden hatte. Danach wandte er sich an Wallander.

»Sie haben das Boot untersucht«, sagte er. »Ein alter Kapitän meint, daß es in Jugoslawien hergestellt wurde. Das ist bestimmt korrekt. Viele Schiffe in Lettland haben jugoslawische Rettungsboote an Bord. Sogar Polizeiboote. Sie haben das Boot also gründlich untersucht?«

»Ja«, sagte Wallander.

Im gleichen Moment erkannte er seinen Fehler.

Niemand hatte die Luft aus dem Rettungsboot herausgelassen. Niemand hatte im Inneren des Bootes nachgesehen. Er selbst hatte keinen Gedanken daran verschwendet.

Major Liepa schien seine Gedanken zu erraten. Wallander war die Sache peinlich. Wie hatte er bloß vergessen können, in den Schläuchen zu suchen? Früher oder später wäre er darauf gekommen, aber er hätte natürlich sofort daran denken müssen.

Er wußte, daß eine Erklärung überflüssig war.

»Was könnte da drin gewesen sein?« fragte er.

Major Liepa zuckte mit den Schultern.

»Vermutlich Rauschgift«, erwiderte er.

Wallander dachte nach.

»Das paßt nicht zusammen. Zwei Tote werden in ein Boot verfrachtet, das Rauschgift enthält? In ein Boot, das von Wind und Strömung irgendwohin getrieben wird?«

»Sie haben recht«, meinte Major Liepa. »Jemand scheint einen Fehler gemacht zu haben. Diejenigen, die das Boot geholt haben, sollten diesen Fehler wiedergutmachen.«

In der nächsten Stunde untersuchten sie den Keller sehr gründlich. Wallander lief zur Zentrale und bat Ebba, Anette Brolin mitzuteilen, daß nicht vorhersehbare Umstände ihn daran hinderten, ihr seinen Bericht vorzutragen. Das Gerücht von einem Einbruch im Polizeipräsidium verbreitete sich schnell, und Björk kam die Treppe heruntergestürmt.

»Wenn das durchsickert«, sagte er, »werden wir zum Gespött des ganzen Landes.«

»Das sickert nicht durch«, erwiderte Wallander. »Das ist einfach zu peinlich.«

Er erklärte Björk, was geschehen war. Er wußte, daß Björk in Zukunft wahrscheinlich an seiner Befähigung, die Verantwortung für komplizierte Ermittlungen zu übernehmen, zweifeln würde. Sein Fehler war einfach unverzeihlich.

Bin ich träge geworden? ging es ihm durch den Kopf. Tauge ich überhaupt noch für den Sicherheitsdienst in der Trelleborger Gummifabrik? Sollte ich nicht lieber nach Malmö ziehen und wieder Streife gehen?

Es gab keine Spuren. Keine Fingerabdrücke, keine Fußspuren auf dem staubigen Fußboden. Der kiesbedeckte Hof vor der aufgebrochenen Tür war von Streifenwagen zerfurcht. Spuren anderer Fahrzeuge ließen sich nicht erkennen.

Als sie einsahen, daß sie nichts mehr tun konnten, kehrten sie in den Konferenzraum zurück. Peters war gekommen, schlecht gelaunt und ärgerlich, weil er geweckt worden war. Er konnte nur angeben, wann er den Einbruch bemerkt hatte. Wallander hatte den Nachtdienst befragt, ob jemand etwas gehört oder gesehen hatte. Aber alle verneinten. Niemand hatte etwas gehört, niemand hatte etwas gesehen. Nichts. Überhaupt nichts.

Plötzlich fühlte Wallander sich müde. Der Rauch von Major Liepas Zigaretten, den er ständig einatmen mußte, verursachte ihm Kopfschmerzen.

Was soll ich jetzt bloß machen, dachte er. Was hätte Rydberg getan?

Zwei Tage später war das Verschwinden des Rettungsbootes immer noch rätselhaft.

Major Liepa war der Ansicht, es sei sinnlos, ihre Kräfte bei der Suche nach dem Boot zu vergeuden. Wallander gestand sich nur widerwillig ein, daß er recht hatte. Aber das Gefühl, einen unverzeihlichen Fehler begangen zu haben, ließ ihn nicht los. Er war niedergeschlagen und hatte jeden Morgen beim Aufwachen Kopfschmerzen.

Über Schonen brach ein heftiger Schneesturm herein. Die Polizei forderte die Menschen über den Rundfunk dazu auf, zu Hause zu bleiben und sich nur auf die Straßen zu begeben, wenn es unbedingt nötig war. Wallanders Vater war in seinem Haus außerhalb von Löderup eingeschneit worden. Aber als Wallander ihn anrief und fragte, ob er alles Nötige habe, antwortete sein Vater, er hätte noch gar nicht bemerkt, daß der Weg durch Schneewehen versperrt sei. In dem allgemeinen Chaos ruhte die Ermittlung mehr oder weniger. Major Liepa saß in Svedbergs Büro und studierte den ballistischen Bericht, den Lovén geschickt hatte. Wallander hatte eine lange Unterredung mit Anette Brolin, in der er ihr den Stand der Ermittlungen darlegte. Bei jedem Zusammentreffen mit ihr erinnerte er sich an das letzte Jahr, als er sich Hals über Kopf in sie verliebt hatte. Nun kam ihm diese Erinnerung unwirklich vor, als hätte er sich das Ganze nur eingebildet. Anette Brolin nahm zur Generalstaatsanwaltschaft und zur Rechtsabteilung des Außenministeriums Verbindung auf, um grünes Licht dafür zu bekommen, den Fall in Schweden abzuschließen und der Polizei in Riga zu übergeben. Major Liepa hatte dafür gesorgt, daß die lettische Polizei einen offiziellen Antrag an das Außenministerium stellte.

Eines Abends, als der Schneesturm besonders heftig wütete, lud Wallander Major Liepa zu sich nach Hause ein. Er hatte eine Flasche Whisky gekauft, die sie im Laufe des Abends gemeinsam leerten. Wallander spürte schon nach ein paar Gläsern die Wirkung des Alkohols. Major Liepa dagegen schien völlig unberührt. Wallander hatte begonnen, ihn *Herr Major* zu nennen, wogegen er anscheinend nichts einzuwenden hatte. Es war nicht einfach, sich mit dem lettischen Polizisten zu unterhalten. Wallander konnte nicht beurteilen, ob es daran lag, daß er schüchtern war, oder ihm sein Englisch peinlich war, oder ob es möglicherweise ein Zeichen überlegener Gelassenheit war. Wallander erzählte von seiner Familie, von Linda, die eine Volkshochschule in Stockholm besuchte. Major Liepa sagte nur, daß er verheiratet war und seine Frau Baiba hieß. Kinder hatten sie nicht. Der Abend schritt weiter fort, und einen Großteil der Zeit saßen sie schweigend da, das Glas in der Hand.

»Schweden und Lettland«, sagte Wallander. »Haben wir Gemeinsamkeiten? Oder gibt es nur Unterschiede? Ich versuche, mir Lettland vorzustellen. Aber ich sehe nichts. Dabei sind wir Nachbarn.«

Schon, als er seine eigene Stimme hörte, wußte Wallander, daß seine Frage sinnlos war. Schweden war kein Land, das wie eine Kolonie von einer fremden Macht beherrscht wurde. Auf schwedischen Straßen wurden keine Barrikaden errichtet. Unschuldige Menschen wurden nicht erschossen oder von Militärfahrzeugen zermalmt. Gab es da etwas anderes als Unterschiede?

Die Antwort des Majors war trotzdem überraschend.

»Ich bin religiös«, sagte er. »Zwar glaube ich nicht an einen Gott, aber man kann trotzdem einen Glauben haben, etwas, das sich außerhalb der begrenzten Landschaft der Vernunft befindet. Sogar der Marxismus beruht zu einem großen Teil auf Glauben, obwohl er sich als eine rationale Wissenschaft und nicht ausschließlich als eine Ideologie versteht. Dies ist mein erster Besuch in der westlichen Welt. Früher konnte ich nur in die Sowjetunion, nach Polen oder in die anderen baltischen Staaten reisen. Hier habe ich einen materiellen Überfluß gesehen, der unbegrenzt zu sein scheint. Es besteht ein Unterschied zwischen unseren beiden Ländern, der gleichzeitig eine Gemeinsamkeit ist. Beide Länder sind arm. Aber die Armut hat unterschiedliche Gesichter. Wir entbehren Ihren Überfluß, wir entbehren die Freiheit zu wählen. In diesem Land dagegen scheint mir die Armut darin zu bestehen, daß man nicht für sein Überleben kämpfen muß. Für mich hat dieser Kampf eine religiöse Dimension. Ich würde nicht tauschen wollen.«

Wallander merkte, daß Major Liepa seine Antwort gründlich vorbereitet hatte. Er brauchte nicht erst nach den richtigen Worten zu suchen.

Aber was hatte er eigentlich gesagt? Schwedische Armut?

Wallander verspürte das Bedürfnis zu protestieren.

»Sie haben unrecht, Herr Major«, sagte er. »Auch in diesem Land findet ein Kampf statt. Es gibt viele Menschen, die ausgeschlossen sind – hieß das wirklich *closed from?* – von dem Überfluß, den Sie meinen. Es gibt sicherlich niemanden, der verhungert. Aber Sie haben unrecht, wenn Sie glauben, daß nicht auch wir kämpfen müssen.«

»Man kann nur kämpfen, um zu überleben«, erwiderte der Major. »Darin beziehe ich den Kampf für Freiheit und Unabhängigkeit mit ein. Was man darüber hinaus tut, ist etwas, das man freiwillig tut. Nichts, was man tun muß.«

Das Gespräch verebbte. Wallander hatte viele Fragen stellen wollen, auch über die Ereignisse des letzten Monats in Riga. Aber er traute sich nicht. Er wollte nicht zeigen, wie unwissend er war. Statt dessen erhob er sich und legte eine Schallplatte mit Maria Callas auf.

»›Turandot‹«, sagte der Major. »Das ist sehr schön.«

Schnee und Wind heulten am Fenster vorbei. Wallander stand da und schaute dem Major hinterher, der kurz nach Mitternacht ging. Er duckte sich im Wind, in einen unförmigen Mantel gehüllt.

Am nächsten Tag war das Unwetter vorüber. Man begann, Straßen und Wege freizuräumen. Als Wallander am Morgen aufwachte, hatte er einen Kater. Aber im Schlaf war in ihm ein Entschluß gereift. Während sie auf die Entscheidung des Generalstaatsanwaltes warteten, konnte er genausogut mit dem Major das Fischerboot in Brantevik aufsuchen, auf dem er letzte Woche gewesen war.

Kurz nach neun saßen sie in seinem Wagen und fuhren Richtung Osten. Die Landschaft war verschneit und glitzerte im grellen Sonnenlicht. Es herrschten drei Grad minus, und es war windstill.

Der Hafen war menschenleer. Am äußeren Pier lagen mehrere Fischerboote vertäut. So ohne weiteres konnte Wallander nicht sagen, auf welchem er an Bord gewesen war. Sie gingen zum Anfang des Piers, und Wallander zählte dreiundsiebzig Schritte.

Das Boot hieß »Byron«. Es war aus Holz, weiß gestrichen und ungefähr vierzig Fuß lang. Wallander nahm die grobe Vertäuungsleine in die Hand und schloß die Augen. Erkannte er sie wieder? Er wußte es nicht genau. Sie kletterten an Bord. Über der Ladeluke war eine dunkelrote Persenning festgezurrt. Als sie auf das Ruderhaus zugingen, stolperte Wallander über ein zusammengerolltes Tau. Da wußte er, daß sie auf dem richtigen Kutter waren. Das Ruderhaus war mit einem großen Vorhängeschloß abgeschlossen. Der Major hob eine Ecke der Persenning an und leuchtete mit einer Taschenlampe in den Laderaum. Er war leer.

»Es riecht nicht nach Fisch«, sagte Wallander. »Hier gibt es nicht eine Fischschuppe, nicht ein Netz. Das hier ist ein Schmuggelfahrzeug. Aber was schmuggeln sie? Und wohin?«

»Alles«, antwortete der Major. »Da in unseren Ländern bisher alles Mangelware ist, kann man auch alles schmuggeln.«

»Ich werde herausfinden, wem das Boot gehört«, sagte Wallander. »Trotz meines Versprechens kann ich die Besitzverhältnisse untersuchen. Hätten Sie, Herr Major, ein solches Versprechen gegeben?«

»Nein«, antwortete Major Liepa. »Das hätte ich niemals getan.«

Es gab nicht viel mehr zu sehen. Als sie nach Ystad zurückgekehrt waren, verbrachte Wallander den Nachmittag mit dem mühseligen Unterfangen, den Besitzer des Fischerbootes »Byron« zu ermitteln. Das Boot hatte in den letzten Jahren unzählige Male den Besitzer gewechselt. Unter anderem hatte es einer Handelsgesellschaft in Simrishamn gehört, die den Namen »Ruskpricks Fisk« trug. Danach war das Boot an einen Fischer namens Öhrström verkauft worden. Der wiederum hatte das Boot nach wenigen Monaten weiterverkauft. Zu guter Letzt gelang es Wallander herauszubekommen, daß das Boot im Moment einem Mann namens Sten Holmgren gehörte, wohnhaft in Ystad. Zu seiner Verwunderung stellte Wallander fest, daß der Mann in derselben Straße wohnte wie er, in der Mariagatan. Er schlug Sten Holmgren im Telefonbuch nach, ohne einen Eintrag zu finden. Bei der Kreisverwaltung in Malmö gab es keine Angaben über ein auf Sten Holmgren registriertes Unternehmen. Sicherheitshalber rief Wallander zusätzlich bei den Kreisverwaltungen in Kristianstad und Karlskrona an. Aber auch dort war kein Sten Holmgren registriert.

Wallander ließ den Stift fallen, ging hinaus und holte sich eine Tasse Kaffee. Als er in sein Büro zurückkam, klingelte das Telefon. Es war Anette Brolin, die mit ihm sprechen wollte.

»Rate mal, was ich euch mitzuteilen habe«, sagte sie.

»Vielleicht bist du wieder einmal mit einer unserer Ermittlungen unzufrieden?«

»Das auch. Aber darüber wollte ich im Moment nicht sprechen.«

»Dann weiß ich es nicht.«

»Die Ermittlungen hier werden eingestellt. Die Angelegenheit wird an Riga abgegeben.«

»Im Ernst?«

»Der Generalstaatsanwalt und das Außenministerium sind sich einig. Sie teilen mit, daß die Ermittlungen eingestellt werden. Ich habe es gerade erfahren. Alle Formalitäten scheinen schnell erledigt werden zu können. Jetzt kann dein Major wieder nach Hause fahren. Die Leichen kann er mitnehmen.«

»Da wird er sich freuen«, sagte Wallander. »Daß er wieder nach Hause fahren kann, meine ich.«

»Bist du jetzt enttäuscht?«

»Nicht im geringsten.«

»Du kannst ihn bitten, zu mir herüberzukommen. Ich habe Björk bereits verständigt. Ist Liepa in der Nähe?«

»Er sitzt in Svedbergs Zimmer und raucht. Ich habe noch nie einen Mann erlebt, der so viel raucht.«

Mit einer frühen Maschine startete Major Liepa am nächsten Tag nach Stockholm, um von da aus nach Riga weiterzufliegen. Die beiden Zinksärge wurden im Auto nach Stockholm transportiert, um dort in ein Flugzeug verladen zu werden.

Wallander und Major Liepa verabschiedeten sich beim Abflugschalter in Sturup. Wallander hatte als Abschiedsgeschenk einen Bildband über Schonen gekauft. Es war ihm nichts Besseres eingefallen.

»Ich möchte gern erfahren, wie es weitergeht«, sagte er.

»Sie sollen fortlaufende Informationen bekommen«, antwortete der Major.

Sie gaben sich die Hand, und der Major ging.

Ein eigenartiger Mann, dachte Wallander, als er vom Flughafen wegfuhr. Ich frage mich, was er eigentlich von mir hielt?

Der nächste Tag war ein Samstag. Wallander schlief lange und besuchte danach seinen Vater. Am Abend aß er in einer Pizzeria und trank Wein. Seine Gedanken beschäftigten sich ununterbrochen mit der Frage, ob er sich nun bei der Gummifabrik in Trelleborg bewerben sollte oder nicht. Die Bewerbungsfrist würde bald enden. Den Sonntagvormittag verbrachte er mit trostloser Hausarbeit. Am Abend ging er in das einzige Kino, das es in Ystad noch gab. Er sah einen amerikanischen Polizeithriller. Gegen seinen Willen fand er ihn spannend, trotz aller unrealistischen Übertreibungen.

Am Montag morgen betrat er sein Büro um kurz nach acht. Er hatte gerade seine Jacke ausgezogen, als Björk zur Tür hereinkam.

»Es ist ein Telex von der Polizei in Riga gekommen«, sagte er.

»Von Major Liepa? Was schreibt er?«

Björk sah mitgenommen aus.

»Es scheint eher so zu sein, daß der Major überhaupt nicht mehr schreibt«, meinte Björk zögernd.

Wallander sah ihn fragend an.

»Was meinst du damit?«

»Major Liepa ist ermordet worden«, sagte Björk. »Noch am gleichen Tag, an dem er nach Hause kam. Dieses Telex ist von einem Polizeioberst unterzeichnet worden, der Putnis heißt. Sie wollen unsere Hilfe. Du wirst wahrscheinlich hinfahren müssen.«

Wallander setzte sich auf seinen Stuhl und las das Telex.

Der Major war tot? Ermordet?

»Das tut mir leid«, sagte Björk. »Schreckliche Geschichte. Ich werde den Landespolizeichef anrufen und ihn wegen ihrer Bitte um Rat fragen.«

Wallander saß wie gelähmt auf seinem Stuhl.

Major Liepa war ermordet worden?

Er hatte einen Kloß im Hals. Wer hatte den kurzsichtigen, kettenrauchenden, kleinen Mann auf dem Gewissen? Und warum?

Er dachte an den toten Rydberg. Plötzlich fühlte er sich sehr einsam auf der Welt.

Drei Tage später reiste er nach Lettland. Kurz vor zwei, am Nachmittag des 28. Februar, flog die Maschine der Aeroflot in einer Linkskurve über den Rigaer Meerbusen.

Wallander betrachtete die tief unter ihm liegende See und fragte sich, was ihn erwartete.

7

Das erste, was ihm auffiel, war die Kälte.

Als er in der Warteschlange vor der Paßkontrolle stand, war es dort so eisig wie auf dem Weg vom Flugzeug in die Ankunftshalle. Er war in ein Land gekommen, in dem es drinnen so kalt war wie draußen, und er bereute, keine langen Unterhosen mitgenommen zu haben.

Die Schlange fröstelnder Passagiere bewegte sich langsam durch die düstere Halle vorwärts. Zwei Dänen beklagten sich inmitten betretenen Schweigens lautstark darüber, was sie während ihres Aufenthaltes zu erwarten hätten. Der ältere der beiden Männer war offensichtlich früher schon einmal in Lettland gewesen. Jetzt unterrichtete er seinen jüngeren Kollegen von der hoffnungslosen Stimmung, einer Mischung aus Apathie und Unsicherheit, die seiner Meinung nach im Lande herrschte. Wallander ärgerte sich über die lautstarken Dänen. Sie sollten einem kurzsichtigen, lettischen Major, der einige Tage zuvor ermordet worden war, mehr Respekt erweisen.

Er versuchte sich ins Gedächtnis zu rufen, was er über das Land wußte, das er gerade betrat. Vor wenigen Wochen noch hätte er die baltischen Länder auf einer Karte kaum richtig zuordnen können. Tallinn hätte für ihn genauso gut die Hauptstadt Lettlands und Riga eine bedeutende Hafenstadt in Estland sein können. Aus seiner weit zurückliegenden Schulzeit erinnerte er sich nur vage und bruchstückhaft an eine geographische Übersicht von Europa. In den Tagen vor seiner Abreise aus Ystad hatte er versucht, alles, was er über Lettland in die Finger bekommen konnte, zu lesen. Nun meinte er, das Bild eines kleinen Landes erahnen zu können, das ständig durch die unberechenbaren Wechselbäder der Geschichte zu einem Opfer der Konflikte unter Großmächten geworden war. Mehrere Male hatte selbst Schweden mit grausamer Entschlossenheit in diesem Land gewütet. Aber er glaubte auch zu verstehen, daß die jetzt herrschende politische Situation ihren schicksalsträchtigen Beginn im Frühjahr 1945 genommen hatte, als die deutsche Kriegsmaschinerie zerschlagen war und die Sowjetmacht sich endgültig Lettland einverleibte. Der Versuch, eine unabhängige Regierung zu bilden, war brutal unterdrückt worden, und die Befreiungsarmee aus dem Osten hatte sich durch die unwiderstehliche Lust der Geschichte an zynischen Kehrtwendungen in ihr Gegenteil verkehrt: in ein Regime, das rücksichtslos und entschlossen die gesamte lettische Nation unterdrückte.

Im Grunde genommen wußte er kaum etwas. Sein Wissen hatte große Lücken.

Die zwei lautstarken Dänen, die sich offenbar in Riga aufhielten, um Geschäfte mit landwirtschaftlichen Maschinen zu machen, waren bis zur Paßkontrolle vorgerückt. Als Wallander seinen Paß herausholen wollte, spürte er, wie ihn jemand an der Schulter berührte. Er zuckte zusammen, als fürchtete er, verhaftet zu werden. Als er sich umwandte, stand ein Mann in einer graublauen Uniform vor ihm.

»Kurt Wallander?« fragte der Mann. »Mein Name ist Jazeps Putnis. Ich muß mich dafür entschuldigen, daß ich zu spät bin, aber das Flugzeug ist früher gelandet als angekündigt. Sie sollen natürlich nicht durch irgendwelche Formalitäten belästigt werden. Wir nehmen diesen Weg hier.«

Jazeps Putnis sprach ausgezeichnet Englisch. Wallander erinnerte sich an Major Liepas ständigen Kampf, die richtigen Worte und die richtige Aussprache zu finden. Er folgte Putnis zu einer Tür, an der ein Soldat Wache stand. Sie kamen in eine weitere Halle, ebenso düster und baufällig, in der Koffer von einem Transporter abgeladen wurden.

»Ich hoffe, daß Ihr Gepäck nicht allzu lange auf sich warten läßt«, sagte Putnis. »Ich möchte Sie herzlichst in Lettland und Riga willkommen heißen. Haben Sie unser Land früher schon einmal besucht?«

»Nein«, antwortete Wallander. »Dazu ist es leider nie gekommen.«

»Ich hätte mir natürlich gewünscht, daß die Umstände Ihres Besuchs anderer Art gewesen wären«, fuhr Putnis fort. »Major Liepas Tod ist ein äußerst tragisches Ereignis.«

Wallander wartete vergebens auf eine Fortsetzung. Jazeps Putnis, der dem Telex zufolge, das die schwedische Polizei erhalten hatte, den Rang eines Obersten bekleidete, verstummte schlagartig. Anstatt weiter über den toten Major zu sprechen, ging er mit raschen Schritten zu einem Mann in einem ausgebleichten Overall und einer Pelzmütze, der lässig an eine Wand gelehnt stand. Der Mann streckte sich, als Putnis ihn mit barscher Stimme ansprach. Dann verschwand er hastig durch eine der Türen, die auf das Flugfeld hinausführten.

»Es dauert immer unerklärlich lange«, sagte Putnis und lächelte. »Haben Sie in Schweden das gleiche Problem?«

»Manchmal«, entgegnete Wallander. »Es kommt vor, daß man warten muß.«

Oberst Putnis war das genaue Gegenteil von Major Liepa. Er war sehr groß, bewegte sich zielbewußt und energisch und hatte einen durchdringenden Blick. Das Profil war scharf, und die grauen Augen schienen alles wahrzunehmen, was in ihrer Umgebung geschah.

Oberst Putnis erinnerte Wallander an ein Tier, vielleicht einen Luchs oder auch einen Leoparden in graublauer Uniform.

Er versuchte, das Alter des Obersten zu schätzen. Er war vielleicht fünfzig. Aber er konnte auch wesentlich älter sein.

Ein Gepäckwagen näherte sich ratternd und in eine rußige Abgaswolke gehüllt hinter einem Traktor. Wallander entdeckte sofort seinen Koffer, konnte aber nicht verhindern, daß Oberst Putnis ihn trug. Neben einer Reihe mit Taxis stand ein schwarzer Streifenwagen der Marke Volga und wartete. Ein

Chauffeur hielt ihnen die Tür auf und salutierte. Wallander wurde dadurch völlig überrumpelt, aber es gelang ihm immerhin, einen etwas mißglückten Gruß zustande zu bringen.

Das hätte Björk sehen sollen, dachte er. Was mag eigentlich Major Liepa von all den jeansbekleideten Ordnungshütern in der kleinen und unbedeutenden schwedischen Stadt Ystad gehalten haben? Die niemals die Hand zum Gruß an die Mütze führten?

»Wir haben für Sie ein Zimmer im Hotel ›Latvija‹ reservieren lassen«, sagte Oberst Putnis, als sie vom Flughafen wegfuhren. »Es ist das beste Hotel der Stadt. Es hat mehr als fünfundzwanzig Stockwerke.«

»Es ist sicher ausgezeichnet«, meinte Wallander. »Ich möchte die Gelegenheit nutzen, einen Gruß zu übermitteln und Ihnen im Namen meiner Kollegen in Ystad unser Beileid aussprechen. Auch wenn wir nur wenige Tage mit Major Liepa zusammengearbeitet haben, hat er sich doch in dieser Zeit allseits Sympathie erworben.«

»Danke«, sagte Oberst Putnis. »Der Tod des Majors war ein großer Verlust für uns alle.«

Wieder wartete Wallander vergeblich auf eine Fortsetzung.

Warum sagt er denn nichts, dachte er. Warum erzählt er mir nicht, was geschehen ist? Warum ist der Major ermordet worden? Von wem? Wie? Warum haben sie mich gebeten, hierher zu kommen? Gibt es Anhaltspunkte, die einen Zusammenhang mit dem Aufenthalt des Majors in Schweden nahelegen?

Er sah auf die Landschaft hinaus, durch die sie fuhren. Kahle Äcker, auf denen der Schnee in unregelmäßigen Wehen lag. Hier und dort ein gleichsam hingeworfenes, graues Wohnhaus, umgeben von rohen Holzzäunen. Irgendwo stapfte ein Schwein grunzend über einen Misthaufen. Alles vermittelte den Eindruck unendlicher Eintönigkeit und erinnerte ihn an die Fahrt, die er neulich mit seinem Vater nach Malmö gemacht hatte. Die schonische Landschaft mochte während der Wintermonate abstoßend sein, aber hier traf man auf eine abweisende Leere, die alles übertraf, was er sich bisher hatte vorstellen können.

Wallander überkam ein Gefühl der Trauer, als er die Landschaft betrachtete. Es war ihm, als habe die schmerzvolle Geschichte des Landes den Pinsel in einen niemals leer werdenden Eimer mit grauer Farbe getaucht.

Plötzlich hatte er das Bedürfnis, etwas zu unternehmen. Er war nicht nach Riga gekommen, um sich von einer düsteren Winterlandschaft deprimieren zu lassen.

»Ich hätte gerne so schnell wie möglich einen Bericht«, sagte er. »Was ist eigentlich passiert? Ich weiß nur, daß Major Liepa am gleichen Tag ermordet wurde, an dem er nach Riga zurückkehrte.«

»Wenn Sie sich auf Ihrem Zimmer etwas frisch gemacht haben, werde ich Sie abholen«, sagte Oberst Putnis. »Wir haben für heute abend eine Besprechung geplant.«

»Es reicht, wenn ich den Koffer abstellen kann«, meinte Wallander. »Ich brauche nur ein paar Minuten.«

»Die Besprechung ist auf halb acht angesetzt worden«, antwortete Putnis. Wallander begriff, daß der Oberst vom festgelegten Tagesablauf nicht abweichen wollte.

Die Abenddämmerung senkte sich über Rigas Vororte, als sie in Richtung Zentrum fuhren.

Wallander betrachtete nachdenklich die tristen Wohnviertel, die sich beiderseits der Straße erstreckten. Es fiel ihm schwer, sich seiner Gefühle klar zu werden.

Das Hotel lag mitten in der Stadt, am Ende eines breiten Boulevards. Wallander sah einen Moment lang ein Denkmal, offensichtlich eine Lenin-Statue. Das Hotel »Latvija« erhob sich wie ein dunkelblauer Pfeiler gegen den abendlichen Himmel. Oberst Putnis führte ihn eilig durch ein verwaistes Foyer zur Rezeption.

Wallander hatte das Gefühl, sich in einem Parkhaus zu befinden, das nur notdürftig in die Eingangshalle eines Hotels verwandelt worden war. Am einen Ende blinkte eine Reihe von Aufzügen. Über seinem Kopf führten Treppen in unterschiedliche Richtungen.

Er stellte erstaunt fest, daß er sich nicht einzutragen brauchte. Oberst Putnis nahm seinen Schlüssel von einer Empfangsdame entgegen. Sie fuhren mit einem der engen Aufzüge in den fünfzehnten Stock hinauf. Wallander hatte Zimmer 1506, mit Aussicht über die Dächer der Stadt. Er fragte sich, ob er den Meerbusen sehen würde, wenn es wieder hell war.

Oberst Putnis verließ ihn, nachdem er sich noch erkundigt hatte, ob er mit seinem Zimmer zufrieden sei. In zwei Stunden würde er wiederkommen und ihn zu der abendlichen Besprechung im Hauptquartier der Polizei abholen.

Wallander stellte sich ans Fenster und betrachtete das Dächermeer, das sich vor seinen Augen ausbreitete. Tief unter ihm auf der Straße knatterte ein Lastwagen vorbei. Durch die undichten Fenster zog kalte Luft ins Zimmer hinein. Er faßte einen Heizkörper an, der kaum mehr als lauwarm war. Von irgendwoher hörte er das unermüdliche Klingeln eines Telefons.

Lange Unterhosen, dachte er. Das ist das erste, was ich morgen kaufen werde.

Er packte den Koffer aus und stellte seine Toilettenutensilien in das geräumige Badezimmer. Auf dem Flughafen hatte er eine Flasche Whisky gekauft. Nach kurzem Zögern goß er sich einen Schluck in einen Zahnbecher. Er stellte das Radio an, ein russisches Fabrikat, das auf einem Tisch neben dem Bett stand. Ein aufgeregt klingender Mann sprach sehr schnell, als kommentiere er eine Sportart, bei der sich die Ereignisse überschlugen. Wallander schlug die Tagesdecke etwas zur Seite und legte sich aufs Bett.

Jetzt bin ich in Riga, dachte er, und weiß immer noch nicht, was Major Liepa zugestoßen ist. Ich weiß nur, daß er tot ist. Vor allem aber weiß ich nicht, was dieser Oberst Putnis sich von meinem Aufenthalt hier eigentlich erhofft.

Es wurde zu kalt, um auf dem Bett liegenzubleiben. Er

beschloß, zur Rezeption hinunterzufahren und Geld zu tauschen. Vielleicht hatte das Hotel auch eine Bar, in der er einen Kaffee trinken konnte?

Unten in der Halle entdeckte er zu seinem Erstaunen die beiden dänischen Geschäftsleute, die ihm auf dem Flughafen so unangenehm aufgefallen waren. Der Ältere stand an der Portiersloge und wedelte wütend mit einer Karte. Es sah ein wenig so aus, als erklärte er der Frau hinter der Theke, wie man einen Papierdrachen oder einen Papierflieger faltet, und Wallander merkte, daß er einem Lachanfall nahe war. Dann entdeckte er das Exchange-Schild. Eine ältere Frau nickte ihm freundlich zu, und er schob ihr zwei Hundertdollarscheine hinüber. Er bekam einen großen Packen lettisches Geld zurück. Als er zur Rezeption zurückkehrte, waren die beiden Dänen verschwunden. Er fragte den Portier, wo er eine Tasse Kaffee trinken könnte, und wurde in den großen Speisesaal verwiesen. Ein Ober führte ihn zu einem Fenstertisch und gab ihm die Speisekarte. Er entschied sich für Omelett und Kaffee. Draußen vor der Fensterfront konnte man schemenhaft pelzbekleidete Fußgänger und vorbeirasselnde Oberleitungsbusse erkennen. Die schweren Gardinen bewegten sich leicht in der Zugluft, die von den undichten Fenstern hereinströmte. Er sah sich in dem fast menschenleeren Speisesaal um. An einem Tisch saß ein älteres Paar, das schweigend zu Abend aß, an einem anderen saß ein Mann in einem grauen Anzug und trank Tee. Das war alles.

Wallander dachte an den gestrigen Abend zurück, als er mit einem Nachmittagsflug von Sturup nach Stockholm gekommen war. Seine Tochter Linda hatte ihn abgeholt, als der Zubringerbus vom Flughafen am Hauptbahnhof hielt. Gemeinsam gingen sie zum Hotel »Central«, das ganz in der Nähe auf der Vasagatan lag. Weil sie zur Untermiete in einem Zimmer im Stadtteil Bromma, gleich neben der Volkshochschule, wohnte, hatte er für sie in seinem Hotel ein Zimmer reservieren lassen. Am Abend hatte er sie zum Essen in ein Restaurant in

Gamla Stan, der Altstadt, eingeladen. Sie hatten sich vor Monaten das letzte Mal gesehen, und er merkte, daß die Unterhaltung dahinplätscherte von einem nichtssagenden Thema zum nächsten. Er fragte sich, ob ihre Briefe wirklich der Wahrheit entsprachen. Es gefalle ihr auf der Volkshochschule, hatte sie geschrieben. Aber als er jetzt danach fragte, bekam er nur einsilbige Antworten. Er konnte nicht verhindern, daß seine Stimme etwas gereizt klang, als er nach ihren Zukunftsplänen fragte. Sie antwortete, daß sie noch keine Ahnung habe.

»Wird es dafür nicht langsam mal Zeit?« hatte er gefragt.

»Darüber entscheidest ja wohl nicht du«, hatte sie geantwortet. Daraufhin hatten sie begonnen, sich zu streiten, ohne dabei laut zu werden. Er hatte gesagt, daß sie nicht einfach immer weiter unentschlossen von einer Schule zur nächsten ziehen könne, und sie hatte erwidert, daß sie alt genug wäre, darüber selbst zu entscheiden.

Da hatte er begriffen, daß Linda wie er war. Er konnte nicht herausfinden, was es war, aber er glaubte, in ihrer Stimme seine eigene Stimme zu hören, und er dachte, daß sich etwas wiederholte. In ihrem Gespräch meinte er, sein eigenes kompliziertes Verhältnis zu seinem Vater gespiegelt zu sehen.

Sie tranken Wein und nahmen sich viel Zeit beim Essen. Langsam nahm die Spannung und Gereiztheit zwischen ihnen ab. Wallander erzählte von seiner bevorstehenden Reise, und einen kurzen Moment lang spielte er mit dem Gedanken, sie zu fragen, ob sie nicht mitkommen wolle. Die Zeit verging schnell, und es war nach Mitternacht, als er schließlich die Rechnung zahlte. Obwohl es kalt war, gingen sie zu Fuß zum Hotel zurück. Dann saßen sie auf seinem Zimmer und redeten bis kurz nach drei. Als sie schließlich in ihr Zimmer ging, fand Wallander, daß sie trotz des mißglückten Beginns einen schönen Abend verlebt hatten. Aber ganz sicher war er nicht. Er konnte sich nicht völlig von der dumpfen Sorge frei machen, die er verspürte, wenn er an die ungewisse Zukunft seiner Tochter dachte.

Als er das Hotel am nächsten Morgen verließ, schlief sie noch. Er bezahlte ihr Zimmer und schrieb einen kurzen Brief, den der Portier ihr zu geben versprach.

Er wurde aus seinen Träumereien gerissen, als das schweigsame alte Paar den Speisesaal verließ. Es waren keine neuen Gäste eingetroffen. Übriggeblieben war nur noch der einsame Mann mit seiner Teetasse. Er sah auf die Uhr. Er hatte noch fast eine Stunde, bis Oberst Putnis ihn abholte.

Er bezahlte die Rechnung, überschlug anhand des Wechselkurses grob den Preis und stellte fest, daß das Essen ungeheuer billig war. Als er auf sein Zimmer zurückgekehrt war, ging er einen Teil der Unterlagen durch, die er mitgebracht hatte. Er merkte, daß er langsam wieder in den Fall eintauchte, in jenen Fall, den er für alle Zeit dem Vergessen der Archive ausgeliefert geglaubt hatte. Der Geruch der starken Zigaretten des Majors stieg ihm wieder in die Nase.

Um Viertel nach sieben klopfte Oberst Putnis an seine Tür. Durch die dunkle Stadt fuhren sie zum Hauptquartier der Rigaer Polizei. Nur wenige Menschen waren auf den Straßen zu sehen. Im Laufe des Abends war es schnell kälter geworden. Die Straßen und Plätze der Stadt waren schlecht beleuchtet, und Wallander überkam das Gefühl, durch eine Stadt zu fahren, die aus Scherenschnittkulissen und Schattenbildern bestand. Sie fuhren durch eine überdachte Toreinfahrt und hielten auf einem Platz, der einem Burghof glich. Oberst Putnis war während der Fahrt ausgesprochen wortkarg gewesen, und Wallander wartete weiterhin darauf zu erfahren, warum er sich eigentlich in Riga befand. Sie gingen durch hallende, verlassene Korridore, eine Treppe hinab und noch einen Korridor entlang. Schließlich blieb Oberst Putnis vor einer Tür stehen, die er öffnete, ohne vorher zu klopfen.

Kurt Wallander betrat einen großen und warmen, aber schlecht beleuchteten Raum. Ein ovaler Konferenztisch mit einer grünen Decke war das dominierende Möbelstück. Zwölf

Stühle standen um den Tisch herum. Mitten auf der grünen Decke standen eine Wasserkaraffe und ein paar Gläser.

Ganz hinten im Halbdunkel wartete ein Mann. Als Wallander den Raum betrat, wandte er sich um und kam ihm entgegen.

»Willkommen in Riga«, sagte der Mann. »Mein Name ist Juris Murniers.«

»Oberst Murniers und ich tragen gemeinsam die Verantwortung für die Aufklärung des Mordes an Major Liepa«, sagte Putnis.

Wallander spürte sofort eine Spannung zwischen den beiden Obersten. Etwas in Putnis' Tonfall hatte ihn verraten. In dem kurzen Dialog schwang noch etwas anderes mit, aber Wallander kam nicht darauf, was es war.

Oberst Murniers war etwa fünfzig. Er hatte kurzgeschnittenes, graues Haar. Sein Gesicht war blaß und aufgedunsen, so als leide er an Diabetes. Er war kurzgewachsen, und Wallander fiel auf, daß er sich vollkommen lautlos bewegte.

Noch eine Katze, dachte er. Zwei Oberste, zwei Katzen, beide in grauer Uniform.

Wallander und Putnis legten ihre Mäntel ab und setzten sich an den Tisch. Die Wartezeit ist vorbei, dachte er. Was geschah mit Major Liepa? Jetzt werde ich es erfahren.

Es war Murniers, der das Wort ergriff. Wallander fiel auf, daß fast sein ganzes Gesicht im Schatten lag. Die Stimme, die in wohlformuliertem und wortreichem Englisch zu ihm sprach, schien aus einer unendlichen Dunkelheit zu kommen. Oberst Putnis saß da und starrte vor sich hin, als versuche er erst gar nicht zuzuhören.

Aber Kurt Wallanders Warten nahm endlich ein Ende, und er erfuhr, welches Schicksal den Major ereilt hatte.

»Das Ganze ist äußerst rätselhaft«, sagte Murniers. »Am Tag seiner Rückkehr aus Stockholm erstattete er Oberst Putnis und mir mündlich Bericht. Wir saßen in diesem Zimmer und diskutierten den Fall. Major Liepa sollte die Verantwortung für die weiteren Ermittlungen hier im Land übernehmen. Wir brachen gegen fünf Uhr von hier auf. Später haben wir erfahren, daß Major Liepa auf direktem Weg nach Hause zu seiner Frau fuhr. Sie wohnen in einem Haus hinter dem Dom. Sie sagte, er sei wie immer gewesen. Aber er war natürlich froh darüber, wieder nach Hause zu kommen. Sie aßen zu Abend, und er erzählte von seinen Erlebnissen in Schweden. Sie scheinen übrigens einen sehr guten Eindruck auf ihn gemacht zu haben, Kommissar Wallander. Kurz vor halb elf klingelte dann das Telefon. Major Liepa wollte gerade ins Bett gehen. Seine Frau konnte uns nicht sagen, wer angerufen hat. Aber der Major zog sich wieder an und teilte ihr mit, daß er sich auf der Stelle ins Polizeihauptquartier begeben müsse. Daran war nichts Sonderbares. Sie war höchstens enttäuscht, daß er noch am gleichen Abend wieder abberufen wurde. Er hat ihr nicht gesagt, wer angerufen hat und auch nicht, weswegen er während dieser Nacht Dienst tun sollte.«

Murniers verstummte und streckte sich nach der Wasserkaraffe. Wallander warf einen kurzen Blick auf Putnis, der immer noch vor sich hin starrte.

»Von da an ist alles völlig ungeklärt«, fuhr Murniers fort. »Am frühen Morgen fanden Hafenarbeiter Liepas Leiche bei Daugavgriva. Das ist die Bezeichnung für die äußersten Anlagen des großen Hafens von Riga. Der Major lag tot auf dem Kai. Wir konnten später feststellen, daß sein Hinterkopf von einem harten Gegenstand, vielleicht einem Eisenrohr oder auch einem Holzhammer, zertrümmert wurde. Die gerichtsmedizinische Untersuchung hat erwiesen, daß er eine oder höchstens zwei Stunden, nachdem er seine Wohnung verlassen hatte, ermordet wurde. Das ist im großen und ganzen alles, was wir wissen. Es gibt keine Zeugen, die ihn gesehen haben, weder als er das Haus verließ noch draußen im Hafen. Das Ganze ist äußerst geheimnisvoll. In diesem Land wird so gut wie nie ein Polizist ermordet, schon gar kein Major. Uns ist natürlich viel daran gelegen, den Täter so schnell wie irgend möglich zu fassen.«

Murniers verstummte und sank in den Schatten zurück.

»Mit anderen Worten, es hat ihn keiner angerufen und angewiesen, hierher zu kommen«, sagte Wallander.

»Nein«, antwortete Putnis schnell. »Das haben wir untersucht. Der wachhabende Offizier, ein Kapitän Kozlov, hat bestätigt, daß an diesem Abend kein Kontakt mit Major Liepa aufgenommen wurde.«

»Dann bleiben also nur noch zwei Möglichkeiten«, meinte Wallander.

Putnis nickte.

»Entweder hat er seine Frau angelogen«, sagte Putnis. »Oder er ist hereingelegt worden.«

»In letzterem Fall muß er die Stimme wiedererkannt haben«, sagte Wallander. »Oder der Anrufer hat so überzeugend geklungen, daß er nicht mißtrauisch wurde.«

»Genau das denken wir auch«, sagte Putnis.

»Wir können jedenfalls nicht ausschließen, daß es einen Zusammenhang zwischen seiner Arbeit in Schweden und seiner Ermordung gibt«, sagte Murniers aus seiner Schattenwelt heraus. »Wir können nichts ausschließen. Deshalb haben wir die Hilfe der schwedischen Polizei erbeten. Ihre Hilfe, Kommissar Wallander. Wir sind Ihnen für alle Überlegungen, alle Vorschläge, die uns weiterhelfen könnten, dankbar. Sie werden von uns jede Unterstützung bekommen, die Sie benötigen.«

Murniers stand auf.

»Ich schlage vor, daß wir damit für heute abend aufhören«, sagte er. »Sie werden noch müde von der Reise sein, Kommissar Wallander.«

Wallander fühlte sich nicht im geringsten müde. Er war darauf vorbereitet gewesen, wenn nötig die ganze Nacht durchzuarbeiten. Aber da auch Putnis sich erhob, mußte er einsehen, daß die Besprechung beendet war.

Murniers drückte auf einen Klingelknopf an der Tischkante. Fast im gleichen Moment wurde die Tür geöffnet, und ein junger, uniformierter Polizist stand im Türrahmen.

»Das hier ist Sergeant Zids«, sagte Murniers. »Er spricht ausgezeichnet englisch und wird während Ihres Aufenthaltes hier in Riga Ihr Chauffeur sein.«

Zids schlug die Hacken zusammen und salutierte. Wallander fiel nichts Besseres ein, als mit einem Nicken zu antworten. Da weder Putnis noch Murniers ihn einluden, irgendwo essen zu gehen, würde er den Abend allein verbringen. Er folgte Zids auf den Innenhof. Die trockene Kälte schlug ihm entgegen. Der Kontrast zu dem gut geheizten Konferenzraum war groß. Er stieg auf den Rücksitz eines schwarzen Autos, dessen Tür Zids ihm aufhielt. »Es ist kalt«, sagte Wallander, als sie durch die Toreinfahrt fuhren.

»Jawohl, Herr Oberst«, antwortete Sergeant Zids. »Im Moment ist es sehr kalt in Riga.«

Oberst, dachte Wallander. Für ihn ist es natürlich völlig ausgeschlossen, daß der schwedische Polizist einen niedrigeren Rang als Putnis und Murniers haben könnte. Der Gedanke belustigte ihn. Doch wahrscheinlich gab es nichts, an das man sich schneller gewöhnen konnte, als an Privilegien: ein eigenes Auto, einen Chauffeur, Respekt.

Sergeant Zids fuhr schnell durch die menschenleeren Straßen. Wallander war überhaupt nicht müde. Der Gedanke an das kalte Hotelzimmer erschreckte ihn eher.

»Ich bin hungrig«, sagte er zu dem Sergeant. »Bringen Sie mich zu einem guten Restaurant, das nicht zu teuer ist.«

»Das Restaurant im Hotel ›Latvija‹ ist am besten«, antwortete Zids.

»Da bin ich schon gewesen«, sagte Wallander.

»Es gibt kein anderes Restaurant in Riga, in dem man genauso gut essen kann«, sagte Zids, während er gleichzeitig von einer Straßenbahn, die um eine Ecke rumpelte, zu einer Vollbremsung gezwungen wurde.

»Es muß doch mehr als ein gutes Restaurant in einer Stadt geben, die eine Million Einwohner hat«, versuchte Wallander es noch einmal.

»Das Essen ist nirgendwo gut«, erwiderte der Sergeant. »Außer im Hotel ›Latvija‹.«

Ich soll also auf jeden Fall dorthin, dachte Wallander und sank in seinen Sitz zurück. Vielleicht hat er ja Befehl, mich nicht in der Stadt herauszulassen? Einen Chauffeur zu haben, bedeutete offensichtlich mehr Unfreiheit als Freiheit.

Zids hielt vor dem Hotel. Bevor Wallander auch nur die Hand nach der Tür ausstrecken konnte, wurde sie schon vom Sergeanten geöffnet. »Um welche Uhrzeit soll ich den Oberst morgen abholen?« fragte er.

»Um acht wäre es mir recht«, antwortete Wallander.

Das große Foyer erschien Wallander inzwischen noch trostloser als vor ein paar Stunden, als er es verlassen hatte. Von irgendwoher hörte er entfernte Musik. Er ließ sich vom Portier den Schlüssel geben und fragte, ob der Speisesaal geöffnet sei. Der Portier, der schwere Augenlider hatte und dessen Blässe ihn an Oberst Murniers erinnerte, nickte. Wallander nutzte die Gelegenheit, um zu fragen, woher die Musik kam.

»Wir haben ein Varieté«, antwortete der Portier düster.

Als Wallander die Rezeption verließ, entdeckte er den Mann, der mit ihm im Speisesaal gewesen und Tee getrunken hatte. Jetzt saß er auf einem zerschlissenen Ledersofa, in eine Zeitung versunken. Wallander war sicher, daß es derselbe Mann war.

Ich werde überwacht, dachte er. Wie in den schlechtesten Spionageromanen aus der Zeit des Kalten Kriegs sitzt dort ein Mann in einem grauen Anzug und tut so, als würde er nichts sehen. Was glauben Putnis und Murniers eigentlich, was ich hier anstelle?

Der Speisesaal war immer noch fast leer. An einem abseits liegenden, langen Tisch saßen dunkel gekleidete Herren und führten eine gedämpfte Unterhaltung. Wallander wurde zu seinem Erstaunen an den gleichen Tisch wie zuvor geführt. Er aß Gemüsesuppe und ein zu lange gebratenes, zähes Kotelett. Das lettische Bier dagegen war sehr gut. Weil er sich rastlos fühlte, verzichtete er auf den Kaffee, bezahlte und verließ den

Speisesaal, um sich auf die Suche nach dem Nachtclub des Hotels zu begeben. Der Mann im grauen Anzug saß immer noch auf dem Sofa.

Wallander hatte das Gefühl, sich in einem Labyrinth zu befinden. Verschiedene Treppen, die nirgendwohin zu führen schienen, brachten ihn in den Speisesaal zurück. Er versuchte sich an der Musik zu orientieren und entdeckte schließlich ein beleuchtetes Schild am Ende eines dunklen Korridors. Ein Mann, der etwas sagte, was Wallander nicht verstand, öffnete ihm die Tür. Wallander betrat eine schummrig beleuchtete Bar. Der Kontrast zu dem verlassenen Speisesaal war überwältigend. Die Bar war voller Menschen. Hinter einem Vorhang, der die Bar von der Tanzfläche trennte, spielte scheppernd eine Tanzcombo. Wallander meinte, ein ABBA-Lied zu erkennen. Die Luft war schlecht, und er erinnerte sich wieder an den Geruch, den die starken Zigaretten des Majors verströmt hatten. Er entdeckte einen leeren Tisch in der Bar und schob sich durch das Gedrängel. Die ganze Zeit über hatte er das Gefühl, daß ihm viele Augenpaare folgten. Er wußte, daß er vorsichtig sein sollte. Die Nachtclubs in osteuropäischen Ländern waren oft ein Tummelplatz für Banden, die Besucher aus dem Westen ausnahmen.

Es gelang ihm, über den Lärm hinweg einem Kellner seine Bestellung zuzurufen, und wenige Minuten später stand ein Glas Whisky auf seinem Tisch. Es kostete fast genauso viel wie die Mahlzeit, die er kurz zuvor verspeist hatte. Er schnupperte am Inhalt des Glases, dachte an eine Verschwörung und vergiftete Getränke und prostete sich anschließend schlechtgelaunt selbst zu.

Das Mädchen, das sich nicht vorstellte, tauchte aus dem Halbdunkel auf und setzte sich auf den Stuhl neben ihm. Er bemerkte sie erst, als sie ihren Kopf dicht an sein Gesicht führte. Ihr Parfüm erinnerte ihn an den Geruch von Winteräpfeln. Als sie ihn auf deutsch ansprach, schüttelte er den Kopf. Ihr Englisch war schlecht, noch viel schlechter als das des Majors. Jedenfalls bot sie ihm ihre Gesellschaft an und wollte einen Drink haben. Wallander war völlig überrumpelt. Sie war eine Prostituierte, aber er versuchte, den Gedanken zu verdrängen. In diesem trostlosen und kalten Riga wollte er gerne mit jemandem sprechen, der nicht Oberst bei der Polizei war. Zu einem Drink konnte er sie einladen, schließlich zog er die Grenzen. Nur bei einigen wenigen Gelegenheiten, bei denen er wirklich betrunken gewesen war, hatte er völlig seine Selbstbeherrschung verloren. Im vorigen Jahr hatte er sich in einem Anfall von Wut und Erregung auf die Distriktsstaatsanwältin Anette Brolin gestürzt. Es schauderte ihn bei dem Gedanken. Das darf nie wieder vorkommen, dachte er, schon gar nicht hier, in Riga.

Gleichzeitig mußte er sich eingestehen, daß ihm ihre Aufmerksamkeit schmeichelte.

Sie setzt sich zu früh an meinen Tisch, dachte er. Ich bin gerade erst gekommen, ich habe mich noch nicht an dieses seltsame Land gewöhnt.

»Morgen vielleicht«, sagte er. »Nicht heute abend.«

Im nächsten Moment wurde ihm klar, daß sie kaum älter als zwanzig sein konnte. Hinter dem stark geschminkten Gesicht ließ sich ein anderes Gesicht erahnen, das ihn an seine Tochter erinnerte. Er leerte sein Glas, stand auf und ging.

Ich war nahe dran, dachte er. Viel zu nahe.

Im Foyer saß noch immer der graugekleidete Mann mit seiner Zeitung. Schlaf gut, dachte Wallander. Wir sehen uns morgen bestimmt wieder.

Er schlief unruhig. Die Decke war schwer und das Bett unbequem. Im Schlaf hörte er ein Telefon, das ununterbrochen klingelte. Er wollte aufstehen und drangehen, aber als er erwachte, war um ihn herum alles still.

Am nächsten Morgen wachte er auf, als es an die Tür klopfte. Noch halb schlafend rief er »Herein«. Als es noch einmal klopfte, fiel ihm ein, daß der Schlüssel von innen steckte. Er zog sich die Hose an und öffnete. Vor der Tür stand eine Frau in einem Putzkittel mit einem Frühstückstablett in der Hand. Er war überrascht, denn er hatte kein Frühstück bestellt. Vielleicht gehörte das ja zum normalen Service des Hauses? Oder hatte sich Sergeant Zids vielleicht darum gekümmert?

Das Zimmermädchen wünschte ihm auf lettisch einen guten Morgen, und er versuchte sich den Ausdruck zu merken. Sie stellte das Tablett auf einen Tisch, lächelte scheu und ging zur Tür. Er folgte ihr, um hinter ihr wieder abzuschließen.

Dann ging alles sehr schnell. Statt das Zimmer zu verlassen, verriegelte das Zimmermädchen die Tür von innen und hielt den Zeigefinger vor den Mund. Wallander sah sie verständnislos an. Aus einer Tasche ihres Putzkittels zog sie vorsichtig einen Zettel. Wallander wollte gerade etwas sagen, als sie ihm die Hand vor den Mund hielt. Er spürte ihre Angst, begriff, daß sie überhaupt kein Zimmermädchen war, und daß sie keine Bedrohung für ihn darstellte. Sie hatte einfach nur Angst. Er nahm den Zettel und las den englischen Text. Er las ihn zweimal und lernte ihn dabei auswendig. Dann sah er sie an, und sie steckte die Hand in die andere Tasche und zog etwas heraus, was wie ein zusammengefaltetes Plakat aussah. Sie gab es ihm, und als er es auseinanderfaltete, sah er, daß es der Schutzumschlag des Buches über Schonen war, das er vor einer Woche Major Liepa, ihrem Mann, geschenkt hatte. Er sah sie wieder an. In ihrem angstvollen Gesicht lag auch noch ein anderer Ausdruck, Entschlossenheit oder vielleicht auch Trotz, und er ging über den kalten Fußboden, nahm einen Stift vom Schreibtisch und schrieb auf die Rückseite des Buchumschlags, auf dem der Dom von Lund abgebildet war, daß er verstanden hatte. *I have understood.* Er gab ihr den Umschlag zurück und dachte, daß Baiba Liepa ganz anders aussah, als er sie sich vorgestellt hatte. Er konnte sich zwar nicht genau erinnern, was für eine Frau er sich vorgestellt hatte, als der Major auf seinem Sofa in der Mariagatan in Ystad gesessen, Maria Callas gelauscht und erzählt hatte, seine Frau heiße Baiba. Aber es war eine andere Frau gewesen, ein anderes Gesicht.

Vorsichtig öffnete sie die Tür, während er sich geräuschvoll räusperte. Dann war sie fort.

Sie war gekommen, weil sie mit ihm über den Major sprechen wollte, ihren verstorbenen Mann. Sie hatte Angst. Wenn ihn jemand auf seinem Zimmer anrufen und nach *Herrn Eckers* fragen würde, sollte er zunächst ins Foyer hinabfahren, dann die Treppe benutzen, die zur Sauna des Hotels führte, und sich anschließend nach einer grauen Stahltür neben dem Lieferanteneingang des Restaurants umschauen. Diese würde sich von innen auch ohne Schlüssel öffnen lassen, und auf der Straße an der Rückseite des Hotels würde sie ihn treffen, um mit ihm über ihren Mann zu sprechen.

Please, hatte sie geschrieben. *Please, please.* Und jetzt war er sich vollends sicher, daß er nicht nur Angst in ihrem Gesicht gesehen hatte, sondern auch Trotz, vielleicht sogar Haß.

Irgend etwas ist hier viel komplizierter, als ich es mir vorgestellt habe, dachte er. Es mußte ein Kurier im Putzkittel kommen, damit ich das begreife. Ich vergesse dauernd, daß ich mich in einer fremden Welt befinde.

Ein paar Minuten vor acht stieg er im Erdgeschoß aus dem Aufzug.

Der zeitungslesende Mann war verschwunden. Statt seiner stand dort ein anderer Mann, der einen Ständer mit Postkarten studierte.

Wallander ging auf die Straße hinaus. Er merkte, daß es wärmer war als am Tag zuvor. Sergeant Zids wartete mit dem Wagen und wünschte ihm einen guten Morgen. Er setzte sich auf den Rücksitz, und der Sergeant startete den Motor. Langsam brach in Riga ein neuer Tag an. Der Verkehr war lebhaft, und der Sergeant konnte nicht sehr schnell fahren.

Wallander aber sah die ganze Zeit Baiba Liepas Gesicht vor sich.

Und plötzlich, ohne jede Vorwarnung, überkam ihn die Angst.

8

An diesem Morgen, um kurz vor halb neun, stellte Wallander fest, daß Oberst Murniers die gleichen starken Zigaretten rauchte wie Major Liepa. Er erkannte die Zigarettenschachtel der Marke »PRIMA« wieder, als der Oberst sie aus einer seiner Uniformtaschen zog und vor sich auf den Tisch legte.

Wallander hatte plötzlich das Gefühl, sich tief im Inneren eines Labyrinths zu befinden. Sergeant Zids hatte ihn in dem scheinbar unendlichen Polizeihauptquartier Treppen hinauf- und wieder hinuntergelotst, bis er schließlich vor der Tür von Murniers Büro stehengeblieben war. Wallander kam sich vor wie eine Figur auf einem Spielbrett, mit Sicherheit gab es einen kürzeren und übersichtlicheren Weg zu Murniers Büro, den er nicht kennen sollte.

Das relativ kleine Büro war spartanisch eingerichtet, deshalb fielen ihm sofort die drei Telefone auf. An einer Wand war ein verbeulter und verriegelter Aktenschrank zu sehen. Auf Murniers Schreibtisch stand außer den Telefonen ein großer Aschenbecher aus verschnörkeltem Gußeisen. Zuerst hielt Wallander es für ein Schwanenpaar. Dann sah er, daß es einen muskulösen Mann darstellte, der in starkem Gegenwind eine Fahne trug.

Ein Aschenbecher, Telefone, aber keine Papiere. Die Jalousien an den beiden großen Fenstern hinter Murniers Rücken waren entweder halb heruntergelassen oder kaputt. Wallander konnte es nicht genau erkennen.

Er betrachtete die Jalousien, während er über die Neuigkeit nachdachte, mit der Murniers ihn begrüßt hatte.

»Wir haben einen Tatverdächtigen festgenommen«, hatte

der Oberst gesagt. »Letzte Nacht haben unsere Ermittlungen das erhoffte Resultat erbracht.«

Kurt Wallander hatte zunächst gedacht, daß es sich um den Mörder des Majors handelte. Dann hatte er begriffen, daß Murniers Aussage sich auf die Toten in dem Rettungsboot bezogen hatte.

»Eine Bande«, hatte Murniers gesagt. »Eine Bande mit Ablegern in Tallinn und Warschau. Ein lose zusammenarbeitender Ring von Verbrechern, die von Schmuggel, Raub, Einbruch, kurz allem, was Geld einbringt, leben. Wir haben den Verdacht, daß sie in der letzten Zeit von dem Rauschgifthandel profitierten, der sich bedauerlicherweise auch in Lettland ausbreiten konnte. Oberst Putnis verhört den Mann gerade. Bald werden wir bedeutend mehr wissen.«

Die letzten Worte Murniers waren ruhig und sachlich, eine wohlüberlegte Feststellung. Vor Wallander stieg das Bild eines gefolterten Mannes auf, aus dem Oberst Putnis langsam die Wahrheit herausholte. Was wußte er eigentlich über die lettische Polizei? Gab es Grenzen dafür, was in einer Diktatur erlaubt war? War Lettland überhaupt eine Diktatur?

Baiba Liepas Gesichtsausdruck fiel ihm wieder ein. Angst, Trotz und Haß.

Wenn jemand anruft und nach Herrn Eckers fragt, müssen Sie kommen.

Murniers Lächeln schien zu sagen, daß er die Gedanken eines schwedischen Polizisten lesen konnte.

Wallander versuchte, sein Geheimnis durch eine Unwahrheit zu schützen. »Major Liepa brachte zum Ausdruck, daß er um seine eigene Sicherheit besorgt sei«, behauptete er. »Aber er nannte mir keine Gründe für seine Besorgnis. Das ist eine der Fragen, auf die Oberst Putnis eine Antwort bekommen sollte, falls wirklich ein direkter Zusammenhang zwischen den Leichen im Boot und dem Mord an Major Liepa besteht.«

Wallander meinte, in Murniers Gesicht eine fast unmerkliche Veränderung feststellen zu können. Er hatte also etwas

Unerwartetes gesagt. Kam sein Wissen unerwartet? Oder hatte Major Liepa sich tatsächlich Sorgen gemacht, und Murniers hatte davon gewußt?

»Sie müssen sich die entscheidenden Fragen doch auch schon gestellt haben«, fuhr er fort. »Was kann Major Liepa mitten in der Nacht hinausgelockt haben? Wer kann einen Grund gehabt haben, ihn umzubringen? Selbst wenn ein umstrittener Politiker ermordet wird, muß man sich fragen, ob es ein privates Motiv gegeben haben kann. So war es, als Kennedy ermordet wurde, und so war es, als der schwedische Premierminister vor ein paar Jahren auf offener Straße erschossen wurde. Über all das müssen Sie nachgedacht haben, nicht wahr? Sie müssen zu dem Ergebnis gekommen sein, daß es kein einleuchtendes privates Motiv gibt. Sonst hätten Sie mich nicht hergebeten.«

»Das ist korrekt«, antwortete Murniers. »Sie sind ein erfahrener Polizist, und Sie haben die richtigen Schlußfolgerungen gezogen. Major Liepa war glücklich verheiratet. Er war in keine krummen Geschäfte verwickelt. Er spielte nicht, er hatte keine Geliebte. Er war ein pflichtbewußter Polizist, der glaubte, durch seine Arbeit seinem Land dienen zu können. Wir sind ebenfalls der Ansicht, daß sein Tod in direkter Verbindung mit seinem Beruf stehen muß. In letzter Zeit konzentrierten sich seine Ermittlungen ausschließlich auf die Toten im Boot, deshalb haben wir um Hilfe aus Schweden gebeten. Vielleicht hat er Ihnen etwas erzählt, was er in dem Bericht an seinem Todestag nicht erwähnte? Das müssen wir herausfinden und hoffen, daß Sie uns helfen können.«

»Major Liepa sprach von Rauschgift, als er in Schweden war«, sagte Wallander. »Er sprach über die steigende Zahl von Amphetaminfabriken in Osteuropa. Er war davon überzeugt, daß die Männer einer internen Auseinandersetzung innerhalb eines Syndikats zum Opfer gefallen sind, das Rauschgiftschmuggel betreibt. Er fragte sich, ob die Männer aus Rache getötet wurden oder weil sie sich weigerten, etwas zu verraten.

Außerdem gab es Grund zu der Annahme, daß in dem Rettungsboot selbst Rauschgift verborgen war, weil es aus unserem Polizeipräsidium gestohlen wurde. Aber wir haben nicht herausbekommen, wie diese Anhaltspunkte sich miteinander verknüpfen lassen.«

»Ich hoffe, daß Oberst Putnis darauf eine Antwort bekommen wird«, sagte Murniers. »Er ist ein äußerst geschickter Vernehmungsleiter. Ich habe mir überlegt, Ihnen in der Zwischenzeit die Stelle zu zeigen, an der Major Liepa ermordet wurde. Oberst Putnis nimmt sich für seine Verhöre viel Zeit, wenn es nötig ist.«

»Ist der Fundort mit dem Tatort identisch?«

»Es spricht nichts dagegen. Der Platz ist abgelegen, und nachts halten sich nur sehr wenige Menschen im Hafengebiet auf.«

Da stimmt doch was nicht, dachte Wallander. Der Major hätte sich gewehrt. Es kann nicht leicht gewesen sein, ihn mitten in der Nacht auf den Kai hinauszuschleppen. Es reicht nicht, daß die Stelle abgelegen ist.

»Ich würde gern Major Liepas Witwe treffen«, sagte er. »Möglicherweise kann ein Gespräch mit ihr auch für mich wichtig sein. Ich nehme an, daß Sie bereits mehrfach mit ihr gesprochen haben?«

»Wir haben sehr eingehende Verhöre mit Baiba Liepa geführt«, erwiderte Murniers. »Wir werden natürlich veranlassen, daß Sie Frau Liepa treffen können.«

Durch den grauen Wintermorgen fuhren sie am Fluß entlang. Sergeant Zids sollte Baiba Liepa aufsuchen, während Wallander und Oberst Murniers zu dem Fundort der Leiche hinausfuhren, den Murniers auch für den Tatort hielt.

»Was ist Ihre Theorie?« fragte Wallander, als sie auf dem Rücksitz von Murniers' Wagen saßen, der größer und bequemer war als der, den man Wallander zur Verfügung gestellt hatte. »Sie müssen sich doch Gedanken gemacht haben, sowohl Sie als auch Oberst Putnis.«

»Rauschgift«, antwortete Murniers mit Nachdruck. »Wir wissen, daß sich die führenden Köpfe des Drogenhandels ganze Armeen von Leibwächtern halten. Diese Leibwachen rekrutieren sich fast immer aus Süchtigen, die bereit sind, für ihre tägliche Dosis alles zu tun. Vielleicht war Major Liepa den Köpfen dieser Organisation allzu aufdringlich geworden?«

»War er das?«

»Nein. Träfe das zu, hätten mindestens zehn höhere Offiziere der Rigaer Polizei vor Major Liepa auf der Todesliste stehen müssen. Das Merkwürdige ist, daß Major Liepa nie zuvor mit Rauschgiftverbrechen zu tun hatte. Es war reiner Zufall, daß wir gerade ihn für die Fahrt nach Schweden am geeignetsten hielten.«

»Für welche Ermittlungen war Major Liepa zuständig?«

Murniers sah geistesabwesend zum Fenster hinaus, als er antwortete.

»Er war eigentlich in allen Bereichen sehr geschickt. Neulich hatten wir einige Raubmorde in Riga. Major Liepa löste alle Fälle brillant und verhaftete die Täter. Er wurde oft hinzugezogen, wenn andere, mindestens ebenso erfahrene Ermittler nicht mehr weiterkamen.«

Sie saßen schweigend da, während der Dienstwagen an einer roten Ampel wartete. Wallander betrachtete eine Gruppe frierender Menschen, die an einer Bushaltestelle warteten. Er malte sich aus, daß niemals ein Bus kommen und seine Türen für sie öffnen würde.

»Rauschgift«, sagte er. »Für uns in der westlichen Welt ist das ein altes Problem, für Sie ein neues.«

»Nicht ganz neu«, wandte Murniers ein. »Aber der heutige Umfang ist neu. Die offenen Grenzen haben ungeahnte Geschäftsmöglichkeiten und Märkte geschaffen. Ich muß zugeben, daß wir uns oft machtlos fühlen. Wir werden die Zusammenarbeit mit der westlichen Polizei ausdehnen müssen, da ein großer Teil des Lettland passierenden Rauschgifts für die Märkte im Westen bestimmt ist. Die harten Währungen sind verlockend. Uns ist klar, daß Schweden einer der Märkte ist, dem das Hauptinteresse der lettischen Rauschgiftringe gilt. Die Gründe liegen auf der Hand: Es sind nicht allzu viele Seemeilen von Ventspils bis zur schwedischen Küste. Außerdem ist die schwedische Küstenlinie lang und damit nur schwer zu überwachen. Man könnte es als einen klassischen Schmuggelpfad bezeichnen, der wieder geöffnet worden ist. Früher ist auf diesem Weg Alkohol geschmuggelt worden.«

»Erzählen Sie mehr«, forderte Wallander ihn auf. »Wo wird das Rauschgift hergestellt? Wer steckt dahinter?«

»Sie müssen wissen, daß Sie sich in einem verarmten Land befinden«, erklärte Murniers. »Genauso arm und verfallen wie unsere Nachbarländer. Jahrzehntelang lebten wir wie in einem Käfig und haben die Reichtümer der westlichen Welt nur von weitem betrachten können. Jetzt ist plötzlich all das zugänglich. Aber nur unter einer Bedingung: Man braucht Geld, viel Geld. Für Menschen, denen jedes Mittel recht ist, die überhaupt keine Moral haben, ist Rauschgift der schnellste Weg, um an das nötige Geld heranzukommen. Als Sie uns geholfen haben, unsere Mauern einzureißen und die Tore der Länder zu öffnen, in denen die Menschen eingesperrt lebten, öffneten Sie gleichzeitig die Schleusen für eine Sturmflut des Hungers. Hunger nach all dem, was wir zwar aus der Ferne betrachten konnten, das uns aber verboten oder unzugänglich war. Und wir wissen nicht, wie die Zukunft aussehen wird.«

Murniers beugte sich vor und sagte etwas zu dem Fahrer, der daraufhin sofort bremste und den Wagen vor einer Häuserfront zum Stehen brachte.

Murniers zeigte auf eine Fassade.

»Einschußlöcher«, sagte er. »Ungefähr einen Monat alt.«

Wallander beugte sich vor, um besser sehen zu können. Die Wand war mit Einschußlöchern übersät.

»Was ist das für ein Gebäude?« fragte er.

»Eines unserer Ministerien«, antwortete Murniers. »Ich zeige Ihnen das, damit Sie verstehen, daß unsere Zukunft ungewiß ist. Werden wir mehr Freiheit haben? Oder weniger? Wird sie uns vielleicht ganz genommen? Das wissen wir nicht. Sie müssen verstehen, Kommissar Wallander, daß Sie sich in einem Land befinden, in dem noch nichts entschieden ist.«

Sie fuhren weiter und bogen auf ein weitläufiges Hafengelände ab. Wallander dachte über Murniers Worte nach. Plötzlich begann er, für den blassen Mann mit dem aufgedunsenen Gesicht eine gewisse Sympathie zu empfinden. Das Gesagte schien auch ihm gegolten zu haben, vielleicht sogar hauptsächlich ihm.

»Wir wissen, daß es Labors gibt, die Amphetamin und andere synthetische Drogen herstellen«, fuhr Murniers fort. »Wir vermuten außerdem, daß asiatische und südamerikanische Kokainkartelle versuchen, in den osteuropäischen Ländern ein Netz neuer Transportwege aufzubauen. Sie sollen die alten, direkt nach Westeuropa verlaufenden Routen ersetzen, die von der dortigen Polizei entdeckt und somit unbrauchbar wurden. Aber im jungfräulichen Osteuropa sieht man die Chance, allzu wachsamen Polizisten zu entgehen. Sagen wir einmal, daß wir uns leichter schmieren und korrumpieren lassen.«

»Wie Major Liepa?«

»Er hätte sich niemals so weit erniedrigt, Bestechungsgelder anzunehmen.«

»Ich meine, daß er ein wachsamer Polizist war.«

»Wenn er sterben mußte, weil er wachsam war, hoffe ich, daß Oberst Putnis es bald herausbekommt.«

»Wer ist verhaftet worden?«

»Ein Mann, den wir schon oft in Verbindung mit den Geschäften der beiden Ermordeten gebracht haben. Ein ehemaliger Schlachter aus Riga, der einer der Köpfe des organisierten Verbrechens ist, das wir ständig bekämpfen. Er ist merkwürdigerweise immer vor dem Gefängnis davongekommen. Vielleicht können wir ihn diesmal festnageln.«

Der Wagen bremste und hielt an einem mit Schrott und

zusammengebrochenen Kränen übersäten Kai. Sie stiegen aus und gingen zur Mauer.

»Dort lag Major Liepa.«

Wallander sah sich um. Er registrierte Eindrücke.

Wie waren die Mörder und der Major hierher gekommen? Warum ausgerechnet hierher? Daß der Kai abgeschieden lag, reichte als Grund nicht aus. Wallander betrachtete die umgestürzten Reste eines Krans. *Please*, hatte Baiba geschrieben. Murniers stand rauchend neben ihm und stampfte mit den Füßen, um die Kälte abzuwehren.

Warum will er mich nicht über den Tatort aufklären? dachte Wallander. Warum will Baiba Liepa mich heimlich treffen? *Wenn jemand nach Herrn Eckers fragt, müssen Sie kommen.* Warum bin ich eigentlich in Riga?

Das Unbehagen, das er am Morgen verspürt hatte, kehrte zurück. Es rührte wohl daher, daß er als ein Fremder zu Besuch in einem unbekannten Land war. Polizist zu sein hieß, sich in einer Wirklichkeit zurechtzufinden, von der man selbst ein Teil war. Hier war er ein Außenseiter. Vielleicht konnte er als *Herr Eckers* in diese unbekannte Landschaft eindringen? Der schwedische Polizeibeamte Kurt Wallander war hier völlig hilflos.

Er kehrte zum Auto zurück.

»Ich möchte gern ihre Berichte studieren«, sagte er. »Die Obduktion, die Tatortuntersuchung, die Fotos.«

»Wir werden unser Material übersetzen lassen«, antwortete Murniers.

»Vielleicht geht es mit einem Dolmetscher schneller«, schlug Wallander vor. »Sergeant Zids spricht ausgezeichnet Englisch.«

Murniers lächelte abwesend und zündete sich eine neue Zigarette an.

»Sie haben es eilig«, stellte er fest. »Sie sind ungeduldig. Natürlich kann Sergeant Zids Ihnen die Berichte übersetzen.«

Als sie zum Polizeihauptquartier zurückgekehrt waren, traten sie hinter einen Vorhang und betrachteten durch ein Spiegelfenster Oberst Putnis und den Mann, den er gerade verhörte. Der Raum, in dem das Verhör stattfand, war bis auf einen kleinen Holztisch und zwei Stühle leer. Oberst Putnis hatte die Uniformjacke ausgezogen. Der andere Mann war unrasiert und sah sehr müde aus. Er antwortete nur sehr langsam auf Putnis' Fragen.

»Das kann dauern«, meinte Murniers nachdenklich. »Aber früher oder später werden wir die Wahrheit erfahren.«

»Welche Wahrheit?«

»Ob wir recht haben oder nicht.«

Sie kehrten in die innersten Hohlräume des Labyrinths zurück, und Wallander bekam ein kleines Zimmer im gleichen Flur wie Murniers. Sergeant Zids kam mit einem Ordner, der die Ermittlungsunterlagen zum Tode des Majors enthielt. Bevor Murniers sie allein ließ, sprach er mit dem Sergeanten kurz auf lettisch.

»Baiba Liepa wird heute nachmittag um zwei Uhr zum Verhör erscheinen«, sagte Murniers.

Wallander erschrak. *Sie haben mich verraten, Herr Eckers. Warum haben Sie das getan?*

»Ich hatte eher an ein Gespräch gedacht«, sagte Wallander. »Kein Verhör.«

»Ich hätte ein anderes Wort als Verhör verwenden sollen«, entschuldigte sich Murniers. »Lassen Sie es mich so ausdrücken: Sie war erfreut, Sie treffen zu dürfen.«

Murniers ging, und zwei Stunden später hatte Zids alle Berichte übersetzt. Wallander hatte die unscharfen Fotos der Leiche betrachtet. Sein Gefühl, daß etwas Entscheidendes nicht stimmte, hatte sich noch verstärkt. Er konnte am besten denken, wenn er sich mit etwas anderem beschäftigte, deshalb bat er den Sergeant, ihn zu einem Geschäft zu fahren, in dem er lange Unterhosen kaufen konnte. *Long underpants*, hatte er gesagt, und der Sergeant hatte kein Erstaunen gezeigt. Wallander wurde die Absurdität der ganzen Situation bewußt, als er in das empfohlene Konfektionsgeschäft marschierte. Es kam ihm vor, als kaufte er mit einer Polizeieskorte lange Unterhosen. Zids brachte sein Anliegen vor und bestand darauf, daß Wallander die Unterhosen vor dem Kauf anprobierte. Er nahm zwei Paar, die ihm in braunes Papier eingeschlagen und verschnürt wurden. Als sie wieder auf die Straße traten, schlug Wallander vor, Mittagessen zu gehen.

»Aber nicht im Hotel ›Latvija‹«, sagte er. »Wo auch immer, aber nicht dort.«

Sergeant Zids verließ die großen Straßen und tauchte in die Gassen der Altstadt ein. Wallander dachte, daß er nun auf dem Weg in ein neues Labyrinth war, aus dem er niemals allein wieder hinausfinden würde.

Das Restaurant hieß »Sigulda«. Wallander aß ein Omelett, während der Sergeant einen Teller Suppe vorzog. Die Luft war schlecht und stickig. Als sie das Restaurant betraten, hatte es keinen freien Platz gegeben. Wallander hatte beobachtet, wie der Sergeant einfach einen Tisch gefordert hatte.

»In Schweden wäre das unmöglich gewesen«, sagte er, während sie aßen. »Daß ein Polizist in ein Restaurant geht und einen Tisch fordert, obwohl alle Plätze besetzt sind.«

»Hier ist das anders«, erwiderte Sergeant Zids ungerührt. »Man will sich möglichst gut mit der Polizei stellen.«

Wallander wurde wütend. Sergeant Zids war für diese Arroganz noch etwas zu jung.

»In Zukunft will ich nicht, daß wir uns in irgendwelchen Schlangen vordrängeln«, sagte er mit Nachdruck.

Der Sergeant sah ihn erstaunt an.

»Dann bekommen wir nichts zu essen«, erwiderte er.

»Das Restaurant im Hotel ›Latvija‹ ist immer leer«, antwortete Wallander.

Um kurz vor zwei waren sie wieder im Polizeihauptquartier. Während des Essens hatte Wallander schweigend dagesessen und darüber gegrübelt, was an dem Bericht nicht stimmte. Er war zu dem Schluß gekommen, daß die Makellosigkeit des

Berichts ihn störte. Er schien mit der besten Absicht verfaßt worden zu sein, alle weiteren Fragen überflüssig zu machen. Weiter war er in seinen Überlegungen nicht gekommen, traute auch seinem Urteilsvermögen nicht recht. Vielleicht sah er einfach nur Gespenster, wo es gar keine Gespenster gab?

Murniers hatte sein Büro verlassen, und Oberst Putnis war immer noch mit seinem Verhör beschäftigt. Der Sergeant ging, um Baiba Liepa zu holen, und Wallander blieb allein in dem ihm zugewiesenen Büro zurück. Er fragte sich, ob es abgehört wurde oder jemand ihn durch ein verstecktes Spiegelfenster beobachtete. Wie um seine Unschuld zu unterstreichen, öffnete er das Paket, zog die Hose aus und die lange Unterhose an. Sie begann gerade zu kratzen, als es an die Tür klopfte. Er rief »Herein«, und der Sergeant öffnete für Baiba Liepa. *Jetzt bin ich Wallander. Nicht Herr Eckers. Es gibt keinen Herrn Eckers. Gerade aus dem Grund habe ich mit Ihnen sprechen wollen.*

»Spricht Major Liepas Witwe Englisch?« fragte er den Sergeant.

Zids nickte.

»Dann können Sie uns jetzt allein lassen.«

Er hatte versucht, sich vorzubereiten. *Ich muß daran denken, daß alles, was ich sage und tue, für verborgene Überwacher sichtbar ist. Wir können nicht einmal den Finger warnend auf den Mund legen, geschweige denn Zettel schreiben. Und Baiba Liepa muß verstehen, daß Herr Eckers nach wie vor existiert.*

Sie trug einen dunklen Mantel, eine Pelzmütze und eine Brille, die sie am Morgen noch nicht getragen hatte. Sie nahm die Mütze ab und schüttelte ihr halblanges, dunkles Haar aus.

»Bitte setzen Sie sich, Frau Liepa«, sagte Wallander. Gleichzeitig lächelte er, ein flüchtiges Lächeln, als ob er heimlich mit einer Taschenlampe ein vereinbartes Signal gegeben hätte. Er merkte, daß sie offensichtlich nichts anderes erwartet hatte. Er wußte, daß er noch einmal all die Fragen stellen mußte, die sie bereits beantwortet hatte. Aber vielleicht konnte sie ihm eine Botschaft übermitteln, einen Einblick in das Verborgene, das nur für *Herrn Eckers* bestimmt war?

Er sprach ihr sein Beileid aus, verbindlich, aber trotzdem überzeugend. Danach stellte er die üblichen Fragen und hatte dabei immer das Bild eines Unbekannten vor sich, der zuhörte und sie beobachtete.

»Wie lange waren Sie mit Major Liepa verheiratet?«

»Acht Jahre.«

»Ich meine mich zu erinnern, daß Sie keine Kinder haben.«

»Wir wollten noch etwas warten. Ich habe meinen Beruf.«

»Was machen Sie beruflich?«

»Ich bin Ingenieur. Aber in den letzten Jahren habe ich hauptsächlich wissenschaftliche Literatur übersetzt, unter anderem für unsere Technische Hochschule, an der ich auch unterrichte.«

Wie hast du es geschafft, mir das Frühstück zu servieren? überlegte er. Wer ist dein Vertrauter im Hotel »Latvija«?

Der Gedanke lenkte ihn ab. Er stellte die nächste Frage.

»Und das ließ sich nicht mit Kindern in Einklang bringen?«

Er bereute seine Frage sofort. Sie war privat, tat nichts zur Sache. Er entschuldigte sich, sagte, daß er keine Antwort erwarte, und fuhr statt dessen schnell fort.

»Frau Liepa«, begann er. »Sie müssen darüber nachgedacht und sich gefragt haben, was Ihrem Mann zugestoßen ist. Ich habe die Verhörprotokolle gelesen. Sie sagen aus, daß Sie nichts wissen, nichts verstehen, nichts ahnen. Das ist sicher richtig. Sie wollen, daß der Mörder Ihres Mannes gefaßt wird und seine gerechte Strafe erhält. Trotzdem bitte ich Sie, noch einmal zurückzudenken. An den Tag, an dem Ihr Mann aus Schweden heimkehrte. Wegen des Schocks, den Sie erlitten haben müssen, als Sie von der Ermordung Ihres Mannes er-fuhren, könnten Sie etwas vergessen haben.«

Ihre Antwort gab ihm das erste heimliche Signal.

»Nein«, sagte sie entschieden. »Ich habe nichts vergessen.

Rein gar nichts.« *Herr Eckers. Ich war nicht durch etwas Unerwartetes schockiert. Was wir befürchtet hatten, traf ein.*

»Es könnte auch etwas sein, was noch länger zurückliegt«, sagte Wallander, der jetzt vorsichtig vorging, um sie nicht in Schwierigkeiten zu bringen.

»Mein Mann hat nie von seiner Arbeit erzählt«, sagte sie. »Er hätte seine Schweigepflicht als Polizist niemals verletzt. Ich war mit einem Mann verheiratet, der sehr hohe moralische Ansprüche hatte.«

Sehr richtig, dachte Wallander. Und genau diese hohen Ansprüche haben ihn getötet.

»Ich hatte denselben Eindruck von Major Liepa«, sagte er. »Obwohl wir in Schweden nur wenige Tage miteinander zu tun hatten.«

Verstand sie jetzt, daß er auf ihrer Seite war? Daß er sie deshalb gebeten hatte, zu kommen? Um einen Schleier aus Fragen zu weben, die eigentlich bedeutungslos waren?

Er bat sie nochmals, nachzudenken. Sie umkreisten die Fragen einige Male, bis Wallander glaubte, es sei an der Zeit, das Gespräch zu beenden. Er drückte auf eine Klingel und ging davon aus, daß Sergeant Zids sie hören würde. Dann erhob er sich und gab ihr die Hand.

Woher wußtest du, daß ich nach Riga gekommen bin, überlegte er. Jemand muß es dir erzählt haben. Jemand, der wollte, daß wir uns treffen. Aber warum?

Der Sergeant kam und führte Baiba Liepa zu einem abgelegenen Ausgang. Wallander stellte sich an das zugige Fenster und betrachtete den Burghof. Über der Stadt fiel Schneeregen. Hinter der hohen Mauer konnte er Kirchtürme und einzelne Hochhäuser erkennen.

Plötzlich kam ihm der Gedanke, daß alles nur Einbildung war. Seine Phantasie war mit ihm durchgegangen, seine Vernunft hatte keinen Widerstand geleistet. Er ahnte eine Verschwörung, wo es keine gab, er saß wahrscheinlich den Verschwörungsmythen über den Ostblock auf, angeblich konspirierte hier jeder gegen jeden. Welche Gründe hatte er denn schon, Murniers und Putnis zu mißtrauen? Die Erklärung für Baiba Liepas Auftritt in seinem Hotel, als Putzfrau verkleidet, konnte ganz harmlos sein.

Er wurde in seinen Gedanken unterbrochen, als Oberst Putnis an die Tür klopfte und hereinkam. Putnis wirkte müde, sein Lächeln war maskenhaft.

»Das Verhör mit dem Verdächtigen ist erst einmal abgebrochen worden«, sagte er. »Leider hat der Mann nicht die von uns erhofften Geständnisse gemacht. Im Moment kontrollieren wir verschiedene seiner Angaben. Danach werde ich das Verhör fortsetzen.«

»Worauf beruhen die Verdächtigungen?« fragte Wallander.

»Wir wissen seit längerem, daß er Leja und Kalns als Kuriere und Mithelfer benutzt hat«, antwortete Putnis. »Wir hoffen auch, nachweisen zu können, daß sie in den letzten Jahren in Drogengeschäfte verwickelt waren. Hagelman, so heißt der Verdächtige, würde außerdem nicht zögern, seine Mithelfer zu foltern oder zu ermorden, wenn er es für angebracht hielte. Er ist natürlich nicht allein gewesen. Wir suchen gerade nach weiteren Mitgliedern seiner Bande. Da viele von ihnen sowjetischer Staatsangehörigkeit sind, können sie sich leider in ihrem Heimatland befinden. Außerdem haben wir einige von Hagelmans Waffen gefunden. Wir untersuchen, ob die Kugeln, die Leja und Kalns töteten, aus einer dieser Waffen abgefeuert wurden.«

»Die Verbindung zu Major Liepas Tod«, fragte Wallander. »Worin kann sie bestehen?«

»Wir wissen es noch nicht«, antwortete Putnis. »Aber es war ein überlegter Mord, eine Hinrichtung. Er ist nicht einmal ausgeraubt worden. Wir müssen annehmen, daß es mit seiner Arbeit zu tun hat.«

»Kann Major Liepa ein Doppelleben geführt haben?« fragte Wallander.

Putnis lächelte müde.

»Wir leben in einem Land, in dem wir die Kontrolle unserer Mitbürger bis zur Vollendung entwickelt haben«, sagte er. »Das gilt vor allem für die interne Kontrolle der Polizei. Hätte Major Liepa ein Doppelleben geführt, wäre uns das bekannt gewesen.«

»Wenn nicht jemand seine schützende Hand über ihn gehalten hätte«, erwiderte Wallander.

Putnis sah ihn erstaunt an.

»Wer sollte das sein?« fragte er.

»Ich weiß nicht«, sagte Wallander. »Ich habe wohl nur laut gedacht. Ein nicht besonders qualifizierter Gedanke, fürchte ich.«

Putnis stand auf.

»Ich hatte eigentlich vor, Sie heute abend zu mir nach Hause zum Essen einzuladen«, sagte er. »Leider geht es nicht, weil ich das Verhör fortsetzen will. Vielleicht hatte Oberst Murniers ja dieselbe Idee? Es ist sehr unhöflich, Sie in einer fremden Stadt allein zu lassen.«

»Das Hotel ›Latvija‹ ist ausgezeichnet«, meinte Wallander. »Außerdem hatte ich vor, meine Überlegungen in diesem Fall zu notieren. Dazu kann ich den Abend nutzen.«

Putnis nickte.

»Dann sagen wir morgen abend«, sagte er. »Ich möchte, daß Sie mich und meine Familie besuchen. Meine Frau Ausma ist eine sehr gute Köchin.«

»Gern«, sagte Wallander. »Das ist sehr freundlich.«

Putnis ging, und Wallander drückte auf die Klingel. Er wollte das Polizeihauptquartier verlassen, bevor Murniers die Gelegenheit hatte, ihn zu sich nach Hause oder in ein Restaurant einzuladen.

»Ich fahre jetzt ins Hotel«, sagte Wallander, als Sergeant Zids in der Tür stand. »Ich habe einige Schreibarbeit, die ich heute abend in meinem Zimmer zu erledigen gedenke. Sie können mich morgen früh um acht Uhr abholen.«

Nachdem der Sergeant ihn am Hotel abgesetzt hatte, kaufte Wallander an der Rezeption Ansichtskarten und Briefmarken. Außerdem bat er um einen Stadtplan. Da der im Hotel angebotene Plan viel zu ungenau war, ließ er sich eine Wegbeschreibung zu einer Buchhandlung in der Nähe geben.

Wallander sah sich in der Einangshalle um. Nirgends konnte er einen Mann entdecken, der Tee trank oder Zeitung las.

Sie sind noch da, dachte er. Jeden zweiten Tag werden sie sichtbar sein, die anderen Tage unsichtbar. Sie wollen mich verunsichern, mich an meiner Beobachtungsgabe zweifeln lassen.

Er verließ das Hotel, um die Buchhandlung zu suchen. Es war bereits dunkel geworden, und der Bürgersteig naß vom Schneeregen, der immer noch fiel. Es waren viele Leute unterwegs, und Wallander blieb hin und wieder stehen, um ein Schaufenster zu betrachten. Es waren nur wenige und immer die gleichen Waren ausgestellt. Als er zu der Buchhandlung kam, warf er einen schnellen Blick über die Schulter. Nirgendwo konnte er jemanden ausmachen, der plötzlich stehenblieb.

Ein älterer Mann, der kein Wort Englisch sprach, verkaufte ihm einen Stadtplan. Er sprach ununterbrochen lettisch, als ob er sich einbildete, daß Wallander ihn trotz allem verstehen würde. Wallander kehrte ins Hotel zurück. Irgendwo hinter oder vor ihm war ein Beschatter, den er nicht sehen konnte. Er beschloß, am nächsten Tag einen der Obersten zu fragen, warum er überwacht wurde. Er nahm sich vor, dies freundlich zu tun, ohne Sarkasmus oder Gereiztheit.

An der Rezeption fragte er, ob jemand für ihn angerufen habe. Der Portier schüttelte den Kopf. *No calls, Mister Wallander. No calls at all.*

Er ging auf sein Zimmer und schrieb die Ansichtskarten. Um der Zugluft auszuweichen, zog er den Schreibtisch vom Fenster weg. Der Dom von Riga war das Motiv auf der Karte an Björk. Dort in der Nähe wohnte Baiba Liepa, von dort war der Major eines Abends durch einen Telefonanruf hinaus-

gelockt worden. *Wer hat angerufen, Baiba? Herr Eckers war-*
tet in seinem Zimmer, wartet auf eine Antwort.

Er schrieb an Björk, an Linda und an seinen Vater. Bei der
letzten Karte zögerte er und schrieb dann schließlich einen
Gruß an seine Schwester Kristina.

Es war schon sieben Uhr. Er ließ lauwarmes Wasser in die
Badewanne einlaufen und stellte vorsichtig ein Glas Whisky
auf dem Wannenrand ab. Er schloß die Augen und überdachte
alles noch einmal.

Das Rettungsboot, die toten Männer, ihre merkwürdige
Umarmung. Er versuchte, zu erkennen, was er bisher übersehen hatte. Rydberg hatte oft von der Fähigkeit gesprochen, *das*
Unsichtbare zu sehen. Das Unerwartete im scheinbar Natürli-
chen zu entdecken. Er ging den Verlauf der Ereignisse methodisch durch. Welche Spur hatte er bisher nicht erkannt?

Nach dem Bad setzte er sich an den Schreibtisch und
schrieb neue Gesichtspunkte nieder. Er war sich nun sicher,
daß die beiden Obersten der lettischen Polizei auf dem richtigen Weg waren. Nichts widersprach der Vermutung, daß die
Männer im Rettungsboot einer internen Abrechnung zum
Opfer gefallen waren. Warum sie ohne ihre Jacketts erschossen und anschließend in ein Rettungsboot verfrachtet worden waren, war kaum von ausschlaggebender Bedeutung. Er
war nicht mehr davon überzeugt, daß die Täter mit der
Entdeckung der Leichen gerechnet hatten. *Warum wurde das*
Rettungsboot gestohlen, schrieb er dann. *Von wem? Wie*
konnten lettische Kriminelle so schnell nach Schweden kom-
men? Wurde der Diebstahl von Schweden begangen, oder von
in Schweden lebenden Letten, die eine Übernahme auf schwe-
dischem Boden organisieren sollten? Er setzte seine Überlegungen fort. Major Liepa war am Abend seiner Rückkehr aus
Schweden ermordet worden. Es sprach vieles dafür, daß er zum
Schweigen gebracht worden war. *Was wußte Major Liepa,*
schrieb er. *Und warum wird mir ein Ermittlungsbericht vor-*
gelegt, der vom eigentlichen Tatort ablenken soll?

Er las seine Aufzeichnungen durch und fuhr fort. *Baiba Liepa*, schrieb er. *Was weiß sie, und warum will sie es der Polizei nicht erzählen?* Er schob seine Aufzeichnungen zur Seite und goß sich ein neues Glas Whisky ein. Es war fast zehn, und er hatte Hunger. Er nahm den Hörer ab, um zu kontrollieren, ob das Telefon funktionierte. Danach ging er hinunter zur Rezeption und hinterließ dort die Nachricht, daß er in den Speisesaal gegangen war. Er sah sich in der Eingangshalle um. Nirgendwo entdeckte er einen seiner Beschatter. Im Speisesaal bekam er wieder denselben Tisch zugewiesen. Vielleicht befindet sich ja ein Mikrofon im Aschenbecher, dachte er sarkastisch. Vielleicht sitzt ja auch ein Mann unter dem Tisch und mißt meinen Puls? Er trank eine halbe Flasche armenischen Wein und aß dazu gekochtes Huhn mit Kartoffeln. Jedesmal, wenn sich die Schwingtüren zur Eingangshalle öffneten, dachte er, der Portier käme, um ihm mitzuteilen, daß ein Anruf für ihn gekommen sei. Er trank ein Glas Kognak zum Kaffee und blickte sich im Speisesaal um. An diesem Abend waren viele Tische besetzt. In einer Ecke saßen ein paar Russen und an einer langen Tafel eine Gruppe Deutscher, zusammen mit ihren lettischen Gastgebern. Es war fast halb elf, als er die unglaublich niedrige Rechnung bezahlte. Er überlegte einen Augenblick, ob er den Nachtclub aufsuchen sollte. Dann entschied er sich dagegen und fuhr in den fünfzehnten Stock hinauf.

Als er den Schlüssel ins Schloß steckte, hörte er das Telefon klingeln. Er fluchte, riß die Tür auf und schnappte sich den Hörer. *Kann ich mit Herrn Eckers sprechen?* Es war die Stimme eines Mannes, dessen englische Aussprache sehr schlecht war. Wallander antwortete wie abgemacht, daß es hier keinen Herrn Eckers gebe. *Es muß ein Mißverständnis sein.* Der Mann entschuldigte sich und legte auf. *Benutzen Sie die Hintertür. Please, please.*

Er nahm seine Jacke, setzte die Wollmütze auf, überlegte es sich anders und steckte sie in die Tasche. Als er in der Eingangshalle ankam, vermied er, von der Rezeption aus gesehen zu werden. Die Deutschen kamen gerade aus dem Speisesaal, als er sich den Schwingtüren näherte. Er ging schnell die Treppe hinunter, die zur Hotelsauna führte und dann in einen Flur mündete, der zum Lieferanteneingang des Hotels führte. Die graue Stahltür sah genauso aus, wie Baiba Liepa sie beschrieben hatte. Er öffnete sie vorsichtig und spürte, wie ihm der kalte Nachtwind entgegenschlug. Er tastete sich an der Rampe entlang und war bald draußen, an der Rückseite des Hotels.

Die Gasse wurde nur von wenigen Lampen erleuchtet. Er schloß die Tür hinter sich und tauchte in die Schatten ein. Der einzige Mensch auf der Straße war ein alter Mann, der mit seinem Hund spazierenging. Regungslos stand er in der Dunkelheit und wartete. Niemand kam. Der Mann wartete geduldig, während der Hund das Bein an einer Mülltonne hob. Als die beiden an Wallander vorbeigingen, flüsterte der alte Mann, Wallander solle ihm folgen, sobald er um die Straßenecke verschwunden war. Irgendwo in der Ferne ratterte eine Straßenbahn vorbei, und Wallander wartete. Er zog die Wollmütze tiefer ins Gesicht. Es hatte aufgehört zu schneien und war wieder kälter geworden. Der Mann verschwand um die Straßenecke, und Wallander ging langsam in dieselbe Richtung. Als er um die Ecke bog, kam er in eine andere Gasse. Der Mann mit dem Hund war verschwunden. Neben ihm wurde lautlos eine Autotür geöffnet. *Herr Eckers*, sagte eine Stimme aus der Dunkelheit des Wagens. *Wir müssen sofort losfahren*. Als er auf den Rücksitz kletterte, fuhr ihm der Gedanke durch den Kopf, daß er einen riesigen Fehler beging. Er erinnerte sich an das unbehagliche Gefühl, als er am Morgen in einem anderen Auto gesessen hatte, mit Sergeant Zids am Steuer. Er erinnerte sich an seine Angst.

Nun war sie zurückgekehrt.

9

Der strenge Geruch feuchter Wolle.

So würde sich Kurt Wallander an seine Autofahrt durch Riga in jener Nacht erinnern. Er hatte sich geduckt und auf den Rücksitz gesetzt, und noch bevor sich seine Augen an die Dunkelheit gewöhnen konnten, hatten unbekannte Hände ihm hastig eine Kapuze über den Kopf gezogen. Sie hatte nach Wolle gerochen, und als ihm allmählich der Schweiß aus den Poren drang, hatte seine Haut angefangen zu jucken. Aber seine Angst, das beklemmende Gefühl, daß etwas nicht stimmte, ganz und gar nicht stimmte, war wie weggeblasen, als er auf dem Rücksitz lag. Eine Stimme, von der er annahm, daß sie zu den Händen gehörte, die ihm die Kapuze über den Kopf gezogen hatten, redete beruhigend auf ihn ein. *We are no terrorists. We just have to be cautious.* Er hatte die Stimme des Anrufers wiedererkannt, die Stimme, die nach *Herrn Eckers* gefragt hatte, um sich dann dafür zu entschuldigen, sich verwählt zu haben. Die beruhigende Stimme klang überzeugend, und später dachte er, daß die Menschen in den chaotischen und zerfallenden Staaten Osteuropas genau dies lernen mußten. Völlig überzeugend zu wirken, wenn sie beteuerten, daß es nichts Bedrohliches gab, wenn in Wirklichkeit alles bedrohlich war.

Das Auto war unbequem. Das Motorengeräusch sagte ihm, daß es ein russisches Fabrikat war, vermutlich ein Lada. Er konnte nicht herausfinden, wie viele Menschen sich im Auto befanden, es waren mindestens zwei, denn vor ihm saß jemand, der hustete und fuhr und neben ihm saß der Mann, der beruhigend auf ihn eingeredet hatte. Hin und wieder, wenn eines der Fenster heruntergekurbelt wurde, damit der Zigarettenrauch abziehen konnte, drang ein kalter Luftzug an sein Gesicht. Für einen kurzen Moment meinte er, einen schwachen Parfümgeruch im Auto wahrzunehmen, Baiba Liepas Parfüm, aber im nächsten Moment begriff er, daß dies Einbildung oder vielleicht Wunschdenken war. Es war unmöglich herauszufinden, ob sie langsam oder schnell fuhren. Aber plötzlich veränderte sich der Straßenbelag, und er nahm an, daß sie die Stadt hinter sich gelassen hatten. Von Zeit zu Zeit wurde der Wagen abgebremst und bog ab, einmal fuhren sie durch einen Kreisverkehr. Er versuchte zu schätzen, wie lange sie unterwegs waren, hatte aber bald jedes Zeitgefühl verloren. Endlich endete die Fahrt irgendwo. Der Wagen bog ein letztes Mal ab und rumpelte und holperte, als fahre er querfeldein. Der Fahrer schaltete den Motor ab, die Türen wurden geöffnet, und man half ihm aus dem Wagen.

Es war kalt, und er meinte den Geruch von Tannen wahrzunehmen. Jemand hielt ihn am Arm, damit er nicht stolperte. Er wurde eine Treppe hinaufgeführt, eine Tür quietschte in den Scharnieren, und er betrat einen Raum, in dem es warm war. Der Geruch von Petroleum schlug ihm entgegen, und plötzlich wurde ihm die Kapuze vom Kopf gezogen. Er erschrak, weil er plötzlich wieder sehen konnte. Der Schock war jetzt größer als vorhin, als man ihm die Kapuze über das Gesicht gestülpt hatte. Der Raum war länglich und hatte grobgezimmerte Holzwände, und sein erster Gedanke war, daß er sich in einer Art Jagdhütte befand. Ein Hirschkopf hing über einem offenen Kamin an der Wand, die Möbel im Raum waren aus hellem Holz gefertigt, und zwei Petroleumlampen bildeten die einzige Beleuchtung.

Der Mann mit der beruhigenden Stimme ergriff wieder das Wort. Sein Gesicht entsprach nicht dem Bild, das Wallander sich gemacht hatte – soweit er sich überhaupt ein Bild gemacht hatte. Der Mann war klein gewachsen und ungeheuer mager, als habe er ein schweres Leiden durchgemacht oder sich freiwillig einer Hungerkur unterzogen. Das Gesicht war blaß, eine dicke Hornbrille schien allzu groß und schwer auf seinen Backenknochen zu ruhen, und Wallander konnte nicht sagen, ob der Mann fünfundzwanzig oder fünfzig war. Er lächelte jedenfalls und zeigte auf einen Stuhl. Wallander setzte sich. *Sit down, please,* sagte der Mann mit der ruhigen Stimme. Aus der Dunkelheit tauchte lautlos ein anderer Mann mit einer Thermoskanne und ein paar Tassen auf. Vielleicht ist es der Fahrer, dachte Wallander. Er war älter, dunkelhaarig, ein Mensch, der selten zu lächeln schien. Wallander bekam eine Tasse Tee, die zwei Männer setzten sich an die andere Seite des Tisches, und der Fahrer drehte vorsichtig den Docht der Petroleumlampe hoch. Ein fast unhörbares Geräusch drang an Wallanders Ohr. Es kam aus der Dunkelheit jenseits des Lichtkegels, den die Petroleumlampen verbreiteten. Hier ist noch jemand, dachte er. Jemand, der gewartet hat, jemand, der Tee gekocht hat.

»Außer Tee können wir Ihnen leider nichts anbieten«, sagte der Mann mit der beruhigenden Stimme. »Aber Sie haben ja zu Abend gegessen, kurz bevor wir Sie abgeholt haben, Herr Wallander. Wir werden Sie auch nicht lange aufhalten.«

Etwas an diesen Worten machte Wallander wütend. Solange er *Herr Eckers* gewesen war, hatte er noch das Gefühl gehabt, daß ihn das Ganze eigentlich persönlich gar nichts anging. Aber jetzt war er *Herr Wallander*, und von ihren unsichtbaren Gucklöchern aus hatten sie ihn überwacht, hatten ihn essen sehen und nur den kleinen Fehler begangen, wenige Sekunden zu früh anzurufen, noch bevor er dazu gekommen war, die Tür zu seinem Zimmer aufzuschließen.

»Ich habe allen Grund, Ihnen zu mißtrauen«, sagte er. »Ich weiß nicht einmal, wer Sie sind. Wo ist Baiba Liepa, die Witwe des Majors?«

»Sie müssen meine Unhöflichkeit entschuldigen. Mein Name ist Upitis. Sie können völlig beruhigt sein. Sobald unser Gespräch hier beendet ist, werden Sie in Ihr Hotel zurückkehren können. Das garantiere ich Ihnen.«

Upitis, dachte Wallander. Wie *Herr Eckers*. Wie auch immer er heißen mag, *so* heißt er bestimmt nicht.

»Die Garantie eines Unbekannten ist nichts wert«, sagte Wallander. »Sie entführen mich, mit einer Kapuze über dem Kopf.« (Hieß Kapuze wirklich *hood?*) »Ich bin auf Frau Liepas Bedingungen zu diesem Treffen eingegangen, weil ich ihren Mann kannte. Ich nahm an, sie könne mir etwas erzählen, was der Polizei Klarheit darüber verschafft, warum Major Liepa sterben mußte. Wer Sie sind, weiß ich nicht. Ich habe also allen Grund, Ihnen zu mißtrauen.«

Der Mann, der behauptete, Upitis zu heißen, nickte nachdenklich und zustimmend.

»Ich bin ganz Ihrer Meinung«, sagte er. »Aber Sie dürfen nicht glauben, daß wir ohne Grund so vorsichtig sind. Es handelt sich leider um unverzichtbare Vorsichtsmaßnahmen. Frau Liepa kann heute abend nicht bei uns sein. Aber ich spreche in ihrem Auftrag mit Ihnen.«

»Wie soll ich mir dessen sicher sein? Was wollen Sie eigentlich von mir?«

»Wir möchten, daß Sie uns helfen.«

»Warum glauben Sie, mir einen falschen Namen nennen zu müssen? Warum ein geheimer Treffpunkt?«

»Wie ich Ihnen bereits gesagt habe, ist dies leider notwendig. Sie sind noch nicht sehr lange in Lettland, Herr Wallander. Sie werden es später verstehen.«

»Wie soll ich Ihnen überhaupt helfen können?«

Wieder hörte er das kaum wahrnehmbare Geräusch aus der Dunkelheit hinter dem schwachen Lichtschein der Petroleumlampen. Baiba Liepa, dachte er. Sie zeigt sich nicht, aber sie ist hier, ganz in meiner Nähe.

»Sie müssen sich noch ein paar Minuten gedulden«, fuhr Upitis fort. »Lassen Sie mich etwas über Lettland erzählen.«

»Ist das wirklich nötig? Lettland ist ein Land wie andere Länder auch. Obwohl ich gestehen muß, daß ich die Landesfarben nicht kenne.«

»Ich glaube schon, daß es nötig ist. Wenn Sie sagen, unser Land sei wie alle anderen Länder auch, wird mir klar, daß es gewisse Dinge gibt, die Sie unbedingt verstehen müssen.«

Wallander nahm einen Schluck von dem lauwarmen Tee. Er versuchte, in der Dunkelheit etwas zu erkennen. Er glaubte aus den Augenwinkeln einen schwachen Lichtstreifen sehen zu können. Möglicherweise eine Tür, die nicht ganz geschlossen war.

Der Fahrer wärmte sich die Hände an seiner Teetasse. Seine Augen waren geschlossen, und Wallander verstand, daß er sich nicht an dem Gespräch beteiligen würde.

»Wer sind Sie?« fragte er. »Lassen Sie mich wenigstens so viel wissen.«

»Wir sind Letten«, antwortete Upitis. »Wir sind zufällig während einer besonders unglücklichen Epoche in diesem gemarterten Land geboren worden, unsere Wege haben sich gekreuzt, und wir haben begriffen, daß wir eine gemeinsame Aufgabe haben, der wir uns nicht entziehen dürfen.«

»Major Liepa ...?« begann Wallander, ließ die Frage dann aber im Raum schweben.

»Lassen Sie mich von vorne anfangen«, sagte Upitis. »Sie müssen verstehen, daß unser Land sich am Rande eines endgültigen Zusammenbruchs befindet. Wie in den beiden anderen baltischen Staaten und den anderen Ländern, die von der Sowjetunion bisher wie Kolonien beherrscht wurden, versuchen die Menschen hier, jene Freiheit wiederzuerobern, die ihnen nach dem Zweiten Weltkrieg genommen wurde. Aber die Freiheit wird im Chaos geboren, Herr Wallander, und in den Schatten lauern Ungeheuer mit grausamen Absichten. Es wäre ein katastrophaler Irrtum zu glauben, man könne einfach für oder gegen die Freiheit sein. Die Freiheit hat viele Gesichter. Die Russen, die hier angesiedelt worden sind, damit sie sich mit dem lettischen Volk vermischen und es damit auf lange Sicht dem endgültigen Untergang weihen, machen sich nicht nur Sorgen, weil ihre Anwesenheit hier in Frage gestellt

wird. Sie fürchten natürlich auch, all ihre Privilegien einzubü-
ßen. Und die Geschichte kennt kein Beispiel dafür, daß Menschen je freiwillig auf Privilegien verzichtet hätten. Deshalb
rüsten sie sich zur Verteidigung, und sie tun dies im Verborgenen. Deshalb kann es wie im letzten Herbst geschehen, daß
sowjetisches Militär die Kontrolle übernimmt und den Aus-
nahmezustand verhängt. Es ist auch ein Irrtum, zu glauben,
eine geeinte Nation könne unbeschadet von einer Diktatur zu
einer Demokratie überwechseln. Für uns ist die Freiheit so
verlockend wie eine schöne Frau, der man nicht widerstehen
kann. Für andere ist die Freiheit eine Bedrohung, die mit allen
Mitteln bekämpft werden muß.«

Upitis verstummte, als hätte diese Erkenntnis ihn erschüt-
tert.

»Eine Bedrohung?« fragte Wallander.

»Es ist möglich, daß ein Bürgerkrieg ausbricht«, sagte Upitis. »Die politische Diskussion könnte in einen Amoklauf von
Menschen, die nur Rache in ihren Herzen tragen, umschlagen.
Die Sehnsucht nach Freiheit könnte sich in einen Alptraum
verkehren, dessen Folgen niemand voraussehen kann. Ungeheuer lauern im Hintergrund, Messer werden im Schutze der
Nacht gewetzt. Der Ausgang dieser Abrechnung ist genauso
schwer vorauszusagen wie die Zukunft.«

Eine Aufgabe, der man sich nicht entziehen kann. Wallander versuchte, sich zur eigentlichen Bedeutung von Upitis'
Worten vorzutasten. Aber er wußte im voraus, daß es zwecklos war. Er konnte die umwälzenden Entwicklungen, die in
Europa vor sich gingen, nicht wirklich begreifen. In seiner
Polizistenwelt hatte politisches Handeln niemals eine Rolle
gespielt. Er ging in der Regel wählen, gleichgültig, ohne
sich Gedanken zu machen. Veränderungen, die nicht unmittelbar sein eigenes Leben berührten, blieben ihm im Grunde
fremd.

»Ungeheuer zu verfolgen gehört im allgemeinen nicht zu
den Aufgaben eines Polizeibeamten«, sagte er zögernd in

einem Versuch, seine Unwissenheit zu entschuldigen. »Ich untersuche reale Verbrechen, die von realen Menschen begangen worden sind. Ich habe mich darauf eingelassen, Herr Eckers zu sein, weil ich annahm, daß Baiba Liepa mich sprechen wollte, ohne daß noch jemand dabei ist. Die lettische Polizei hat mich um Hilfe bei der Suche nach den Mördern Major Liepas gebeten. Es geht dabei vor allem darum, festzustellen, ob es einen Zusammenhang zwischen diesem Mord und dem Tod zweier Letten gibt, die in Schweden an Land gespült wurden. Jetzt sind Sie es plötzlich, der mich um Hilfe bittet? Das muß sich doch einfacher erklären lassen, ohne lange Auslegungen gesellschaftlicher Probleme, von denen ich doch nichts verstehe.«

»Das mag sein«, sagte Upitis. »Aber lassen Sie uns lieber sagen, daß wir uns gegenseitig helfen.«

Wallander fiel beim besten Willen das Wort für *Rätsel* nicht ein.

»Das ist mir zu verschwommen«, sagte er statt dessen. »Sagen Sie mir lieber, was Sie wollen. Ohne um den heißen Brei zu reden.«

Upitis zog einen Notizblock zu sich heran, der hinter einer der Petroleumlampen gelegen hatte. Aus einer Tasche seines zerschlissenen Rocks zog er einen Stift.

»Major Liepa hat Sie in Schweden besucht«, sagte er. »Zwei Tote, lettische Staatsangehörige, sind an der schwedischen Küste angetrieben worden. Sie haben mit ihm zusammengearbeitet?«

»Ja. Er war ein hervorragender Polizist.«

»Aber war er nicht nur für ein paar Tage in Schweden?«

»Doch.«

»Wie konnten Sie dann in so kurzer Zeit feststellen, daß er ein guter Ermittler war?«

»Gründlichkeit und Erfahrung erkennt man in der Regel sofort.«

Wallander hielt die Fragen zunächst für belanglos. Doch er

erkannte Upitis' Absicht. Die Fragen waren eine Methode, ein Netz zu spinnen, ein unsichtbares Netz. Er benahm sich wie ein geschickter Ermittler. Er war von Anfang an auf dem Weg zu einem vorbestimmten Ziel. Die Belanglosigkeit der Fragen war nur eine Illusion. Vielleicht ist er selbst Polizist, dachte Wallander. Vielleicht verbirgt sich gar nicht Baiba Liepa in der Dunkelheit? Vielleicht ist es Oberst Putnis? Oder Murniers?

»Sie schätzten also Major Liepas Art zu arbeiten?«

»Natürlich. Das habe ich doch gerade gesagt.«

»Und wenn man einmal Major Liepas Erfahrung und Kompetenz als Polizist außer acht läßt?«

»Wie sollte man das außer acht lassen können?«

»Welchen Eindruck machte er auf Sie als Mensch?«

»Den gleichen Eindruck, den er auch als Polizist auf mich machte. Er war besonnen, gründlich, hatte viel Geduld, war gebildet, intelligent.«

»Den gleichen Eindruck haben Sie auch auf Major Liepa gemacht, Herr Wallander. Ein guter Polizeibeamter zu sein.«

In Wallanders Innerem schrillte eine Alarmglocke. Ein vages Gefühl sagte ihm, daß Upitis nun zum eigentlichen Kern der Fragen vorstieß. Gleichzeitig wurde ihm klar, daß hier etwas nicht stimmte. Major Liepa war gerade erst ein paar Stunden zu Hause gewesen, als er ermordet wurde. Trotzdem saß dieser Upitis ihm gegenüber und hatte weitreichende Informationen über den Aufenthalt des Majors in Schweden. Informationen, die einzig und allein von Liepa stammen konnten, entweder auf direktem Weg oder über seine Frau.

»Es ist schön zu hören, daß er meine Arbeit schätzte«, sagte Wallander.

»Hatten Sie während der Zeit, die Major Liepa in Schweden verbrachte, viel mit ihm zu tun?«

»Eine Morduntersuchung ist immer intensiv.«

»Dann hatten Sie sonst also keine Zeit, sich zu treffen?«

»Ich verstehe Ihre Frage nicht.«

»Sich privat zu treffen, sich zu entspannen, zu lachen und

zu singen. Ich habe mir sagen lassen, daß die Schweden gerne singen.«

»Major Liepa und ich haben nie im Duett gesungen, falls Sie das meinen. Ich habe ihn abends einmal zu mir nach Hause eingeladen. Das war alles. Wir haben eine Flasche Whisky geleert und Musik gehört. Draußen tobte ein Schneesturm. Anschließend ging er zu seinem Hotel zurück.«

»Major Liepa war ein großer Musikliebhaber. Er hat sich des öfteren darüber beklagt, so selten Zeit dafür zu haben, ein Konzert zu besuchen.«

Wallanders innere Alarmglocke wurde immer lauter. Was, verdammt noch mal, will er eigentlich wissen, dachte er. Wer ist dieser Upitis? Und wo ist Baiba Liepa?

»Darf ich fragen, was für Musik Sie hörten?« fragte Upitis.

»Opernmusik. Maria Callas. Ich kann mich nicht genau erinnern, aber ich glaube, es war ›Turandot‹.«

»Die kenne ich nicht.«

»Es ist eine von Puccinis schönsten Opern.«

»Und dabei tranken Sie Whisky?«

»Ja.«

»Während eines Schneesturms?«

»Ja.«

Jetzt ist er am Kern angekommen, dachte Wallander fieberhaft. Was will er bloß, was soll ich ihm sagen?

»Welche Whiskymarke haben Sie getrunken?«

»Ich glaube ›J & B‹.«

»Major Liepa war äußerst maßvoll, wenn es um Alkohol ging. Aber von Zeit zu Zeit hatte er durchaus nichts dagegen, sich bei einem Drink zu entspannen.«

»Ah ja?«

»Er war in allem ausgesprochen maßvoll.«

»Ich denke auch, daß ich betrunkener wurde als er. Wenn es das ist, worauf Sie hinauswollen?«

»Trotzdem scheinen Sie sich sehr gut an diesen Abend erinnern zu können?«

»Wir haben Musik gehört, mit den Gläsern in der Hand dagesessen, uns unterhalten, geschwiegen. Warum sollte ich mich nicht mehr daran erinnern können?«

»Sie haben natürlich über diese Männer gesprochen, die an Land getrieben wurden?«

»Soweit ich mich erinnern kann, nicht. Die meiste Zeit hat Major Liepa von Lettland erzählt. Am gleichen Abend habe ich übrigens erfahren, daß er verheiratet war.«

Wallander bemerkte, daß sich etwas im Raum veränderte. Upitis betrachtete ihn nun forschend, und der Fahrer hatte fast unmerklich seine Haltung auf dem Stuhl verändert. Er vertraute fest seiner Intuition, und ihm wurde klar, daß sie soeben den Punkt des Gesprächs hinter sich gelassen hatten, dem sich Upitis die ganze Zeit genähert hatte. Aber was war es? Vor seinem inneren Auge konnte er den Major auf dem Sofa sitzen sehen, das schmucklose Glas auf dem Knie abgesetzt, der Musik lauschend, die aus den Lautsprechern im Bücherregal kam.

Aber es mußte noch etwas anderes gegeben haben, das dazu geführt hatte, *Herrn Eckers* als Scheinidentität für einen schwedischen Polizeibeamten zu schaffen.

»Sie haben Major Liepa bei seiner Abreise ein Buch geschenkt?«

»Ich habe einen Bildband über Schonen gekauft, etwas phantasielos vielleicht. Aber mir fiel einfach nichts Besseres ein.«

»Major Liepa wußte das Geschenk zu schätzen.«

»Woher wissen Sie das?«

»Seine Frau hat es mir gesagt.«

Jetzt sind wir wieder auf dem Rückweg, dachte Wallander. Diese Fragen dienen nur noch dazu, uns vom Wesentlichen zu entfernen.

»Haben Sie früher schon einmal mit einem Polizisten aus einem osteuropäischen Land zusammengearbeitet?«

»Einmal war ein polnischer Beamter bei uns. Das ist alles.«

Upitis schob den Notizblock zur Seite. Er hatte sich während des Gesprächs keine einzige Notiz gemacht. Aber Wallander war sicher, daß Upitis herausgefunden hatte, was er wissen wollte. Aber was, dachte er. Was ist nur so wichtig? Was sage ich, ohne mir dessen bewußt zu sein?

Wallander trank noch einen Schluck Tee, der inzwischen kalt war. Jetzt bin ich an der Reihe, dachte er. Jetzt muß ich dieses Gespräch um seine eigene Achse drehen.

»Warum mußte der Major sterben?« fragte er.

»Major Liepa machte sich große Sorgen um die Lage in unserem Land«, antwortete Upitis langsam. »Wir sprachen oft darüber, was man tun könnte.«

»Ist er deshalb gestorben?«

»Warum sollte er sonst ermordet worden sein?«

»Das ist keine Antwort. Das ist eine neue Frage.«

»Wir fürchten, daß es so war.«

»Wer hätte Grund gehabt, ihn zu töten?«

»Erinnern Sie sich bitte daran, was ich eben gesagt habe. Über Menschen, die die Freiheit fürchten.«

»Und Messer wetzen im Schutz der Dunkelheit?«

Upitis nickte langsam. Wallander versuchte nachzudenken, alles Gehörte zu verarbeiten.

»Wenn ich das Ganze richtig verstanden habe, dann sind Sie Teil einer Organisation«, sagte er.

»Eher eines losen Rings. Eine Organisation läßt sich viel zu leicht aufspüren und zerschlagen.«

»Was wollen Sie?«

Upitis schien zu zögern. Wallander wartete.

»Wir sind freie Menschen, Herr Wallander, inmitten dieser Unfreiheit. Wir sind frei, weil wir die Möglichkeit haben zu erkennen, was um uns herum in Lettland geschieht. Vielleicht sollte ich hinzufügen, daß die meisten von uns Intellektuelle sind. Journalisten, Forscher, Dichter. Vielleicht sind wir der Kern einer sich formierenden politischen Bewegung, die dieses Land vor dem Untergang bewahren könnte. Falls das Chaos über uns hereinbricht, falls die Sowjetunion militärisch eingreift, falls sich der Bürgerkrieg nicht verhindern läßt.«

»Major Liepa war einer von Ihnen?«

»Ja.«

»Ein Anführer?«

»Wir haben keine Anführer, Herr Wallander. Aber Major Liepa war ein wichtiges Mitglied unseres Kreises. In seiner Position hatte er einen immensen Überblick. Wir glauben, daß er verraten wurde.«

»Verraten?«

»Die Polizei in diesem Land ist völlig in den Händen der Besatzungsmacht. Major Liepa bildete da eine Ausnahme. Er trieb ein Doppelspiel mit seinen Kollegen und ging ein hohes Risiko ein.«

Wallander dachte nach. Er erinnerte sich an etwas, das einer der Obersten gesagt hatte. *Wir sind darin geübt, uns gegenseitig zu überwachen.*

»Wollen Sie damit sagen, daß jemand aus den Reihen der Polizei hinter dem Mord steckt?«

»Wir wissen es natürlich nicht. Aber wir vermuten es. Es gibt keine andere einleuchtende Erklärung.«

»Wer könnte es gewesen sein?«

»Wir hoffen, daß Sie uns dabei helfen können, dies herauszufinden.«

Wallander begriff, daß er endlich einen ersten Anhaltspunkt für einen möglichen Zusammenhang hatte. Er dachte an die unzureichende Untersuchung des Fundortes von Major Liepas Leichnam. Er dachte daran, daß er seit seiner Ankunft in Riga beschattet wurde. Ein Geflecht aus Scheinmanövern zeichnete sich plötzlich deutlich ab.

»Einer der beiden Obersten?« fragte er. »Putnis oder Murniers?«

Upitis antwortete, ohne seine Worte abzuwägen. Wallander würde sich später daran erinnern, so etwas wie Triumph aus seiner Stimme herausgehört zu haben.

»Wir verdächtigen Oberst Murniers.«

»Warum?«

»Wir haben unsere Gründe.«

»Welche Gründe?«

»Oberst Murniers hat sich bei vielen Gelegenheiten als ein loyaler sowjetischer Staatsbürger hervorgetan.«

»Er ist Russe?« fragte Wallander erstaunt.

»Murniers kam während des Krieges hierher. Sein Vater war in der Roten Armee. 1957 ging er zur Polizei. Damals war er noch sehr jung, sehr jung und sehr vielversprechend.«

»Er soll wirklich einen seiner eigenen Untergebenen umgebracht haben?«

»Es gibt keine andere Erklärung. Wir wissen natürlich nicht, ob Murniers es selbst getan hat. Den Mord kann auch ein anderer ausgeführt haben.«

»Aber warum wurde Major Liepa am Abend seiner Rückkehr ermordet?«

»Major Liepa war ein schweigsamer Mann«, erwiderte Upitis mit Nachdruck. »Er sagte nie ein überflüssiges Wort. Das lernt man in diesem Land. Obwohl wir eng befreundet waren, sagte er nicht einmal mir mehr als unbedingt nötig. Man lernt, seine Freunde nicht durch allzuviele Vertraulichkeiten zu belasten. Aber ab und zu ließ er durchblicken, daß er einer Sache auf die Spur gekommen war.«

»Welcher Sache?«

»Das wissen wir nicht.«

»Etwas müssen Sie doch wissen?«

Upitis schüttelte den Kopf. Er machte plötzlich einen sehr müden Eindruck. Der Fahrer saß regungslos auf seinem Stuhl.

»Woher wollen Sie wissen, daß Sie mir vertrauen können?« fragte Wallander.

»Das wissen wir nicht. Aber wir müssen dieses Risiko eingehen. Wir denken, daß ein schwedischer Polizeibeamter kein Interesse daran haben wird, in das fürchterliche Chaos, das in diesem Land herrscht, zu geraten.«

Stimmt, dachte Wallander. Ich mag es nicht, beschattet zu werden, und ich will auch nicht zu nächtlicher Stunde in irgendeine Jagdhütte gebracht werden. Im Grunde würde ich am liebsten nach Hause fahren.

»Ich muß Baiba Liepa treffen«, sagte er.

Upitis nickte.

»Wir werden anrufen und nach *Herrn Eckers* fragen«, antwortete er. »Vielleicht geht es ja schon morgen?«

»Ich könnte veranlassen, daß man sie zum Verhör bestellt.«

Upitis schüttelte den Kopf.

»Es könnten zu viele mithören«, sagte er. »Wir werden ein Treffen arrangieren.«

Das Gespräch brach ab. Upitis schien tief in Gedanken versunken zu sein. Wallander warf einen Blick in die Dunkelheit. Der schwache Lichtstreifen war verschwunden.

»Haben Sie herausbekommen, was Sie wissen wollten?« fragte er. Upitis lächelte, ohne zu antworten.

»An jenem Abend, an dem Major Liepa bei mir zu Hause war, Whisky trank und ›Turandot‹ hörte, hat er nichts gesagt, was die Umstände seines Todes erhellen könnte. Das hätten Sie mich auch ohne große Umschweife fragen können.«

»In diesem Land gibt es keine Abkürzungen«, sagte Upitis. »Meistens ist ein Umweg der einzig gangbare und sichere Weg.«

Er schob den Notizblock zur Seite und stand auf. Der Fahrer sprang von seinem Stuhl auf.

»Ich würde auf dem Rückweg gern auf die Kapuze verzichten«, sagte Wallander. »Sie juckt so.«

»Selbstverständlich«, antwortete Upitis. »Ich hoffe, Sie verstehen, daß wir diese Vorsichtsmaßnahme auch ihretwegen treffen mußten.«

Der Mond schien, und es war kalt, als sie nach Riga zurückkehrten. Durch das Autofenster konnte Wallander die vorbeigleitenden Silhouetten dunkler Dörfer erkennen. Dann fuhren sie durch Rigas Vorstädte, endlose Hochhausschatten, unbeleuchtete Straßen.

Wallander verließ das Auto an der Stelle, an der er eingestiegen war. Upitis hatte ihn angewiesen, die Hintertür des Hotels zu benutzen. Als er die Tür öffnen wollte, war sie verschlossen. Er überlegte noch, was er jetzt tun sollte, als sie von innen auch schon vorsichtig aufgeschlossen wurde. Zu seiner Verwunderung erkannte er den Mann, der ihm vor einigen Tagen die Tür zum Nachtclub des Hotels geöffnet hatte. Wallander folgte ihm eine Hintertreppe hinauf und wurde erst allein gelassen, als er die Tür zu Zimmer 1506 aufgeschlossen hatte. Es war drei Minuten nach zwei.

In seinem Zimmer war es kalt. Er goß sich einen Whisky in den Zahnputzbecher, schlug sich eine Decke um die Schultern und setzte sich an den Schreibtisch. Obwohl er müde war, wußte er, daß er weder Ruhe noch Schlaf finden würde, bevor er nicht eine Zusammenfassung der Geschehnisse dieser Nacht niedergeschrieben hatte. Der Stift lag kalt in seiner Hand. Er zog seine Notizen zu sich heran, nahm einen Schluck Whisky und dachte nach.

Kehre zu den Ausgangspunkten zurück, hätte Rydberg gesagt. *Kümmere dich nicht um die Lücken und Unklarheiten. Gehe von dem aus, was du ganz genau weißt.*

Aber was wußte er denn eigentlich schon? Zwei ermordete Letten treiben in einem jugoslawischen Rettungsboot bei Ystad an Land. An diesem Punkt war nicht zu rütteln. Ein Major der Rigaer Polizei hält sich für einige Tage in Ystad auf, um bei den Ermittlungen zu helfen. Wallander selbst begeht den unverzeihlichen Fehler, das Schlauchboot nicht gründlich genug zu untersuchen. Es wird gestohlen. *Von wem?* Major Liepa kehrt nach Riga zurück. Er legt den beiden Obersten, Putnis und Murniers, einen Bericht vor. Dann fährt er nach Hause und zeigt seiner Frau das Buch, das ihm der schwedische Polizeibeamte Wallander geschenkt hat. *Worüber spricht er mit seiner Frau?* Was bringt sie dazu, sich an Upitis zu wenden, nachdem sie sich in ein Zimmermädchen verwandelt hat? *Warum erfindet sie Herrn Eckers?*

Wallander leerte den Becher und schenkte Whisky nach. Seine Fingerspitzen waren weiß, und er wärmte seine Hände unter der Decke.

Suche auch dort nach Zusammenhängen, wo du keine vermutest, hatte er Rydberg oft sagen hören. Aber gab es überhaupt Zusammenhänge? Der gemeinsame Nenner war Major Liepa. Und sonst? Der Major hatte von Schmuggel gesprochen, von Rauschgift. Oberst Murniers ebenfalls. Aber es gab keine Beweise, nur Vermutungen.

Wallander las noch einmal seine Notizen. Gleichzeitig fielen ihm Upitis' Worte wieder ein. *Major Liepa ist einer Sache auf die Spur gekommen.* Aber welcher Sache? Eines der Ungeheuer, von denen Upitis gesprochen hatte?

Nachdenklich starrte er auf die Gardinen, die sich sachte in der Zugluft, die von den undichten Fenstern hereinströmte, bewegten.

Jemand hat ihn verraten. Wir verdächtigen Oberst Murniers.

War dies denkbar? Wallander erinnerte sich an den Polizisten aus Malmö, der im vorigen Jahr kaltblütig einen Asylbewerber erschossen hatte. Gab es überhaupt noch etwas, was undenkbar war?

Er schrieb weiter. Zwei Tote in einem Boot – Rauschgift – Major Liepa – Oberst Murniers. Was bedeutete diese Kette? Was hatte Upitis wissen wollen? Hat er geglaubt, Major Liepa hätte mir etwas anvertraut, als er auf meinem Sofa saß und Maria Callas lauschte? Wollte er wissen, was gesagt worden ist? Oder wollte er herausfinden, ob der Major mir überhaupt Vertrauen geschenkt hat?

Es war jetzt fast Viertel nach drei. Wallander spürte, daß er nicht weiterkommen würde. Er ging ins Badezimmer und putzte sich die Zähne. Im Spiegel konnte er sehen, daß sein Gesicht von der kratzenden Wollkapuze immer noch rotgefleckt war.

Was weiß Baiba Liepa? Was sehe ich nicht?

Er zog sich aus und legte sich ins Bett, nachdem er den Wecker auf kurz vor sieben gestellt hatte. Aber der Schlaf wollte sich nicht einfinden. Er sah auf seine Armbanduhr. Viertel vor vier. Die Zeiger des Weckers schimmerten in der Dunkelheit. Fünf nach halb vier. Er legte sich das Kissen zurecht und schloß die Augen. Plötzlich fuhr er auf. Er sah wieder auf seine Armbanduhr. Neun Minuten vor vier. Er streckte die Hand aus und schaltete die Nachttischlampe an. Der Wecker zeigte neunzehn Minuten vor vier. Er setzte sich im Bett auf. Warum ging der Wecker falsch? Oder ging seine Armbanduhr etwa falsch? Warum gingen die Uhren so unterschiedlich? Das war neu. Er nahm den Wecker in die Hand und drehte die Zeiger so weit, daß beide Uhren dieselbe Zeit anzeigten. Sechs Minuten vor vier. Dann löschte er das Licht und schloß die Augen. Als er schon fast in den Schlaf hinüberglitt, zog es ihn wieder an die Oberfläche. Er lag völlig regungslos in der Dunkelheit und dachte, daß er schon Gespenster sah. Schließlich aber schaltete er die Nachttischlampe doch noch einmal an, setzte sich im Bett auf und schraubte die Rückseite des Weckers ab.

Die Wanze war nicht größer als ein Fingernagel, und nur drei oder vier Millimeter dick.

Sie saß festgekeilt zwischen den beiden Batterien. Wallander hielt sie zunächst für eine Staubflocke oder ein Stück graues Klebeband. Aber als er den Schirm der Nachttischlampe drehte und den Wecker genauer betrachtete, sah er, daß es sich um eine Wanze handelte.

Lange saß er mit dem Wecker in der Hand im Bett. Dann schraubte er die Rückseite wieder zu.

Kurz vor sechs fiel er in einen unruhigen Halbschlummer.

Die Nachttischlampe ließ er an.

10

Als Kurt Wallander aufwachte, war er von unbändiger Wut erfüllt. Nach der Entdeckung der Wanze in seinem Wecker fühlte er sich gedemütigt und verletzt. Als er versuchte, die Müdigkeit aus seinem Körper zu duschen, beschloß er, sofort herauszufinden, warum er überwacht wurde. Er ging davon aus, daß die beiden Obersten dahintersteckten. Aber warum hatten sie die schwedische Polizei um Hilfe gebeten, wenn sie ihm dann durch die Beschattung offen ihr Mißtrauen zeigten? Den Mann im grauen Anzug, den er im Restaurant entdeckt und später an der Rezeption wiedergesehen hatte, konnte er verstehen. So stellte er sich ein normales Dasein in einem Land hinter dem anscheinend immer noch existierenden Eisernen Vorhang vor. Aber in sein Zimmer einzubrechen und eine Wanze zu verstecken?

Um halb acht trank er Kaffee im Speisesaal. Er versuchte, einen Beschatter ausfindig zu machen. Aber abgesehen von zwei Japanern, die an einem Ecktisch ein ernstes und leises Gespräch führten, war er allein im Speisesaal. Kurz vor acht trat er auf die Straße hinaus. Die Luft war wieder milder geworden. Vielleicht war der Frühling schon unterwegs. Sergeant Zids stand am Auto und winkte ihm zu. Um seine Unzufriedenheit zu demonstrieren, saß Wallander auf der Fahrt zu dem befestigten Polizeihauptquartier schweigend und verschlossen da. Als Zids ihn zu seinem Büro auf Murniers' Flur begleiten wollte, winkte er ab. Er glaubte, den Weg jetzt zu kennen, verlief sich aber und mußte sich wutschnaubend durchfragen. Er blieb vor Oberst Murniers' Tür stehen und hob die Hand, um anzuklopfen. Dann überlegte er es sich anders und ging in sein eigenes Büro. Er war immer noch müde und mußte zunächst seine Gedanken sammeln, bevor er mit Murniers sprach. Das Telefon klingelte, als er sich gerade die Jacke ausgezogen hatte.

»Guten Morgen«, sagte Oberst Putnis. »Ich hoffe, daß Sie gut geschlafen haben, Herr Wallander.«

Du weißt bestimmt, daß ich so gut wie gar nicht geschlafen habe, dachte Wallander wütend. Durch die Wanze müßt ihr gehört haben, daß ich nicht geschnarcht habe. Du hast doch schon einen Bericht vor dir auf dem Schreibtisch liegen.

»Ich kann mich nicht beklagen«, antwortete er. »Wie kommen Sie mit dem Verhör voran?«

»Nicht besonders gut, fürchte ich. Aber ich werde jetzt am Vormittag weitermachen. Wir werden den Verdächtigen mit neuen Erkenntnissen konfrontieren, die ihn möglicherweise dazu bewegen, seine Situation noch einmal zu überdenken.«

»Ich fühle mich überflüssig«, sagte Wallander. »Ich weiß wirklich nicht, wie ich eigentlich behilflich sein kann.«

»Gute Polizisten sind immer ungeduldig«, antwortete Oberst Putnis. »Ich hatte vor, kurz bei Ihnen vorbeizuschauen, wenn es Ihnen recht ist.«

»Ich bin hier«, sagte Wallander.

Eine Viertelstunde später kam Oberst Putnis. Im Schlepptau hatte er einen jungen Polizisten, der ein Tablett mit zwei Kaffeetassen trug. Putnis sah müde aus, er hatte dunkle Ringe unter den Augen.

»Sie sehen müde aus, Oberst Putnis?«

»Die Luft im Vernehmungszimmer ist schlecht.«

»Vielleicht rauchen Sie zuviel?«

Putnis zuckte die Schultern.

»Da haben Sie sicher recht«, sagte er. »Ich habe gehört, daß schwedische Polizisten selten rauchen. Ich kann mir einfach nicht vorstellen, wie ich ein Leben ohne Zigaretten aushalten sollte.«

Major Liepa, dachte Wallander. Hatte er noch Zeit, von dem

merkwürdigen Polizeipräsidium in Schweden zu erzählen, in dem man nur in bestimmten Räumen rauchen durfte?

Putnis hatte eine Zigarettenschachtel aus der Tasche gezogen.

»Erlauben Sie?« fragte er.

»Bitte sehr. Ich bin zwar Nichtraucher, aber mich stört der Rauch nicht sonderlich.«

Wallander nahm einen Schluck Kaffee. Er hatte einen bitteren Beigeschmack und war sehr stark. Putnis saß gedankenverloren da und betrachtete den hochsteigenden Rauch.

»Warum lassen Sie mich überwachen?« fragte Wallander.

Putnis sah ihn fragend an.

»Was sagten Sie?«

Er weiß, wie man sich verstellt, dachte Wallander, die Wut stieg erneut in ihm hoch.

»Warum lassen Sie mich überwachen? Ich habe natürlich gemerkt, daß Sie einen Beschatter auf mich angesetzt haben. Aber warum ist es notwendig, eine Wanze in meinem Wecker zu verstecken?«

Putnis sah ihn nachdenklich an.

»Die Wanze im Wecker kann nur ein bedauerliches Mißverständnis sein«, sagte er. »Einige meiner Untergebenen sind manchmal etwas übereifrig. Daß wir Sie durch einige Polizisten in Zivil beschatten lassen, ist nur zu Ihrer eigenen Sicherheit.«

»Was könnte denn passieren?«

»Wir wollen vor allem, daß Ihnen nichts passiert. Bis wir wissen, warum Major Liepa ermordet wurde, legen wir besonders große Vorsicht an den Tag.«

»Ich kann auf mich selbst aufpassen«, erwiderte Wallander abweisend. »Ich kann gut auf weitere Wanzen verzichten. Falls ich weitere entdecken sollte, kehre ich auf der Stelle nach Schweden zurück.«

»Es tut mir leid«, entschuldigte sich Putnis. »Ich werde den Verantwortlichen sofort zurechtweisen.«

»Haben Sie nicht den Befehl gegeben?«

»Nicht für die Wanze«, antwortete Putnis schnell. »Einer meiner Offiziere muß eigenmächtig eine unglückliche Initiative ergriffen haben.«

»Die Wanze ist sehr klein«, meinte Wallander. »Sehr modern. Ich nehme an, daß jemand in einem angrenzenden Zimmer gesessen und mitgehört hat?«

Putnis nickte.

»Selbstverständlich«, sagte er.

»Ich dachte, der Kalte Krieg wäre vorbei«, erwiderte Wallander.

»Eine historische Epoche, die eine andere ersetzt, übernimmt immer Menschen aus der alten Gesellschaft«, antwortete Putnis philosophisch. »Ich fürchte, dies gilt auch für Polizisten.«

»Erlauben Sie, daß ich ein paar Fragen stelle, die nicht direkt mit der Ermittlung zu tun haben?« fragte Wallander.

Putnis' müdes Lächeln kehrte zurück.

»Selbstverständlich«, sagte er. »Aber ich bin nicht sicher, ob ich zufriedenstellende Antworten geben kann.«

Wallander dachte flüchtig, daß Putnis' übertriebene Höflichkeit schlecht in sein Bild eines osteuropäischen Polizisten paßte. Ihm fiel wieder ein, daß ihm Putnis bei ihrem ersten Treffen wie eine Raubkatze vorgekommen war. Ein lächelndes Raubtier, fuhr es ihm durch den Kopf. Ein höflich lächelndes Raubtier.

»Ich gebe gern zu, daß ich über die Vorgänge in Lettland schlecht informiert bin«, begann er. »Aber ich weiß natürlich, was hier im Herbst passiert ist. Panzer auf den Straßen, Tote im Rinnstein. Der Vormarsch der gefürchteten ›Schwarzen Barette‹. Ich habe die Reste der Barrikaden noch auf den Straßen gesehen. Ich habe Einschußlöcher in den Häuserfassaden gesehen. Viele Menschen sind fest entschlossen, sich von der Sowjetunion zu lösen, endlich die Besatzung aufzuheben, und dieser Wille trifft auf Widerstand.«

»Über die Richtigkeit dieser Ambitionen herrschen geteilte Meinungen«, erwiderte Putnis zögernd.

»Auf welcher Seite steht die Polizei in dieser Situation?« Putnis sah ihn erstaunt an.

»Wir versuchen natürlich, die Situation unter Kontrolle zu halten«, antwortete er.

»Wie hält man Panzer unter Kontrolle?«

»Ich meine natürlich, wir sorgen dafür, daß die Menschen sich ruhig verhalten, so daß niemand zu Schaden kommt.«

»Die Panzer müssen doch trotzdem als Urheber der herrschenden Situation betrachtet werden, oder?«

Bevor er antwortete, drückte Putnis sorgfältig seine Zigarette aus.

»Sie und ich«, sagte er. »Wir sind beide Polizisten. Wir haben beide das gleiche hehre Ziel, Verbrechen zu bekämpfen und dafür zu sorgen, daß die Menschen sich sicher fühlen. Aber wir arbeiten unter völlig verschiedenen Bedingungen. Das prägt natürlich unsere Arbeit.«

»Sie sagten, daß geteilte Meinungen herrschen? Das muß doch logischerweise auch für die Polizisten gelten?«

»Ich weiß, daß Polizisten im Westen als unpolitische Beamte betrachtet werden. Es ist nicht Aufgabe der Polizei, zu der herrschenden Regierung Stellung zu beziehen. Im Prinzip gilt dies auch bei uns.«

»Aber hier gibt es doch nur eine Partei?«

»Jetzt nicht mehr. In den letzten Jahren sind neue politische Organisationen herangewachsen.«

Wallander mußte einsehen, daß Putnis es die ganze Zeit geschickt umging, konkret auf die Fragen zu antworten. Er beschloß, direkter zu werden.

»Und Ihre persönliche Meinung?« fragte er.

»Wozu?«

»Zur Unabhängigkeit? Der Loslösung?«

»Ein Oberst der lettischen Polizei sollte sich über solche Dinge nicht auslassen, erst recht nicht einem Fremden gegenüber.«

»Hier wird es schon keine Wanzen geben«, beharrte Wallander. »Ihre Antwort bleibt unter uns. Außerdem werde ich bald nach Schweden zurückfahren. Es besteht also keine Gefahr, daß ich mich auf einen Marktplatz stelle und öffentlich verkünde, was Sie mir im Vertrauen gesagt haben.«

Putnis sah ihn lange an, bevor er antwortete.

»Natürlich vertraue ich Ihnen, Herr Wallander. Sagen wir einmal, daß ich mit dem, was in diesem Land, den Nachbarländern und der Sowjetunion geschieht, sympathisiere. Aber ich fürchte, daß nicht alle meine Kollegen diese Ansicht teilen.«

Zum Beispiel Oberst Murniers, dachte Wallander. Aber das würde er natürlich niemals zugeben.

Oberst Putnis erhob sich vom Stuhl.

»Das war ein anregendes Gespräch«, meinte er. »Aber jetzt erwartet mich eine unangenehme Aufgabe im Vernehmungszimmer. Ich bin eigentlich nur gekommen, weil meine Frau Ausma fragen läßt, ob es Ihnen auch morgen paßt, zu uns zu kommen. Ich hatte vergessen, daß sie heute schon etwas anderes vorhat.«

»Das paßt mir sehr gut«, antwortete Wallander.

»Oberst Murniers möchte, daß Sie sich heute morgen bei ihm melden. Er wollte mit Ihnen beraten, auf welche Fragen sich die Nachforschungen konzentrieren sollten. Ich werde natürlich sofort Bescheid geben, wenn ich in meinem Verhör einen Durchbruch erziele.«

Putnis verließ den Raum. Wallander las seine Aufzeichnungen durch, die er nachts, nach seiner Rückkehr aus der Jagdhütte, gemacht hatte. *Wir verdächtigen Oberst Murniers,* hatte Upitis gesagt. *Wir glauben, daß Major Liepa verraten wurde. Eine andere Erklärung gibt es nicht.*

Er stellte sich ans Fenster und schaute auf die Dächer der Stadt hinab. Ihm ging der Gedanke durch den Kopf, daß er nie zuvor mit einer ähnlichen Ermittlung zu tun gehabt hatte. Das Leben der Menschen hier hatte nichts mit seinem Leben gemeinsam. Wie sollte er sich verhalten? War es nicht das beste, unverzüglich nach Hause zu fahren? Gleichzeitig konnte er nicht leugnen, daß er neugierig war. Er wollte wissen, warum der kleine, kurzsichtige Major erschlagen worden war. Wo waren die verdammten Zusammenhänge? Er setzte sich an den Schreibtisch und ging erneut seine Aufzeichnungen durch. Neben ihm ertönte das durchdringende Klingeln des Telefons. Er nahm den Hörer ab, davon überzeugt, daß es Murniers war.

Es rauschte in der Leitung, und er hörte zuerst nur ein lautes Knistern. Dann begriff er, daß es Björk war, der versuchte, sich in seinem schlechten Englisch verständlich zu machen.

»Ich bin es!« rief Wallander in den Hörer. »Wallander. Ich höre dich.«

»Kurt!« schrie Björk. »Bist du es? Ich kann dich kaum verstehen. Mein Gott, daß die Verbindungen über die Ostsee so verdammt schlecht sein müssen. Hörst du mich?«

»Ich kann dich gut verstehen. Du brauchst nicht so zu brüllen.«

»Was hast du gesagt?«

»Schrei nicht. Red langsam.«

»Wie geht es voran?«

»Schleppend. Ich weiß nicht einmal, ob es überhaupt vorangeht.«

»Hallo?«

»Ich sagte, daß es nur schleppend vorangeht. Hörst du mich?«

»Schlecht. Sprich langsam. Schrei nicht. Wie läuft es denn?«

Im selben Augenblick wurde die Verbindung klar und deutlich. Björk hätte aus dem Nebenzimmer anrufen können.

»Jetzt ist die Leitung besser. Ich habe nicht verstanden, was du gesagt hast.«

»Es geht nur schleppend voran, und ich weiß nicht einmal, ob es überhaupt vorangeht. Ein Polizeioberst Putnis ist seit gestern dabei, einen Verdächtigen zu verhören. Aber was dabei herauskommen wird, weiß ich nicht.«

»Glaubst du, daß du ihnen helfen kannst?«

Wallander überlegte einen Augenblick. Dann antwortete er schnell und bestimmt.

»Ja«, sagte er. »Ich glaube, es ist gut, daß ich hier bin. Falls ihr noch eine Weile ohne mich zurechtkommen könnt.«

»Es ist nichts Besonderes hier passiert. Hier ist es ziemlich ruhig. Du kannst dich voll auf das konzentrieren, was du gerade machst.«

»Gibt es eine Spur von dem Rettungsboot?«

»Nichts.«

»Ist etwas anderes passiert, was ich wissen sollte? Ist Martinsson in der Nähe?«

»Er liegt mit einer Grippe im Bett. Wir haben die Voruntersuchung abgeschlossen, nachdem Lettland übernommen hat. Es gibt nichts Neues.«

»Hat es geschneit?«

Björks Antwort hörte Wallander nicht mehr. Die Verbindung wurde so abrupt getrennt, als hätte jemand die Leitung durchschnitten. Wallander legte den Hörer auf und dachte, daß er versuchen sollte, seinen Vater anzurufen. Er hatte auch die Ansichtskarten noch nicht eingeworfen. Ob er ein paar Souvenirs in Riga kaufen sollte? Was war denn eigentlich ein typisches Mitbringsel aus Lettland?

Ein vages Gefühl von Heimweh lenkte ihn einen kurzen Moment ab. Aber dann trank er seinen kaltgewordenen Kaffee aus und beugte sich aufs neue über seine Aufzeichnungen. Nach einer halben Stunde lehnte er sich in dem knarrenden Schreibtischstuhl zurück und streckte sich. Endlich begann die Müdigkeit zu weichen. Als erstes muß ich mit Baiba Liepa reden, dachte er. Bis ich das getan habe, kann ich nur Vermutungen anstellen. Sie muß etwas wissen, was von entscheidender Bedeutung ist. Ich muß herausbekommen, welche Absicht Upitis letzte Nacht mit seinem Verhör verfolgte. Was er hoffte, von mir zu erfahren, oder fürchtete zu hören.

Er schrieb ihren Namen auf einen Zettel und malte einen

Kreis um die Buchstaben. Hinter den Namen setzte er ein Ausrufezeichen. Dann notierte er Murniers' Namen mit einem Fragezeichen. Er sammelte seine Aufzeichnungen ein, stand auf und trat auf den Flur hinaus. Als er an Murniers' Tür klopfte, hörte er ein Grunzen aus dem Zimmer. Er ging hinein und sah, daß Murniers telefonierte. Der Oberst winkte ihn zu sich und zeigte auf einen der unbequemen Besucherstühle. Wallander setzte sich und wartete. Er lauschte Murniers' Stimme. Es war ein erregtes Gespräch. Die Stimme des Obersten steigerte sich von Zeit zu Zeit zu einem Brüllen. Wallander sah, daß in dem aufgedunsenen und verbrauchten Körper viel Kraft steckte. Er verstand kein Wort. Aber plötzlich wurde ihm klar, daß Murniers nicht Lettisch sprach. Die Sprachmelodie war anders. Er brauchte noch eine Weile, ehe er begriff, daß Murniers Russisch sprach. Der Oberst beendete das Gespräch mit einer Wortsalve, die wie ein bedrohlicher Befehl klang. Danach knallte er den Hörer auf die Gabel.

»Idioten«, murmelte er und trocknete sich mit einem Taschentuch das Gesicht ab. Daraufhin wandte er sich Wallander zu, nun wieder ruhig und beherrscht, und lächelte.

»Es gibt immer Probleme, wenn Untergebene nicht das tun, was sie sollen. Ist das in Schweden auch so?«

»Oft«, antwortete Wallander höflich.

Er betrachtete den Mann auf der anderen Seite des Schreibtisches. Konnte er Major Liepa ermordet haben? Natürlich konnte er das, gab Wallander sich selbst die Antwort. Die Erfahrung, die er in seinen vielen Jahren als Polizist gesammelt hatte, erlaubte ihm eine eindeutige Antwort. Es gab keine Mörder, es gab nur Menschen, die einen Mord begingen.

»Ich dachte mir, daß wir das Material noch einmal durchsehen sollten«, sagte Murniers. »Ich bin überzeugt, daß der Mann, den Oberst Putnis gerade verhört, irgendwie in das Ganze verwickelt ist. Vielleicht können wir in der Zwischenzeit neue Anhaltspunkte in den Berichten entdecken?«

Wallander faßte blitzschnell den Entschluß, in die Offensive zu gehen.

»Ich habe den Eindruck, daß die Untersuchung des Tatorts unzulänglich durchgeführt worden ist«, sagte er.

Murniers hob die Augenbrauen.

»Inwiefern?«

»Als Sergeant Zids mir den Bericht übersetzte, kamen mir verschiedene Dinge merkwürdig vor. Erstens hat man sich anscheinend überhaupt nicht darum gekümmert, den Kai zu untersuchen.«

»Was hätte man dort finden sollen?«

»Reifenspuren zum Beispiel. Major Liepa ist in jener Nacht sicher nicht zu Fuß zum Hafen hinausgegangen.«

Wallander wartete auf einen Kommentar von Murniers. Da der Oberst nichts sagte, fuhr er fort:

»Man scheint auch nicht nach einer Mordwaffe gesucht zu haben. Überhaupt scheint mir der Fundort nicht der Tatort zu sein. In dem von Sergeant Zids übersetzten Bericht wurde lediglich festgestellt, daß der Fundort und der Tatort identisch sind. Einleuchtende Argumente für diese Behauptung gibt es nicht. Aber das Sonderbarste ist die Tatsache, daß keine Zeugen verhört wurden.«

»Es gab keine Zeugen«, erwiderte Murniers.

»Woher wissen Sie das?«

»Wir haben mit den Leuten, die nachts den Hafen bewachen, gesprochen. Niemand hat etwas gesehen. Außerdem ist Riga eine Stadt, die nachts schläft.«

»Ich denke eigentlich eher an das Viertel, in dem Major Liepa wohnte. Er ist spät abends aus dem Haus gegangen. Jemand kann gehört haben, wie eine Tür zuschlug, und neugierig geworden sein, wer so spät noch draußen ist. Ein Auto kann angehalten haben. Man findet fast immer jemanden, der etwas beobachtet oder gehört hat, wenn man nur lange genug sucht.«

Murniers nickte.

»Wir sind gerade dabei«, sagte er. »In diesem Moment klappern mehrere Polizisten mit einem Foto von Major Liepa die umliegenden Treppenhäuser ab.«

»Ist das nicht ein bißchen sehr spät? Menschen vergessen schnell oder verwechseln die Uhrzeit und Tage. Major Liepa ging in seinem Treppenhaus schließlich täglich ein und aus.«

»Manchmal kann es auch von Vorteil sein zu warten«, meinte Murniers. »Als das Gerücht von Major Liepas Tod sich verbreitete, hatten die Leute alles mögliche gesehen. Zumindest bildeten sie sich das ein. Der Zeitraum von ein paar Tagen kann die Menschen zum Nachdenken bewegen, so daß sie Einbildungen von wirklichen Beobachtungen unterscheiden können.«

Wallander mußte zugeben, daß Murniers damit recht haben konnte. Aber die Erfahrung hatte ihn gelehrt, daß es besser war, mögliche Zeugen innerhalb weniger Tage zweimal zu befragen.

»Ist Ihnen noch mehr unklar?« fragte Murniers.

»Welche Kleidung trug Major Liepa?«

»Welche Kleidung er trug?«

»Trug er seine Uniform oder war er in Zivil?«

»Er trug Uniform. Seiner Frau sagte er, er müsse zum Dienst.«

»Was fand man in seinen Taschen?«

»Zigaretten und Streichhölzer, etwas Kleingeld, einen Stift. Nichts, was nicht dort hingehört hätte. Es fehlte auch nichts. In der Brusttasche steckte sein Ausweis. Seine Brieftasche hatte er zu Hause gelassen.«

»Hatte er eine Dienstwaffe dabei?«

»Major Liepa zog es vor, nur dann eine Waffe zu tragen, wenn die unmittelbare Gefahr bestand, daß er sie anwenden mußte.«

»Wie kam Major Liepa normalerweise hierher?«

»Er hatte selbstverständlich einen Wagen mit Fahrer. Aber er kam oft zu Fuß, weiß der Teufel, warum.«

»In Baiba Liepas Vernehmungsprotokoll steht, daß sie sich nicht erinnern kann, ein Auto auf der Straße gehört zu haben.«

»Natürlich. Er sollte ja auch keinen Dienst tun. Er ist hereingelegt worden.«

»Das wußte er zu dem Zeitpunkt aber noch nicht. Da er nicht nach Hause zurückkehrte, muß er angenommen haben, daß mit dem Auto etwas nicht in Ordnung ist. Was hat er dann wohl getan?«

»Er ging vermutlich zu Fuß. Aber das wissen wir nicht mit Sicherheit.«

Wallander fielen keine weiteren Fragen ein. Aber das Gespräch mit Murniers hatte ihn in seiner Auffassung bestärkt, daß die Ermittlung schlampig durchgeführt worden war. So schlampig, daß sie den Eindruck erwecken konnte, manipuliert worden zu sein. Aber was sollte dadurch verborgen werden?

»Ich möchte gern einige Stunden damit verbringen, seine Wohnung aufzusuchen und mir die umliegenden Straßen anzuschauen«, sagte Wallander. »Sergeant Zids kann mir helfen.«

»Sie werden nichts finden«, entgegnete Murniers. »Aber es steht Ihnen natürlich frei, Ihre eigenen Wege zu gehen. Wenn die Vernehmung etwas Wesentliches erbringt, lasse ich Sie rufen.«

Er drückte auf den Klingelknopf, und kurz darauf stand Sergeant Zids in der Tür. Wallander bat ihn, eine Stadtrundfahrt mit ihm zu machen. Er hatte das Bedürfnis, wieder einen klaren Kopf zu bekommen, bevor er sich wieder mit Major Liepas Schicksal befaßte.

Sergeant Zids schien von der Aufgabe, Wallander seine Stadt zu zeigen, äußerst angetan. Weitschweifend beschrieb er die Straßen und Parks, an denen sie vorbeifuhren. Wallander spürte seinen Stolz. Sie fuhren den langen, einförmigen Aspasiasboulevard entlang. Zur Linken lag der Fluß, und Sergeant Zids hielt am Straßenrand, um ihm das hohe Freiheitsdenkmal zu zeigen. Wallander versuchte zu erkennen, was der gewaltige Obelisk darstellte. Ihm fielen Upitis' Worte über die Freiheit ein, die man sowohl herbeisehnen als auch fürchten konnte. Am Fuß des Denkmals kauerten einige verwahrloste Männer, frierend und schlecht gekleidet. Wallander sah, wie einer von ihnen eine Zigarettenkippe von der Straße auflas. Riga besteht aus unbarmherzigen Kontrasten, dachte er. Alles, was ich sehe und langsam zu verstehen glaube, trifft unmittelbar auf einen Gegensatz. Schmucklose Hochhäuser stehen gleich neben reich verzierten, aber verfallenen Mietshäusern aus der Vorkriegszeit. Breite Boulevards münden entweder in enge Gassen oder weite Plätze, die Exerzierplätze des Kalten Krieges aus grauem Beton mit mächtigen Granitmonumenten.

Als Sergeant Zids vor einer roten Ampel hielt, beobachtete Wallander die Menschen, die in einem gleichmäßigen Strom auf dem Bürgersteig vorüberflossen. Waren sie glücklich? Unterschieden sie sich von den Menschen daheim? Er konnte das nicht beurteilen.

»Der Vermanspark«, sagte Sergeant Zids. »Dort hinten liegen zwei Kinos, Spartak und Riga. Links sehen Sie die Esplanade. Jetzt biegen wir in die Valdemarstraße ein. Wenn wir die Brücke über den Stadtkanal überquert haben, sehen Sie auf der rechten Seite das Schauspielhaus. Nun biegen wir wieder nach links ab, auf den Kai des 11. November. Sollen wir noch weitermachen, Oberst Wallander?«

»Das reicht erst einmal«, antwortete Wallander, der sich ganz und gar nicht wie ein Oberst fühlte. »Später können Sie mir helfen, Souvenirs zu kaufen. Jetzt möchte ich, daß Sie in der Nähe von Major Liepas Haus anhalten.«

»In der Skarnustraße«, sagte Sergeant Zids. »Mitten im Herzen von Rigas ältestem Stadtteil.«

Er parkte das Auto hinter einem qualmenden Lastwagen, aus dem gerade Kartoffelsäcke abgeladen wurden. Wallander überlegte einen Augenblick, ob er den Sergeant mitnehmen sollte. Ohne ihn würde er keine Fragen stellen können. Gleichzeitig verspürte er das Bedürfnis, mit seinen Beobachtungen und Gedanken allein zu sein.

»Das ist Major Liepas Haus«, erklärte Sergeant Zids und zeigte auf ein zwischen zwei Hochhäusern eingeklemmtes Gebäude, das von diesen gestützt zu werden schien.

»Wohnte er zur Straße hinaus?« fragte Wallander.

»Im ersten Stock. Die vier Fenster links.«

»Warten Sie hier beim Auto«, sagte Wallander.

Obwohl es mitten am Tag war, befanden sich nicht viele Menschen auf der Straße. Wallander näherte sich langsam dem Haus, das Major Liepa an jenem Abend verlassen hatte, als er zu seinem letzten Spaziergang aufbrach. Ihm fiel ein, daß Rydberg einmal gesagt hatte, ein Polizist müsse manchmal wie ein Schauspieler sein und das Unbekannte mit Einfühlungsvermögen erkunden. Einem Täter oder Opfer unter die Haut kriechen, sich Gedanken und Reaktionen vorstellen. Wallander ging zur Eingangstür und öffnete sie. Im Treppenhaus war es dunkel, und ein beißender Uringestank schlug ihm entgegen. Er ließ die Tür los, die sich mit einem schwachen Knacken fast lautlos wieder schloß.

Woher die Eingebung kam, konnte er nicht sagen. Aber als er dort stand und in das dunkle Treppenhaus starrte, schien er plötzlich deutlich vor sich zu sehen, wie alles zusammenhing. Ein kurz aufflackerndes Bild, das unmittelbar darauf wieder erlosch. Es war entscheidend, daß er sich an alle Einzelheiten erinnerte. *Es muß vorher schon etwas geschehen sein*, fuhr es ihm durch den Kopf. Als Major Liepa nach Schweden kam, war bereits viel passiert. Das Rettungsboot, das Witwe Forsell bei Mossby Strand entdeckt hatte, war nur ein Teil eines Ganzen, dem Major Liepa auf die Spur gekommen war. Das war es, was Upitis wissen wollte, als er seine Fragen stellte. Hatte Major Liepa sich ihm anvertraut, hatte er darüber gesprochen, daß er von einem Verbrechen in seiner Heimat etwas wußte oder ahnte? Wallander wurde schlagartig klar, daß er bisher einen

Gedankenschritt übersprungen hatte, den er schon früher hätte erkennen müssen. Wenn Upitis mit seiner Vermutung recht hatte, daß Major Liepa von jemandem aus seinen eigenen Reihen verraten worden war, vielleicht von Oberst Murniers, lag es dann nicht auf der Hand, daß sich außer Upitis noch andere Leute dieselbe Frage stellten? *Was weiß eigentlich der schwedische Polizeibeamte Kurt Wallander?* War es möglich, daß Major Liepa ihm etwas anvertraut hatte?

Wallander wußte jetzt, daß die Angst, die er in Riga schon mehrmals verspürt hatte, ein Warnsignal gewesen war. Vielleicht sollte er wachsamer sein als bisher? Es bestand kein Zweifel, daß die Verantwortlichen für die Morde an den Männern im Rettungsboot und an Major Liepa nicht zögern würden, noch einmal zu töten.

Er überquerte die Straße, um zu den Fenstern hinaufsehen zu können. Baiba Liepa muß etwas wissen, dachte er. Aber warum ist sie nicht selbst in die Jagdhütte gekommen? Wird sie ebenfalls überwacht? Bin ich darum *Herr Eckers* geworden? Warum habe ich mit Upitis geredet? Wer ist Upitis? Wer stand in dem vom schwachen Schein einer Lampe erhellten Türspalt und hörte uns zu?

Einfühlungsvermögen, dachte er. Jetzt hätte Rydberg seine einsame Theatervorführung gegeben.

Major Liepa kehrt aus Schweden zurück. Er erstattet Oberst Putnis und Oberst Murniers Bericht. Dann fährt er nach Hause. Irgend etwas, was er über die Ermittlung in Schweden erwähnte, führt dazu, daß jemand unverzüglich das Todesurteil verhängte. Er fährt nach Hause, ißt mit seiner Frau zu Abend, zeigt ihr das Buch, das er von dem schwedischen Polizeibeamten Wallander bekommen hat. Er ist froh darüber, wieder zu Hause zu sein, er ahnt nicht, daß dies sein letzter Abend ist. Aber als er tot ist, nimmt seine Witwe zu dem schwedischen Polizisten Verbindung auf, sie erfindet Herrn Eckers, und ein Mann, der sich Upitis nennt, verhört ihn, um herauszubekommen, was er weiß oder nicht weiß. Der

schwedische Polizist wird um Hilfe gebeten, ohne jede Erklä-
rung, wie er eigentlich helfen kann. Aber soviel ist trotzdem
klar, daß es ein Verbrechen im Zusammenhang mit der politi-
schen Unruhe im Land gegeben hat, und der Dreh- und
Angelpunkt ist ein toter Polizeimajor namens Liepa. Also
muß noch ein weiteres Glied hinzugefügt werden. Spricht der
Major an seinem letzten Abend mit seiner Frau darüber? Um
kurz vor elf klingelt das Telefon. Keiner weiß, wer anruft, aber
Major Liepa scheint nichts davon zu ahnen, daß die Voll-
streckung seines Todesurteils angekündigt wird. Er sagt, daß
er während der Nacht Dienst hat, und verläßt das Haus. Er
kehrt niemals zurück.

Es kam kein Auto, dachte Wallander. Er wartet natürlich ein
paar Minuten und ahnt immer noch nichts. Nach einer Weile
glaubt er, das Auto habe vielleicht eine Panne gehabt. Er be-
schließt, zu Fuß zu gehen.

Wallander nahm den Stadtplan von Riga aus der Tasche und
fing an zu gehen.

Sergeant Zids saß im Wagen und beobachtete ihn. Wem
erstattet er wohl Bericht, überlegte Wallander. Oberst Murniers?

Die Stimme am Telefon, die ihn in die Nacht hinausgelockt
hat, muß ihm vertraut gewesen sein, dachte Wallander. Major
Liepa kann zu keinem Zeitpunkt Verdacht gefaßt haben, dabei
muß er gute Gründe gehabt haben, allen gegenüber äußerst
mißtrauisch zu sein! Wem hat er eigentlich vertrauen können?

Die Frage beantwortete sich von selbst. Baiba Liepa, seiner
Frau.

Wallander sah ein, daß es ihn nicht weiterbrachte, mit
einem Stadtplan in der Hand spazierenzugehen. Die Leute –
denn es mußten mehrere gewesen sein –, die den Major während seiner letzten Reise aufgelesen hatten, waren sorgfältig
vorgegangen. Er mußte andere Spuren verfolgen, um weiter-
zukommen.

Als er zu dem im Auto wartenden Zids zurückging, fiel ihm ein, wie merkwürdig es war, daß kein schriftlicher Bericht über die Reise des Majors nach Schweden vorlag. Wallander hatte selbst beobachtet, wie der Major während seines Aufenthalts in Ystad eifrig Aufzeichnungen gemacht hatte. Er hatte darüber hinaus bei mehreren Gelegenheiten betont, wie wichtig es sei, sofort und detailliert alles schriftlich festzuhalten. Was man ohne Notizen im Gedächtnis behielt, war für einen gründlich arbeitenden Polizisten einfach nicht genug.

Aber einen schriftlichen Bericht hatte Sergeant Zids ihm nicht übersetzt. Putnis oder Murniers hatten ihm lediglich einen mündlichen Rapport von ihrem letzten Treffen mit dem Major gegeben.

Er glaubte, den Major vor sich zu sehen. Unmittelbar nach dem Start des Flugzeugs hätte er den kleinen Tisch vor sich heruntergeklappt und mit seinem Bericht begonnen. Er hätte seine Arbeit während der Wartezeit auf dem Stockholmer Flughafen Arlanda fortgesetzt und auf dem letzten Teil der Reise über die Ostsee nach Riga beendet.

»Hat der Major keinen schriftlichen Bericht über seine Arbeit in Schweden hinterlassen?« fragte er, als er sich ins Auto gesetzt hatte.

Sergeant Zids sah ihn verwundert an.

»Wie hätte er dazu kommen sollen?«

Dazu ist er gekommen, dachte Wallander. Dieser Bericht muß irgendwo sein. Aber vielleicht gibt es jemanden, der nicht will, daß ich ihn sehe.

»Souvenirs«, sagte Wallander. »Ich möchte in ein Kaufhaus. Danach essen wir zu Mittag. Aber ich will mich diesmal in keiner Schlange vordrängeln.«

Sie parkten vor dem Zentralen Kaufhaus. Eine ganze Stunde lang schlenderte Wallander mit dem Sergeant im Schlepptau umher. Das Kaufhaus war voller Menschen, aber das Warenangebot war dürftig. Erst als er in die Bücher- und Schallplattenabteilung kam, blieb er voller Interesse stehen. Er fand einige Opernaufnahmen mit russischen Sängern und Orchestern, die sehr billig waren. Außerdem kaufte er ein paar ebenfalls günstige Kunstbildbände. Wem er was schenken würde, wußte er noch nicht genau. Seine Einkäufe wurden verpackt, und der Sergeant lotste ihn geschickt zwischen verschiedenen Kassen hin und her. Das Ganze war so umständlich, daß Wallander anfing zu schwitzen.

Als sie wieder auf die Straße hinaustraten, schlug Wallander ohne Zögern vor, im Hotel »Latvija« zu essen. Der Sergeant nickte zufrieden, als hätte er nun die Bestätigung dafür bekommen, daß seine Botschaft endlich Gehör gefunden hatte.

Wallander ging mit den Paketen in sein Zimmer hinauf. Er zog die Jacke aus und wusch sich im Bad die Hände. Er hoffte inständig, daß das Telefon klingeln und jemand nach *Herrn Eckers* fragen würde. Aber es rief niemand an, und er schloß wieder ab und fuhr mit dem langsamen Aufzug ins Erdgeschoß hinab. Obwohl Sergeant Zids dabei war, hatte er den Portier nach Nachrichten gefragt, als er seinen Schlüssel holte. Der Portier hatte den Kopf geschüttelt. Er schaute sich im Foyer nach seinen Beschattern um. Nichts. Sergeant Zids hatte er, in der Hoffnung, dadurch einen anderen Tisch zugewiesen zu bekommen, bereits in den Speisesaal geschickt.

Plötzlich entdeckte er eine Frau, die ihm zuwinkte. Sie saß hinter einem Tresen, an dem Zeitungen und Ansichtskarten verkauft wurden. Er sah sich um und überzeugte sich, daß sie wirklich ihm zuwinkte. Dann ging er zu ihr.

»Möchte Herr Wallander ein paar Ansichtskarten kaufen?« fragte sie.

»Nein, danke, im Moment nicht«, antwortete Wallander und fragte sich, woher sie seinen Namen kannte.

Die Frau hinter dem Tresen trug ein graues Kleid und war ungefähr fünfzig. In einem ungeschickten Versuch, ihr Äußeres vorteilhaft zu gestalten, hatte sie ihre Lippen knallrot geschminkt, und Wallander überlegte, daß ihr eine aufrichtige Freundin fehlte, die ihr sagte, daß ihr die Farbe nicht stand.

Sie hielt ihm ein paar Ansichtskarten entgegen.

»Sind die nicht schön?« fragte sie. »Bekommen Sie da gar keine Lust, mehr von unserem Land zu sehen?«

»Ich befürchte, daß ich dazu leider keine Zeit habe«, sagte er. »Sonst würde ich sehr gern eine Rundreise unternehmen.«

»Für ein Orgelkonzert werden Sie doch Zeit haben«, entgegnete die Frau. »Wo Sie doch klassische Musik so sehr mögen, Herr Wallander.«

Er zuckte unmerklich zusammen. Wie konnte sie seinen Musikgeschmack kennen? Das stand nicht in seinem Paß.

»In der Gertrudkirche findet heute abend ein Orgelkonzert statt«, fuhr sie fort. »Es beginnt um sieben Uhr. Ich habe Ihnen eine Wegbeschreibung gezeichnet, falls Sie hingehen möchten.«

Sie hielt ihm die Wegbeschreibung entgegen, und er sah, daß auf der Rückseite mit Bleistift *Herr Eckers* stand.

»Bei dem Konzert ist der Eintritt frei«, sagte die Frau, als er in der Brusttasche seines Jacketts nach seinem Portemonnaie suchte.

Wallander nickte und steckte die Wegbeschreibung in die Tasche. Er kaufte ein paar Ansichtskarten und ging danach in den Speisesaal.

Diesmal würde er Baiba Liepa treffen.

Sergeant Zids winkte ihm zu. Wieder derselbe Tisch. Es waren ungewöhnlich viele Menschen im Restaurant. Ausnahmsweise schienen alle Kellner vollauf beschäftigt zu sein.

Wallander setzte sich und zeigte seine Ansichtskarten.

»Wir leben in einem sehr schönen Land«, sagte Sergeant Zids.

In einem unglücklichen Land, dachte Wallander. Verletzt, zerfleischt wie ein waidwundes Tier.

Heute abend werde ich einen Vogel mit angeschossenen Flügeln treffen.

Baiba Liepa.

11

Gegen halb sechs verließ Kurt Wallander das Hotel. Ihm war klar, daß es ihm nie gelingen würde, seine Beschatter abzuschütteln, wenn er es im Laufe der nächsten Stunde nicht schaffte. Nachdem er sich von Sergeant Zids verabschiedet hatte – er hatte ihm gesagt, er habe noch Schreibarbeiten zu erledigen und tue dies lieber im Hotel als im Büro –, widmete er sich der Überlegung, wie er seine Beschatter abschütteln konnte.

Er hatte keine Erfahrung darin, beschattet zu werden. Äußerst selten hatte er selbst Verdächtige beschattet. Er durchforstete sein Gedächtnis nach ein paar klugen Worten von Rydberg über die schwere Kunst des Beschattens. Aber er konnte sich nicht erinnern, jemals von ihm etwas Entscheidendes über einen erfolgreich durchgeführten Überwachungsauftrag gehört zu haben. Ihm war klar, daß er sich in einer unglücklichen Ausgangssituation befand, weil er das Straßennetz überhaupt nicht kannte und deshalb auch keine Überraschungsmomente einplanen konnte. Er würde gezwungen sein, eine günstige Gelegenheit zu ergreifen; sein Versuch würde zum Scheitern verurteilt sein.

Trotzdem mußte er es wenigstens versuchen. Baiba Liepa hätte sich niemals soviel Mühe gegeben, ihr Treffen vor fremden Augen zu schützen, wenn es dafür nicht gute Gründe gäbe. Wallander konnte sich jedenfalls nicht vorstellen, daß Major Liepas Frau sich grundlos zu dramatischen Aktionen hinreißen ließ.

Es war bereits dunkel, als er das Hotel verließ. Er gab seinen Schlüssel an der Rezeption ab, ohne Bescheid zu sagen, wohin er ging oder wann er wieder zurück sein wollte. Die Gertrudkirche, in der das Konzert stattfinden sollte, lag ganz in der Nähe des Hotels »Latvija«. Er hatte die vage Hoffnung, zwischen den vielen Menschen, die aus allen Himmelsrichtungen von der Arbeit nach Hause strömten, untertauchen zu können.

Als er das Hotel verließ, bemerkte er, daß es ziemlich windig geworden war. Er knöpfte seine Jacke bis zum Hals zu und sah sich schnell um. Natürlich entdeckte er keinen Beschatter. Vielleicht waren es auch mehrere? Irgendwo hatte er gelesen, daß erfahrene Beschatter niemals hinter der Zielperson gingen, sondern sich möglichst vor ihr aufhielten. Er ging langsam und blieb oft vor Schaufenstern stehen. Es war ihm nichts Besseres eingefallen, als einen abendlichen Spaziergänger zu spielen, einen Ausländer, der während seines kurzen Aufenthalts in Riga versuchte, geeignete Souvenirs zu finden, ehe er wieder abreiste. Er überquerte den breiten Boulevard und bog in die Straße hinter dem Regierungssitz. Für einen kurzen Moment war er versucht, nach einem Taxi Ausschau zu halten und dann darum zu bitten, zu einem Ort gefahren zu werden, an dem er in ein anderes Taxi steigen konnte. Aber er befürchtete, daß dieses Manöver für seine Beschatter viel zu durchsichtig sein würde. Die Männer, die ihn beschatteten, würden sicherlich auch über Wagen und zudem über die Möglichkeit verfügen, binnen kürzester Zeit in Erfahrung zu bringen, wohin und mit welchen Fahrgästen die Taxis der Stadt gefahren waren.

Er blieb an einem Fenster stehen, in dem triste Herrenbekleidung ausgestellt war. Er konnte keinen der Menschen, die hinter ihm vorbeigingen und sich im Schaufenster spiegelten, wiedererkennen. Was mache ich bloß, dachte er. *Baiba, du hättest Herrn Eckers sagen müssen, wie er zur Kirche kommen kann, ohne verfolgt zu werden.* Er ging weiter. Er hatte kalte Hände und bereute, keine Handschuhe mitgenommen zu haben. Einer plötzlichen Eingebung folgend, betrat er das Lokal, an dem er gerade vorbeiging. Er kam in einen verrauchten

Raum, der voller Menschen war, es stank nach Bier, Rauch und verschwitzten Kleidern. Er sah sich nach einem freien Tisch um und entdeckte in der hintersten Ecke einen freien Stuhl. Zwei ältere Männer saßen in ein Gespräch versunken vor ihren Biergläsern und nickten nur kurz, als er eine fragende Geste machte. Eine Kellnerin mit Schweißflecken unter den Armen rief ihm etwas zu, und er zeigte auf eines der Biergläser. Die ganze Zeit über behielt er die Eingangstür im Auge. Würde sein Beschatter ihm ins Lokal folgen? Die Kellnerin kam mit seinem überschäumenden Glas, er gab ihr einen Geldschein, und sie legte das Wechselgeld auf den klebrigen Tisch. Ein Mann in einer zerschlissenen, schwarzen Lederjacke kam zur Tür herein. Wallanders Blick folgte ihm. Der Mann gesellte sich zu einer Runde, die bereits ungeduldig auf ihn gewartet zu haben schien. Wallander trank einen Schluck Bier und sah auf seine Armbanduhr. Fünf vor sechs. Jetzt mußte er sich langsam etwas einfallen lassen. Schräg hinter ihm lagen die Toiletten. Jedesmal, wenn jemand durch die Tür kam, schlug ihm der Dunst von Urin entgegen. Als er sein Bierglas halb geleert hatte, ging er selbst auf die Toilette hinaus. Eine einzelne Glühbirne baumelte von der Decke herab, auf beiden Seiten des schmalen Gangs waren Toilettenkabinen. Am hinteren Ende des Korridors befand sich ein Pissoir. Er suchte nach einer Hintertür, aber der Gang endete an einer dicken Wand aus Ziegelsteinen. Es geht nicht, dachte er. Der Versuch ist sinnlos. Wie soll man vor etwas entkommen, das man nicht sehen kann? *Herr Eckers wird leider in unwillkommener Gesellschaft zum Orgelkonzert erscheinen.* Er ärgerte sich über seine Unfähigkeit und stellte sich zum Urinieren an das Pissoir. Die Tür zur Gaststätte wurde geöffnet, ein Mann kam herein und schloß eine der Toilettentüren hinter sich.

Wallander erkannte den Mann, der nach ihm das Lokal betreten hatte, denn er hatte einen Blick für Kleidung und Gesichter. Er zögerte nicht und ging das Risiko eines Irrtums ein. Er verließ hastig die Toilette und lief durch das verrauchte

Lokal zum Ausgang. Auf der Straße sah er sich um und versuchte etwas in den Schatten der Türeingänge zu erkennen, doch da war niemand. Dann ging er schnell den gleichen Weg zurück, den er gekommen war, bog in eine schmale Gasse und lief dann so schnell er konnte, bis er wieder auf den Boulevard stieß. An einer Haltestelle hielt ein Bus, und es gelang ihm, sich noch hineinzudrängeln, ehe sich die Türen schlossen. Niemand fragte nach seinem Fahrschein. An der nächsten Haltestelle stieg er aus, verließ die Hauptstraße und bog wieder in eine der unzähligen Gassen. Im Licht einer Straßenlaterne zog er schnell den Stadtplan heraus, um sich zu orientieren. Er hatte immer noch genügend Zeit und beschloß, ein paar Minuten zu warten, bevor er weiterging. Er glitt in eine dunkle Einfahrt. Nach zehn Minuten war noch immer niemand vorbeigekommen, der seinen Verdacht erregt hätte. Vielleicht wurde er immer noch beschattet, doch er hatte zumindest getan, was in seiner Macht stand, um seine Bewacher abzuschütteln.

Neun Minuten vor sieben betrat er die Kirche, in der sich schon viele Menschen versammelt hatten. In einem der Seitenschiffe gab es noch einen Platz am Rand einer Bank. Er setzte sich und betrachtete die Menschen, die unablässig in die Kirche hineinströmten. Nirgendwo konnte er seine Beschatter ausmachen. Nirgendwo entdeckte er Baiba Liepa.

Das mächtige Dröhnen der Orgel traf ihn wie ein Schlag. Die gewaltige Musik schien den Kirchenraum zu sprengen. Wallander erinnerte sich, daß sein Vater ihn als Kind einmal in eine Kirche mitgenommen hatte, die Orgelmusik hatte ihn so erschreckt, daß er fürchterlich zu weinen begonnen hatte. Heute beruhigte ihn die Musik. Bach hat kein Heimatland, dachte er. Seine Musik spielt man überall. Wallander ließ die Musik auf sich wirken. *Murniers könnte angerufen haben*, dachte er. *Etwas, was der Major bei seiner Rückkehr aus Schweden gesagt hat, kann Murniers dazu gezwungen ha-*

ben, ihn zum Schweigen zu bringen. Major Liepa kann An-
weisung erhalten haben, sich zum Dienst einzufinden. Nichts
spricht dagegen, daß er im Polizeihauptquartier selbst ermor-
det wurde.

Plötzlich wurde er aus seinen Gedanken gerissen. Er hatte das Gefühl, beobachtet zu werden. Er sah sich zu beiden Seiten hin um, konnte aber nur Menschen entdecken, die sich auf die Musik konzentrierten. In dem breiten Mittelschiff konnte er nur Rücken und Nacken sehen. Er ließ den Blick weiter schweifen, bis er das gegenüberliegende Seitenschiff erreichte.

Baiba Liepa begegnete seinem Blick. Sie saß in der Mitte einer Bank, umgeben von alten Menschen. Sie trug ihre Pelzmütze und wandte den Blick ab, als sie sicher war, daß Wallander sie entdeckt hatte. Während der nächsten Stunde vermied er es, sie noch einmal anzusehen. Aber einige Male wurde sein Blick unweigerlich von ihr angezogen, und er sah, daß sie mit geschlossenen Augen den Orgelklängen lauschte. Ein unwirkliches Gefühl überfiel ihn. Vor ungefähr einer Woche hatte ihr Mann auf dem Sofa seiner Wohnung in der Mariagatan gesessen, und sie hatten gemeinsam Maria Callas' Stimme in ›Turandot‹ gelauscht, während der Schneesturm vor den Fenstern tobte. Jetzt saß er in einer Kirche in Riga, der Major war tot, und seine Witwe lauschte dort mit geschlossenen Augen einer Fuge von Bach.

Sie muß wissen, wie wir von hier wegkommen können, dachte er. Sie hat die Kirche als Treffpunkt gewählt, nicht ich.

Als das Konzert vorbei war, erhoben sich die Zuhörer sofort, und es entstand ein Gedränge am Kirchenportal. Wallander wurde von dieser Eile überrumpelt. Die Musik schien niemals existiert zu haben, die Zuhörer verließen die Kirche wie nach einer plötzlichen Bombendrohung. Im Gedränge verlor er Baiba Liepa aus den Augen und ließ sich mit den Menschen treiben, die es nicht erwarten konnten, aus der Kirche herauszukommen. Aber kurz vor der Kirchenvorhalle entdeckte er sie wieder, verborgen in den Schatten des linken Seitenschiffs. Er fing ein Zeichen von ihr auf und riß sich aus dem Strom, der zu den Eingangstüren drängte.

»Folgen Sie mir«, war alles, was sie sagte. Hinter einer vom Alter gezeichneten Grabkapelle befand sich eine Seitentür, sie drehte den Schlüssel im Schloß herum, der größer war als ihre Hand. Sie kamen auf einen Kirchhof hinaus. Die Frau sah sich schnell um und eilte dann an einigen verfallenen Grabsteinen und rostigen Eisenkreuzen vorbei. Sie verließen den Kirchhof durch eine Pforte, die auf eine Nebenstraße führte, und ein unbeleuchtetes Auto startete aufheulend seinen Motor. Diesmal war sich Wallander vollkommen sicher, daß es ein Lada war. Der Mann am Steuer war noch sehr jung. Er rauchte eine dieser starken Zigaretten, und Baiba Liepa lächelte Wallander kurz zu, scheu und unsicher. Dann fuhren sie los, auf eine der großen Hauptstraßen. Wallander glaubte die Valdemarstraße zu erkennen. Sie fuhren nach Norden, an einem Park vorbei, an den sich Wallander noch von seiner Fahrt mit Sergeant Zids erinnerte, und bogen dann links ab. Baiba Liepa fragte den Fahrer etwas und bekam ein Kopfschütteln zur Antwort. Wallander sah, daß er oft in den Rückspiegel schaute. Wieder bogen sie links ab, und der Fahrer trat plötzlich das Gaspedal durch und wendete, so daß sie auf die Gegenfahrbahn kamen. Wieder kamen sie an dem Park vorbei – Wallander glaubte nun sicher zu sein, daß es der Vermanspark war – und fuhren zurück, in Richtung Stadtzentrum. Baiba Liepa saß nach vorne gebeugt, als gebe sie dem Fahrer mit ihren Atemzügen an seinem Nacken lautlose Fahranweisungen. Sie fuhren auf den Aspasiasboulevard, passierten noch einen dieser verlassenen Plätze und überquerten dann den Fluß auf einer Brücke, die Wallander nicht kannte.

Sie kamen in eine Gegend, die aus heruntergekommenen Fabriken und trostlosen Wohnblöcken bestand. Der Fahrer drosselte das Tempo, Baiba Liepa lehnte sich im Sitz zurück, und Wallander nahm an, daß ihnen niemand gefolgt war.

Wenige Minuten später hielt der Wagen vor einem verwahrlosten, zweistöckigen Haus. Baiba Liepa nickte Wallander zu, und sie stiegen aus. Eilig führte sie ihn durch eine eiserne Pforte einen Schotterweg hinauf und öffnete die Tür mit einem Schlüssel, den sie schon in der Hand hielt. Wallander hörte das Geräusch des Wagens, der hinter ihnen wieder verschwand. Er betrat einen Flur, in dem es leicht nach Desinfektionsmitteln roch. Unter einem roten Lampenschirm leuchtete eine schwache Glühbirne, und er dachte, daß er sich genausogut am Eingang zu einem verrufenen Nachtclub befinden könnte. Sie hängte ihren schweren Mantel auf, während er seine Jacke auf einen Stuhl legte und ihr anschließend in ein Wohnzimmer folgte, in dem sein Blick zuerst auf ein großes Kruzifix fiel, das an einer Wand hing. Sie schaltete das Licht an, es wurde hell, und sie war plötzlich völlig ruhig und bedeutete ihm durch ein Zeichen, sich zu setzen.

Später, viel später, würde er sich darüber wundern, daß er sich nicht an dieses Zimmer, in dem seine Treffen mit Baiba Liepa stattfanden, erinnern konnte. Das einzige, was ihm im Gedächtnis haften blieb, waren das schwarze, wohl einen Meter hohe Kruzifix, das zwischen zwei Fenstern hing, die sorgfältig zugezogenen Vorhänge und der penetrante Geruch von Desinfektionsmitteln im Flur. Aber der abgewetzte Sessel, in dem er Baiba Liepas erschreckender Geschichte zugehört hatte, welche Farbe hatte er gehabt? Wallander konnte sich nicht mehr erinnern. Es war, als hätten sie sich in einem Raum mit unsichtbaren Möbeln unterhalten. Das schwarze Kruzifix hätte ebensogut in der Luft hängen können, getragen von einer göttlichen Kraft.

Sie hatte ein rostbraunes Kleid getragen, das ihr – wie er später erfuhr – der Major aus Ystad mitgebracht hatte. Sie habe es im Gedenken an ihn angezogen, hatte sie gesagt, und auch zur Erinnerung an das Verbrechen, das derjenige an ihr begangen hatte, der ihren Mann so schändlich verraten und ermordet hatte. Nur wenn einer von ihnen zur Toilette mußte, die links auf dem Flug lag, oder wenn Baiba Liepa in der Küche Tee kochte, verließen sie den Raum. Meist war er es, der sprach und die Fragen stellte, die sie mit beherrschter Stimme beantwortete.

Als erstes schafften sie *Herrn Eckers* ab. Es gab ihn jetzt nicht mehr, weil er nicht mehr gebraucht wurde.

»Warum gerade dieser Name?« hatte er gefragt.

»Einfach ein Name«, hatte sie geantwortet. »Vielleicht gibt es ihn, vielleicht aber auch nicht. Ich habe ihn erfunden. Man kann ihn sich leicht merken. Es ist durchaus möglich, daß man ihn im Telefonbuch findet. Ich weiß es nicht.«

Zu Beginn hatte ihn das Gespräch an seine Unterredung mit Upitis erinnert. Sie brauchte Zeit, um sich zum schmerzlichen Kern vorzutasten. Er hatte aufmerksam zugehört und die ganze Zeit befürchtet, ihm könne irgendeine der verborgenen Bedeutungen entgehen. Die Gespräche über Lettland schienen damit gespickt zu sein, und er gewöhnte sich langsam daran. Aber sie bestätigte Upitis' Worte über Ungeheuer, die im Verborgenen lauerten, über den unversöhnlichen Kampf, der in Lettland ausgetragen wurde. Sie sprach von Furcht und Haß, von der Furcht, deren Würgegriff langsam nachließ, von einer seit dem Zweiten Weltkrieg unterdrückten Generation. In jedem Ostblockland lebten Menschen, die dem Westen gegenüber aufgeschlossen waren und so, als Bürger kommunistischer Staaten, dem Kapitalismus einen Dienst erwiesen hatten. Sie war natürlich eine Gegnerin des Kommunismus, eine Gegnerin der Sowjetunion. Sie gehörte zu jenen, die die Staaten des Ostblocks dem Westen nähergebracht hatten. Aber sie erlag nie der Versuchung, unbewiesene Behauptungen aufzustellen. Im nachhinein begriff er, daß sie ihn dazu bringen wollte *zu verstehen*. Sie war seine Lehrerin und wollte ihn über die Hintergründe der politischen Ereignisse aufklären. Er mußte einsehen, daß er bisher nicht gewußt hatte, was eigentlich im östlichen Europa vor sich ging.

»Sag Kurt«, hatte er gesagt. Aber sie hatte nur den Kopf

geschüttelt und weiterhin Abstand gewahrt. Für sie würde er zunächst Herr Wallander bleiben.

Er fragte sie, wo sie sich befanden.

»In der Wohnung eines Freundes«, antwortete sie. »Um auszuharren und zu überleben, müssen wir alles miteinander teilen. Besonders in einem Land und in einer Zeit, in der alle dazu aufgefordert werden, nur noch an sich selbst zu denken.«

»Kommunismus bedeutet für mich eigentlich das Gegenteil«, meinte er. »Ich habe gedacht, daß nur gemeinsame Anstrengungen anerkannt werden.«

»Das war auch einmal so«, antwortete sie. »Aber früher war alles anders. Vielleicht ist es ja möglich, diesen Traum irgendwann in der Zukunft zu verwirklichen? Oder lassen sich tote Träume nicht wieder zu neuem Leben erwecken? Vielleicht bleiben Träume wie Menschen auf immer tot.«

»Was ist geschehen?« wollte er wissen.

Zunächst schien sie nicht zu wissen, was er mit seiner Frage meinte. Dann begriff sie, daß er von ihrem Mann sprach.

»Karlis ist verraten und ermordet worden«, sagte sie. »Er war allzu nah an der Aufklärung eines Verbrechens, in das viel zu viele einflußreiche Personen verstrickt sind, als daß er hätte weiterleben dürfen. Er wußte, daß er gefährlich lebte. Aber er glaubte, noch nicht als Überläufer enttarnt worden zu sein. *A traitor inside the nomenclature.*«

»Er kehrte aus Schweden zurück«, sagte Wallander. »Vom Flughafen fuhr er sofort zum Hauptquartier der Polizei, um dort Bericht zu erstatten. Haben Sie ihn am Flughafen abgeholt?«

»Ich wußte nicht einmal, daß er zurückkommen würde«, antwortete Baiba Liepa. »Vielleicht hat er ja versucht, mich anzurufen? Ich werde es nie erfahren. Vielleicht hat er auch ein Telegramm an die Polizei geschickt und sie gebeten, es mir mitzuteilen? Auch das werde ich nie herausfinden. Er rief mich erst an, als er schon wieder in Riga war. Ich hatte noch nicht einmal etwas zu essen im Haus, um seine Heimkehr zu feiern. Einer meiner Freunde gab mir ein Huhn. Ich war gerade erst mit dem Kochen fertig, als er mit dem schönen Buch nach Hause kam.«

Wallander schämte sich ein wenig. Das Buch hatte er in großer Eile und ohne sich Gedanken zu machen gekauft, es hatte ihm nichts bedeutet. Wenn er sie jetzt so hörte, war es ihm nachträglich so, als habe er sie betrogen.

»Er muß etwas gesagt haben, als er nach Hause kam«, sagte Wallander und empfand seinen englischen Wortschatz als immer kläglicher.

»Er war guter Laune«, antwortete sie. »Natürlich war er auch beunruhigt und wütend. Aber vor allem werde ich mich daran erinnern, wie froh er war.«

»Warum?«

»Er sagte, daß er endlich Klarheit gewonnen hätte. *Jetzt bin ich mir meiner Sache sicher*, sagte er immer und immer wieder. Weil er befürchtete, daß unsere Wohnung abgehört würde, zog er mich in die Küche hinaus, drehte das Wasser auf und flüsterte in mein Ohr. Er sagte, er habe eine Verschwörung aufgedeckt, die so ungeheuerlich und barbarisch sei, daß die Menschen im Westen endlich gezwungen wären zu verstehen, was im Baltikum geschehe.«

»Das hat er so gesagt? Eine Verschwörung im Baltikum? Nicht in Lettland?«

»Da bin ich mir sicher. Er regte sich oft genug darüber auf, daß die drei baltischen Staaten immer als eine Einheit betrachtet werden, obwohl es große Unterschiede zwischen den einzelnen Ländern gibt. Aber diesmal sprach er nicht nur von Lettland.«

»Und er gebrauchte das Wort Verschwörung?«

»Ja. *Conspiracy*.«

»Wußten Sie, was er damit sagen wollte?«

»Wie alle anderen hat auch er seit langem gewußt, daß es direkte Verbindungen zwischen kriminellen Kreisen, Politikern und der Polizei gibt. Sie decken sich gegenseitig, um alle möglichen Straftaten zu begehen, und teilen alles, was sie dabei erbeuten. Karlis selbst sind oft Bestechungsgelder angeboten worden. Aber er hätte nie welche annehmen können, weil das seine Selbstachtung zerstört hätte. Über einen langen Zeitraum hinweg hat er nachgeforscht, was und wer darin verstrickt ist. Natürlich wußte ich das alles. Daß wir in einer Gesellschaft leben, die im Grunde nichts anderes ist als eine Verschwörung. Aus einem kollektiven Weltbild ist ein Untier entstanden, die Verschwörung am Ende zu unserer einzigen lebendigen Ideologie geworden.«

»Wie lange hat er an seinen Nachforschungen gearbeitet?«

»Wir waren acht Jahre verheiratet. Er hatte aber schon mit seinen Ermittlungen begonnen, lange bevor wir uns kennenlernten.«

»Was glaubte er, erreichen zu können?«

»Zunächst einmal nichts anderes als eine Wahrheit.«

»Eine Wahrheit?«

»Für die Nachwelt. Für die Zeit, von der er sicher war, daß sie irgendwann kommen würde. Eine Zeit, in der es möglich sein würde aufzudecken, was sich wirklich unter der Oberfläche der Besatzung verbarg.«

»Dann war er also ein Gegner des kommunistischen Regimes? Wie konnte er da ein hoher Polizeioffizier werden?«

Ihre Antwort kam heftig, so als habe er eine schwere Anschuldigung gegen ihren Mann erhoben.

»Aber verstehen Sie denn nicht? Er war doch selbst durch und durch Kommunist! Der große Verrat war der Grund seiner Verzweiflung! Korruption und Gleichgültigkeit waren die Ursachen seiner Trauer. Der Traum von einer anderen Gesellschaft, die zu einer Lüge verkehrt wurde.«

»Er lebte also ein Doppelleben?«

»Sie werden sich kaum vorstellen können, was es bedeutet, Jahr für Jahr gezwungen zu sein, sich als ein anderer auszugeben, Ansichten zu vertreten, die man verabscheut, ein Regime zu verteidigen, das man haßt. Aber das galt nicht nur für Karlis, es galt auch für mich und für alle anderen in diesem Land, die sich geweigert haben, die Hoffnung auf eine andere Welt zu verlieren.«

»Was hatte er entdeckt, warum hatte er so gute Laune?«

»Ich weiß es nicht. Wir kamen nie dazu, darüber zu sprechen. Unsere vertraulichsten Gespräche führten wir unter der Bettdecke, wo uns niemand hören konnte.«

»Er hat gar nichts gesagt?«

»Er war hungrig. Er wollte essen und Wein trinken. Ich glaube, daß er endlich das Gefühl hatte, sich ein paar Stunden entspannen zu können, in seiner guten Stimmung zu schwelgen. Ich glaube, wenn das Telefon nicht geklingelt hätte, hätte er mit dem Weinglas in der Hand gesungen.«

Sie verstummte abrupt, und Wallander wartete. Er wußte nicht einmal, ob Major Liepa bereits beigesetzt worden war oder nicht.

»Denken Sie nach«, sagte er sanft. »Er könnte etwas angedeutet haben. Menschen, die wichtige Entdeckungen mit sich herumschleppen, können manchmal unbewußt Dinge sagen, die sie gar nicht sagen wollen.«

Sie schüttelte den Kopf.

»Ich habe nachgedacht«, antwortete sie. »Aber ich bin mir sicher. Vielleicht war es etwas, was er in Schweden entdeckt hatte? Vielleicht war er auch auf die Lösung eines entscheidenden Problems gekommen?«

»Hinterließ er irgendwelche Papiere zu Hause?«

»Ich habe alles durchsucht. Aber er war sehr vorsichtig. Geschriebenes konnte allzu gefährlich sein.«

»Gab er nichts seinen Freunden? Upitis?«

»Nein. Das hätte ich gewußt.«

»Ihnen vertraute er?«

»Wir vertrauten einander.«

»Hat er noch jemandem vertraut?«

»Natürlich hatte er Vertrauen zu seinen Freunden. Aber Sie müssen verstehen, daß das Vertrauen, welches wir einem anderen Menschen schenken, auch zu einer Belastung für ihn werden kann. Ich bin mir sicher, daß niemand außer ihm selbst so viel wußte wie ich.«

»Ich muß alles erfahren«, sagte Wallander. »Was Sie auch immer über diese Verschwörung wissen, es ist wichtig.«

Sie saß einen Moment schweigend da, bevor sie zu sprechen begann. Wallander merkte, daß ihn die Konzentration ins Schwitzen gebracht hatte.

»Ein paar Jahre, bevor wir uns kennenlernten, Ende der siebziger Jahre, geschah etwas, was ihm endgültig die Augen dafür öffnete, wie es in diesem Land zugeht. Er sprach oft davon und sagte, daß jedem Menschen die Augen auf jeweils ganz besondere Art geöffnet werden müssen. Er bediente sich immer eines Gleichnisses, das ich zuerst nicht verstand. *Manche Menschen werden von Hähnen geweckt, andere davon, daß die Stille zu groß ist*. Heute weiß ich natürlich, was er gemeint hat. Damals vor über zehn Jahren führte er langwierige und mühevolle Ermittlungen durch, die schließlich zur Ergreifung eines Täters führten. Es handelte sich um einen Mann, der viele Ikonen aus unseren Kirchen gestohlen hatte, unersetzliche Kunstgegenstände, die dann aus unserem Land herausgeschmuggelt und für horrende Summen verkauft wurden. Die Beweisführung war lückenlos, und Karlis war sicher, daß der Mann für seine Verbrechen verurteilt werden würde. Aber dazu kam es dann nie.«

»Was geschah?«

»Er wurde nicht verurteilt. Er wurde nicht einmal vor Gericht gestellt. Das Verfahren wurde eingestellt. Karlis, der überhaupt nichts mehr verstand, verlangte selbstverständlich, daß es zu einer Verhandlung kommen müsse. Aber eines Tages wurde der Mann aus der Untersuchungshaft entlassen und alle Protokolle für geheim erklärt. Karlis wurde angewiesen, die ganze Sache zu vergessen, was ihm sein direkter Vorgesetzter mitteilte. Ich erinnere mich noch an seinen Namen. Er hieß Amtmanis. Karlis war davon überzeugt, daß Amtmanis selbst seine Hand schützend über den Verbrecher gehalten hatte, vielleicht auch in die Sache verwickelt war und den Verdienst mit ihm geteilt hatte. Die Geschichte nahm ihn sehr mit.«

Wallander dachte plötzlich an jenen stürmischen Abend zurück, an dem der kurzsichtige, kleine Major auf seinem Sofa gesessen hatte. *Ich bin religiös,* hatte er gesagt. *Ich glaube nicht an einen Gott. Aber ich bin trotzdem religiös.*

»Was geschah dann?« unterbrach er seine eigenen Gedanken.

»Ich kannte Karlis zu dieser Zeit noch nicht, aber ich glaube, er machte eine schwere Krise durch. Vielleicht dachte er darüber nach, in den Westen zu fliehen? Vielleicht dachte er daran, seine Arbeit als Polizist aufzugeben? Ich glaube, daß im Grunde ich es war, die ihn davon überzeugt hat, seine Arbeit fortführen zu müssen.«

»Wie haben Sie sich kennengelernt?«

Sie sah ihn fragend an.

»Ist das wichtig?«

»Vielleicht. Ich weiß es nicht. Aber ich muß meine Fragen stellen dürfen, wenn ich Ihnen helfen können soll.«

»Wie trifft man sich«, antwortete sie mit einem wehmütigen Lächeln. »Durch Freunde. Ich hatte von einem jungen Polizeioffizier gehört, der nicht so war wie die anderen. Er war nicht besonders attraktiv, aber ich verliebte mich gleich am ersten Abend in ihn.«

»Wie ging es weiter? Sie heirateten? Er fuhr mit seiner Arbeit fort?«

»Er war Hauptmann, als wir uns trafen. Aber er wurde unerwartet schnell befördert. Jedesmal, wenn er einen höheren Dienstgrad erklommen hatte, kam er nach Hause und sagte, es wäre wieder ein unsichtbarer Trauerflor an seine Schulterklappe geheftet worden. Er versuchte weiterhin Beweise dafür zu finden, daß es Verbindungen zwischen der politischen Führung des Landes, der Polizei und verschiedenen kriminellen

Organisationen gibt. Er hatte sich entschlossen, alle Kontakte zu dokumentieren, und sprach einmal davon, daß ein unsichtbares Ministerium in Lettland existiere, das nur die Aufgabe habe, alle Kontakte zwischen der Unterwelt und den beteiligten Politikern und Polizisten zu koordinieren. Vor etwa drei Jahren habe ich ihn dann das erste Mal das Wort Verschwörung benutzen hören. Sie dürfen nicht vergessen, er spürte damals, daß er mit seiner Arbeit nicht mehr alleinstand. Die Perestrojka in Moskau hatte auch uns erreicht, und wir trafen uns immer öfter, um offen darüber zu diskutieren, was in unserem Land zu tun sei.«

»Hieß sein Chef zu dieser Zeit immer noch Amtmanis?«

»Amtmanis war gestorben. Murniers und Putnis waren bereits seine direkten Vorgesetzten geworden. Er mißtraute beiden, weil er sicher war, daß einer von ihnen in die Verschwörung verwickelt oder vielleicht sogar ihr Kopf war. Er sagte, daß es einen *Kondor* und einen *Kiebitz* innerhalb der Polizei gebe. Aber er wußte nicht, wer von den beiden was war.«

»Einen Kondor und einen Kiebitz?«

»Der Kondor ist eine Art Geier, der Kiebitz dagegen ein unschuldiger Singvogel. Als Karlis jung war, interessierte er sich sehr für Vögel. Er träumte davon, Ornithologe zu werden.«

»Aber er wußte nicht, wer der *Kondor* und wer der *Kiebitz* war?«

»Dazu kam es erst viel später, vor ungefähr zehn Monaten.«

»Was geschah da?«

»Karlis war einem großangelegten Rauschgiftschmuggel auf die Spur gekommen. Er sagte, daß es sich um einen teuflischen Plan handele, der uns zweimal töten könne.«

»›Uns zweimal töten‹? Was meinte er damit?«

»Ich weiß es nicht.«

Sie stand unvermittelt auf, als habe sie plötzlich Angst weiterzumachen.

»Ich kann Ihnen eine Tasse Tee anbieten«, sagte sie. »Kaffee habe ich leider keinen.«

»Ich trinke gerne einen Tee«, antwortete Wallander.

Sie verschwand in der Küche, und Wallander versuchte sich klar darüber zu werden, welche Fragen nun die wichtigsten waren. Er hatte das Gefühl, daß sie ihm gegenüber aufrichtig war, obwohl er immer noch nicht wußte, wie er ihr eigentlich helfen sollte. Er war sich nicht sicher, ob er die Erwartungen, die sie an ihn hatte, überhaupt erfüllen konnte. Ich bin doch nur ein einfacher Kriminalpolizist aus Ystad, dachte er. Ihr hättet einen Mann wie Rydberg gebraucht. Aber der ist tot, genau wie der Major. Er kann euch nicht helfen.

Sie kam mit einem Tablett zurück, auf dem eine Teekanne und Tassen standen. Es mußte noch jemand in der Wohnung sein. So schnell konnte das Teewasser nicht zum Kochen gebracht worden sein. Überall bin ich von unsichtbaren Wächtern umgeben, dachte er. Lettland ist ein Land, in dem ich nur sehr wenig von dem wahrnehme, was um mich herum geschieht.

Er sah, daß sie müde war.

»Wie lange können wir noch weitermachen?« fragte er.

»Nicht allzu lange. Mein Haus wird bestimmt beobachtet. Ich darf nicht zu lange fort sein. Aber wir können uns hier morgen abend wieder treffen.«

»Da bin ich schon zum Abendessen bei Oberst Putnis eingeladen.«

»Ich verstehe. Wie ist es mit übermorgen?«

Er nickte, kostete den dünnen Tee und fuhr fort, seine Fragen zu stellen.

»Sie werden darüber nachgedacht haben, was Karlis damit gemeint hat, daß das Rauschgift zweimal töten könne«, sagte er. »Upitis muß sich auch den Kopf darüber zerbrochen haben. Sie müssen doch darüber geredet haben?«

»Karlis erwähnte einmal, daß man im Grunde alles zur Erpressung benutzen kann«, antwortete sie. »Als ich ihn fragte, was er damit meine, entgegnete er bloß, es sei etwas gewesen, was einer der Obersten gesagt habe. Warum ich mich gerade dran erinnern kann, weiß ich nicht. Vielleicht, weil Karlis gerade zu dieser Zeit sehr schweigsam und verschlossen war.«

»Erpressung?«

»Er benutzte das Wort.«

»Wer sollte erpreßt werden?«

»Unser Land. Lettland.«

»Hat er das wirklich gesagt? Ein ganzes Land sollte erpreßt werden?«

»Ja. Wenn ich mir nicht sicher wäre, würde ich es nicht erwähnen.«

»Welcher der Obersten hat das Wort Erpressung benutzt?«

»Ich glaube, es war Murniers. Aber ich bin mir nicht sicher.«

»Was hielt Karlis von Oberst Putnis?«

»Er sagte, Putnis gehöre nicht zu den Schlimmsten.«

»Was genau meinte er damit?«

»Er hält sich an die Gesetze. Er läßt sich nicht wahllos von allen bestechen.«

»Aber er läßt sich bestechen?«

»Das tun alle.«

»Karlis aber nicht, oder doch?«

»Niemals. Er war anders.«

Wallander merkte, daß sie unruhig wurde. Er sah ein, daß die Fragen, die er noch hatte, warten mußten.

»Baiba«, sagte er, und es war das erste Mal, daß er ihren Vornamen benutzte. »Ich möchte, daß du über alles noch einmal genau nachdenkst, was du mir heute abend gesagt hast. Übermorgen werde ich dir vielleicht wieder die gleichen Fragen stellen.«

»Gut«, sagte sie. »Aber ich tue auch so schon nichts anderes als nachzudenken.«

Einen Moment glaubte er, sie würde in Tränen ausbrechen. Aber dann gewann sie ihre Selbstbeherrschung wieder und erhob sich. Sie zog einen Wandvorhang zur Seite. Dahinter befand sich eine Tür, die sie öffnete.

Eine junge Frau betrat den Raum. Sie warf ihm ein kurzes Lächeln zu und begann, die Teetassen abzuräumen.

»Das ist Inese«, sagte Baiba Liepa. »Du hast sie heute abend besucht. Sie ist dein Alibi, falls jemand etwas wissen will. Du hast sie im Nachtclub des Hotels ›Latvija‹ getroffen, und sie ist deine Geliebte geworden. Du weißt nicht genau, wo sie wohnt, nur so viel, daß es auf der anderen Seite der Brücke ist. Du kennst ihren Nachnamen nicht, denn sie wird nur für ein paar Tage in Riga deine Liebhaberin sein. Du glaubst, daß sie eine einfache Sekretärin ist.«

Wallander hörte verblüfft zu. Baiba Liepa sagte etwas auf lettisch, und das Mädchen namens Inese stellte sich vor ihn.

»So sieht sie aus«, sagte Baiba Liepa. »Merke dir ihr Aussehen. Übermorgen wird sie dich abholen. Wenn du nach acht in den Nachtclub hinuntergehst, wird sie da sein.«

»Und eure Geschichte für heute abend?«

»Ich bin in einem Orgelkonzert gewesen und habe dann meinen Bruder besucht.«

»Deinen Bruder?«

»Er hat das Auto gefahren.«

»Warum bin ich mit einer Kapuze über dem Kopf weggebracht worden, um diesen Mann, Upitis, zu treffen?«

»Seine Menschenkenntnis ist besser als meine. Wir wußten nicht, ob wir uns auf dich verlassen können.«

»Wißt ihr das jetzt?«

»Ja«, antwortete sie ernst. »Ich vertraue dir.«

»Was glaubt ihr eigentlich, wie ich euch helfen kann?«

»Übermorgen«, sagte sie ausweichend. »Wir müssen uns jetzt beeilen.«

Das Auto wartete vor dem Tor. Während der Rückfahrt in die Innenstadt saß sie schweigend neben ihm. Wallander ahnte, daß sie weinte. Als sie ihn in der Nähe des Hotels absetzten, streckte sie ihm ihre Hand entgegen. Sie murmelte etwas Unverständliches auf lettisch, und Wallander stieg hastig aus dem Auto, das sofort verschwand. Obwohl er Hunger hatte, ging er auf direktem Weg auf sein Zimmer. Er goß sich einen Becher Whisky ein und legte sich unter die Tagesdecke auf das Bett.

Er dachte an Baiba Liepa.

Erst nach zwei zog er sich aus und legte sich ins Bett. In dieser Nacht träumte er, daß jemand an seiner Seite lag. Aber es war nicht Inese, die Liebhaberin, die man ihm zugeteilt hatte. Es war eine andere, und die Hüter des Traumes ließen niemals zu, daß er ihr Gesicht sah.

Sergeant Zids holte ihn am nächsten Morgen pünktlich um acht Uhr ab. Gegen halb neun betrat Oberst Murniers sein Büro.

»Wir glauben, Major Liepas Mörder gefunden zu haben«, sagte er.

Wallander starrte ihn ungläubig an.

»Sie meinen den Mann, den Oberst Putnis seit zwei Tagen verhört?«

»Nicht den. Das ist ein verschlagener Verbrecher, der irgendwo im Hintergrund in die Sache verwickelt ist. Nein, hier handelt es sich um einen anderen Mann. Kommen Sie mit!«

Sie gingen ins Untergeschoß hinab. Murniers öffnete die Tür zu einem Vorraum. An einer Wand befand sich ein Spiegelfenster. Murniers bedeutete Wallander mit einem Zeichen, näher zu treten.

Der innere Raum bestand aus kahlen Wänden, einem Tisch und zwei Stühlen. Auf einem der Stühle saß Upitis. Über der einen Schläfe trug er eine verdreckte Bandage. Wallander sah, daß er dasselbe Hemd trug wie bei ihrem nächtlichen Gespräch in der abgelegenen Jagdhütte.

»Wer ist das?« fragte Wallander, ohne Upitis aus den Augen zu lassen. Er fürchtete, seine Erregung könnte ihn sonst verraten. Aber vielleicht wußte Murniers ja auch schon alles?

»Ein Mann, auf den wir seit langem ein Auge geworfen haben«, antwortete Murniers. »Ein gescheiterter Akademiker,

Dichter, Schmetterlingssammler, Journalist. Trinkt zuviel, redet zuviel. Er hat eine mehrjährige Gefängnisstrafe wegen wiederholter Hinterziehungen abgesessen. Wir waren uns seit langem darüber im klaren, daß er in wesentlich schwerwiegendere Verbrechen verwickelt sein muß, ohne ihm etwas nachweisen zu können. Wir erhielten einen anonymen Hinweis, daß er mit Major Liepas Tod zu tun haben könnte.«

»Gibt es Beweise?«

»Er streitet natürlich alles ab. Aber wir haben einen Beweis, der genauso schwer wiegt wie ein Geständnis.«

»Und das wäre?«

»Die Mordwaffe.«

Wallander wandte sich um und sah Murniers an.

»Die Mordwaffe«, wiederholte Murniers. »Wir können vielleicht in mein Zimmer gehen, dann werde ich Ihnen Genaueres über die Ergreifung berichten. Oberst Putnis müßte jetzt eigentlich auch eingetroffen sein.«

Wallander folgte Murniers die Treppen hinauf. Er bemerkte, daß der Oberst beim Gehen leise vor sich hinsummte.

Jemand hat mich hereingelegt, dachte er voller Entsetzen.

Jemand hat mich hereingelegt, und ich habe keine Ahnung, wer es war.

Ich weiß nicht, wer, und ich weiß nicht einmal, weshalb.

12

Upitis wurde in Untersuchungshaft genommen. Bei der Durchsuchung seiner Wohnung hatte die Polizei einen alten Holzhammer mit Blutflecken und Spuren von Haaren gefunden. Upitis konnte nicht genau sagen, was er an jenem Abend und in jener Nacht gemacht hatte, in der Major Liepa ermordet worden war. Er behauptete, betrunken gewesen zu sein, daß er Freunde besucht habe, sich aber nicht mehr genau erinnern könne, welche. Murniers sandte morgens eine ganze Heerschar von Polizisten aus, um Personen zu verhören, die Upitis möglicherweise ein Alibi geben könnten, aber keiner konnte sich erinnern, Upitis gesehen zu haben oder von ihm besucht worden zu sein. Murniers entwickelte eine ungestüme Energie, während Oberst Putnis sich eher abwartend verhielt.

Wallander versuchte fieberhaft zu verstehen, was um ihn herum geschah. Als er Upitis hinter dem Spiegelfenster sah, hatte er natürlich zunächst gedacht, daß auch Upitis verraten worden war. Aber dann waren ihm Zweifel gekommen. Ihm war nach wie vor viel zuviel unklar. Baiba Liepas Feststellung, daß sie in einer Gesellschaft lebten, in der die Verschwörung die höchste gemeinsame Norm bildete, hallte unablässig in seinem Bewußtsein wider. Sogar wenn Major Liepas Verdacht stimmte, daß Murniers ein korrupter Polizist war und selbst wenn er der Mann war, der hinter dem Mord an Liepa steckte, hatte Wallander das Gefühl, daß die ganze Angelegenheit unwirkliche Ausmaße annahm. Würde Murniers wirklich das Risiko eingehen, einen Unschuldigen vor Gericht zu bringen, nur um ihn loszuwerden? Wäre das nicht ein Ausdruck maßloser Arroganz?

»Wenn er schuldig ist«, fragte er Putnis, »welche Strafe bekommt er dann?«

»Wir sind altmodisch genug, in unserem Land die Todesstrafe beibehalten zu haben«, antwortete Putnis. »Einen hohen Polizeioffizier zu ermorden, ist ungefähr das schlimmste Verbrechen. Ich nehme an, daß er erschossen wird. Das halte ich persönlich für eine angemessene Strafe. Welcher Meinung sind Sie, Herr Wallander?«

Er hatte nicht geantwortet. Die Vorstellung, daß er sich in einem Land aufhielt, in dem man Verbrecher hinrichtete, entsetzte ihn so, daß es ihm für einen Augenblick die Sprache verschlug.

Wallander hatte verstanden, daß Putnis sich abwartend verhielt. Er begriff, daß die beiden Obersten oft in verschiedenen Revieren jagten, ohne sich gegenseitig zu informieren. Von dem anonymen Hinweis, den Murniers erhalten hatte, war Putnis nicht einmal unterrichtet worden. Am Vormittag hatte Wallander, während Murniers Arbeitseifer einen Höhepunkt erreichte, Putnis mit in sein Büro genommen, Sergeant Zids gebeten, Kaffee zu holen und versucht, Putnis dazu zu bringen, ihm zu erklären, was eigentlich um ihn herum geschah. Er erinnerte sich, bereits vom ersten Tag an eine gewisse Spannung zwischen den beiden Obersten wahrgenommen zu haben, und jetzt glaubte er in seiner Verwirrung, daß er nichts zu verlieren hatte, wenn er Putnis seine Zweifel kundtat.

»Ist das wirklich der richtige Mann?« fragte er. »Welches Motiv kann er gehabt haben? Ein Holzhammer mit Blutflecken und ein paar Haaren? Wie kann das als Beweis betrachtet werden, so lange man nicht einmal eine Blutuntersuchung durchgeführt hat? Die Haare könnten doch genauso gut Schnurrhaare von einer Katze sein?«

Putnis zuckte mit den Schultern.

»Wir werden ja sehen«, antwortete er. »Murniers scheint sich seiner Sache jedenfalls sicher zu sein. Er faßt selten den falschen Mann. Er ist bedeutend effektiver als ich. Aber Sie scheinen Zweifel zu haben, Kommissar Wallander. Darf ich fragen, aus welchen Gründen?«

»Ich zweifle nicht«, erwiderte Wallander. »Ich habe oft genug einen Mann verhaftet, der zunächst als Täter nicht in Frage zu kommen schien. Ich stelle nur ein paar routinemäßige Fragen, sonst nichts.«

Sie saßen stumm zusammen und tranken ihren Kaffee.

»Natürlich will ich auch, daß Major Liepas Mörder gefaßt wird«, sagte Wallander. »Aber dieser Upitis macht auf mich nicht den Eindruck, der Kopf eines weitverzweigten Drogenrings zu sein, der einen Polizeioffizier loswerden wollte.«

»Vielleicht ist er drogenabhängig«, antwortete Putnis zögernd. »Drogenabhängige können zu allem gebracht werden. Jemand kann ihm den Auftrag erteilt haben.«

»Major Liepa mit einem Holzhammer zu töten? Mit einem Messer oder einer Pistole, ja. Aber doch nicht mit einem Holzhammer! Und wie hat er es angestellt, die Leiche zum Hafen hinauszuschaffen?«

»Ich weiß es nicht. Aber das wird Murniers schon noch herausfinden.«

»Wie kommen Sie mit dem Mann voran, den Sie verhören?«

»Gut. Er hat zwar immer noch kein umfassendes Geständnis abgelegt, aber das kommt noch. Ich bin überzeugt, daß er mit dem Rauschgiftschmuggel, zu dem auch die beiden in Schweden an Land getriebenen Männer gehörten, zu tun hat. Im Moment lasse ich ihn ein wenig zappeln. Ich gebe ihm Zeit, seine Situation zu überdenken.«

Putnis verließ das Zimmer, und Wallander saß regungslos auf seinem Stuhl und versuchte, sich einen Überblick zu verschaffen. Er fragte sich, ob Baiba Liepa wußte, daß ihr Freund Upitis wegen Mordes an ihrem Mann festgenommen worden war. In Gedanken kehrte er zu der Jagdhütte im Wald zurück und begriff, daß Upitis vielleicht befürchtet hatte, er, Wallander wüßte etwas, was ihn zwingen könnte, auch einem schwedischen Polizisten mit einem Holzhammer den Schädel einzuschlagen. Wallander gestand sich ein, daß alle seine Theorien in sich zusammenbrachen, alle Gedankengänge im Sande verliefen, einer nach dem anderen. Er versuchte, die Teile zusammenzufügen und zu sehen, ob es irgend etwas gab, womit er weiterarbeiten konnte.

Nach einer Stunde einsamen Nachdenkens in seinem Zimmer kam er zu dem Schluß, daß es für ihn nur noch eins zu tun gab: nach Schweden zurückzufahren. Er war nach Riga gekommen, weil die lettische Polizei um seine Hilfe gebeten hatte. Er hatte ihnen nicht weiterhelfen können, und da jetzt anscheinend ein Täter gefaßt worden war, gab es für ihn keinen Grund mehr, noch länger zu bleiben. Er mußte hinnehmen, daß er von einem Mann einem nächtlichen Verhör unterworfen worden war, der sich nun vielleicht als der Mörder entpuppte, nach dem er selbst gesucht hatte. Er hatte die Rolle des *Herrn Eckers* übernommen, ohne etwas über das Stück zu wissen, in dem er anscheinend mitspielte. Das einzig Vernünftige war, so schnell wie möglich nach Hause zu fahren und die ganze Sache einfach zu vergessen.

Trotzdem sträubte er sich dagegen. Jenseits der Unlust und Verwirrung, die er empfand, gab es noch etwas anderes: Baiba Liepas Angst und ihr Trotz, Upitis' müde Augen. Selbst wenn für ihn in der lettischen Gesellschaft vieles unsichtbar blieb, konnte er andererseits Dinge erkennen, die andere nicht sehen konnten.

Er beschloß, dem Ganzen noch ein paar Tage Zeit zu geben. Da er das Bedürfnis verspürte, etwas zu tun, und nicht mehr länger grübelnd in seinem Zimmer sitzen wollte, bat er den geduldig wartenden Sergeant Zids, ihm die Ermittlungsunterlagen zu beschaffen, mit denen Major Liepa während der letzten zwölf Monate beschäftigt gewesen war. Da er im Moment keine Möglichkeit sah, voranzukommen, hatte er sich zu einem rückblickenden Streifzug in die Vergangenheit des Majors entschlossen. Vielleicht konnte er im Archiv etwas finden, das ihn weiterführte.

Sergeant Zids bewies ein hohes Maß an Effektivität und kehrte bereits nach einer halben Stunde mit einem Stapel staubiger Ordner zurück.

Sechs Stunden später war Sergeant Zids heiser und klagte über Kopfschmerzen. Wallander hatte weder ihm noch sich selbst eine Mittagspause gegönnt. Sie waren die Ordner durchgegangen, einen nach dem anderen, und Zids hatte übersetzt, erklärt, Wallanders Fragen beantwortet, weiter übersetzt. Jetzt hatten sie die letzte Seite des letzten Berichts im letzten Ordner erreicht, und Wallander mußte sich seine Enttäuschung eingestehen. Auf einer Liste hatte er notiert, daß Major Liepa sein letztes Lebensjahr damit verbracht hatte, einen Triebtäter sowie einen Einbrecher, der über einen längeren Zeitraum einen Vorort Rigas terrorisiert hatte, zu fassen, zwei Fälle von Scheckbetrug aufzuklären, drei Morde, von denen sich zwei innerhalb einer Familie zugetragen hatten, in der Opfer und Täter einander kannten. Nirgendwo hatte er eine Spur dessen entdecken können, was der Major, laut Baiba Liepa, zu seiner eigentlichen Aufgabe gemacht hatte. Das Bild des Majors als sorgfältiger, zuweilen sogar pedantischer Fahnder konnte nicht in Frage gestellt werden. Aber das war auch schon alles, was Wallander dem Archivmaterial entnehmen konnte. Er schickte Zids mit den Ordnern weg und überlegte, daß das einzig Bemerkenswerte also das war, was fehlte. Irgendwo muß er das Material seiner heimlichen Nachforschungen versteckt haben, dachte Wallander. Es war nicht anzunehmen, daß er alles im Gedächtnis behalten hatte. Er war sich darüber im klaren, daß er riskierte, entdeckt zu werden. Wie konnte er ernsthaft eine Ermittlung durchführen, deren Ambition in ihrer Bestimmung für die Nachwelt lag, wenn er nicht irgendwo ein *Testament* hinterlassen hatte? Er hätte schließlich auch auf der Straße überfahren werden können, und dann wäre nichts übriggeblieben. Irgendwo mußte es schriftliches Material geben, und irgend jemand mußte wissen, wo. Wußte Baiba Liepa es? Oder Upitis? Gab es einen anderen Menschen im Leben des Majors, einen Menschen, den der Major sogar vor seiner eigenen Frau geheimgehalten hatte? Völlig undenkbar war das nicht, überlegte er. *Jedes gegebene Vertrauen ist eine Bürde*, hatte Baiba Liepa gesagt, und diese Worte stammten mit Sicherheit von ihrem Mann.

Sergeant Zids kam aus dem Archiv zurück.

»Hatte Major Liepa außer seiner Frau noch Familie?« fragte Wallander.

Zids schüttelte den Kopf.

»Keine Ahnung«, antwortete er. »Aber das wird sie doch wohl wissen?«

Wallander hatte im Moment keine Lust, Baiba Liepa diese Frage zu stellen. Er glaubte, daß er ab jetzt selbst gezwungen war, nach der herrschenden Norm zu handeln, und keine unnötigen Informationen oder Vertraulichkeiten verbreiten durfte. Statt dessen mußte er allein in einem von ihm selbst bestimmten Revier jagen.

»Es muß eine Personalakte über Major Liepa existieren«, sagte er. »Ich möchte sie sehen.«

»Dazu habe ich keinen Zugang«, antwortete Sergeant Zids. »Nur wenige Personen haben die Erlaubnis, Material aus dem Personalarchiv einzusehen.«

»Rufen Sie jemanden an, der diese Erlaubnis hat«, sagte er. »Sagen Sie, daß der schwedische Polizist gern Major Liepas Personalakte einsehen möchte.«

Nach einigen Bemühungen kam Sergeant Zids zu Oberst Murniers durch, der versprach, Major Liepas Akte sofort beschaffen zu lassen. Fünfundvierzig Minuten später lag sie auf Wallanders Schreibtisch. Sie hatte einen roten Umschlag, und als er sie öffnete, erblickte er als erstes das Gesicht des Majors. Es war ein altes Foto, und er war erstaunt, daß sich das Aussehen des Majors in zehn Jahren fast nicht verändert hatte.

»Übersetzen Sie«, sagte er zu Zids.

Der Sergeant schüttelte den Kopf.

»Ich bin nicht befugt, den Inhalt der roten Ordner zu lesen«, antwortete er.

»Wenn Sie den Ordner holen können, dann müssen Sie doch wohl auch den Inhalt für mich übersetzen können?«

Sergeant Zids schüttelte unglücklich den Kopf.

»Ich darf es nicht«, erwiderte er.

»Ich erlaube es Ihnen. Sie sollen mir nur sagen, ob Major Liepa außer seiner Frau noch Familie hatte. Danach befehle ich Ihnen, alles wieder zu vergessen.«

Sergeant Zids setzte sich widerstrebend hin und blätterte in dem Ordner. Wallander hatte den Eindruck, daß Zids die Seiten mit derselben Abscheu berührte, als würde er eine Leiche untersuchen.

Major Liepa hatte einen Vater. Laut Akte hatte er den gleichen Vornamen wie sein Sohn und war pensionierter Postbeamter mit einer Adresse in Ventspils. Wallander erinnerte sich an die Broschüre, die ihm die Frau mit den roten Lippen im Hotel gezeigt hatte. Es war ein Reiseführer zur Küste und der Stadt Ventspils. Laut Akte war der Vater vierundsiebzig Jahre alt und Witwer. Wallander klappte den Ordner zu und schob ihn weg, nachdem er noch einmal das Gesicht des Majors studiert hatte. In dem Moment betrat Murniers das Zimmer, und Sergeant Zids erhob sich schnell, um sich so weit wie möglich von dem roten Ordner zu entfernen.

»Haben Sie etwas Interessantes gefunden?« fragte Murniers. »Etwas, das wir übersehen haben?«

»Leider nicht. Ich wollte die Akte gerade ins Archiv zurückschicken.«

Der Sergeant nahm den roten Ordner und verdrückte sich.

»Wie läuft es mit dem Verdächtigen?« fragte Wallander.

»Wir werden ihn schon kleinkriegen«, antwortete Murniers hart. »Ich bin sicher, daß es der richtige Mann ist. Auch wenn Oberst Putnis Zweifel zu haben scheint.«

Selbst ich habe so meine Zweifel, dachte Wallander. Vielleicht kann ich mit Putnis darüber reden, wenn wir uns heute abend treffen. Um herauszufinden, welche Ausgangspunkte wir für unsere Zweifel haben.

Plötzlich entschloß er sich, unverzüglich seinen einsamen Marsch aus der großen Verwirrung anzutreten. Es gab keinen Grund, seine Gedanken noch länger für sich zu behalten.

Im Reich der Lügen ist vielleicht die Halbwahrheit König, dachte er. Warum sagen, wie es ist, wenn man die Erlaubnis hat, auf alle erdenklichen Arten mit der Wahrheit umzugehen?

»Eine Sache, die Major Liepa mir während seines Aufenthaltes in Schweden erzählte, hat mich sehr verwirrt«, begann Wallander. »Es war nicht ganz eindeutig, was er meinte. Er hatte damals ziemlich viel Whisky getrunken. Jedenfalls deutete er an, daß er einige seiner Kollegen für nicht ganz zuverlässig hielt.«

Murniers verriet mit keiner Miene, ob ihn Wallanders Worte überraschten.

»Als er das sagte, war er natürlich betrunken«, fuhr Wallander mit etwas schlechtem Gewissen fort, weil er einen Toten verleumdete. »Aber wenn ich ihn richtig verstanden habe, dann hatte er den Verdacht, daß einer seiner Vorgesetzten mit kriminellen Kreisen hier im Land gemeinsame Sache macht.«

»Eine interessante Behauptung, selbst wenn sie von einem Betrunkenen stammt«, sagte Murniers nachdenklich. »Wenn er den Ausdruck Vorgesetzte benutzte, können damit nur Oberst Putnis oder ich selbst gemeint sein.«

»Er nannte keine Namen«, sagte Wallander.

»Gab er einen Grund für seine Verdächtigungen an?«

»Er sprach von Rauschgiftschmuggel. Von neuen Transportwegen durch Osteuropa. Er war der Meinung, daß sie nicht aufgebaut werden könnten, wenn nicht eine hochgestellte Persönlichkeit dieses Unterfangen beschützte.«

»Interessant«, sagte Murniers. »Ich habe Major Liepa immer für einen ausgesprochen vernünftigen Menschen gehalten, einen Menschen mit einem sehr ausgeprägten Gewissen.«

Es ist ihm gleichgültig, dachte Wallander. Könnte es das wirklich sein, wenn Major Liepa recht gehabt hätte?

»Was folgern Sie selbst daraus?« fragte Murniers.

»Gar nichts. Ich wollte es nur erwähnen.«

»Das war richtig«, sagte Murniers. »Sie können es auch gerne meinem Kollegen Oberst Putnis erzählen.«

Murniers ging. Wallander zog sich die Jacke an und stieß im Flur auf Sergeant Zids. Als er ins Hotel zurückgekehrt war, legte er sich aufs Bett, rollte sich in die Decke und schlief eine Stunde. Er zwang sich zu einer schnellen kalten Dusche und zog den dunkelblauen Anzug an, den er aus Schweden mitgebracht hatte. Um kurz nach sieben ging er in die Eingangshalle hinunter, wo Sergeant Zids an der Rezeption lehnend auf ihn wartete.

Oberst Putnis wohnte auf dem Land, südlich von Riga. Während der Fahrt fiel Wallander auf, daß er immer im Dunkeln durch Lettland gefahren wurde. Er bewegte sich in der Dunkelheit fort, er dachte in der Dunkelheit. Auf dem Rücksitz des Autos überkam ihn plötzlich vages Heimweh. Er wußte, daß die Unbestimmtheit seiner Aufgabe dahintersteckte. Er starrte in die Dunkelheit hinaus. Ihm fiel ein, daß er am nächsten Tag unbedingt seinen Vater anrufen mußte. Der würde ihn sicherlich fragen, wann er endlich gedachte, wieder nach Hause zu kommen.

Bald, würde er antworten, sehr bald.

Sergeant Zids bog von der Hauptstraße ab und fuhr zwischen zwei hohen Eisentoren hindurch. Die Auffahrt zum Haus war asphaltiert, und Wallander fiel auf, daß Oberst Putnis' Privatweg die gepflegteste Straße war, auf der er bisher in Lettland gefahren war. Sergeant Zids bremste vor einer Veranda, die von unsichtbaren Scheinwerfern beleuchtet wurde. Wallander konnte sich des Eindrucks nicht erwehren, plötzlich in ein anderes Land gelangt zu sein. Als er aus dem Auto stieg und alles um ihn herum nicht länger dunkel und verfallen war, ließ er damit auch Lettland hinter sich.

Oberst Putnis stand auf der Treppe und erwartete ihn. Er hatte seine Polizeiuniform abgelegt und trug nun einen gutsitzenden Anzug, der Wallander an die Kleidung der Leichen in dem Rettungsboot erinnerte. Neben ihm stand seine Frau, die viel jünger war als er. Wallander schätzte sie auf Ende zwanzig. Als sie ihn begrüßte, stellte sich heraus, daß sie ausgezeichnet Englisch sprach. Wallander betrat das schöne Haus mit einem Gefühl außerordentlichen Wohlbehagens, das sich bei ihm nur dann einstellte, wenn er eine lange und mühsame Reise hinter sich gebracht hatte. Er wurde vom Hausherrn mit einem kristallenen Whiskyglas in der Hand im Haus herumgeführt, und der Oberst machte gar nicht erst den Versuch, seinen Stolz zu verbergen. Wallander sah, daß die Zimmer mit importierten Möbeln aus dem Westen eingerichtet waren, was dem Haus eine etwas protzige und kalte Atmosphäre verlieh.

Ich wäre sicher genauso, wenn ich in einem Land lebte, in dem man immer damit rechnen muß, daß alles im nächsten Moment ausverkauft sein wird, dachte er. Aber die Sachen mußten eine Stange Geld gekostet haben, und er wunderte sich, daß ein Polizeioberst so gut verdiente. Bestechungsgelder, überlegte er, Bestechungsgelder und Korruption. Aber er verdrängte den Gedanken sofort wieder. Er kannte Oberst Putnis und seine Frau nicht. Vielleicht gab es in Lettland nach wie vor wohlhabende Familien, obwohl die Machthaber fast fünfzig Jahre Zeit gehabt hatten, sämtliche wirtschaftliche Normen zu verändern?

Was wußte er schon darüber? Nichts.

Sie aßen in einem von hohen Kandelabern erhellten Zimmer. Wallander konnte dem Gespräch entnehmen, daß auch Putnis' Frau bei der Polizei arbeitete, aber in einer anderen Abteilung. Es kam ihm so vor, als sei ihre Arbeit streng geheim, und ihm fuhr der Gedanke durch den Kopf, daß sie vielleicht der lettischen Abteilung des KGB angehörte. Sie stellte ihm viele Fragen über Schweden, und der Wein machte ihn angeberisch, obwohl er versuchte, sich zurückzuhalten.

Nach dem Essen verschwand Ausma in der Küche, um Kaffee zu kochen. Putnis servierte Kognak in einem Wohnzimmer, das mit geschmackvollen Ledersitzgruppen eingerichtet war. Wallander dachte, daß er es sich nie im Leben leisten könnte, solche Möbel zu kaufen. Der Gedanke machte ihn plötzlich aggressiv. Er fühlte sich auf einmal persönlich verantwortlich. Als hätte er selbst durch mangelnden Protest zu den Bestechungsgeldern beigetragen, die Oberst Putnis' Heim finanziert hatten.

»Lettland ist ein Land mit scharfen Kontrasten«, sagte er und merkte, wie er über die englischen Worte stolperte.

»Ist Schweden das nicht auch?«

»Natürlich, aber sie fallen einem nicht so ins Auge. Für einen schwedischen Polizeibeamten wäre es undenkbar, in einem Haus wie dem Ihren zu wohnen.«

Oberst Putnis breitete entschuldigend die Arme aus.

»Meine Frau und ich sind nicht reich«, sagte er. »Aber wir haben viele Jahre sparsam gelebt. Ich bin über fünfundfünfzig. Ich möchte im Alter gerne bequem leben. Kann das ein Fehler sein?«

»Ich spreche nicht von Fehlern«, erwiderte Wallander. »Ich spreche von Unterschieden. Als ich Major Liepa traf, war es das erste Mal, daß ich einen Menschen aus einem der baltischen Länder kennenlernte. Ich stellte mir vor, daß er aus einem sehr armen Land kam.«

»Hier gibt es viele arme Menschen, das streite ich nicht ab.«

»Ich möchte gerne wissen, wie es wirklich ist.«

Oberst Putnis betrachtete ihn mit einem forschenden Blick.

»Ich glaube nicht, daß ich Ihre Frage verstanden habe?«

»Mit den Bestechungsgeldern, der Korruption, dem Zusammenhang zwischen kriminellen Organisationen und Politikern. Ich möchte gern die Antwort auf etwas, was Major Liepa erwähnte, als er mich in Schweden besuchte. Etwas, das er sagte, als er ungefähr so betrunken war, wie ich es jetzt bin.«

Oberst Putnis sah ihn lächelnd an.

»Natürlich«, sagte er. »Ich will versuchen, Ihnen zu antworten, wenn ich kann. Aber zuerst muß ich wissen, was Major Liepa gesagt hat.«

Wallander wiederholte seine Worte, das erlogene Zitat, mit dem er vor ein paar Stunden bereits Oberst Murniers konfrontiert hatte.

»Selbstverständlich kommen auch bei der lettischen Polizei Unregelmäßigkeiten vor«, antwortete Putnis. »Viele Polizisten haben niedrige Löhne, die Versuchung, sich bestechen zu lassen, ist groß. Aber ich muß Ihnen sagen, daß Major Liepa leider dazu neigte, die herrschenden Verhältnisse zu übertreiben. Seine Ehrlichkeit und sein Fleiß waren natürlich bewundernswert. Aber er vermischte wohl Fakten und emotionale Wahnvorstellungen.«

»Sie sind also der Ansicht, daß er übertrieben hat?«

»Das hat er wohl leider getan.«

»Auch mit seiner Behauptung, daß ein Polizist in hoher Position tief in kriminelle Aktivitäten verwickelt sei?«

Oberst Putnis wärmte das Kognakglas zwischen seinen Händen.

»Er muß also Oberst Murniers oder mich selbst damit gemeint haben«, sagte er nachdenklich. »Das erstaunt mich. Eine ebenso unglückliche wie unvernünftige Behauptung.«

»Es muß aber doch eine Erklärung für seine Behauptung geben?«

»Vielleicht fand Major Liepa, daß Murniers und ich zu langsam älter wurden«, sagte Putnis lächelnd. »Vielleicht war er unzufrieden, weil wir seiner eigenen Beförderung im Wege standen?«

»Major Liepa erweckte nicht den Eindruck, unbedingt Karriere machen zu wollen.«

Putnis nickte gedankenvoll.

»Lassen Sie mich Ihnen eine denkbare Antwort geben«, begann er. »Aber das bleibt unter uns.«

»Von mir erfährt niemand etwas.«

»Oberst Murniers ließ sich vor ungefähr zehn Jahren zu einer bedauerlichen Schwäche hinreißen«, sagte Putnis. »Er wurde erwischt, als er Bestechungsgelder von dem Firmenchef einer Textilfabrik annahm, der wegen grober Unterschlagung verhaftet wurde. Das Geld war als Gegenleistung dafür gedacht, daß Murniers beide Augen zudrückte, um einem der Mitschuldigen Gelegenheit zu geben, gewisse belastende Dokumente wegzuschaffen.«

»Was geschah dann?«

»Die Sache wurde vertuscht. Der Firmenchef wurde der Form halber bestraft. Ein Jahr später leitete er schon wieder eines der größten Sägewerke unseres Landes.«

»Was geschah mit Murniers?«

»Nichts. Er bereute die Sache zutiefst. Zu der Zeit war er überarbeitet und hatte gerade eine langwierige und schmerzhafte Scheidung hinter sich. Das zuständige Politbüro war der Meinung, daß man ihm verzeihen sollte. Vielleicht erlag Major Liepa der falschen Vorstellung, daß eine einmalige Schwäche auf einen dauerhaften Charakterfehler hindeutete? Das ist die einzige Antwort, die ich Ihnen geben kann. Darf ich Ihnen noch Kognak nachschenken?«

Wallander hielt ihm sein Glas hin. Etwas, das Oberst Putnis und vor ihm Murniers gesagt hatte, beunruhigte ihn, er konnte nicht sagen, was es war. In dem Moment kam Ausma mit einem Kaffeetablett ins Zimmer und begann enthusiastisch von den Sehenswürdigkeiten zu erzählen, die Wallander sich unbedingt anschauen sollte, bevor er Riga verließ. Während er ihr zuhörte, bewegte sich die Unruhe wie eine unentwegte Strömung in seinem Bewußtsein. Etwas Entscheidendes war gesagt worden, etwas, das fast unmerklich vorbeigeglitten war, aber trotzdem seine Aufmerksamkeit erregt hatte.

»Das Schwedentor«, sagte Ausma. »Haben Sie nicht einmal unser Denkmal aus jener Zeit gesehen, als Schweden eine gefürchtete europäische Großmacht war?«

»Ich fürchte, nein.«

»Heute ist Schweden immer noch eine Großmacht«, sagte Oberst Putnis. »Ein kleines Land, aber um seinen großen Reichtum zu beneiden.«

Aus Angst, daß seine verschwommene Ahnung ihm wieder entgleiten könnte, entschuldigte Wallander sich und ging auf die Toilette. Er schloß die Tür und setzte sich auf den Toilettendeckel. Rydberg hatte ihm vor vielen Jahren beigebracht, nicht zu zögern, einem instinktiven Gefühl nachzugehen, wenn man einen entscheidenden Hinweis wie einen Wald vor lauter Bäumen nicht sah.

Schließlich kam er darauf, was es war. Murniers hatte etwas gesagt, dem Putnis vor nur wenigen Minuten widersprochen hatte, mit fast identischem Wortlaut, der sich nur in einem wesentlichen Punkt unterschied.

Murniers hatte von Major Liepas Vernunft gesprochen, Oberst Putnis von seiner Unvernunft. Angesichts dessen, was Putnis über Murniers erzählt hatte, war dies vielleicht nicht schwer zu verstehen. Aber als Wallander nun auf dem Toilettendeckel saß, begriff er, daß ihn Unruhe erfaßte, weil er es genau umgekehrt erwartet hätte.

Wir verdächtigen Murniers, hatte Baiba Liepa gesagt. Wir fürchten, daß er verraten wurde.

Vielleicht habe ich mich geirrt, fuhr es Wallander durch den Kopf. Sehe ich vielleicht in Oberst Murniers das, was ich bei Oberst Putnis suchen sollte? Von dem Mann, der über Major Liepas Vernunft sprach, hatte ich das Gegenteil erwartet. Er versuchte, sich Murniers' Stimme ins Gedächtnis zurückzurufen, und plötzlich überkam ihn das Gefühl, daß der Oberst vielleicht mehr andeuten hatte wollen. Major Liepa ist ein vernünftiger Mensch, ein vernünftiger Polizist, also hat er recht.

Er wägte den Gedanken ab und mußte sich eingestehen, daß er viel zu unkritisch Verdächtigungen und Informationen aus zweiter und dritter Hand übernommen hatte.

Er betätigte die Spülung und kehrte zu seiner Kaffeetasse und seinem Kognakglas zurück.

»Unsere Töchter«, sagte Ausma und hielt zwei gerahmte Fotografien hoch. »Alda und Lija.«

»Ich habe auch eine Tochter«, antwortete Wallander. »Sie heißt Linda.«

Den Rest des Abends plätscherte die Unterhaltung vor sich hin. Wallander wünschte sich, aufbrechen zu können, ohne unhöflich zu erscheinen. Aber es war schon fast ein Uhr, als Sergeant Zids vor dem Hotel »Latvija« hielt und ihn absetzte. Wallander war auf dem Rücksitz eingenickt und merkte nun, daß er mehr getrunken hatte, als gut für ihn war. Am nächsten Tag würde er müde und verkatert aufwachen.

Er lag lange da und starrte in die Dunkelheit, ehe er einschlief.

Die Gesichter der beiden Obersten verschmolzen zu einem einzigen Gesicht. Er wußte plötzlich, daß er es niemals ertragen könnte, nach Hause zu fahren, bevor er nicht alles getan hatte, um sich Klarheit über Major Liepas Tod zu verschaffen.

Es gibt einen Zusammenhang, dachte er. Major Liepa, die Männer in dem Rettungsboot, die Verhaftung von Upitis. Alles hängt irgendwie zusammen. Nur ich erkenne noch nichts. Und hinter meinem Kopf, auf der anderen Seite der dünnen Wand, sitzen unsichtbare Menschen und registrieren meine Atemzüge.

Ob sie vielleicht auch merken und berichten, daß ich lange Zeit wachliege, bevor ich einschlafe?

Vielleicht glauben sie, auf diese Art auch meinen Gedanken folgen zu können?

Ein einsamer Lastwagen ratterte auf der Straße vorbei.

Sein letzter Gedanke vor dem Einschlafen war, daß er nun schon seit sechs Tagen in Riga war.

13

Als Kurt Wallander am nächsten Morgen erwachte, war er genauso müde und verkatert, wie er befürchtet hatte. In den Schläfen pochte es, und er glaubte, sich übergeben zu müssen, als er sich die Zähne putzte. In einem Glas Wasser löste er zwei Kopfschmerztabletten auf und dachte, daß die Zeiten, in denen er am Abend Alkohol trinken konnte, ohne am nächsten Tag Schwierigkeiten zu haben, unwiderruflich vorüber waren.

Er betrachtete sein Gesicht im Spiegel und stellte fest, daß er mehr und mehr seinem Vater glich. Der Kater erfüllte ihn nicht nur mit dem melancholischen Gefühl, daß etwas für immer verloren war. In seinem bleichen, aufgedunsenen Gesicht konnte er auch die ersten Anzeichen des Alters erahnen.

Gegen halb acht ging er in den Speisesaal hinunter, trank Kaffee und aß ein Spiegelei. Die Übelkeit ließ nach, als er den Kaffee im Magen hatte. Die halbe Stunde, die ihm blieb, bis Sergeant Zids kam, um ihn abzuholen, versuchte er darauf zu verwenden, noch einmal alle Fakten in dem nur schwer zu überblickenden Durcheinander durchzugehen. Es hatte mit zwei gutgekleideten Toten, die bei Mossby Strand an Land getrieben worden waren, begonnen. Er bemühte sich, seine neue Erkenntnis zu verarbeiten, daß es vielleicht doch Oberst Putnis und nicht Murniers war, der die Rolle des unsichtbaren Schurken spielte, aber seine Gedanken führten ihn im Kreis. Es war alles zu schwammig, zu unklar. Er hielt sich vor Augen, daß eine Ermittlung in einem Land wie Lettland völlig andere Voraussetzungen hatte als in Schweden. Im totalitären Staat entglitten einem die Dinge fortlaufend, das Sammeln von Fakten und der Aufbau einer Beweiskette waren deshalb viel komplizierter.

Vielleicht mußte man sich in Lettland zunächst entscheiden, ob ein Verbrechen überhaupt verfolgt und aufgeklärt werden sollte, dachte er. Oder ob es zur Kategorie der *Nichtverbrechen* gehörte, von der die ganze Gesellschaft durchdrungen schien.

Als er schließlich aufstand und zu dem Sergeant hinausging, der im Wagen auf ihn wartete, dachte er, daß er mit größerer Energie als bisher Erklärungen bei den zwei Obersten suchen mußte. So wie die Dinge zur Zeit lagen, war er sich nicht sicher, ob sie unsichtbare Türen vor ihm öffneten oder schlossen.

Dann fuhr er durch Riga, und die Mischung aus verfallenden Häusern und unendlich düsteren Plätzen erfüllte ihn wieder mit einer ganz eigenen Melancholie, wie er sie noch nie zuvor in seinem Leben verspürt hatte. Er stellte sich vor, daß die Menschen, an Bushaltestellen wartend, auf den Gehwegen vorbeieilend, die gleiche Trostlosigkeit in sich bargen, und es schauderte ihn bei diesem Gedanken. Wieder sehnte er sich heim. Aber wonach sehnte er sich eigentlich?

Das Telefon klingelte unmittelbar nachdem er sein Büro betreten und Sergeant Zids Kaffee holen geschickt hatte.

»Guten Morgen«, sagte Murniers, und Wallander konnte hören, daß der düstere Oberst guter Laune war. »Haben Sie einen schönen Abend gehabt?«

»Seit ich in Riga bin, habe ich kein besseres Essen bekommen«, antwortete Wallander. »Aber ich fürchte, daß ich ein wenig zuviel getrunken habe.«

»Mäßigung ist eine Tugend, die wir in unserem Land nicht kennen«, gab Murniers zurück. »Ich glaube verstanden zu haben, daß der Erfolg Schwedens darauf beruht, daß Sie über die Fähigkeit verfügen, enthaltsam zu leben.«

Wallander fiel keine passende Antwort ein, und Murniers sprach weiter.

»Vor mir liegt ein interessantes Dokument«, sagte er. »Ich glaube, es könnte Ihnen helfen zu vergessen, daß Sie zuviel von Oberst Putnis' gutem Kognak getrunken haben.«

»Was ist das für ein Dokument?«

»Upitis' Geständnis. Abgefaßt und unterschrieben letzte Nacht.«

Wallander sagte nichts.

»Sind Sie noch dran?« fragte Murniers. »Es wäre vielleicht das beste, wenn Sie direkt zu mir kämen?«

Auf dem Flur traf Wallander auf Sergeant Zids, der mit einer Kaffeetasse auf ihn zukam. Mit der Tasse in der Hand begab sich Wallander zu Murniers hinein, der hinter seinem Schreibtisch saß und ihm ein müdes Lächeln schenkte. Wallander setzte sich, und Murniers hob eine Aktenmappe vom Tisch.

»Hier haben wir also das Geständnis des Verbrechers Upitis«, sagte er. »Es wird mir eine große Freude sein, es für Sie zu übersetzen. Sie sehen erstaunt aus?«

»Ja«, antwortete Wallander. »Haben Sie ihn verhört?«

»Nein. Oberst Putnis hatte Hauptmann Emmanuelis befohlen, mit dem Verhör fortzufahren. Er hat in der Tat mehr Erfolg gehabt, als man erwarten durfte. Emmanuelis ist ein Mann, von dem wir uns in Zukunft noch einiges versprechen.«

Lag Ironie in Murniers' Stimme? Oder war es nur die normale Stimme eines müden und desillusionierten Polizeibeamten?

»Der Alkoholiker, Schmetterlingssammler und Dichter Upitis entschließt sich also, ein volles Geständnis abzulegen«, fuhr Murniers fort. »Er gesteht, zusammen mit zwei anderen, den Herren Bergklaus und Lapin, Major Liepa in der Nacht zum 23. Februar ermordet zu haben. Die drei Herren haben dabei die Rolle freier Unternehmer gespielt, die eine vertragliche Vereinbarung erfüllten: Major Karlis Liepa aus dem Weg zu räumen. Upitis behauptet, nicht zu wissen, wer die Auftraggeber sind, was vermutlich auch stimmt. Der Vertrag ist durch die Hände vieler Mittelsmänner gegangen, ehe er in die richtigen Hände gelangte. Da es sich bei dem Opfer um einen hohen Polizeioffizier handelte, ging es bei dem vertraglich vereinbarten Honorar um eine beachtliche Summe. Upitis und die beiden anderen Herren haben sich ein Hinrichtungshonorar geteilt, das hundert Jahreslöhnen eines lettischen Arbeiters entspricht. Der Vertrag wurde vor gut zwei Monaten abgeschlossen, also lange vor Major Liepas Reise nach Schweden. Der Auftraggeber hatte zunächst keine zeitliche Frist angegeben. Das Entscheidende war vielmehr, daß Upitis und seine zwei Mittäter nicht versagten. Dann änderte sich etwas. Drei Tage vor dem Mord, also während sich Major Liepa noch in Schweden aufhielt, nahm einer der Mittelsmänner Kontakt mit Upitis auf und teilte ihm mit, daß der Major sofort aus dem Weg geräumt werden mußte, sobald er nach Riga zurückgekehrt war. Ein Grund für diese plötzliche Eile wurde nicht angegeben, aber das Honorar wurde erhöht, und Upitis stand nun zusätzlich ein Auto zur Verfügung. Von da an sollte Upitis täglich ein bestimmtes Kino besuchen, das Spartak, um genau zu sein. Er sollte zweimal täglich zum Kino gehen, einmal vormittags und einmal abends. Auf einer der schwarzen Säulen, die das Dach des Kinos tragen, würde dann eines Tages eine bestimmte Inschrift zu finden sein, das, was Sie im Westen ein Graffiti nennen. Sie würde bedeuten, daß der Major umgehend zu liquidieren sei. Am Morgen des Tages, an dem der Major zurückkehren sollte, war die Inschrift dort, und Upitis hatte sofort Kontakt mit Bergklaus und Lapin aufgenommen. Jener Mittelsmann, der sich bereits früher mit ihm in Verbindung gesetzt hatte, teilte ihm außerdem mit, daß Major Liepa am späten Abend aus seiner Wohnung gelockt werden würde. Was dann zu tun war, sollte dagegen allein ihre Sache sein. Dies hat den drei Mördern offensichtlich einiges Kopfzerbrechen bereitet. Sie setzten voraus, daß Major Liepa bewaffnet sein würde, daß er auf der Hut sein und sich mit größter Wahrscheinlichkeit auch zur Wehr setzen würde. Sie mußten also unmittelbar, nachdem er das Haus verlassen hatte, zuschlagen. Das Risiko, daß dabei etwas schiefging, war natürlich groß.«

Murniers machte plötzlich eine Pause und sah Wallander an.

»Bin ich zu schnell?« fragte er.

»Nein. Ich glaube, ich kann Ihnen folgen.«

»Sie fuhren also mit dem Wagen in die Straße, in der Major Liepa wohnte«, fuhr Murniers fort. »Nachdem sie die Glühbirne, die den Hauseingang beleuchtete, herausgeschraubt hatten, versteckten sie sich im Schatten, mit verschiedenen Waffen ausgerüstet. Zuvor hatten sie noch eine einschlägige Kneipe besucht und sich mit beträchtlichen Mengen Schnaps gestärkt. Als Major Liepa das Haus verließ, schlugen sie zu. Upitis behauptet, daß es Lapin war, der den Major am Hinterkopf traf. Wenn wir Lapin und Bergklaus gefunden haben, können wir wohl davon ausgehen, daß sie sich gegenseitig beschuldigen werden. Im Gegensatz zur schwedischen Rechtsprechung ermöglichen unsere Gesetze aber, alle drei schuldig zu sprechen, wenn nicht eindeutig festzustellen ist, wer die direkte Verantwortung trägt. Major Liepa sank auf die Straße, das Auto fuhr vor, der Körper wurde auf den Rücksitz verfrachtet. Auf dem Weg zum Hafen hat er dann noch einmal das Bewußtsein erlangt, woraufhin Lapin ihm offensichtlich noch einen Schlag auf den Kopf versetzte. Upitis gibt an, daß Major Liepa tot war, als sie ihn auf den Kai hinaustrugen. Sie wollten den Eindruck erwecken, dem Major wäre ein Unglück zugestoßen. Dies war natürlich zum Scheitern verurteilt, aber Upitis und seine Komplizen scheinen sich keine besonders große Mühe gegeben zu haben, die Polizei auf eine falsche Fährte zu locken.«

Murniers ließ den Bericht auf den Schreibtisch fallen.

Wallander dachte an die Nacht, die er in der Jagdhütte verbracht hatte, an Upitis und seine Fragen, den Lichtschimmer, die Tür, hinter der jemand stand und lauschte.

Wir glauben, daß Major Liepa verraten wurde. Wir verdächtigen Oberst Murniers.

»Woher konnten sie wissen, daß der Major gerade an diesem Tag zurückkehren würde?« fragte er.

»Vielleicht ist ein Angestellter der Aeroflot bestochen worden. Es gibt Passagierlisten. Wir werden natürlich ermitteln, wie das Ganze abgelaufen ist.«

»Warum wurde der Major ermordet?«

»In einer Gesellschaft wie der unsrigen verbreiten sich Gerüchte sehr schnell. Vielleicht war Major Liepa gewissen mächtigen kriminellen Kreisen allzu lästig.«

Wallander dachte nach, bevor er seine nächste Frage stellte. Er hatte Murniers' Referat von Upitis' Geständnis zugehört und begriffen, daß an der Sache offensichtlich etwas faul war. Aber auch wenn er wußte, daß alles gelogen war, konnte er doch nicht herausfinden, was in diesem Fall eine plausible Wahrheit war. Die Lügen deckten einander zu. Die wirklichen Geschehnisse und ihre Ursachen ließen sich nicht ans Licht holen.

Er hatte keine Frage. Es gab keine Fragen mehr, nur noch wüste und hilflose Behauptungen.

»Sie wissen natürlich, daß nichts von dem, was Upitis da in seinem Geständnis ausgesagt hat, der Wahrheit entspricht«, sagte er.

Murniers sah ihn forschend an.

»Warum sollte es nicht der Wahrheit entsprechen?«

»Aus dem einfachen Grund, weil Upitis Major Liepa nicht getötet hat. Das ganze Geständnis ist aus der Luft gegriffen. Er muß dazu gezwungen worden sein. Oder aber, er hat den Verstand verloren.«

»Warum sollte so eine zwielichtige Gestalt wie Upitis Major Liepa nicht ermordet haben können?«

»Weil ich ihn getroffen habe«, sagte Wallander. »Ich habe mit ihm gesprochen und bin davon überzeugt, daß es zumindest einen Menschen in diesem Land gibt, der bedenkenlos von der Liste der Verdächtigen gestrichen werden kann, und das ist Upitis.«

Murniers' Überraschung konnte einfach nicht gespielt sein. Dann hat er also nicht in der Dunkelheit der Jagdhütte gestanden und gelauscht, dachte Wallander. Aber wer dann? Baiba Liepa? Oder doch Oberst Putnis?

»Sie sagen, Sie haben Upitis getroffen?«

Wallander entschloß sich blitzschnell, es einmal mehr mit einer halben Wahrheit zu versuchen. Er fühlte sich verpflichtet, Baiba Liepa zu decken.

»Er hat mich im Hotel aufgesucht. Er stellte sich als Upitis vor. Ich habe ihn dann wiedererkannt, als Oberst Putnis ihn mir durch das Spiegelfenster zum Vernehmungszimmer zeigte. Als er mich aufsuchte, behauptete er, er sei ein Freund von Major Liepa.«

Murniers, der bisher entspannt zurückgelehnt auf seinem Stuhl gesessen hatte, richtete sich auf. Wallander konnte erkennen, daß er jetzt äußerst angespannt war. All seine Aufmerksamkeit konzentrierte sich auf das, was Wallander soeben gesagt hatte.

»Eigenartig«, meinte er. »Äußerst eigenartig.«

»Er suchte mich auf, um mir von seinem Verdacht zu erzählen, daß Major Liepa von einem seiner eigenen Kollegen ermordet wurde.«

»Von der lettischen Polizei?«

»Ja. Upitis erbat meine Hilfe, um herauszufinden, was geschehen war. Ich habe keine Ahnung, woher er wissen konnte, daß sich ein schwedischer Polizist in Riga befindet.«

»Was hat er noch gesagt?«

»Daß die Freunde des Majors keine Beweise hätten. Aber daß der Major selbst deutlich gemacht habe, daß er sich bedroht fühlte.«

»Bedroht von wem?«

»Von jemandem innerhalb der Polizei. Vielleicht auch vom KGB.«

»Warum sollte er bedroht worden sein?«

»Aus dem gleichen Grund, aus dem kriminelle Kreise in Riga der Meinung gewesen seien, daß er liquidiert werden müßte. Man kann darin natürlich einen Zusammenhang sehen.«

»Was für einen Zusammenhang?«

»Man könnte sagen, daß Upitis zweimal recht hatte. Obwohl er einmal gelogen haben muß.«

Murniers erhob sich unwirsch von seinem Stuhl.

Wallander dachte, daß er, der schwedische Polizeibeamte, zu weit gegangen war, eine ihm unbekannte Grenze übertreten hatte. Aber Murniers sah ihn fast flehentlich an.

»Oberst Putnis muß dies erfahren«, sagte Murniers.

»Ja«, erwiderte Wallander. »Das muß er.«

Murniers griff nach dem Telefon, und zehn Minuten später kam Putnis zur Tür herein. Wallander kam nicht dazu, sich für das Abendessen zu bedanken, bevor Murniers auch schon auf lettisch, erregt und schnell wiedergab, was Wallander gerade über sein Zusammentreffen mit Upitis berichtet hatte. Wallander war sicher, daß Putnis' Gesicht ihn verraten würde, ob er in der Nacht im Dunkeln in der Jagdhütte gestanden hatte. Aber Putnis' Gesicht blieb stumm. Wallander konnte die erhofften Anzeichen nicht erkennen. Er versuchte, eine plausible Erklärung für Upitis' falsches Geständnis zu finden, aber alles war so verwirrend und unklar, daß er aufgab.

Putnis reagierte vollkommen anders als Murniers.

»Warum haben Sie mir nicht erzählt, daß Sie diesen Verbrecher Upitis getroffen haben?« fragte er.

Darauf wußte Wallander keine Antwort. Er begriff, daß er in Oberst Putnis' Augen das Vertrauen verspielt hatte, das er bisher genossen hatte. Gleichzeitig dachte er darüber nach, ob es wirklich nur ein Zufall war, daß er gerade an dem Abend bei Putnis zum Essen eingeladen war, an dem Upitis angeblich sein Geständnis abgelegt hatte. Gab es in einer totalitären Gesellschaft überhaupt Zufälle? Hatte Putnis nicht gesagt, daß er es vorzog, seine Verdächtigen alleine zu verhören?

Putnis' Erregung verschwand so schnell, wie sie gekommen war. Er lächelte schon wieder und legte seine Hand auf Wallanders Schulter.

»Der Schmetterlingssammler und Dichter Upitis ist ein verschlagener Herr«, sagte er. »Es ist natürlich ein äußerst raffinierter Einfall, den Verdacht von sich selbst abzulenken, indem man einen schwedischen Polizisten aufsucht, der sich nur für kurze Zeit in Riga aufhält. Aber Upitis' Geständnis entspricht natürlich trotzdem der Wahrheit. Ich habe nur darauf gewartet, daß sein Widerstand zusammenbricht. Der Mord an Major Liepa ist aufgeklärt. Deshalb gibt es für Sie auch keinen Grund mehr, sich damit zu belasten und noch länger hier in Riga zu bleiben. Ich werde unverzüglich Ihre Heimreise arrangieren lassen. Auf offiziellem Weg werden wir natürlich einen Dank an das Schwedische Außenministerium entsenden.«

Erst in diesem Moment, in dem Wallander begriff, daß sein Aufenthalt in Lettland schon bald beendet sein würde, wurde ihm klar, wie diese ungeheure Verschwörung zusammenhängen mußte.

Er sah nicht nur ihre Ausmaße und die raffinierte Mischung aus Wahrheiten und Lügen, falschen Spuren und tatsächlichen Zusammenhängen und Ursachen. Er begriff vor allem auch, daß Major Liepa wirklich der erfahrene und ehrenhafte Polizist gewesen war, für den er ihn die ganze Zeit gehalten hatte. Er verstand Baiba Liepas Angst ebenso gut wie ihren Trotz. Auch wenn er nun gezwungen sein würde, die Heimreise anzutreten, mußte er sie noch einmal sehen. Das war er ihr schuldig, er hatte auch das Gefühl, dem toten Major noch etwas schuldig zu sein.

»Natürlich fahre ich nach Hause«, sagte er. »Aber ich bleibe noch bis morgen. Ich habe bisher viel zuwenig Zeit gehabt, mir diese schöne Stadt anzusehen. Das habe ich nicht zuletzt gestern begriffen, als ich mit Ihrer Frau gesprochen habe.«

Bis auf die letzten Worte, die an Oberst Putnis gerichtet waren, hatte er zu beiden Obersten gesprochen.

»Sergeant Zids ist ein ausgezeichneter Reiseführer«, fuhr er fort. »Ich hoffe, mich seiner Dienste noch für den Rest des Tages bedienen zu dürfen, auch wenn meine Arbeit hier beendet ist.«

»Selbstverständlich«, entgegnete Murniers. »Wir sollten vielleicht feiern, daß diese rätselhafte Geschichte aufgeklärt wurde. Es wäre unhöflich, Sie heimreisen zu lassen, ohne Ihnen ein Geschenk zu überreichen oder ein paar Gläser miteinander zu trinken.«

Wallander dachte an den kommenden Abend, an Inese, die im Nachtclub des Hotels als seine Geliebte auf ihn warten würde, daran, daß er Baiba Liepa treffen mußte.

»Lassen Sie uns das Ganze doch lieber schlicht abschließen«, sagte er. »Immerhin sind wir Polizisten und keine Schauspieler, die eine geglückte Premiere feiern. Außerdem habe ich mich für heute abend bereits verabredet. Eine junge Dame hat versprochen, mir Gesellschaft zu leisten.«

Murniers lächelte und zog eine Flasche Wodka hervor, die in einer der Schreibtischschubladen lag.

»Da möchten wir natürlich nicht im Wege stehen«, sagte er. »Lassen Sie uns also jetzt miteinander anstoßen.«

Sie haben es eilig, dachte Wallander. Sie wissen gar nicht, wie sie mich schnell genug außer Landes bekommen sollen.

Sie tranken und prosteten sich zu. Wallander erhob das Glas auf die beiden Obersten und fragte sich, ob er jemals erfahren würde, wer von ihnen jenen Befehl unterzeichnet hatte, der zu der Ermordung des Majors geführt hatte. Es war das einzige, worüber er noch im Unklaren war, das einzige, was er nicht herausfinden konnte. Putnis oder Murniers? Aber er wußte jetzt, daß Major Liepa recht gehabt hatte. Seine heimlichen Ermittlungen hatten ihn zu einer Wahrheit geführt, die er mit ins Grab genommen hatte, falls er keine Aufzeichnungen hinterlassen hatte. Diese Aufzeichnungen mußte Baiba Liepa finden, wenn sie herausbekommen wollte, wer ihren Mann ermordet hatte, ob Murniers oder Putnis verantwortlich war.

Dann würde sie wissen, warum Upitis in einem letzten verzweifelten, vielleicht auch schon verwirrten Versuch ein falsches Geständnis abgelegt hatte, um herauszufinden, welcher der Obersten der Schuldige war.

Ich stoße mit einem der übelsten Verbrecher an, in dessen Nähe ich jemals gekommen bin, dachte Wallander. Ich weiß nur nicht, welcher von beiden es ist.

»Wir werden Sie morgen natürlich zum Flughafen begleiten«, sagte Putnis, bevor sie sich trennten.

Wallander verließ das Polizeihauptquartier und dachte, daß er wie ein eben freigelassener Häftling wirken mußte, wie er da einige Schritte hinter Sergeant Zids herging. Sie fuhren durch die Stadt, und der Sergeant zeigte, erzählte und beschrieb. Wallander schaute, nickte und murmelte »ja« und »sehr schön«, wenn es ihm passend erschien. Aber mit seinen Gedanken war er ganz woanders. Er dachte an Upitis und überlegte, welche Wahl er eigentlich gehabt hatte.

Was hatte Murniers oder Putnis ihm ins Ohr geflüstert?

Welche Drohungen hatten sie aus ihren Katalogen ausgewählt, deren Umfang sich Wallander kaum vorzustellen wagte?

Vielleicht hatte Upitis ja seine eigene Baiba, vielleicht hatte er Kinder. Aber erschoß man tatsächlich Kinder in einem Land wie Lettland? Oder reichte es, damit zu drohen, daß ihnen jede Zukunft verbaut sein würde, schon verloren, ehe sie begonnen hatte?

Herrschte der totalitäre Staat, indem er Lebensläufe *verbaute?*

Welche Wahl hatte Upitis also gehabt?

Hatte er sein eigenes Leben gerettet, das seiner Familie, das Baiba Liepas, indem er die Rolle des Mörders und Schwerverbrechers spielte? Wallander versuchte, sich an das wenige zu erinnern, was er über die sogenannten Schauprozesse wußte, die sich wie eine grausame Kette unvorstellbaren Unrechts durch die Geschichte der kommunistischen Staaten zogen.

Dort reihte sich nun auch Upitis ein, und Wallander dachte, daß es ihm immer unbegreiflich bleiben würde, wie Menschen dazu gezwungen werden konnten, Verbrechen zu gestehen, derer sie niemals fähig gewesen wären. Zu gestehen, daß man kaltblütig und vorsätzlich seinen besten Freund ermordet hatte, den Menschen, der den Zukunftstraum verwirklichen wollte, für den man auch selbst lebte.

Ich werde es nie erfahren, dachte er.

Ich werde niemals erfahren, was geschehen ist, und vielleicht ist es auch gut so, weil ich es doch nie verstehen würde. Aber Baiba Liepa wird verstehen, sie muß es erfahren. Jemand trägt das Testament des Majors in sich, seine Ermittlung ist nicht tot. Sie lebt, aber sie ist geächtet und verbirgt sich an einem Ort, an dem nicht nur der Geist des Majors über sie wacht.

Ich suche nach dem *Wächter*, und das muß Baiba Liepa erfahren. Irgendwo verbirgt sich ein Geheimnis, das nicht verloren gehen darf. So geschickt versteckt, daß es nur von ihr gefunden und gedeutet werden kann. Denn ihr hat er vertraut, sie war in einer Welt, in der alle anderen gefallene Engel waren, der Schutzengel des Majors.

Sergeant Zids hielt an einem alten Stadttor, und Wallander kletterte aus dem Wagen, weil er annahm, daß es sich um das Schwedentor handelte, von dem Oberst Putnis' Frau gesprochen hatte. Er zitterte und dachte, daß es wieder kälter geworden war. Geistesabwesend betrachtete er die brüchige Ziegelmauer und versuchte einige altertümliche Zeichen, die in den Stein gehauen waren, zu deuten. Aber er gab sofort wieder auf und kehrte zum Wagen zurück.

»Sollen wir weitermachen?« fragte der Sergeant.

»Ja«, sagte Wallander. »Ich will alles Sehenswerte besichtigen.«

Er hatte begriffen, daß Zids gerne Auto fuhr. Und in der Einsamkeit des Rücksitzes zog er, trotz der Kälte, trotz der flackernden Augen des Sergeants im Rückspiegel, doch das Auto seinem Hotelzimmer vor. Er dachte an den kommenden

Abend und daran, daß nichts seine Begegnung mit Baiba Liepa verhindern durfte. Einen Moment lang überlegte er, ob es vielleicht besser wäre, sie sofort zu erreichen, sie in der Universität aufzusuchen, um ihr in einem verlassenen Korridor mitzuteilen, was er nun endlich begriffen hatte. Aber er wußte nicht, welches Fach sie unterrichtete, er wußte nicht einmal, ob es nur die eine Universität gab.

Noch eine Erkenntnis reifte in ihm heran. Die wenigen Begegnungen mit Baiba Liepa, so flüchtig sie auch gewesen waren, so traurig ihr Anlaß war, hatten ihm nicht nur die Augen über die Hintergründe eines Mordes geöffnet, sie hatten auch ein unbekanntes Gefühl in ihm geweckt. Ein Gefühl, stärker als alle anderen. Das beunruhigte ihn, und er konnte seinen wütenden Vater hören, den Widerhall seiner Stimme, über den verlorenen Sohn klagend, der nicht nur Polizist geworden, sondern auch noch dumm genug war, sich in die Witwe eines ermordeten lettischen Polizeioffiziers zu verlieben.

War es wirklich so? Hatte er sich in Baiba Liepa verliebt?

Als besäße Sergeant Zids die beneidenswerte Fähigkeit, Gedanken zu lesen, zeigte er mit ausgestrecktem Arm auf einen langgezogenen und häßlichen Ziegelbau und erläuterte, daß er zu Rigas Universität gehöre. Wallander betrachtete durch das beschlagene Fenster den düsteren Gebäudekomplex und dachte, daß Baiba Liepa vielleicht irgendwo in diesem gefängnisähnlichen Haus war. Alle offiziellen Gebäude in diesem Land glichen Gefängnissen, und die Menschen in ihnen waren wie Gefangene. Aber nicht so der Major, nicht Upitis – auch wenn er nun ein Gefangener war und dies kein Alptraum, sondern Realität. Auf einmal hatte Wallander genug davon, mit dem Sergeant herumzufahren, und bat ihn, zum Hotel zurückzukehren. Ohne zu wissen warum, fragte er ihn, ob er gegen zwei Uhr nachmittags wiederkommen könne.

An der Rezeption entdeckte er augenblicklich einen jener graugekleideten Männer, deren Aufgabe es war, ihn zu überwachen, und er dachte, daß die Obersten es nicht mehr nötig hatten, den Schein zu wahren. Er ging in den Speisesaal und setzte sich demonstrativ an einen anderen als seinen angestammten Tisch, obwohl der Kellner unglücklich darüber zu sein schien. Allein mein Aufbegehren gegen die staatliche Tischzuteilung erzeugt einen ungeheuren Aufruhr, dachte er. Er ließ sich auf einen Stuhl fallen, bestellte Bier und Schnaps und merkte, daß er wieder einmal einen Furunkel an der einen Pobacke bekam, und wurde noch wütender. Über zwei Stunden lang saß er im Speisesaal, und wenn seine Gläser geleert waren, winkte er den Kellner zu sich und bestellte eine neue Runde. Während er immer betrunkener wurde, sprangen seine Gedanken ziellos hin und her, und in einer sentimentalen Anwandlung stellte er sich vor, Baiba Liepa würde ihn auf seiner Heimreise nach Schweden begleiten. Als er den Speisesaal verließ, konnte er es nicht lassen, dem graugekleideten Mann, der wachend auf seinem Sofa saß, zuzuwinken. Er ging auf sein Zimmer hinauf, legte sich auf sein Bett und schlief ein. Viel später hämmerte jemand an eine Tür in seinem Kopf. Aber es war gar nicht in seinem Kopf, es war der Sergeant, der auf dem Flur stand und anklopfte. Wallander sprang vom Bett auf, rief ihm zu, er solle warten, und wusch sich das Gesicht mit kaltem Wasser. Dann bat er Zids, ihn aus der Stadt zu fahren, in irgendeinen Wald, wo er einen Spaziergang machen und sich auf die Begegnung mit seiner angeblichen Geliebten, die ihn zu Baiba Liepa führen würde, vorbereiten konnte.

Im Wald fror er, der Boden unter seinen Füßen war steinhart, und er dachte, daß die ganze Situation einfach unmöglich war.

Wir leben in einer Zeit, in der die Mäuse die Katze jagen, überlegte er. Aber auch das ist nicht wahr, denn keiner weiß mehr, wer Maus und wer Katze ist. Wie soll man Polizist sein können, in einer Zeit, in der nichts mehr ist, was es zu sein scheint, in der nichts mehr gültig ist. Nicht einmal Schweden, das Land, das ich einmal zu verstehen glaubte, macht da eine

Ausnahme. Vor einem Jahr fuhr ich völlig betrunken Auto. Aber es hatte keine Folgen, weil meine Kollegen sich schützend vor mich stellten. Auch dort schüttelt also der Straftäter seinem Jäger die Hand.

Als er durch den Tannenwald ging, und Sergeant Zids irgendwo hinter ihm in dem schwarzen Wagen auf ihn wartete, nahm er sich vor, sich als Sicherheitschef bei der Gummifabrik in Trelleborg zu bewerben. Er hatte jetzt einen Punkt erreicht, an dem der Entschluß sich wie von selbst ergab. Ohne Selbstüberwindung, ohne Zögern sah er ein, daß es Zeit für einen Neuanfang war.

Der Gedanke stimmte ihn gutgelaunt, und er kehrte zum Wagen zurück. Sie fuhren wieder nach Riga. Er verabschiedete sich von dem Sergeant und ging zur Rezeption, um seinen Schlüssel zu holen. Dort erwartete ihn eine Nachricht von Oberst Putnis, der ihm mitteilte, daß sein Flug nach Helsinki am nächsten Morgen um halb zehn abgehen würde. Er ging auf sein Zimmer hinauf, badete in lauwarmem Wasser und legte sich ins Bett. Er hatte noch drei Stunden, bis er seine angebliche Geliebte treffen würde, und ließ noch einmal alles Revue passieren. In seinen Gedanken begleitete er den Major und meinte, das Ausmaß von Karlis Liepas Haß erahnen zu können. Den Haß und die Ohnmacht, Zugang zu einer Beweiskette zu haben und doch nichts unternehmen zu können. Er hatte direkt in das finstere Herz der Korruption geschaut, in dem Putnis oder Murniers oder vielleicht auch beide Verbrecher trafen und aushandelten, was nicht einmal der Mafia gelungen war: eine staatlich kontrollierte, kriminelle Organisation. Er hatte gesehen, und er hatte zuviel gesehen, und er war ermordet worden. Übriggeblieben war irgendwo sein Testament, seine Ermittlung und seine Beweissammlung.

Wallander setzte sich plötzlich im Bett auf.

Er hatte die schwerwiegende Konsequenz dieses Testaments übersehen. Die Schlußfolgerung, die er selbst gezogen hatte, konnte Putnis oder Murniers nicht entgangen sein. Sie waren natürlich zum gleichen Schluß gelangt, und es war ihnen genausoviel daran gelegen, die Beweise, die Major Liepa versteckt haben mußte, aufzuspüren.

Plötzlich kehrte die Angst zurück. Wallander wurde klar, daß in diesem Land nichts einfacher sein konnte, als einen schwedischen Polizeibeamten verschwinden zu lassen. Ein Unfall ließ sich arrangieren, eine Ermittlung wäre ein bloßes Spiel mit Worten, und ein Zinksarg würde mit einer Beileidsbekundung nach Schweden geschickt werden.

Vielleicht verdächtigten sie ihn schon, zuviel zu wissen?

Oder ließ die plötzliche Entscheidung, ihn sofort nach Hause zu schicken, darauf schließen, daß sie ihn für ahnungslos hielten?

Es gibt niemanden, dem ich vertrauen kann, dachte Wallander. Ich bin hier völlig allein, und ich muß mich wie Baiba Liepa verhalten. Mich entscheiden, wem ich vertrauen kann, das Risiko einer Fehleinschätzung auf mich nehmen. Aber ich bin völlig allein, und um mich herum wachen Augen und Ohren, die mich ohne zu zögern auf die gleiche Reise schicken würden wie den Major.

Vielleicht mußte er sogar einsehen, daß ein weiteres Treffen mit Baiba Liepa zu riskant war?

Er stand auf, stellte sich ans Fenster und sah über die Dächer hinweg. Es war dunkel geworden, es war fast sieben, und er wußte, daß er sich sofort entscheiden mußte.

Ich bin kein besonders mutiger Mann, dachte er. Ich bin beim besten Willen kein Polizist, der voller Todesverachtung vor keinem Risiko zurückschreckt. Am liebsten würde ich unblutige Einbrüche und Betrügereien in irgendeinem verschlafenen Teil Schwedens aufklären.

Dann dachte er an Baiba Liepa, ihre Angst und ihren Trotz, und wußte, daß er sich nicht mehr in die Augen sehen könnte, wenn er nun einen Rückzieher machte.

Er zog seinen Anzug an und ging kurz nach acht in den Nachtclub hinab. Ein anderer graugekleideter Mann mit einer neuen Zeitung saß im Foyer. Diesmal verkniff Wallander es sich, ihm zuzuwinken. Obwohl es noch früh am Abend war, drängelten sich in dem schummrigen Nachtclub bereits die Menschen. Er tastete sich zwischen den Tischen vor, sah Frauen, die ihm lächelnd einladende Blicke zuwarfen, und fand schließlich einen freien Tisch. Er sollte jetzt nichts trinken, sein Kopf mußte völlig klar sein, aber als ein Kellner an seinen Tisch kam, bestellte er dann doch einen Whisky. Der Platz für das Tanzorchester war leer, die scheppernde Musik kam aus Boxen, die von der schwarzgestrichenen Decke herabhingen. Er versuchte, in dieser verrauchten Dämmerungslandschaft einzelne Menschen zu unterscheiden, aber alle blieben nur Schatten und Stimmen, die sich mit der schauderhaften Musik vermischten.

Inese tauchte scheinbar aus dem Nichts auf, und sie spielte ihre Rolle mit einer Sicherheit, die ihn erstaunte. Von der schüchternen Frau, die er vor ein paar Tagen nur kurz getroffen hatte, war nichts übriggeblieben. Sie war stark geschminkt, trug einen aufreizenden Minirock, und er begriff, daß er nicht darauf vorbereitet war, bei diesem Spiel mitzumachen. Er streckte ihr die Hand entgegen, um sie zu begrüßen, aber sie ignorierte sie, beugte sich über ihn und gab ihm einen Kuß.

»Wir gehen nicht direkt«, sagte sie. »Bestell mir irgendwas. Lache, zeig, daß du dich freust, mich zu sehen.«

Sie trank Whisky, rauchte nervös, und Wallander versuchte, seine Rolle des geschmeichelten Mannes mittleren Alters, dem es gelungen ist, die Aufmerksamkeit einer jungen Frau auf sich zu ziehen, zu spielen. Er versuchte, den Lärm aus den Boxen zu übertönen, und erzählte von seiner langen Fahrt durch die Stadt mit dem Sergeant als Reiseführer. Er bemerkte, daß sie einen Stuhl gewählt hatte, der es ihr ermöglichte, die Tür zum Nachtclub im Auge zu behalten. Als Wallander erwähnte, daß er am nächsten Tag heimreisen würde, schreckte sie auf. Er fragte sich, wie tief verstrickt sie in die ganze

Sache war, ob sie auch zu den *Freunden* gehörte, von denen Baiba Liepa gesprochen hatte. Den Freunden, deren Träume verhindern sollten, daß die Zukunft des Landes den Hunden zum Fraß vorgeworfen wurde.

Aber nicht einmal ihr kann ich trauen, dachte Wallander. Auch sie kann andere Auftraggeber haben, unter Druck gesetzt worden sein oder aus reiner Not handeln oder weil sie ein Zeichen ohnmächtiger Verzweiflung setzen will.

»Bezahle«, sagte sie. »Wir werden gleich gehen.«

Wallander sah, daß die Bühnenbeleuchtung eingeschaltet wurde und Musiker in rosafarbenen Seidenjacketts ihre Instrumente stimmten. Er zahlte, und sie lächelte und tat so, als flüstere sie ihm Zärtlichkeiten ins Ohr.

»Neben den Toiletten befindet sich eine Hintertür«, sagte sie. »Sie ist abgeschlossen. Aber wenn du klopfst, kommt jemand, um sie zu öffnen. Du gelangst in eine Garage. Dort steht ein weißer Moskwitch mit einem gelben Kotflügel vorne rechts. Der Wagen ist offen. Setz dich auf den Rücksitz. Ich komme sofort nach. Lächle jetzt, flüstere mir etwas ins Ohr und küß mich. Geh dann.«

Er tat, was sie gesagt hatte, und stand dann auf. Er klopfte an die Stahltür, die sofort aufgeschlossen wurde. Bei den Toiletten herrschte ein reges Kommen und Gehen, aber niemand schien darauf zu achten, daß er schnell durch die Tür zur Garage verschwand.

Ich befinde mich in einem Land voller geheimer Ein- und Ausgänge, dachte er. Nichts scheint hier offen zu geschehen. Die enge Garage roch nach Öl und Benzin und war schlecht beleuchtet. Wallander entdeckte einen Lastwagen, dem ein Rad fehlte, ein paar Fahrräder und den weißen Moskwitch. Der Mann, der ihm geöffnet hatte, war sofort wieder verschwunden. Wallander griff nach der Autotür. Sie war unverschlossen. Er zwängte sich auf den Rücksitz und wartete. Kurz darauf kam Inese, sie hatte es eilig. Sie ließ den Wagen an, die Garagentüren glitten auf, und dann fuhr sie aus dem Hotel hinaus und bog links ab, fort von den breiten Straßen, die den Häuserblock mit dem Hotel »Latvija« umgaben. Er sah, daß sie die nachfolgenden Wagen aufmerksam im Rückspiegel beobachtete, ein paarmal abbog und einer unsichtbaren Karte zu folgen schien, die ihn schon bald die Orientierung verlieren ließ. Nach ungefähr zwanzig Minuten mit wiederholten Abbiegemanövern schien sie davon überzeugt zu sein, daß ihnen niemand folgte. Sie bat Wallander um eine Zigarette, und er zündete ihr eine an. Sie überquerten die lange Eisenbrücke und verschwanden in dem Durcheinander aus schmutzigen Fabrikanlagen und Mietskasernen. Wallander war sich nicht sicher, ob er das Haus wiedererkannte, als sie bremste und den Motor ausmachte.

»Beeil dich«, sagte sie. »Die Zeit ist knapp.«

Baiba Liepa ließ sie hinein. Sie wechselte kurz ein paar Worte mit Inese. Wallander fragte sich, ob sie erfahren hatte, daß er Riga am nächsten Tag verlassen würde. Aber sie ließ sich nichts anmerken, nahm ihm nur seine Jacke ab und legte sie über eine Stuhllehne. Inese war fort, und sie waren wieder allein in dem stillen Raum mit den schweren Gardinen. Wallander hatte keine Ahnung, wie er anfangen sollte oder was er überhaupt sagen sollte. Deshalb hielt er sich an Rydberg: Sag, wie es ist. Schlimmes kann doch nicht noch schlimmer werden, also sag einfach, wie es ist!

Sie krümmte sich auf dem Sofa zusammen, als hätte ein plötzlicher Schmerz sie durchbohrt, als er erzählte, daß Upitis den Mord an ihrem Mann gestanden hatte.

»Das ist nicht wahr«, flüsterte sie.

»Man hat mir sein Geständnis übersetzt«, sagte Wallander. »Er soll zwei Mittäter gehabt haben.«

»Das ist nicht wahr!« schrie sie, und es war, als habe ein Fluß endlich einen Damm durchbrochen. Inese tauchte im Schatten der Tür auf, die wohl in die Küche führte, und sah Wallander an. Plötzlich wußte er, was er zu tun hatte. Er setzte sich zu ihr auf das Sofa und hielt Baiba Liepa, die von Weinkrämpfen geschüttelt wurde, fest in seinen Armen. Sie mochte weinen, dachte Wallander kurz, weil Upitis' Verrat so unglaublich war, daß er jegliches Fassungsvermögen überstieg. Sie mochte aber auch weinen, weil sie die Wahrheit hinter dem erlogenen, erzwungenen Geständnis erkannte. Sie weinte besinnungslos und hielt sich an ihm fest, als wollte sie sich nie beruhigen.

Später würde er denken, daß er in diesen Augenblicken endgültig die unsichtbare Grenze überschritten und sich seine Liebe zu Baiba Liepa eingestanden hatte. Ihm wurde bewußt, daß er sie liebte, weil sie ihn brauchte. Einen Moment lang fragte er sich, ob er jemals in seinem Leben etwas Ähnliches gefühlt hatte.

Inese kam mit zwei Tassen Tee. Sie strich Baiba Liepa sanft übers Haar, und kurz darauf hörte sie auf zu weinen. Ihr Gesicht war grau.

Wallander erzählte, was geschehen war, und daß er nach Schweden heimkehren mußte. Er erzählte ihr die ganze Geschichte so, wie er sie sich zusammengereimt hatte, und wunderte sich darüber, wie überzeugend er sie vorbringen konnte. Schließlich sprach er von dem Vermächtnis, das es irgendwo geben mußte, und sie verstand und nickte.

»Ja«, sagte sie. »Er muß etwas versteckt haben. Er muß Aufzeichnungen gemacht haben. Ein Testament kann niemals nur aus ungeschriebenen Gedanken bestehen.«

»Aber du weißt nicht, wo?«

»Er hat nie etwas gesagt.«

»Gibt es jemand anderen, der etwas wissen könnte?«

»Niemand. Er vertraute nur mir.«

»Wohnt sein Vater nicht in Ventspils?«

Sie sah ihn erstaunt an.

»Ich habe das recherchiert«, sagte er. »Ich dachte, es könnte eine Möglichkeit sein.«

»Er liebte seinen Vater sehr«, antwortete sie. »Aber er hätte ihm niemals geheime Dokumente anvertraut.«

»Wo kann er sie versteckt oder hinterlegt haben?«

»Nicht bei uns zu Hause. Das wäre zu gefährlich gewesen. Die Polizei hätte das ganze Haus abreißen lassen können, wenn sie geglaubt hätte, daß es dort etwas gäbe.«

»Denk nach«, sagte Wallander. »Geh weiter in die Vergangenheit zurück, denk nach. Wo kann er sie versteckt haben?«

Sie schüttelte den Kopf.

»Ich weiß es nicht«, sagte sie.

»Er muß damit gerechnet haben, daß ihm etwas zustoßen könnte. Er muß davon ausgegangen sein, daß du verstehen würdest, daß es Beweise gibt, die auf dich warten. Und sie müssen irgendwo liegen, wo nur du sie vermuten kannst.«

Plötzlich ergriff sie seine Hand.

»Du mußt mir helfen«, sagte sie. »Du darfst nicht abreisen.«

»Ich kann unmöglich bleiben«, antwortete er. »Die beiden Obersten würden keine Erklärung akzeptieren, warum ich nicht nach Schweden zurückkehre. Und wie sollte ich mich in Lettland aufhalten können, ohne daß sie es herausfinden?«

»Du könntest zurückkommen«, sagte sie und ließ seine Hand dabei nicht los. »Du hast doch eine Geliebte hier. Du kannst als Tourist kommen.«

Aber ich liebe doch dich, dachte er. Nicht Inese, die meine Geliebte spielt.

»Du hast doch eine Geliebte hier«, wiederholte sie.

Er nickte. Natürlich hatte er eine Geliebte in Riga. Aber sie hieß nicht Inese.

Er antwortete nicht, und sie verlangte auch keine Antwort von ihm. Sie schien vielmehr überzeugt zu sein, daß er zurückkehren würde. Inese betrat den Raum, und Baiba Liepa schien plötzlich über den Schock, daß Upitis ein falsches Geständnis abgelegt hatte, hinweggekommen zu sein.

»In unserem Land kann man töten, wenn man redet«, sagte sie. »Man kann töten, wenn man schweigt oder etwas Falsches sagt oder mit den falschen Menschen spricht. Aber Upitis ist stark. Er weiß, daß wir ihn nicht im Stich lassen werden. Er weiß, daß wir seinem Geständnis nicht glauben werden. Deshalb werden wir am Ende auch siegen.«

»Siegen?«

»Wir verlangen nur das Wahre«, sagte sie. »Wir verlangen nur das Anständige, das Einfache. Die Freiheit, in der Freiheit zu leben, die wir selbst wählen.«

»Das sind zu große Ziele für mich«, sagte Wallander. »Ich will wissen, wer deinen Mann umgebracht hat. Ich will wissen, warum an der schwedischen Küste zwei tote Männer an Land trieben.«

»Komm zurück, und ich werde es dir erklären«, entgegnete Baiba Liepa. »Und nicht nur ich, sondern auch Inese.«

»Ich weiß nicht«, antwortete Wallander.

Baiba Liepa sah ihn an.

»Du läßt niemanden im Stich«, sagte sie. »Dann hätte sich Karlis geirrt. Und er hat sich niemals geirrt.«

»Es geht einfach nicht«, wiederholte Wallander. »Wenn ich zurückkäme, würden es die Obersten sofort erfahren. Ich bräuchte eine neue Identität, einen anderen Paß.«

»Das läßt sich machen«, antwortete Baiba Liepa eifrig. »Nur ich werde wissen, daß du kommst.«

»Ich bin Polizist«, sagte Wallander. »Ich kann meine Existenz nicht dadurch aufs Spiel setzen, daß ich mit gefälschten Papieren durch die Welt reise.«

Im gleichen Augenblick bereute er es schon. Er sah Baiba Liepa in die Augen, und er sah das Gesicht des toten Majors.

»Ja«, sagte er langsam. »Ich werde wiederkommen.«

Mitternacht zog vorüber. Wallander versuchte mit ihr einen Hinweis zu finden, wo der Major seine Beweise versteckt haben könnte. Ihre entschlossene Konzentration war unerschütterlich. Aber sie fanden keinen Anhaltspunkt. Am Ende verstummten sie.

Wallander dachte an die Hunde, die ihn irgendwo dort draußen in der Dunkelheit bewachten. Die Hunde der Obersten, die nie in ihrer Wachsamkeit nachließen. Die Situation erschien ihm unwirklich, er ließ sich in eine Verschwörung hineinziehen, deren Ziel es war, ihn nach Riga zurückzuschleusen und ihn im verborgenen ermitteln zu lassen. Er würde ein Nicht-Polizist in einem ihm unbekannten Land sein, und er würde der Nicht-Polizist sein, der ein Verbrechen aufklären wollte, das von allzu vielen bereits als eine abgeschlossene Angelegenheit betrachtet wurde. Er sah das Wahnwitzige in diesem Unterfangen, aber er konnte Baiba Liepas Gesicht nicht aus den Augen lassen, und ihre Stimme war so überzeugend, daß er ihr nicht widerstehen konnte.

Es war fast zwei, als Inese ihnen sagte, daß sie aufbrechen mußten. Sie ließ ihn mit Baiba Liepa allein, und sie nahmen schweigend Abschied voneinander.

»Wir haben Freunde in Schweden«, sagte sie schließlich. »Sie werden Kontakt zu dir aufnehmen. Durch sie wird deine Rückkehr organisiert werden.«

Dann beugte sie sich schnell vor und küßte ihn auf die Wange.

Inese fuhr ihn zum Hotel zurück. Als sie zur Brücke kamen, nickte sie in Richtung Rückspiegel.

»Jetzt folgen sie uns. Wir müssen verliebt aussehen. Es muß uns schwerfallen, uns vor dem Hotel zu verabschieden.«

»Ich werde mein möglichstes tun«, antwortete Wallander. »Vielleicht sollte ich versuchen, dich auf mein Zimmer hinaufzulocken.«

Sie lachte.

»Ich bin ein anständiges Mädchen«, sagte sie. »Aber wenn du zurückkommst, könnte es noch dazu kommen.«

Sie verließ ihn, und er blieb einen Moment lang in der Kälte stehen und versuchte, den Eindruck zu vermitteln, als fühle er sich vor Sehnsucht nach ihr verloren.

Am nächsten Tag reiste er heim, mit der Aeroflot über Helsinki.

Die beiden Obersten lotsten ihn durch die Kontrollen hindurch und nahmen herzlich Abschied von ihm.

Einer von ihnen hat den Major ermordet, dachte Wallander.

Oder waren es vielleicht beide? Wie soll ein einfacher Polizeibeamter aus Ystad herausfinden können, was hier wirklich passiert ist?

Am späten Abend war er zu Hause und schloß die Tür zu seiner Wohnung in der Mariagatan auf.

Da hatte bereits alles begonnen, wie ein Traum zu verblassen, und er dachte, daß er Baiba Liepa niemals wiedersehen würde. Sie würde ihren toten Mann beweinen müssen, ohne jemals zu erfahren, was wirklich geschehen war.

Er trank ein Glas von dem Whisky, den er im Flugzeug gekauft hatte.

Bevor er sich hinlegte, saß er noch lange da und lauschte Maria Callas' Gesang.

Er war müde und voller Sorge.

Er fragte sich, was geschehen würde.

14

Sechs Tage nach seiner Rückkehr erwartete ihn der Brief.

Er fand ihn hinter der Tür, als er von einem langen und anstrengenden Tag im Polizeipräsidium nach Hause kam. Den ganzen Nachmittag über war schwerer, nasser Schnee gefallen, und er hatte lange im Treppenhaus gestanden und sich gründlich die Füße abgetreten, bevor er die Tür aufschloß.

Später erschien es ihm, als habe er sich bis zuletzt dagegen wehren wollen, daß sie zu ihm Verbindung aufnahmen. In seinem Innersten hatte er die ganze Zeit gewußt, daß sie es tun würden, aber er wollte es aufschieben, weil er sich noch nicht bereit fühlte.

Es war ein gewöhnliches braunes Kuvert, das auf der Fußmatte lag. Zuerst hatte er es für einen Werbeprospekt gehalten, da auf der Vorderseite der Name einer Firma aufgedruckt war. Er legte es auf die Garderobe und vergaß es. Erst als er ein altes Fischgratin, das schon viel zu lange im Gefrierfach gelegen hatte, gegessen hatte, fiel ihm der Brief wieder ein, und er holte ihn. »Lippmans Blumen« stand auf dem Kuvert, und er dachte, daß es für Werbeprospekte einer Gärtnerei eine merkwürdige Jahreszeit war. Einen Augenblick spielte er mit dem Gedanken, es ungeöffnet in den Mülleimer zu werfen, aber er brachte es nicht fertig, selbst die nichtssagendste Reklame wegzuwerfen, ohne sie zumindest durchgeblättert zu haben. Er wußte, daß dies eine schlechte Angewohnheit war, die sein Beruf mit sich brachte. Irgend etwas könnte zwischen den farbenfrohen Broschüren versteckt liegen. Ihm kam oft der Gedanke, daß er wie ein Mann lebte, der gezwungen war, sämtliche ihm in den Weg kommenden Steine umzudrehen. Er mußte immer wissen, was darunter war.

Als er das Kuvert aufriß und sah, daß es einen handgeschriebenen Brief enthielt, wußte er, daß sie Verbindung zu ihm aufgenommen hatten.

Er ließ den Brief auf dem Küchentisch liegen und machte sich eine Tasse Kaffee. Er hatte das Gefühl, sich Zeit lassen zu müssen, bevor er las, was sie ihm schrieben, und er wußte, daß Baiba Liepa der Grund dafür war.

Als er vor einer Woche in Arlanda aus dem Flugzeug gestiegen war, hatte er ein unklares, trauriges Gefühl in sich verspürt. Aber er war auch so erleichtert, nicht mehr in einem Land zu sein, in dem er ständig überwacht wurde, daß er in einem Anfall ungewohnter Spontaneität die Grenzbeamtin ansprach, als er seinen Paß unter dem Glasfenster hindurchschob. »Es ist schön, wieder zu Hause zu sein«, hatte er gesagt, aber sie hatte ihm nur einen flüchtigen, abweisenden Blick zugeworfen und den Paß zurückgeschoben, ohne ihn auch nur aufgeschlagen zu haben.

Das ist Schweden, hatte er gedacht. Nach außen hin ist alles hell und freundlich, und unsere Flughäfen sind so gebaut, daß kein Schmutz, keine Schatten sich festsetzen können. Hier ist alles sichtbar. Alles, was es zu sein scheint. Die im Grundgesetz festgeschriebene Geborgenheit ist unsere Religion und kümmerliche nationale Hoffnung. Sie läßt die Welt wissen, daß es bei uns ein Verbrechen ist, zu verhungern. Auf der anderen Seite aber reden wir nicht mit Fremden, wenn es nicht sein muß, denn das Fremde kann uns Böses antun, unsere Ecken verschmutzen, unsere Neonröhren verdrecken. Wir haben niemals ein Imperium aufgebaut und brauchten es daher auch niemals einstürzen zu sehen. Aber wir redeten uns ein, daß wir die beste aller Welten geschaffen hatten, selbst wenn sie klein war. Wir waren die zuverlässigen Wächter des Paradieses, und jetzt, da das Fest vorbei ist, rächen wir uns durch die unfreundlichsten Paßkontrolleure der Welt.

Seine Erleichterung hatte sich augenblicklich in Niederge-schlagenheit verwandelt. In Kurt Wallanders Welt, diesem heruntergekommenen oder teilweise abgeschafften Paradies, war kein Platz für Baiba Liepa. Er konnte sie sich hier nicht vorstellen, in all diesem Licht, mit all diesen einwandfrei funk-tionierenden und gerade deshalb so trügerischen Neonröhren. Trotzdem nagte in ihm bereits schmerzhaft die Sehnsucht nach ihr. Als er seine Tasche durch den langen, einem Gefäng-niskorridor gleichenden Gang zu der neugebauten Halle für Inlandsflüge geschleppt hatte, wo er auf sein Flugzeug nach Malmö warten sollte, war er schon dabei, sich nach Riga zurückzuträumen, in die Stadt, in der die unsichtbaren Hunde ihn bewacht hatten. Das Flugzeug nach Malmö hatte Verspä-tung gehabt, deshalb bekam er einen Gutschein für einen Imbiß. Er war lange sitzen geblieben und hatte auf das Flug-feld hinausgeschaut, auf dem in Wirbeln aus feinem Schnee Flugzeuge starteten und landeten. Um ihn herum sprachen maßgeschneiderte Herren ununterbrochen in ihre Handys, und zu seiner großen Verwunderung hörte er, wie ein überge-wichtiger Handelsreisender für Zentrifugalpumpen einem Kind das Märchen von Hänsel und Gretel erzählte. Dann hatte er selbst von einer Telefonzelle aus seine Tochter angerufen und tatsächlich auch erreicht. Er hatte sich sehr gefreut, ihre Stimme zu hören. Einen Moment lang hatte er mit dem Gedanken gespielt, noch ein paar Tage in Stockholm zu blei-ben, aber er konnte ihren Worten entnehmen, daß sie viel zu tun hatte, und ließ den Vorschlag daher unausgesprochen. Statt dessen hatte er an Baiba Liepa gedacht, an ihre Angst und ihren Trotz, und er fragte sich, warum sie glaubte, daß der schwedische Polizist sie nicht enttäuschen würde. Aber was konnte er eigentlich tun? Kehrte er zurück, würden die Hunde sofort seine Witterung aufnehmen, und er würde sich niemals von ihnen befreien können.

Als er am späten Abend nach Sturup gekommen war, war niemand dort, um ihn abzuholen. Er hatte ein Taxi nach Ystad genommen, auf dem dunklen Rücksitz gesessen und mit dem Fahrer, der viel zu schnell fuhr, über das Wetter geredet. Als es nichts mehr über den Nebel und den im Scheinwerferlicht aufwirbelnden, feinen Schnee zu sagen gab, hatte er plötzlich geglaubt, Baiba Liepas Duft im Auto wahrzunehmen, und gefürchtet, sie vielleicht nie mehr wiederzusehen.

Am Tag nach seiner Rückkehr fuhr er zu seinem Vater nach Löderup hinaus. Die Haushaltshilfe hatte ihm die Haare geschnitten, und Wallander fand, daß er so gesund aussah, wie seit vielen Jahren nicht mehr. Er hatte ihm eine Flasche Kognak mitgebracht, und sein Vater nickte zufrieden, nachdem er das Etikett studiert hatte.

Zu seiner eigenen Verwunderung erzählte er seinem Vater von Baiba.

Sie saßen in dem alten Schuppen, der seinem Vater als Atelier diente. Auf der Staffelei stand ein unvollendetes Bild. Die Landschaft war die ewig gleiche. Aber Wallander sah, daß dies eins der Gemälde war, die im Vordergrund mit einem Auerhahn versehen wurden. Als er mit seinem Kognak hereinkam, war sein Vater gerade dabei, den Schnabel des Auerhahns zu kolorieren. Aber dann legte er den Pinsel beiseite und wischte sich die Hände an einem nach Terpentin riechenden Stofffetzen ab. Wallander erzählte von seiner Reise nach Riga, und plötzlich, ohne zu wissen warum, beschrieb er nicht länger die Stadt, sondern erzählte von seiner Begegnung mit Baiba Liepa. Er verschwieg allerdings, daß sie die Witwe eines ermordeten Polizisten war. Er nannte nur ihren Namen, erzählte, daß er sie getroffen hatte, daß er sie vermißte.

»Hat sie Kinder?« fragte sein Vater.

Wallander schüttelte den Kopf.

»Kann sie Kinder bekommen?«

»Das nehme ich an. Woher soll ich das wissen?«

»Du weißt doch wohl, wie alt sie ist?«

»Jünger als ich, vielleicht dreißig.«

»Dann kann sie also Kinder bekommen.«

»Warum fragst du überhaupt, ob sie Kinder bekommen kann?«

»Weil ich glaube, daß es das ist, was du brauchst.«

»Ich habe schon ein Kind. Ich habe Linda.«

»Eins ist zu wenig. Jeder Mensch sollte mindestens zwei Kinder haben, um zu begreifen, worum es eigentlich geht. Hol sie nach Schweden. Heirate sie!«

»Ganz so einfach ist das nun auch nicht.«

»Mußt du immer alles so verdammt kompliziert machen, bloß weil du Polizist bist?«

Da war es wieder, dachte Wallander. Nun sind wir wieder an dem Punkt angelangt. Es ist unmöglich, ein Gespräch mit ihm zu führen, ohne daß er sofort einen Grund findet, mich anzugreifen, weil ich damals zur Polizei gegangen bin.

»Kannst du ein Geheimnis für dich behalten?« fragte er.

Sein Vater sah ihn mißtrauisch an.

»Warum sollte ich das nicht können«, erwiderte er. »Wem sollte ich schon etwas anvertrauen können?«

»Ich werde vielleicht kündigen«, sagte Wallander. »Ich werde mir vielleicht was anderes suchen, als Sicherheitsbeauftragter der Gummifabrik in Trelleborg arbeiten, aber nur vielleicht.«

Sein Vater sah ihn lange an, ehe er antwortete.

»Es ist nie zu spät, um doch noch vernünftig zu werden«, sagte er schließlich. »Du wirst nur bereuen, daß du so lange mit deiner Entscheidung gewartet hast.«

»Ich sagte vielleicht, Vater. Ich habe nicht gesagt, daß es sicher ist.«

Aber sein Vater hörte ihn schon nicht mehr. Er war zu seiner Staffelei und dem Schnabel des Auerhahns zurückgekehrt. Wallander setzte sich auf einen alten Schlitten und beobachtete ihn eine Weile schweigend. Dann fuhr er nach Hause. Er überlegte, daß er niemanden hatte, mit dem er reden konnte. Im Alter von dreiundvierzig Jahren vermißte er einen vertrauten Menschen an seiner Seite. Als Rydberg starb, war er einsamer geworden, als er sich hatte vorstellen können. Die einzige, die er jetzt noch hatte, war Linda. Zu Mona, ihrer Mutter und seiner geschiedenen Frau, hatte er keinen Kontakt mehr. Sie war für ihn eine Fremde geworden, und er wußte fast nichts über ihr Leben in Malmö.

Er fuhr an der Abfahrt nach Kåseberga vorbei und überlegte, ob er Göran Boman bei der Kristianstader Polizei einen Besuch abstatten sollte. Mit ihm könnte er vielleicht über all das reden, was geschehen war.

Aber er fuhr nicht nach Kristianstad. Nachdem er Björk Bericht erstattet hatte, kehrte er an seine Arbeit zurück. Martinsson und die anderen Kollegen stellten die üblichen Fragen bei einer Tasse Kaffee in der Kantine, und ihm war bald klar, daß eigentlich keiner wirklich an dem interessiert war, was er zu erzählen hatte. Er schickte seine Bewerbung an die Fabrik in Trelleborg und stellte in dem vergeblichen Versuch, wieder Lust an seiner Arbeit zu bekommen, die Möbel in seinem Büro um. Björk, der seine geistige Abwesenheit bemerkt zu haben schien, machte einen gutgemeinten Versuch, ihn aufzumuntern, indem er ihn bat, einen Vortrag für den Rotaryclub der Stadt zu übernehmen. Er war einverstanden und hielt bei einem Mittagessen im Hotel Continental einen mißglückten Vortrag über moderne technische Hilfsmittel bei der Polizeiarbeit. Er erinnerte sich schon eine Sekunde, nachdem er die Worte ausgesprochen hatte, nicht mehr an das Gesagte.

Eines Morgens, nach dem Aufwachen, glaubte er krank zu sein.

Er ging zum Polizeiarzt und ließ sich gründlich untersuchen. Der Arzt erklärte, er sei gesund, riet ihm jedoch, nach wie vor auf sein Gewicht zu achten. Er war am Mittwoch aus Riga zurückgekehrt, und am Samstagabend fuhr er nach Åhus, aß im Restaurant und ging tanzen. Nach ein paar Tänzen lud ihn Ellen, eine Krankengymnastin aus Kristianstad, an ihren Tisch ein. Aber die ganze Zeit sah er Baiba Liepas Gesicht vor sich, sie folgte ihm wie ein Schatten, und er brach frühzeitig auf. Er fuhr die Küstenstraße entlang und hielt an dem verlassenen Platz, auf dem jeden Sommer der Jahrmarkt von Kivik stattfand. Dort war er im Jahr zuvor mit der Pistole in der Hand wie ein Wahnsinniger gerannt, um einen Mörder zu stellen. Jetzt war der Platz von einer dünnen Schneedecke überzogen, der Vollmond schien, und er sah wieder Baiba Liepa, unfähig, sie aus seinen Gedanken zu vertreiben. Er fuhr nach Ystad weiter und betrank sich hemmungslos in seiner Wohnung. Er drehte die Musik so laut auf, daß die Nachbarn an die Wände klopften.

Als er am Sonntagmorgen aufwachte, hatte er Herzflattern, und der Tag war ein langes, zähes Warten auf etwas, von dem er nicht wußte, was es war.

Am Montag kam der Brief. Er saß am Küchentisch und las die schwungvolle Handschrift. Der Brief war von jemandem unterzeichnet, der sich Joseph Lippman nannte.

Sie sind ein Freund unseres Landes, schrieb Joseph Lippman. *Aus Riga hat man uns über Ihre großen Verdienste in Kenntnis gesetzt. In Kürze werden Sie von uns Näheres über Ihre Rückkehr erfahren. Joseph Lippman.*

Wallander fragte sich, worin seine großen Verdienste bestanden. Und wer waren »wir«, die wieder von sich hören lassen wollten?

Der Brief, der so kurz und knapp gehalten war, ärgerte ihn. Hatte er etwa kein Mitspracherecht mehr? Er hatte sich überhaupt noch nicht entschlossen, in den geheimen Dienst Unsichtbarer zu treten. Seine Angst und seine Zweifel waren stärker als seine Entschlossenheit und sein Wille. Er wollte Baiba Liepa wiedersehen, das war richtig, aber er mißtraute seinen Motiven und fand, daß er sich wie ein unglücklich verliebter Teenager benahm.

Aber als er am Dienstagmorgen aufwachte, hatte er sich trotzdem zu einem Entschluß durchgerungen. Er fuhr zum

Polizeipräsidium, nahm an einer trostlosen Gewerkschaftsversammlung teil und ging anschließend zu Björk.

»Ich wollte fragen, ob ich ein paar Überstunden abfeiern kann«, begann er.

Björk betrachtete ihn mit einer Mischung aus Neid und tiefem Verständnis.

»Ich wünschte, ich könnte dasselbe sagen«, antwortete er düster. »Ich habe gerade ein langes Rundschreiben von der Landespolizeileitung gelesen. Ich habe mir vorgestellt, daß alle meine Kollegen im ganzen Land dasselbe gemacht haben, jeder von ihnen über seinen Schreibtisch gebeugt. Ich habe es gelesen und kann mich des Eindrucks nicht erwehren, daß ich den Sinn des Rundschreibens nicht verstanden habe. Man erwartet von uns, daß wir zu früheren Schreiben, die große Umstrukturierung betreffend, Stellung beziehen. Aber ich habe keine Ahnung, auf welches Schreiben dieser Rundbrief anspielt.«

»Nimm dir frei«, schlug Wallander vor.

Björk schob unwirsch ein vor ihm liegendes Blatt zur Seite.

»Das ist völlig ausgeschlossen«, antwortete er. »Ich bekomme erst frei, wenn ich mich pensionieren lasse. Falls ich überhaupt so lange lebe. Aber es wäre wirklich zu dumm, wenn ich auf meinem Posten tot umfallen würde. Du wolltest Urlaub haben?«

»Ich hatte vor, in den Alpen eine Woche Ski zu fahren. Außerdem ist das vorteilhaft im Hinblick auf den Dienstplan an Mittsommer. Ich kann dann arbeiten und werde nicht vor Ende Juli Urlaub nehmen.«

Björk nickte.

»Hast du wirklich noch was bekommen? Ich dachte, um diese Jahreszeit wäre alles ausgebucht?«

»Nein, habe ich nicht.«

Björk hob fragend die Augenbrauen.

»Das klingt sehr improvisiert?«

»Ich fahre mit dem Auto in die Alpen. Ich mag keine Pauschalreisen.«

»Wer tut das schon?«

Björk betrachtete ihn plötzlich mit dem formellen Gesichtsausdruck, den er aufsetzte, wenn er es für angebracht hielt, den Chef herauszukehren.

»Welche Fälle hast du im Moment auf deinem Tisch?«

»Es ist ungewöhnlich wenig. Die Körperverletzung draußen in Svarte ist die dringendste Angelegenheit. Aber die kann auch ein anderer übernehmen.«

»Ab wann willst du frei haben? Ab heute?«

»Donnerstag reicht.«

»Wie lange hattest du vor, frei zu nehmen?«

»Ich habe ausgerechnet, daß mir zehn Tage zustehen.«

Björk nickte und machte sich eine Notiz.

»Ich glaube, es ist klug von dir, Urlaub zu nehmen«, meinte er. »Du hast in der letzten Zeit etwas überarbeitet ausgesehen.«

»Das kann man wohl sagen«, antwortete Wallander und verließ das Zimmer. Den Rest des Tages arbeitete er an dem Fall von Körperverletzung. Er erledigte eine Reihe von Telefonaten und beantwortete eine Anfrage der Bank über eine Abweichung auf seinem Gehaltskonto. Während er arbeitete, wartete er darauf, daß etwas anderes eintreffen würde. Er schlug das Telefonbuch von Stockholm auf und fand mehrere Personen mit dem Namen Lippman. Aber im Branchenbuch gab es keine Eintragung unter »Lippmans Blumen«.

Um kurz nach fünf räumte er seinen Schreibtisch auf und fuhr nach Hause. Er machte noch einen Abstecher, hielt an einem neueröffneten Möbelhaus und ging hinein, um sich einen Ledersessel anzusehen, den er gerne haben wollte. Aber der Preis schreckte ihn ab. In einem Lebensmittelgeschäft an der Hamngatan kaufte er Kartoffeln und ein Stück Schweinebauch. An der Kasse lächelte ihm die junge Kassiererin freundlich zu, und er erinnerte sich, daß er letztes Jahr einen Tag damit verbracht hatte, einen Mann zu finden, der das Geschäft überfallen hatte. Er fuhr nach Hause, kochte das Abendessen und setzte sich damit vor den Fernseher.

Um kurz nach neun nahmen sie Verbindung mit ihm auf.

Das Telefon klingelte, und ein Mann, der mit ausländischem Akzent sprach, bat ihn, zu der Pizzeria zu kommen, die schräg gegenüber dem Hotel »Continental« lag. Wallander, der die ganze Heimlichtuerei plötzlich satt hatte, bat den Mann, seinen Namen zu nennen.

»Ich habe allen Grund, mißtrauisch zu sein«, erklärte er. »Ich will wissen, worauf ich mich einlasse.«

»Mein Name ist Joseph Lippman. Ich habe Ihnen einen Brief geschrieben.«

»Wer sind Sie?«

»Ich betreibe ein kleines Unternehmen.«

»Eine Gärtnerei?«

»So kann man es vielleicht nennen.«

»Was wollen Sie von mir?«

»Ich glaube, daß ich mich in dem Brief recht klar ausgedrückt habe.« Wallander entschloß sich, das Gespräch zu beenden, da er sowieso keine Antworten zu bekommen schien. Er war wütend. Er hatte es satt, ständig von geheimnisvollen Unbekannten umgeben zu sein, die darauf bestanden, mit ihm zu reden, und von ihm forderten, daß er Interesse zeigte und zur Zusammenarbeit bereit war. Was sprach eigentlich dagegen, daß dieser Lippman im Auftrag eines der beiden lettischen Obersten handelte?

Er ließ den Wagen stehen und ging zu Fuß die Regimentsgatan in Richtung Zentrum herab. Es war halb zehn, als er die Pizzeria erreichte. Dort waren etwa zehn Tische besetzt. Aber er entdeckte keinen allein sitzenden Mann, der Lippman sein konnte. Er erinnerte sich flüchtig an etwas, das Rydberg ihm einmal erklärt hatte: *Man sollte sich immer überlegen, ob es angebracht ist, der erste oder der letzte zu sein, der zu einem verabredeten Treffpunkt kommt.* Daran hatte er nicht gedacht, wußte aber andererseits auch so nicht, ob es in diesem Fall überhaupt von Bedeutung war. Er setzte sich an einen Ecktisch, bestellte ein Bier und wartete.

Joseph Lippman kam um drei Minuten vor zehn. Zu diesem Zeitpunkt überlegte Wallander bereits, ob man ihn vielleicht aus seiner Wohnung hatte weglocken wollen. Aber als sich die Tür öffnete und ein Mann hereintrat, wußte er sofort, daß es Joseph Lippman war. Der Mann war um die sechzig und trug einen viel zu großen Mantel. Er bewegte sich vorsichtig zwischen den Tischen, als habe er Angst hinzufallen oder auf eine Mine zu treten. Er lächelte Wallander an, zog den Mantel aus und setzte sich ihm gegenüber. Er war wachsam und sah sich verstohlen im Lokal um. An einem der Tische saßen zwei Männer und tauschten ärgerliche Kommentare über eine abwesende Person aus, die sich durch grenzenlose Unfähigkeit auszuzeichnen schien.

Wallander hielt Joseph Lippman für einen Juden. Zumindest sah Lippman so aus, wie er sich einen Juden vorstellte. Die Wangen waren durch die kräftigen Bartstoppeln grau verfärbt, die Augen hinter der randlosen Brille dunkel. Aber was wußte er eigentlich über das Aussehen eines Juden? Nichts.

Die Bedienung kam an den Tisch, und Lippman bestellte eine Tasse Tee. Seine Höflichkeit war so auffällig, daß Wallander dahinter einen Menschen erahnte, der in seinem Leben viele Demütigungen hatte hinnehmen müssen.

»Ich bin Ihnen wirklich dankbar, daß Sie gekommen sind«, sagte Lippman. Er sprach so leise, daß Wallander sich über den Tisch beugen mußte, um ihn verstehen zu können.

»Sie haben mir keine große Wahl gelassen«, antwortete er. »Zuerst ein Brief, dann ein Anruf. Vielleicht können Sie mir zu erst einmal erklären, wer Sie sind?«

Lippman schüttelte abwehrend den Kopf.

»Wer ich bin, ist unwichtig. Wichtig sind nur Sie, Herr Wallander.«

»Nein«, entgegnete Wallander und spürte, wie die Wut erneut in ihm aufstieg. »Sie verstehen, daß ich nicht gedenke, Ihnen zuzuhören, wenn Sie nicht bereit sind, mir Ihr Vertrauen zu beweisen, indem Sie mir sagen, wer Sie sind.«

Die Bedienung kam mit Tee, und Lippman wartete mit seiner Antwort, bis sie wieder allein waren.

»Meine Rolle ist nur die des Organisators und des Boten«, sagte Lippman. »Wen interessiert schon der Name des Boten? Das ist nicht wichtig. Wir treffen uns heute abend, danach verschwinde ich wieder. Vermutlich werden wir uns niemals wiedersehen. Es ist also nicht in erster Linie eine Frage des Vertrauens, sondern der praktischen Entscheidungen. Sicherheit ist immer eine praktische Frage. Meines Erachtens ist auch Vertrauen eine Angelegenheit praktischer Natur.«

»Dann können wir das Gespräch ebensogut sofort beenden«, erwiderte Wallander.

»Ich habe eine Botschaft von Baiba Liepa für Sie«, sagte Lippman schnell. »Wollen Sie die nicht hören?«

Wallander entspannte sich auf seinem Stuhl. Er betrachtete den ihm gegenübersitzenden Mann, der merkwürdig zusammengesunken schien, als sei seine Gesundheit so angeschlagen, daß er jeden Moment zusammenbrechen könnte.

»Ich will nichts hören, bevor ich weiß, wer Sie sind«, wiederholte er schließlich. »So einfach ist das.«

Lippman setzte die Brille ab und goß vorsichtig Milch in seinen Tee.

»Es geschieht alles nur aus Sorge«, sagte Lippman. »Sorge um Sie, Herr Wallander. In unserer Zeit ist es oft am besten, wenn man so wenig wie möglich weiß.«

»Ich bin in Lettland gewesen«, sagte Wallander. »Ich bin dort gewesen und glaube zu verstehen, was es heißt, ständig überwacht und kontrolliert zu werden. Aber jetzt befinden wir uns in Schweden, nicht in Riga.«

Lippman nickte nachdenklich.

»Vielleicht haben Sie recht«, meinte er. »Vielleicht bin ich ein alter Mann, der schon nicht mehr richtig wahrnimmt, wie die Wirklichkeit sich verändert.«

»Gärtnereien«, sagte Wallander, um ihm weiterzuhelfen. »Die haben doch auch nicht immer gleich ausgesehen?«

»Ich bin im Herbst 1941 nach Schweden gekommen«, sagte Lippman und rührte mit dem Löffel in seiner Teetasse. »Damals war ich ein junger Mann mit dem naiven Traum, Künstler zu werden, ein großer Künstler. In einer kalten Morgenstunde erblickten wir die gotländische Küste vor uns, und wir begriffen, daß wir es geschafft hatten, obwohl das Boot leckte und mehrere von denen, die mit mir zusammen flohen, schwer erkrankt waren. Wir waren unterernährt, wir hatten Tuberkulose. Aber ich erinnere mich an diese eisige Stunde in der Morgendämmerung. Es war Anfang März, und ich beschloß, eines Tages ein Bild von der schwedischen Küste zu malen, die für mich die Freiheit verkörperte. So konnte sie aussehen, die Pforte zum Paradies, erstarrt und kalt, ein paar schwarze Klippen, die im Nebel zu erkennen waren. Aber ich malte dieses Motiv nie. Statt dessen wurde ich Gärtner. Jetzt lebe ich davon, schwedischen Unternehmen Vorschläge für Zierpflanzen zu unterbreiten. Ich habe festgestellt, daß besonders die Angestellten von Computerfirmen ein unerschöpfliches Bedürfnis haben, ihre Geräte zwischen Grünpflanzen zu verstecken. Das Bild vom Paradies werde ich niemals malen. Ich muß mich damit zufriedengeben, daß ich es zumindest gesehen habe. Ich weiß, daß das Paradies viele Pforten hat, genauso wie die Hölle. Man muß lernen, diese Pforten zu unterscheiden, sonst ist man verloren.«

»Und das konnte Major Liepa?«

Lippman schien nicht erstaunt, daß Wallander den Namen des Majors in das Gespräch einführte.

»Major Liepa wußte, wie die Pforten aussahen«, sagte er langsam. »Aber das war nicht der Grund für seinen Tod. Er starb, weil er gesehen hatte, wer durch sie ein- und ausging. Gestalten, die das Licht fürchten, da das Licht bewirkt, daß Menschen wie Major Liepa sie sehen können.«

Wallander hatte das Gefühl, daß Lippman ein tief religiöser Mensch war. Er drückte sich aus, als wäre er ein Pfarrer, der vor einer unsichtbaren Gemeinde stand.

»Ich habe fast mein ganzes Leben im Exil verbracht«, fuhr Lippman fort. »Die ersten zehn Jahre, bis Mitte der fünfziger Jahre, glaubte ich wohl immer noch, eines Tages in mein Heimatland zurückkehren zu können. Danach kamen die langen sechziger und siebziger Jahre, in denen ich die Hoffnung völlig aufgegeben hatte. Nur die ganz alten im Exil lebenden Letten, nur die ganz Alten und die ganz Jungen und die Verrückten glaubten, die Welt werde sich so verändern, daß wir eines Tages in das verlorene Land zurückkehren könnten. Sie glaubten an den dramatischen Wendepunkt, während ich ein quälendes Ende der Tragödie erwartete, aus der es kein Entrinnen mehr zu geben schien. Aber plötzlich kam Bewegung in die Dinge. Wir bekamen merkwürdige Berichte aus unserer alten Heimat, vor Optimismus strotzende Berichte. Wir sahen, daß das Riesengebilde Sowjetunion ins Wanken geriet, als ob das verschleppte Fieber endlich ausgebrochen wäre. Konnte es sein, daß, woran wir nicht zu glauben gewagt hatten, trotz allem eintraf? Wir wissen es noch nicht. Wir müssen damit rechnen, noch ein weiteres Mal um die Freiheit betrogen zu werden. Die Sowjetunion ist geschwächt, aber das kann auch ein vorübergehender Zustand sein. Die uns zur Verfügung stehende Zeit ist knapp. Das wußte Major Liepa, und das trieb ihn an.«

»Wir«, sagte Wallander. »Wer ist das, wir?«

»Alle in Schweden lebenden Letten gehören einer Organisation an«, antwortete Lippman. »Wir haben uns als Ersatz für die verlorene Heimat in verschiedenen Gruppen zusammengeschlossen. Wir haben versucht, den Menschen ihre Kultur zu bewahren, wir haben Hilfsnetze aufgebaut, wir haben Fonds eingerichtet. Wir haben Notrufe eingefangen und versucht, sie zu beantworten. Wir haben ständig dafür gekämpft, nicht vergessen zu werden. Unsere Exilorganisationen sind unsere Art gewesen, die verlorenen Städte und Dörfer zu ersetzen.«

Die gläserne Tür der Pizzeria wurde geöffnet, und ein einzelner Mann trat ein. Lippman reagierte sofort. Wallander erkannte den Mann. Er hieß Elmberg und war der Besitzer einer Tankstelle in Ystad.

»Es besteht kein Grund zur Unruhe«, sagte er. »Dieser Mann hat in seinem ganzen Leben noch keinem Menschen etwas zuleide getan. Außerdem bezweifle ich, ob er sich jemals über die Existenz Lettlands Gedanken gemacht hat. Er ist Besitzer einer Tankstelle.«

»Baiba Liepa hat einen Notruf geschickt«, sagte Lippman. »Sie bittet Sie zu kommen. Sie braucht Ihre Hilfe.«

Er zog einen Briefumschlag aus der Innentasche hervor.

»Von Baiba Liepa«, sagte er. »Für Sie.«

Wallander nahm den Briefumschlag entgegen. Er war nicht zugeklebt, und er zog vorsichtig das dünne Briefpapier heraus. Ihre Mitteilung war kurz, mit Bleistift geschrieben. Er hatte den Eindruck, daß sie in Eile gewesen war.

Es existiert ein Testament, und es gibt einen Wächter, schrieb sie. *Aber ich fürchte, daß ich nicht allein die richtige Stelle finden kann. Vertraue den Überbringern dieser Nachricht, wie du einmal meinem Mann vertraut hast. Baiba.*

»Wir können Ihnen bei allem helfen, was Sie brauchen, um nach Riga zu kommen«, erklärte Lippman, als Wallander den Brief zur Seite gelegt hatte.

»Sie können mich wohl kaum unsichtbar machen!«

»Unsichtbar?«

»Wenn ich nach Riga fahre, muß ich ein anderer sein als der, der ich eigentlich bin. Wie regeln Sie das? Wie können Sie meine Sicherheit garantieren?«

»Sie müssen uns vertrauen, Herr Wallander. Aber wir haben nicht viel Zeit.«

Wallander merkte, daß auch Joseph Lippman besorgt war. Er versuchte sich einzureden, daß nichts, was um ihn herum geschah, wirklich war, aber er wußte, daß dies nicht stimmte. Im Grunde wußte er, daß die Welt so aussah. Baiba Liepa hatte einen von tausend Notrufen gesandt, die ständig die Kontinente durchkreuzten. Dieser war für ihn bestimmt, und er mußte antworten.

»Ich habe mir ab Donnerstag freigenommen«, sagte er. »Offiziell fahre ich zum Skilaufen in die Alpen. Ich kann eine gute Woche wegbleiben.«

Lippman schob die Teetasse zur Seite. Der schlaffe, wehmütige Zug in seinem Gesicht war einer plötzlichen Entschlossenheit gewichen.

»Das ist eine ausgezeichnete Idee«, antwortete er. »Natürlich fährt ein schwedischer Polizist jeden Winter in die Alpen, um auf den Pisten sein Glück zu versuchen. Welchen Weg nehmen Sie?«

»Über Saßnitz. Mit dem Auto durch die ehemalige DDR.«

»Wie heißt Ihr Hotel?«

»Ich habe keine Ahnung. Ich bin vorher noch nie in den Alpen gewesen.«

»Aber Sie können Ski laufen?«

»Ja.«

Lippman saß in Gedanken versunken da. Wallander winkte die Bedienung heran und bestellte eine Tasse Kaffee. Lippman schüttelte abwesend den Kopf, als Wallander ihn fragte, ob er noch einen Tee wolle.

Lippman nahm schließlich die Brille ab und putzte sie sorgfältig mit seinem Jackenärmel.

»Es ist eine ausgezeichnete Idee, in die Alpen zu fahren«, wiederholte er. »Aber ich brauche ein wenig Zeit, um alles Notwendige zu organisieren. Morgen abend wird Sie jemand anrufen und Ihnen mitteilen, welche Morgenfähre Sie am besten von Trelleborg aus nehmen. Vergessen Sie um Gottes Willen nicht, Ihre Skier auf dem Autodach zu verstauen. Packen Sie, als wären Sie wirklich auf dem Weg in die Alpen.«

»Wie soll ich eigentlich nach Lettland hineinkommen?«

»Auf der Fähre werden Sie alles erfahren, was Sie wissen müssen. Jemand wird Verbindung mit Ihnen aufnehmen. Sie müssen uns vertrauen.«

»Ich kann nicht garantieren, daß ich jeden Ihrer Vorschläge akzeptieren werde.«

»In unserer Welt existieren keine Garantien, Herr Wallander. Ich kann nur versprechen, daß wir versuchen werden, uns selbst zu übertreffen. Vielleicht sollten wir jetzt lieber zahlen und gehen?«

Sie trennten sich vor der Pizzeria. Der Wind war wieder stärker und böig geworden. Joseph Lippman nahm schnell Abschied und verschwand in Richtung Bahnhof. Wallander ging durch die verlassene Stadt nach Hause. Er dachte an das, was Baiba Liepa geschrieben hatte.

Die Hunde sind schon dicht hinter ihr. Sie hat Angst und wird gejagt. Auch die Obersten haben begriffen, daß der Major ein Testament hinterlassen haben muß.

Plötzlich wurde ihm klar, daß die Zeit drängte.

Angst und Kopfzerbrechen durften ihn nicht aufhalten.

Er mußte ihren Notruf beantworten.

Am nächsten Tag machte er sich reisefertig.

Abends um kurz nach sieben rief eine Frau an und teilte ihm mit, daß man für ihn auf der Fähre, die Trelleborg am nächsten Morgen um halb sechs verlassen würde, einen Platz gebucht hatte. Zu Wallanders Überraschung stellte sie sich als Mitarbeiterin von »Lippmans Reiseservice« vor.

Gegen Mitternacht ging er ins Bett.

Bevor er einschlief, schoß ihm der Gedanke durch den Kopf, daß das ganze Unternehmen wahnsinnig war.

Er war bereit, sich freiwillig auf etwas einzulassen, das zum Scheitern verurteilt war. Aber Baiba Liepas Notruf war echt, er war nicht nur ein böser Traum, und er mußte ihr eine Antwort geben.

Früh am nächsten Morgen rollte er in Trelleborg auf die Fähre. Einer der Zollbeamten, der gerade seine Schicht antrat, winkte ihm zu und fragte, wohin er unterwegs war.

»In die Alpen«, antwortete Wallander.

»Das klingt gut.«

»Manchmal muß man einfach raus.«

»Ja, das müssen wir alle mal.«

»Ich hätte es keinen Tag länger ausgehalten.«

»Jetzt kannst du für ein paar Tage vergessen, daß du Polizist bist.«

»Genau.«

Aber Wallander wußte, daß dies nicht der Fall sein würde. Er war auf dem Weg zu seinem bisher schwierigsten Auftrag, einem Auftrag, der noch nicht einmal offiziell existierte.

Es war ein grauer Morgen. Er ging an Deck, als die Fähre vom Kai ablegte. Bibbernd sah er, wie das Meer sich mehr und mehr um ihn ausbreitete, je weiter das Schiff sich vom Land entfernte.

Langsam verschwand die schwedische Küste hinter dem Horizont.

Er saß in der Cafeteria und aß, als sich ein Mann, der sich als Preuss vorstellte, zu ihm gesellte. In seinen Taschen trug dieser Preuss sowohl schriftliche Instruktionen von Joseph Lippman als auch eine völlig neue Identität, die Wallander ab jetzt annehmen sollte. Preuss war ein Mann in den Fünfzigern. Er hatte ein hochrotes Gesicht und flackernde Augen.

»Lassen Sie uns einen Spaziergang an Deck machen«, schlug er vor.

An dem Tag, als Wallander nach Riga zurückfuhr, hing dichter Nebel über der Ostsee.

15

Die Grenze war unsichtbar.

Und doch war sie da, in ihm, ein zusammengerolltes Knäuel aus Stacheldraht, genau unter dem Brustbein.

Kurt Wallander hatte Angst. Später würde er sich der letzten Schritte auf litauischem Boden in Richtung lettische Grenze als einer lähmenden Wanderung in ein Land erinnern, aus dem er mit Dantes Worten hätte rufen können: Laß alle Hoffnung fahren! Von hier kehrt niemand zurück, zumindest kein schwedischer Polizist.

Es war eine sternenklare Nacht. Preuss, der bei ihm war, seit er auf der Fähre von Trelleborg nach Saßnitz Kontakt zu ihm aufgenommen hatte, schien auch nicht unberührt von dem, was ihnen bevorstand. Wallander konnte in der Dunkelheit hören, daß seine Atemzüge schnell und unregelmäßig gingen.

»Wir müssen warten«, flüsterte Preuss in seinem schwerverständlichen Deutsch. »*Warten, warten.*«

In den ersten Tagen war Wallander wütend darüber gewesen, daß man ihm einen Begleiter zugeteilt hatte, der kein einziges Wort Englisch sprach. Er fragte sich, was Joseph Lippman sich eigentlich dabei gedacht hatte, als er voraussetzte, daß ein schwedischer Polizist, der kaum Englisch konnte, die deutsche Sprache perfekt beherrschen würde. Wallander war nahe daran gewesen, das ganze Vorhaben, das ihm ohnehin wie der Triumph verrückter Phantasten über die eigene Vernunft erschien, abzubrechen. Er dachte, daß die Letten, die allzu lange im Exil lebten, den Kontakt zur Wirklichkeit verloren hatten. Vergrämt, euphorisch oder einfach von allen guten Geistern verlassen versuchten sie ihren Landsleuten in der verlorenen

Heimat, die plötzlich die Möglichkeit einer ehrenvollen Wiedergeburt erblickten, beizustehen. Wie sollte ihm dieser Preuss, dieser kleine, magere Mann mit seinem narbigen Gesicht, genügend Mut machen, die Sicherheit vermitteln, die er brauchte, um seinen gewagten Auftrag, als Unsichtbarer nach Lettland zurückzukehren, auszuführen. Was wußte er eigentlich über Preuss, der in der Cafeteria der Fähre aufgetaucht war? Daß er ein Lette war, der im Exil lebte, daß er möglicherweise als Münzhändler im norddeutschen Kiel lebte? Aber was noch? Absolut nichts.

Irgend etwas hatte ihn trotzdem weitergetrieben, und Preuss hatte an seiner Seite schlafend auf dem Beifahrersitz gesessen, während Wallander den Anweisungen folgend, die Preuss in regelmäßigen Abständen durch Zeigen auf der Autokarte erteilte, Richtung Osten brauste. Sie waren in östlicher Richtung durch die ehemalige DDR gefahren und hatten am späten Nachmittag des ersten Tages die polnische Grenze erreicht. Neben einem heruntergekommenen Bauernhof, ungefähr fünf Kilometer vor der polnischen Grenze, hatte Wallander sein Auto in einer halbverfallenen Scheune geparkt. Der Mann, der sie dort in Empfang genommen hatte, sprach zumindest Englisch. Auch er war ein vertriebener Lette, und er hatte Wallander garantiert, daß sein Auto bis zu seiner Rückkehr wohlbewahrt sein würde. Dann hatten sie auf die Nacht gewartet. In der Dunkelheit war er dann neben Preuss durch einen dichten Tannenwald gestolpert, bis sie die Grenze erreicht und die erste unsichtbare Linie auf dem Weg nach Riga überschritten hatten. In einer unbedeutenden, langweiligen Kleinstadt, an deren Namen Wallander sich schon nicht mehr erinnern konnte, hatte sie ein verschnupfter Mann namens Janik mit einem verrosteten Lastwagen erwartet, und eine Fahrt quer durch die polnische Ebene hatte begonnen. Wallander hatte sich bei dem ständig schniefenden Fahrer angesteckt und sehnte sich nach einer ordentlichen Mahlzeit und einem Bad, aber nirgendwo wurde ihm etwas anderes als kalte Koteletts und unbequeme Matratzenlager in kalten Häusern auf dem Land angeboten. Sie kamen ungeheuer langsam voran. Meist fuhren sie während der Nachtstunden oder kurz vor der Morgendämmerung. Die restliche Zeit verging mit stummem und nicht enden wollendem Warten. Er versuchte die Vorsicht, die Preuss an den Tag legte, zu verstehen. Was konnte ihnen denn schon passieren, so lange sie sich noch auf polnischem Boden befanden? Aber er bekam keine Erklärungen. In der ersten Nacht konnte er die Lichter Warschaus in der Ferne erkennen, in der nächsten Nacht überfuhr Janik ein Reh. Wallander fragte sich, wie das lettische Hilfsnetz organisiert war, welche Funktionen es sonst hatte, wenn es nicht gerade einen verwirrten schwedischen Polizisten, der illegal lettisches Territorium betreten wollte, eskortierte. Aber Preuss verstand ihn nicht, und Janik sang die ganze Zeit einen englischen Schlager aus den Kriegsjahren, wenn er nicht gerade nieste und seine Bazillen auf Wallander übertrug. Als sie schließlich die litauische Grenze erreichten, konnte Wallander »We'll meet again« nicht mehr hören und dachte, daß er sich gut mitten in Rußland befinden könnte. Oder in der Tschechoslowakei oder in Bulgarien? Er hatte völlig die Orientierung verloren, wußte kaum noch, in welcher Himmelsrichtung Schweden lag, und der Wahnsinn des ganzen Unterfangens trat mit jedem Kilometer, den der Lkw in Richtung auf das Unbekannte zurücklegte, immer deutlicher hervor. Litauen durchquerten sie mit verschiedenen Bussen, denen allen eine ordentliche Federung fehlte, und dann befanden sie sich endlich, vier Tage nachdem Preuss auf der Fähre Kontakt zu ihm aufgenommen hatte, in unmittelbarer Nähe der lettischen Grenze, inmitten eines Waldes, in dem es stark nach Harz roch.

»Warten«, wiederholte Preuss, und Wallander setzte sich gehorsam auf einen Baumstumpf. Er fror, und es ging ihm nicht gut.

Ich kehre verrotzt und krank nach Riga zurück, dachte er

verzweifelt. Von allen Dummheiten, die ich in meinem Leben begangen habe, ist das hier wohl die größte, und ich verdiene keinen Respekt dafür, sondern nur schallendes Hohngelächter. Hier, auf einem Baumstumpf im litauischen Wald, sitzt ein schwedischer Polizist mittleren Alters, der sein Urteilsvermögen und noch dazu den Verstand verloren hat.

Aber jetzt führte kein Weg mehr zurück. Er wußte, daß er niemals alleine wieder zurückfinden würde. Er war völlig abhängig von diesem verdammten Preuss, den der verrückte Lippman ihm als Reiseleiter auf den Hals gehetzt hatte, und der Weg führte unwiderruflich weiter, fort von aller Vernunft, Richtung Riga.

Auf der Fähre, zeitgleich mit dem symbolträchtigen Verschwinden der schwedischen Küste, hatte Preuss ihn angesprochen, als er in der Cafeteria saß und etwas trank. Sie waren an Deck gegangen, in den eisigen Wind hinaus. Preuss hatte einen Brief von Lippman dabei, und Wallander durfte sich eine weitere Identität zulegen. Jetzt sollte er nicht länger *Herr Eckers* sein, jetzt war er *Hegel, Gottfried Hegel*, deutscher Vertreter für Noten und Kunstbücher. Zu seinem maßlosen Erstaunen überreichte ihm Preuss, als wäre es das Natürlichste auf der Welt, einen deutschen Reisepaß mit seinem abgestempelten Foto. Er erinnerte sich, daß Linda dieses Foto vor ein paar Jahren von ihm gemacht hatte. Wie Lippman es in die Finger bekommen hatte, war ihm ein unerträgliches Rätsel. Jedenfalls war er jetzt Herr Hegel, und es gelang ihm schließlich, aus Preuss' beharrlichem Reden und Gestikulieren zu schließen, daß er ihm seinen schwedischen Paß bis auf weiteres aushändigen sollte. Wallander gab ihm den Paß und dachte, daß er verrückt sein mußte.

Es waren jetzt vier Tage vergangen, seit er eine neue Identität angenommen hatte. Preuss kauerte auf einem entwurzelten Baumstamm, und Wallander konnte in der Dunkelheit undeutlich sein Gesicht erkennen. Preuss schien beharrlich in östliche Richtung Ausschau zu halten. Die Uhr zeigte wenige

Minuten nach Mitternacht, und Wallander dachte, daß er sich eine Lungenentzündung holen würde, wenn er noch lange auf dem gefrorenen Stamm sitzen blieb.

Plötzlich hob Preuss die Hand und zeigte eifrig nach Osten. Sie hatten eine Petroleumlampe an einen Ast gehängt, damit Wallander nicht den Blickkontakt mit Preuss verlor. Er stand auf und spähte in die Richtung, in die Preuss zeigte. Nach einigen Sekunden entdeckte er ein schwaches, blinkendes Licht, als käme ihnen ein Fahrrad mit einem nur ab und zu funktionierenden Dynamo entgegen. Preuss sprang von seinem Baumstamm und löschte die Petroleumlampe.

»*Gehen*«, keuchte er. »*Schnell jetzt. Gehen!*«

Zweige peitschten Wallander ins Gesicht. Jetzt überschreite ich die letzte Grenze, dachte er. Aber den Stacheldraht habe ich im Bauch.

Sie kamen auf eine Schneise hinaus, die einer Straße gleich in den Wald geschlagen worden war. Preuss hielt Wallander einen Moment lang zurück, bis sie wieder in den Schutz des dichten Waldes eintauchen konnten. Nach etwa zehn Minuten kamen sie auf einen matschigen Waldweg, wo ein Auto auf sie wartete. Wallander sah den schwachen Schein einer Zigarette im Wageninneren. Jemand stieg aus und kam ihnen mit einer abgedunkelten Taschenlampe in der Hand entgegen. Dann erkannte er Inese.

Noch viel später würde er sich an seine erleichterte Freude erinnern, ein bekanntes Gesicht zu sehen. Im schwachen Licht der Taschenlampe lächelte sie ihm zu, und er wußte nicht, was er sagen sollte. Preuss reichte ihm zum Abschied seine magere Hand und wurde anschließend sofort wieder von den Schatten verschluckt, noch bevor Wallander dazu kam, sich bei ihm zu bedanken.

»Bis Riga haben wir noch eine lange Fahrt vor uns«, sagte Inese. »Wir müssen uns auf den Weg machen.«

Sie erreichten die Stadt im Morgengrauen. Ab und zu waren sie von der Straße abgefahren, damit Inese sich etwas ausruhen konnte. Außerdem hatte eines der Hinterräder einen Platten gehabt. Wallander war es nur mit großer Mühe gelungen, den Reifen zu wechseln. Er hatte vorgeschlagen, auch einmal das Steuer zu übernehmen, aber sie hatte nur stumm den Kopf geschüttelt.

Er merkte sofort, daß etwas geschehen sein mußte. Es war etwas Hartes und Verbissenes an Inese, das nicht nur darauf zurückzuführen sein konnte, daß sie übermüdet war und sich darauf konzentrierte, den Wagen auf den kurvenreichen Straßen zu halten. Er war sich nicht sicher, ob sie genug Kraft hatte, seine Fragen zu beantworten, also saß er schweigend neben ihr. Aber er hatte immerhin erfahren, daß Baiba Liepa ihn erwartete und Upitis nach wie vor in Haft war. Sein Geständnis war in den Zeitungen veröffentlicht worden. Aber das erklärte nicht, warum Inese solche Angst hatte.

»Diesmal heiße ich Gottfried Hegel«, sagte er, nachdem sie zwei Stunden gefahren waren und angehalten hatten, um Benzin aus einem Reservekanister nachzufüllen, den er vom Rücksitz des Wagens hob.

»Ich weiß«, erwiderte Inese. »Das ist kein besonders schöner Name.«

»Sag mir, warum ich hier bin, Inese. Was kann ich für euch tun?«

Er bekam keine Antwort. Statt dessen fragte sie ihn, ob er Hunger habe, und gab ihm eine Flasche Bier und zwei Wurstbrote, die sie in einer Papiertüte verwahrt hatte. Dann setzten sie die Fahrt fort. Er schlummerte kurz ein. Aber da er Angst hatte, sie könnte auch einschlafen, wachte er sofort mit einem Ruck wieder auf.

Sie erreichten die Vororte Rigas kurz vor Anbruch der Dämmerung. Wallander fiel ein, daß es der einundzwanzigste März war, der Geburtstag seiner Schwester. Um seine neue Identität glaubhaft zu machen, beschloß er, Gottfried Hegel mit einer ganzen Schar von Geschwistern zu versehen, von denen die jüngste Schwester Kristina hieß. Er dachte sich

Hegels Frau als ein männlich wirkendes Frauenzimmer mit Schnurrbartansatz und stellte sich ihr gemeinsames Heim in Schwabingen als ein rotes Backsteinhaus mit einem nichtssagenden Garten auf der Rückseite vor. Die Legende, die ihm Joseph Lippman zu dem von Preuss überbrachten Paß geliefert hatte, war äußerst sparsam gewesen. Ein erfahrener Vernehmungsleiter würde höchstens eine Minute benötigen, den Paß für gefälscht zu erklären und nach seiner wahren Identität zu fragen.

»Wohin fahren wir?« wollte er wissen.

»Wir sind bald da«, antwortete sie ausweichend.

»Wie soll ich nur helfen, wenn ich nichts erfahre«, sagte er. »Was verschweigst du mir? Was ist geschehen?«

»Ich bin müde«, antwortete sie. »Aber wir sind froh, daß du wieder hier bist. Baiba ist froh. Sie wird weinen, wenn sie dich wiedersieht.«

»Warum beantwortest du meine Fragen nicht? Was ist denn nur passiert? Ich spüre doch, daß du Angst hast.«

»Es ist in den letzten Wochen alles viel schwieriger geworden. Aber es ist besser, wenn Baiba es dir selbst erzählt. Viel weiß ich selbst nicht.«

Sie fuhren durch einen schier endlos sich hinziehenden Vorort. Fabriksilhouetten ragten im gelben Straßenlicht wie reglose, prähistorische Tiere auf. Sie fuhren durch Nebelschwaden, die durch verlassene Straßen trieben, und Wallander dachte, daß er sich die osteuropäischen Staaten, die sich sozialistisch genannt und triumphierend zum alternativen Paradies erklärt hatten, schon immer so vorgestellt hatte.

Vor einem langgestreckten Lagergebäude hielt Inese den Wagen an und schaltete den Motor aus.

Sie zeigte auf eine niedrige Eisenpforte an der Kopfseite des Gebäudes.

»Geh dorthin«, sagte sie. »Sobald du klopfst, läßt man dich herein. Ich muß jetzt fahren.«

»Werden wir uns wiedersehen?«

»Ich weiß nicht. Das entscheidet Baiba.«

»Du vergißt doch nicht, daß du meine Geliebte bist?«

Sie lächelte kurz, als sie antwortete.

»Ich war vielleicht die Geliebte von Herrn Eckers. Aber ich weiß nicht so recht, ob ich Herrn Hegel auch so gerne mag. Ich bin ein anständiges Mädchen und wechsle die Männer nicht wie die Hemden.«

Wallander stieg aus dem Wagen, und sie fuhr sofort davon. Einen Moment lang erwägte er, sich nach einer Bushaltestelle umzusehen, und in die Stadt hineinzufahren. Dort würde er dann das Schwedische Konsulat oder die Botschaft aufsuchen, wo man ihm helfen würde, wieder nach Hause zu kommen. Wie ein schwedischer Beamter im diplomatischen Dienst auf die Geschichte, die ihm dann von einem schwedischen Polizisten aufgetischt würde, reagieren würde, wagte er sich gar nicht erst auszumalen. Er konnte nur hoffen, daß akute geistige Verwirrung zu den Problemen gehörte, für die ein Diplomat sofort eine Lösung zur Hand hatte.

Aber er sah ein, daß es dafür bereits zu spät war. Jetzt mußte er weiter verfolgen, was er begonnen hatte, er ging also über den knirschenden Schotter und klopfte an die Eisenpforte.

Die Tür wurde von einem bärtigen Mann geöffnet, den Wallander vorher noch nie getroffen hatte. Der Mann schielte und nickte ihm freundlich zu, warf dann einen Blick über Wallanders Schulter, um zu kontrollieren, ob er verfolgt wurde, zog ihn schnell hinein und schloß die Tür.

Wallander entdeckte verblüfft, daß er sich in einem Spielzeuglager befand. Überall standen hohe Holzregale, die voller Puppen waren. Es schien ihm, als wäre er in eine Katakombe hinabgestiegen, in der die Puppengesichter ihm wie Totenschädel boshaft entgegengrinsten. Er dachte, daß alles nur ein verworrener Traum war, daß er sich in Wirklichkeit in seinem Schlafzimmer in der Mariagatan in Ystad befand. Er würde einfach ruhig weiteratmen und auf ein befreiendes Erwachen warten. Aber es gab kein Erwachen, und Wallander erkannte nur den Fahrer wieder, der in jener Nacht, als er mit Upitis in der im Wald versteckten Jagdhütte geredet hatte, stumm und abgewandt im Halbdunkel gesessen hatte.

»Herr Wallander«, sagte der Mann, der ihm die Tür geöffnet hatte. »Wir sind Ihnen sehr dankbar, daß Sie gekommen sind, um uns zu helfen.«

»Ich bin gekommen, weil Baiba Liepa mich darum gebeten hat«, sagte Wallander. »Einen anderen Grund habe ich nicht, und sie möchte ich auch treffen.«

»Im Moment ist das leider nicht möglich«, antwortete die Frau, die tadelloses Englisch sprach. »Baiba wird Tag und Nacht überwacht. Aber wir glauben zu wissen, wie wir Sie zusammenführen können.«

Der Mann kam mit einem wackeligen Holzstuhl in der Hand auf ihn zu, und Wallander setzte sich. Jemand reichte ihm eine Tasse Tee, und er nahm sie. Das Licht im Lagerraum war gedämpft, und Wallander fiel es schwer, die Gesichter der einzelnen Personen zu erkennen. Der schielende Mann schien der Leiter oder Sprecher dieses Empfangskomitees zu sein, er hockte sich vor Wallander und begann zu sprechen.

»Unsere Lage ist sehr ernst«, sagte der Mann. »Wir werden alle laufend überwacht, da die Polizei fürchtet, daß Major Liepa Dokumente versteckt hat, die ihre Existenz bedrohen könnten.«

»Hat Baiba Liepa die Papiere ihres Mannes gefunden?«

»Noch nicht.«

»Weiß sie, wo sie sich befinden? Hat sie überhaupt eine Ahnung, wo er sie versteckt haben kann?«

»Nein. Aber sie ist überzeugt davon, daß Sie ihr helfen können.«

»Wie soll ich ihr helfen können?«

»Sie sind unser Freund, Herr Wallander. Sie sind ein Polizist, der es gewohnt ist, solche Rätsel zu lösen.«

Sie sind verrückt, dachte Wallander erregt. Sie leben in einer Traumwelt, sie haben jeglichen Realitätssinn verloren.

Es kam ihm vor, als sei er der letzte Strohhalm, an den sie sich noch klammern konnten, ein Strohhalm, der sagenhafte Ausmaße angenommen hatte. Auf einmal glaubte er zu verstehen, was Unterdrückung und Angst aus Menschen machen konnten. Offensichtlich wuchs ihre Hoffnung auf unbekannte Erlöser ins Unermeßliche. Major Liepa war anders gewesen. Er hatte sich nur auf sich selbst verlassen und auf die Freunde und Vertrauten, mit denen er sich umgab. Für ihn war die Wirklichkeit Anfang wie Ende der Ungerechtigkeiten gewesen, die Lettland prägten. Er war religiös, hatte aber darauf verzichtet, seine Religion von einem Gott verdunkeln zu lassen. Jetzt, da der Major nicht mehr lebte, hatten sie keinen Anführer mehr, und deshalb sollte der schwedische Polizist Kurt Wallander die Arena betreten, sich den Mantel um die Schultern legen und das Werk fortsetzen.

»Ich muß so schnell wie möglich Baiba Liepa treffen«, wiederholte er. »Das ist das einzig Wichtige.«

»Sie werden sie heute noch sehen«, antwortete der schielende Mann.

Wallander war sehr müde. Am liebsten hätte er jetzt gebadet und wäre in ein Bett gekrochen. Er mußte schlafen, er konnte sich nicht mehr auf sein Urteilsvermögen verlassen, wenn er übermüdet war. Er hatte Angst, einen fatalen Fehler zu begehen.

Der Schielende hockte immer noch vor ihm. Wallander bemerkte erst jetzt, daß er einen Revolver im Hosenbund trug.

»Was geschieht, wenn Major Liepas Papiere gefunden worden sind?« fragte er.

»Wir müssen Wege finden, sie zu veröffentlichen«, antwortete der Mann. »Aber vor allen Dingen müssen wir dafür sorgen, daß sie außer Landes kommen und bei Ihnen veröffentlicht werden. Es wird ein umwälzendes Ereignis sein, ein historisches Ereignis. Die Welt wird endlich erfahren, was geschehen ist, immer noch in diesem geschundenen Land geschieht.«

Er hatte das dringende Bedürfnis zu protestieren, er wollte diese verwirrten Menschen auf den von Major Liepa eingeschlagenen Weg zurückführen. Aber sein müdes Gehirn konnte sich nicht an das englische Wort für Erlöser erinnern, es konnte nur registrieren, daß er sich in einem Spielzeuglager in Riga befand und nicht mehr weiterwußte.

Dann ging alles sehr schnell.

Das Tor zur Lagerhalle wurde aufgerissen, Wallander stand von seinem Stuhl auf und sah Inese, die schreiend zwischen den Regalen entlanglief. Er hatte keine Ahnung, was geschehen war. Dann folgte eine heftige Explosion, und er warf sich hinter eines der mit Puppenköpfen gefüllten Regale.

Die Halle wurde von Leuchtkugeln erhellt, laute Detonationen erschütterten die Mauern, aber erst als er sah, wie der schielende Mann seine Waffe zog und feuerte, begriff er, daß sie unter schwerem Beschuß standen. Er kroch tiefer zwischen die Regale. Irgendwo in dem Rauch und Durcheinander war ein Gestell mit Harlekinfiguren umgestürzt, er gelangte zu einer Wand und kam nicht weiter. Die Schießerei war ohrenbetäubend. Er hörte jemanden aufschreien, und als er sich umdrehte, sah er, daß Inese über den Stuhl gefallen war, auf dem er gerade noch gesessen hatte. Ihr Gesicht war blutüberströmt. Ein Schuß hatte sie genau ins Auge getroffen. Sie war tot. Im gleichen Moment warf der schielende Mann einen Arm hoch. Er war getroffen worden, aber Wallander konnte nicht erkennen, ob er tot oder nur verwundet war. Er mußte verschwinden, aber er war in einer Ecke gefangen, und die ersten uniformierten Männer stürmten mit Maschinenpistolen herein. Einer Eingebung folgend riß er ein Regal mit russischen Babuschkapuppen um, die Puppen regneten auf seinen Kopf herab, und er legte sich auf die Erde und ließ sich von dieser Sintflut aus Spielzeug begraben. Er dachte die ganze Zeit, daß man ihn entdecken und erschießen und sein falscher Paß ihm nichts nützen würde. Inese war tot, das Lagerhaus umzingelt, und die verrückten, träumenden Menschen hatten keine Chance gehabt.

Das Gewehrfeuer hörte genauso plötzlich wieder auf, wie es begonnen hatte. Die einsetzende Stille war ohrenbetäubend, und er lag unbeweglich da und versuchte, nicht zu atmen. Er hörte Stimmen, Soldaten oder Polizisten, die miteinander sprachen, und plötzlich erkannte er eine Stimme wieder, es gab keinen Zweifel, es war Sergeant Zids. Durch die Decke aus Puppen hindurch konnte er die Männer undeutlich erkennen. Die Freunde des Majors schienen alle tot zu sein und wurden auf grauen Bahren hinausgetragen. Dann trat Sergeant Zids aus dem Schatten hervor und befahl seinen Männern, die Halle zu durchsuchen. Wallander schloß die Augen und dachte, daß bald alles vorbei sein würde. Er fragte sich, ob seine Tochter jemals erfahren würde, was ihrem Vater zugestoßen war, der während eines Winterurlaubs in den Alpen verschwunden war, oder ob sein Verschwinden als ein seltsames Rätsel in die Annalen der schwedischen Polizei eingehen würde.

Aber niemand kam und schaufelte die Puppen von seinem Gesicht. Die hallenden Stiefelabsätze entfernten sich. Die wütende Stimme des Sergeants hörte auf, seine Männer anzutreiben, und dann lagen nur noch Stille und der beißende Geruch abgefeuerter Munition über dem Raum. Wie lange er unbeweglich dalag, wußte Wallander nicht. Die Kälte, die von dem Zementboden ausging, ließ ihn schließlich so stark zittern, daß die Puppen anfingen zu klappern. Vorsichtig setzte er sich auf. Einer seiner Füße war eingeschlafen oder steifgefroren, er hätte es nicht sagen können. Der Boden war blutverschmiert, überall waren Einschußlöcher zu sehen, und er zwang sich, einige Male tief durchzuatmen, um sich nicht zu erbrechen.

Sie wissen, daß ich hier bin, dachte er. Sergeant Zids hat seinen Männern befohlen, nach mir zu suchen. Aber vielleicht haben sie auch gedacht, ich wäre noch nicht angekommen?

Vielleicht haben sie geglaubt, daß sie zu früh zugeschlagen haben?

Er zwang sich zum Denken, aber er sah nur die zusammengesunkene, tote Inese vor sich. Er mußte aus diesem Totenhaus herauskommen. Nun war er völlig allein, und es gab nur noch eins zu tun: die schwedische Vertretung zu finden und um Hilfe zu bitten. Er hatte solche Angst, daß er zitterte. Sein Herz schlug so heftig gegen seine Brust, daß er glaubte, eine Herzattacke zu bekommen, die er nicht überleben würde. Plötzlich traten ihm Tränen in die Augen. Die ganze Zeit über dachte er an Inese und wollte bloß fort. Es sollte ihm später nie gelingen herauszufinden, wieviel Zeit vergangen war, bis er sich wieder unter Kontrolle hatte.

Das Eisentor war natürlich verschlossen. Er war überzeugt, daß die Halle bewacht wurde. Solange es Tag war, würde er nicht davonkommen können. Hinter einem der umgestürzten Regale befand sich ein Fenster, fast völlig mit eingefressenem Schmutz bedeckt. Vorsichtig watete er durch zerschlagene und zerschossene Spielsachen darauf zu und sah hinaus. Das erste, was er erkannte, waren zwei Jeeps, die mit der Front in Richtung Lagerhalle geparkt waren. Vier Soldaten bewachten mit schußbereiten Waffen aufmerksam das Gebäude. Wallander verließ das Fenster und sah sich um. Er hatte Durst. Irgendwo mußte es Wasser geben, denn er hatte ja einen Tee bekommen. Während er sich nach einem Wasserhahn umschaute, dachte er darüber nach, was er nun tun sollte. Er war ein Gejagter, und seine Jäger waren unfaßbar brutal. Auf eigene Faust Kontakt mit Baiba Liepa aufzunehmen, würde sein Todesurteil bedeuten. Er zweifelte nicht mehr daran, daß die Obersten, zumindest einer von ihnen, zu allem fähig waren, um zu verhindern, daß die Ermittlungsunterlagen des Majors an die Öffentlichkeit drangen, in Lettland oder im Ausland. Inese, die Schüchterne, die Scheue, hatten sie kaltblütig erschossen, wie einen tollwütigen Hund. Vielleicht hatte sogar sein eigener Fahrer, der freundliche Sergeant

Zids, jenen Schuß abgefeuert, der sie direkt ins Auge getroffen hatte.

Seine Angst wurde von erbittertem Haß überlagert. Wenn er eine Waffe in der Hand hätte, würde er nicht mehr zögern, sie zu benutzen. Zum ersten Mal in seinem Leben wurde ihm klar, daß er in der Lage war, einen anderen Menschen zu töten, ohne daß es aus Notwehr geschah.

Leben hat seine Zeit, und Sterben hat seine Zeit, dachte er. Diese Beschwörungsformel hielt ihn aufrecht, seit ein Betrunkener ihm im Pildammspark in Malmö ein Messer in die Brust, direkt neben seinem Herz, gerammt hatte; jetzt hatte dieser Satz neue Bedeutung gewonnen.

Schließlich fand er eine schmutzige Toilette, in der ein Wasserhahn tropfte. Er ließ Wasser über sein Gesicht laufen und löschte seinen Durst. Dann ging er in eine abgelegene Ecke der Lagerhalle, schraubte eine Glühbirne heraus, die von der Decke hing, und setzte sich in die Dunkelheit, um auf den Abend und die Dämmerung zu warten.

Um seine Angst in den Griff zu bekommen, versuchte er, einen Fluchtplan zu entwickeln. Irgendwie mußte er in die Innenstadt gelangen und die schwedische Vertretung finden. Er mußte darauf gefaßt sein, daß jeder Polizist, jedes »Schwarze Barett« wußte, wie er aussah und den eindeutigen Befehl hatte, Ausschau nach ihm zu halten. Ohne die Hilfe der schwedischen Vertretung würde er verloren sein. Über einen längeren Zeitraum hinweg unentdeckt zu bleiben, erschien ihm ausgeschlossen. Außerdem mußte er damit rechnen, daß auch die Botschaften und Konsulate überwacht wurden.

Die Obersten glauben, daß ich das Geheimnis des Majors schon kenne, dachte er. Sonst hätten sie bestimmt nicht so reagiert. Ich spreche von den Obersten, weil ich immer noch nicht weiß, wer hinter all dem steckt.

Er döste ein paar Stunden vor sich hin, um schlagartig aufzuwachen, wenn ein Auto vor der Lagerhalle bremste. Dann und wann kehrte er zu dem verdreckten Fenster zurück. Die

Soldaten waren noch da, ihre Aufmerksamkeit schien ungebrochen. Wallander durchlitt diesen langen Tag erfüllt von einem Gefühl anhaltender Übelkeit. Das Böse erschien ihm übermächtig. Er zwang sich dazu, die Lagerhalle zu durchsuchen, um einen Fluchtweg zu finden. Der Haupteingang war ausgeschlossen, weil die Soldaten ihn unter ständiger Beobachtung hielten. Schließlich entdeckte er in Bodenhöhe eine Luke in einer Wand, die früher einmal als eine Art Belüftungsschacht gedient haben mußte. Er drückte ein Ohr gegen die kalte Ziegelwand, um herauszufinden, ob auch an dieser Stelle Soldaten Wache hielten, aber es gelang ihm nicht. Was er tun sollte, wenn ihm die Flucht gelang, wußte er nicht. Er versuchte, sich so gut es ging auszuruhen, aber der Schlaf wollte sich nicht einstellen. Ineses zusammengesunkener Körper, ihr blutiges Gesicht, ließen ihm keine Ruhe.

Die Abenddämmerung brach herein, und es wurde schnell kälter.

Kurz vor sieben machte er sich auf den Weg. Vorsichtig begann er, die rostige Luke abzuheben. Die ganze Zeit stellte er sich vor, daß Scheinwerfer aufleuchten, aufgeregte Stimmen Kommandos schreien und Kugelsalven in die Ziegelwand einschlagen würden. Schließlich glückte es ihm, die Luke zu lösen, und er ließ sie langsam aufgleiten. Von einem benachbarten Fabrikgelände wurde schwaches, gelbliches Licht über eine Sandfläche vor der Halle geworfen. Er versuchte, seine Augen an die Dunkelheit zu gewöhnen. Nirgendwo konnte er Soldaten entdecken. Ungefähr zehn Meter vom Gebäude entfernt standen ein paar verrostete Lastwagen auf dem Gelände. Er beschloß, zunächst einmal unbeschadet dorthin zu gelangen. Er holte tief Atem, duckte sich und lief dann so schnell er nur konnte zu den schützenden Autowracks. Als er den vorderen Lastwagen erreichte, stolperte er über einen ausgedienten Reifen und schlug mit dem Knie gegen einen Kotflügel. Ein bohrender Schmerz durchfuhr ihn, und er fürchtete, daß der

Lärm die Soldaten auf der anderen Seite der Lagerhalle anlocken würde. Aber es passierte nichts. Der Schmerz war heftig, und er spürte, daß Blut an seinem Bein herunterlief.

Wie sollte er jetzt weiterkommen? Er versuchte, sich ein schwedisches Generalkonsulat oder vielleicht eine Botschaft vorzustellen. Er wußte nicht, welche Vertretung Schweden in Lettland unterhielt. Mit einem Mal wurde er sich bewußt, daß er weder aufgeben konnte noch wollte. Er mußte Baiba Liepa finden, er würde kein privates Notsignal abfeuern. Nachdem er der Verdammung, die über der Lagerhalle lag, in der Inese und der schielende Mann den Tod gefunden hatten, entkommen war, konnte er wieder einen klaren Gedanken fassen. Er war wegen Baiba Liepa gekommen, sie mußte er finden, und wenn es das letzte war, was er in seinem Leben tat.

Vorsichtig schlich er, sich im Schatten haltend, davon. Er folgte einem Zaun, der sich um eine Fabrik zog, und gelangte schließlich auf eine schlechtbeleuchtete Straße. Nach wie vor wußte er nicht, wo er sich befand. Aber in der Ferne hörte er ein Rauschen wie von einer belebten Verkehrsader, und er beschloß, auf dieses Geräusch zuzugehen. Hier und da traf er andere Menschen und sandte einen dankbaren Gruß an Joseph Lippman, der vorausschauend genug gewesen war, von ihm zu fordern, die Kleider anzuziehen, die Preuss in einer zerschlissenen Reisetasche mitgebracht hatte. Über eine halbe Stunde lang ging er auf den Verkehrslärm zu, versteckte sich zweimal in der Dunkelheit vor Streifenwagen und dachte angestrengt darüber nach, was er zu tun hatte. Schließlich mußte er einsehen, daß es nur einen einzigen Menschen gab, an den er sich wenden konnte. Das Risiko war groß, aber er hatte keine andere Wahl. Auf jeden Fall würde er gezwungen sein, eine Nacht in einem Versteck zu verbringen, er wußte noch nicht, wo. Der Abend war kalt, und er mußte etwas zu essen bekommen, um die Nacht zu überstehen.

Ihm wurde klar, daß er niemals den ganzen Weg bis Riga zu Fuß zurücklegen konnte. Sein Knie schmerzte, und vor

Müdigkeit war ihm schwindlig. Es gab nur eins, er mußte ein Auto stehlen. Er schreckte vor dem Gedanken zurück, aber er hatte keine andere Wahl. Wallander erinnerte sich an einen geparkten Lada auf einer Straße, an der er gerade vorbeigekommen war. Er hatte nicht vor einem Wohnhaus gestanden und einen seltsam verlassenen Eindruck gemacht. Er kehrte um und ging wieder zurück. Währenddessen versuchte er sich zu erinnern, wie schwedische Autodiebe Schlösser knackten und Motoren kurzschlossen. Aber was wußte er schon über einen Lada? Vielleicht ließ er sich mit den Methoden schwedischer Autoknacker gar nicht kurzschließen?

Der Wagen war grau und hatte eine verbeulte Stoßstange. Wallander stand im Schatten und betrachtete das Auto und seine Umgebung. Rundherum lagen nur unbeleuchtete Fabrikanlagen. Er ging zu einem Drahtzaun, der halb eingestürzt neben einer abgerissenen Verladerampe lag. Die Ruine mochte einmal eine Fabrik gewesen sein. Mit seinen steifgefrorenen Fingern gelang es ihm, ein Stück Draht abzudrehen, das ungefähr dreißig Zentimeter lang war. Er formte das eine Ende zu einer Schlinge und ging dann schnell zu dem Wagen.

Es war einfacher, als er gedacht hatte, den Draht an der Scheibe herunterzulassen und das Autoschloß aufzuziehen. Er stieg schnell ein und suchte das Zündschloß und die richtigen Kabel. Er verfluchte die Tatsache, daß er keine Streichhölzer dabei hatte, der Schweiß lief ihm das Hemd hinunter, und er fror schon bald so sehr, daß er zitterte. Schließlich zerrte er in purer Verzweiflung das ganze Kabelwirrwarr heraus, das hinter dem Zündschloß hing, riß die Halterung des Zündschlosses ab und verband die losen Enden. Ein Gang war eingelegt, und der Wagen machte einen Ruck nach vorne, als der Motor zündete. Er zerrte und zog am Schaltknüppel, bis er den Leerlauf gefunden hatte, und verband die Kabelenden sorgfältiger. Der Wagen sprang an. Er suchte erfolglos nach der Handbremse, zog an allen Knöpfen, die es am Armaturenbrett gab, um das Licht einzuschalten, und legte dann den ersten Gang ein.

Das ist ein Alptraum, dachte er. Ich bin ein schwedischer Polizist und kein Verrückter mit deutschem Paß, der in der lettischen Hauptstadt Autos knackt. Er fuhr in die Richtung, in die er zu Fuß gegangen war, versuchte die Gänge zu finden, und wunderte sich, daß es in dem Auto so nach Fisch stank.

Nach einer Weile kam er auf die Hauptverkehrsstraße, deren Lärm er gefolgt war. Auf der Auffahrt hätte er fast den Motor abgewürgt. Jetzt konnte er die Lichter von Riga sehen, das Viertel um das Hotel »Latvija« finden und sich dann zu einem der kleinen Restaurants zu schleppen, die er bei seinem letzten Aufenthalt gesehen hatte. Wieder sandte er einen Dank an Joseph Lippman, der dafür gesorgt hatte, daß Preuss ihn mit lettischem Geld versah. Er wußte nicht, wieviel er eigentlich hatte, hoffte aber, daß es für eine Mahlzeit reichen würde. Er nahm die Brücke, die über den Fluß führte, und bog nach links auf die Uferstraße ab. Der Verkehr war nicht sonderlich dicht, aber er blieb hinter einer Straßenbahn stecken, und wütendes Hupen eines Taxifahrers, der hinter ihm zu einer Vollbremsung gezwungen wurde, ließ ihn zusammenfahren.

Er verlor die Nerven, fand die Gänge nicht und kam nur an der Straßenbahn vorbei, indem er in eine Straße einbog. Er bemerkte zu spät, daß es sich um eine Einbahnstraße handelte. Ein Bus kam ihm entgegen, die Straße war sehr eng, und so heftig er auch am Schaltknüppel zerrte, er fand den Rückwärtsgang nicht. Er war nahe daran, endgültig aufzugeben, das Auto einfach mitten auf der Straße stehenzulassen und zu fliehen, als er endlich die richtige Position für den Schaltknüppel fand und dem Bus rückwärts ausweichen konnte. Schließlich bog er auf eine der Parallelstraßen, die zum Hotel »Latvija« führten, und parkte das Auto an einer Stelle, die offensichtlich nicht im Halteverbot lag. Er war in Schweiß gebadet und dachte, daß er sich bestimmt eine Lungenentzündung holen würde, wenn er nicht bald ein Bad und trockene Kleidung bekam.

Die Zeiger einer Kirchturmuhr zeigten Viertel vor neun. Er

ging schräg über die Straße und betrat eine Kneipe, an die er sich noch erinnern konnte. Er hatte Glück und fand in dem verrauchten Schankraum einen freien Tisch. Die Männer, die über ihren Biergläsern hingen und sich unterhielten, schienen keine Notiz von ihm zu nehmen. Es waren keine Männer in Uniform dort, und er würde nun seine Rolle als *Gottfried Hegel* beginnen, Vertreter für Noten und Kunstbücher. Als er mit Preuss in Deutschland einmal in einem Restaurant gegessen hatte, hatte er sich das Wort *Speisekarte* gemerkt, und die verlangte er nun. Er bekam allerdings eine lettische Karte und zeigte auf gut Glück auf eine der Zeilen. Er aß einen Teller Gulasch, trank ein Bier dazu, und für eine Weile war sein Kopf völlig leer.

Nachdem er gegessen hatte, fühlte er sich schon besser. Er bestellte eine Tasse Kaffee und merkte, daß sein Gehirn wieder funktionierte. Plötzlich wußte er, wo er die Nacht verbringen konnte. Er würde sich das Wissen zunutze machen, daß in Lettland alles seinen Preis hatte. Gleich hinter dem Hotel »Latvija« waren ihm bei seinem letzten Besuch einige Pensionen und heruntergekommene Absteigen aufgefallen. Dorthin würde er gehen, seinen deutschen Paß benutzen, einige schwedische Geldscheine auf den Tisch der Rezeption legen und damit dafür bezahlen, in Ruhe gelassen zu werden und nicht auf unnötige Fragen antworten zu müssen. Natürlich bestand die Gefahr, daß die Obersten verschärfte Kontrollen für alle Hotels in Riga angeordnet hatten. Aber dieses Risiko mußte er eingehen, und er glaubte, daß ihn seine deutsche Identität zumindest die Nacht über schützen würde, bis die Anmeldeformulare am nächsten Morgen eingesammelt wurden. Außerdem würde er mit etwas Glück vielleicht einem Portier begegnen, der von dem Gedanken, für die Polizei zu arbeiten, nicht sonderlich begeistert war.

Er trank einen Kaffee und dachte an die beiden Obersten und an Sergeant Zids, der vielleicht Ineses Mörder war. Irgendwo in dieser gefährlichen Dunkelheit war Baiba Liepa, und sie wartete auf ihn. *Baiba wird sehr froh sein.* Das war einer der letzten Sätze, die Inese in ihrem allzu kurzen Leben noch hatte sagen können.

Er sah auf die Uhr, die über der Theke hing. Fast halb elf. Er bezahlte die Rechnung und rechnete aus, daß er mehr als genug Geld haben würde, um ein Hotelzimmer zu bezahlen.

Er verließ die Kneipe und blieb vor dem Hotel »Hermes« stehen, das einige Häuserblöcke entfernt lag. Die Tür stand offen, und er stieg eine knarrende Treppe in den zweiten Stock hinauf. Ein Vorhang wurde zur Seite gezogen und eine alte, bucklige Frau fixierte ihn hinter dicken Brillengläsern. Er lächelte so freundlich wie möglich, sagte *Zimmer* und legte seinen Paß auf die Theke. Die alte Frau nickte, antwortete auf lettisch und gab ihm ein Formular, das er ausfüllen sollte. Da sie keinerlei Anstalten machte, sich seinen Paß anzuschauen, entschloß er sich kurzerhand, seinen Plan zu ändern, und schrieb sich unter einem erfundenen Namen ein. In der Eile fiel ihm nichts Besseres ein, als sich Preuss zu nennen. Er gab seinen Vornamen mit Martin, sein Alter mit siebenunddreißig und Hamburg als seine Heimatadresse an. Die Frau lächelte freundlich, händigte ihm einen Schlüssel aus und zeigte auf den Korridor hinter seinem Rücken. So gut kann sie sich nicht verstellen, dachte er. Das kann kein falsches Lächeln sein. Wenn die Obersten bei ihrer Treibjagd auf mich nicht so zügellos sind, daß sie für diese Nacht Razzien in sämtlichen Hotels von Riga anordnen, kann ich hier bis morgen schlafen. Natürlich werden sie mit der Zeit begreifen, daß Martin Preuss in Wirklichkeit Kurt Wallander ist, aber dann werde ich schon nicht mehr hier sein. Er schloß die Tür zu seinem Zimmer auf, sah zu seiner Freude, daß es eine Badewanne gab, und konnte es kaum glauben, als das Wasser langsam warm wurde. Er zog sich aus und ließ sich in die Wanne gleiten. Die Wärme, die seinen Körper durchströmte, machte ihn schläfrig, und er schlummerte ein.

Als er aufwachte, war das Wasser kalt geworden. Er stand auf, trocknete sich ab und legte sich ins Bett. Draußen ratterte eine Straßenbahn vorbei. Er starrte in die Dunkelheit hinaus und spürte, wie die Angst zurückkehrte.

Er mußte an seinem Plan festhalten. Sollte er die Kontrolle über seine Urteilskraft verlieren, würden die Spürhunde ihn schon bald einholen. Dann wäre er verloren.

Er wußte, was er zu tun hatte.

Am nächsten Tag würde er den einzigen Menschen in Riga aufsuchen, der ihm vielleicht noch helfen konnte, Kontakt mit Baiba Liepa aufzunehmen.

Er wußte nicht, wie sie hieß.

Aber er erinnerte sich, daß ihre Lippen rot waren.

16

Kurz vor dem Morgengrauen kehrte Inese zurück.

Sie kam ihm in einem Alptraum entgegen, in dem die Obersten in einem verdunkelten Hintergrund lauerten, wo er sie nicht ausmachen konnte. Im Traum lebte sie noch, und er versuchte sie zu warnen, aber sie hörte ihn nicht, und als er einsah, daß er ihr nicht helfen konnte, wurde er aus dem Schlaf gerissen und schlug in seinem Zimmer im Hotel »Hermes« die Augen auf.

Seine Armbanduhr auf dem Nachttisch zeigte vier Minuten nach sechs. Unten auf der Straße fuhr eine Straßenbahn vorbei. Er streckte sich im Bett aus und fühlte sich zum ersten Mal, seitdem er Schweden verlassen hatte, ausgeruht.

Er blieb im Bett liegen und durchlebte noch einmal, was am Tag zuvor geschehen war. Seinem ausgeruhten Bewußtsein erschien das Massaker unwirklich. Das wahllose Morden war einfach unbegreiflich. Voller Verzweiflung über Ineses Tod wußte er nicht, wie er den Gedanken ertragen sollte, daß er niemanden hatte retten können. Nicht Inese, nicht den schielenden Mann, nicht die anderen, deren Namen er nie gehört hatte.

Seine Angst trieb ihn aus dem Bett. Kurz vor halb sieben verließ er das Zimmer, ging zur Rezeption und bezahlte. Die alte Frau mit dem freundlichen Lächeln und den unverständlichen lettischen Sätzen nahm sein Geld entgegen, und nach einer schnellen Schätzung erkannte er, daß er sich noch ein paar weitere Nächte im Hotel leisten konnte, falls dies nötig sein sollte.

Im Morgengrauen war es kalt. Er schlug den Mantelkragen

hoch und beschloß, zunächst einmal zu frühstücken, ehe er seinen Plan in die Tat umsetzte. Nachdem er zwanzig Minuten durch die Straßen geirrt war, entdeckte er ein Café, das bereits geöffnet hatte. Er betrat das halbleere Lokal, bestellte Kaffee und ein paar Brote und setzte sich an einen Ecktisch, der von der Eingangstür aus nicht zu sehen war. Um halb acht hielt er es nicht länger aus. Jetzt mußte er alles auf eine Karte setzen, und wieder schoß ihm der Gedanke durch den Kopf, daß es verrückt gewesen war, nach Lettland zurückzukehren.

Eine halbe Stunde später stand er vor dem Hotel »Latvija«, wo Sergeant Zids immer mit dem Wagen auf ihn gewartet hatte. Einen Augenblick zögerte er. War er nicht doch zu früh dran? Vielleicht war die Frau mit den roten Lippen noch gar nicht gekommen? Dann trat er durch die Tür, warf einen Blick zur Rezeption, wo einige frühe Gäste gerade ihre Rechnungen bezahlten, ging an der Sitzgruppe vorbei, auf der seine Beschatter hinter ihren Zeitungen versteckt gesessen hatten, und entdeckte dann die Frau an ihrem Platz hinter dem Verkaufstisch. Sie öffnete gerade. Gewissenhaft legte sie verschiedene Zeitungen vor sich aus. Was passiert, wenn sie mich nicht wiedererkennt, überlegte er. Vielleicht ist sie nur eine Vermittlerin, die den Inhalt der Botschaften nicht kennt, die sie überbringt?

In dem Moment entdeckte sie ihn, wie er da neben einer der hohen Säulen in der Eingangshalle stand. Er sah, daß sie ihn sofort wiedererkannte und keine Angst hatte. Er ging zu ihrem Tisch, streckte die Hand aus und erklärte mit lauter Stimme auf englisch, daß er Ansichtskarten kaufen wollte. Um ihr Zeit zu geben, sich an sein plötzliches Auftauchen zu gewöhnen, setzte er seine Konversation fort. Hatte sie vielleicht Ansichtskarten vom *alten* Riga? Er stellte fest, daß in der Nähe niemand sonst war, glaubte lange genug geredet zu haben, beugte sich weiter vor, als ob er sie gebeten hätte, ihm ein Detail auf einer der Ansichtskarten zu erklären.

»Sie erkennen mich wieder«, sagte er. »Sie haben mir einmal eine Eintrittskarte für ein Konzert gegeben, bei dem ich Baiba Liepa getroffen habe. Jetzt müssen Sie mir helfen, sie wieder zu treffen. Ich kenne niemand anderen als Sie, den ich um Hilfe bitten könnte. Es ist wichtig, daß ich die Chance bekomme, Baiba Liepa zu treffen. Aber Sie müssen wissen, daß es sehr gefährlich ist, da sie überwacht wird. Ich weiß nicht, ob Sie gehört haben, was gestern geschehen ist. Zeigen Sie mir etwas in der Broschüre, tun Sie, als würden Sie mir etwas erklären, und antworten Sie mir gleichzeitig.«

Ihre Unterlippe begann zu zittern, und er sah, daß ihre Augen sich mit Tränen füllten. Da er nicht riskieren konnte, daß sie anfing zu weinen, sagte er schnell, daß er an Karten mit Motiven aus ganz Lettland und nicht nur aus Riga interessiert sei. Ein guter Freund hatte ihm von der großen Auswahl erzählt, die man *immer* im Hotel »Latvija« fände.

Sie faßte sich wieder, und er sagte ihr, er hätte verstanden. Sie hatte es also gewußt, aber hatte sie auch erfahren, daß er nach Lettland zurückgekommen war? Sie schüttelte den Kopf.

»Ich weiß nicht, wo ich hin soll«, fuhr er fort. »Ich muß mich irgendwo verstecken, während Sie mir helfen, Baiba zu treffen.«

Er wußte nicht einmal ihren Namen, nur daß ihre Lippen viel zu rot waren. Hatte er eigentlich das Recht, sie für seine Zwecke einzuspannen? Hätte er nicht doch besser aufgeben und sich zur schwedischen Vertretung durchfragen sollen? Wo verlief in einem Land, in dem unschuldige Menschen erschossen werden konnten, eigentlich die Grenze für das Vernünftige und Anständige?

»Ich weiß nicht, ob ich ein Treffen zwischen Ihnen und Baiba organisieren kann«, sagte sie mit leiser Stimme. »Ich habe keine Ahnung, ob das jetzt noch möglich ist. Aber ich kann Sie bei mir zu Hause verstecken. Ich bin viel zu unbedeutend, um das Interesse der Polizei auf mich zu ziehen. Kommen Sie in einer Stunde hierher zurück. Warten Sie an der Bushaltestelle auf der anderen Straßenseite. Gehen Sie jetzt.«

Er richtete sich auf, dankte ihr, wie der von ihm gespielte zufriedene Kunde es getan hätte, steckte eine Broschüre in die Tasche und verließ das Hotel. Während der nächsten Stunde mischte er sich unter die Menschen in einem der großen Kaufhäuser und kaufte in der Absicht, sein Aussehen erneut zu verändern, eine neue Mütze. Zur verabredeten Zeit stellte er sich an die Bushaltestelle. Er sah sie aus dem Hotel kommen, und als sie neben ihm stand, tat sie so, als wäre er ihr fremd. Sie stiegen in den Bus, der nach ein paar Minuten kam, und er setzte sich einige Reihen hinter sie. Der Bus fuhr über eine halbe Stunde lang durch die Innenstadt, bevor er seinen Weg in einen der Vororte Rigas aufnahm. Wallander versuchte, sich den Weg zu merken, aber er erkannte nur den riesigen Kirovpark wieder. Sie fuhren durch eine unendlich erscheinende düstere Wohngegend. Als sie das Haltesignal drückte, war er nicht darauf gefaßt und wäre fast nicht mehr rechtzeitig aus dem Bus gekommen. Sie überquerten einen überfrorenen Spielplatz, auf dem einige Kinder an einem rostigen Eisengestell kletterten. Wallander trat auf eine tote Katze, die aufgedunsen auf der Erde lag, und folgte der Frau in einen dunklen und hallenden Toreingang. Sie gelangten auf einen offenen Hinterhof, wo ihnen der kalte Wind ins Gesicht blies. Sie wandte sich ihm zu.

»Ich wohne sehr beengt«, sagte sie. »Mein alter Vater wohnt bei mir. Ich werde einfach erzählen, daß Sie ein obdachloser Freund sind. Unser Land ist voller Menschen, die keine Wohnung haben, da ist es ganz natürlich, daß wir einander helfen. Später kommen meine beiden Kinder aus der Schule nach Hause. Ich schreibe einen Zettel, daß Sie ein Freund sind, und daß sie Ihnen Tee kochen sollen. Es ist sehr eng, aber es ist alles, was ich Ihnen anbieten kann. Ich muß sofort zum Hotel zurück.«

Die Wohnung bestand aus zwei Zimmern, einer Küche, die eher einer Kochnische in einem offenen Kleiderschrank glich, und einem winzigen Badezimmer. Auf einem Bett ruhte ein alter Mann.

»Ich weiß nicht einmal, wie Sie heißen«, sagte Wallander, als er den ihm gereichten Kleiderbügel annahm.

»Vera«, antwortete sie. »Sie sind Wallander.«

Sie sprach seinen Nachnamen aus, als wäre es sein Vorname, und ihm schoß durch den Kopf, daß er bald selbst nicht mehr wußte, wie er hieß. Der alte Mann setzte sich im Bett auf, aber als er auf einen Stock gestützt aufstehen wollte, um den obdachlosen Fremden willkommen zu heißen, protestierte Wallander. Das sei nicht nötig, er wolle nicht zur Last fallen. Vera stellte in der kleinen Küche Brot und Aufschnitt zurecht, und Wallander protestierte aufs neue, daß er nur ein Versteck suche und keinen gedeckten Tisch. Es war ihm peinlich, sie um Hilfe zu bitten, und er schämte sich seiner Wohnung in der Mariagatan, die dreimal größer war als der Raum, den sie zur Verfügung hatte. Sie zeigte ihm das andere Zimmer, in dem ein sperriges Bett den meisten Platz einnahm.

»Schließen Sie die Tür, wenn Sie nicht gestört werden wollen«, sagte sie. »Hier können Sie sich ausruhen. Ich werde versuchen, so schnell wie möglich aus dem Hotel wegzukommen.«

»Ich will nicht, daß Sie sich meinetwegen in Gefahr bringen«, sagte er.

»Was nötig ist, muß immer getan werden«, antwortete sie. »Ich bin froh, daß Sie sich an mich gewandt haben.«

Dann ging sie. Wallander ließ sich schwer auf die Bettkante fallen.

Bis hierher hatte er es geschafft.

Jetzt blieb ihm nichts anderes übrig, als auf Baiba Liepa zu warten.

Vera kam um kurz vor fünf aus dem Hotel zurück. Bis dahin hatte Wallander zusammen mit ihren Kindern, der zwölfjährigen Sabine und ihrer zwei Jahre älteren Schwester Ieva, Tee getrunken. Er hatte ein paar lettische Wörter gelernt, die beiden hatten über seinen unbeholfenen Versuch, »Mein Hut, der hat drei Ecken« zu singen, gekichert, und Veras Vater hatte mit brüchiger Stimme eine alte Soldatenballade gesungen. Für kurze Zeit war es Wallander gelungen, seinen Auftrag, die Erinnerung an Ineses durchschossenes Auge und das brutale Morden zu verdrängen. Er hatte entdeckt, daß es ein normales Leben jenseits der Welt der Obersten gab, und das hatte Major Liepa durch seinen selbst gewählten Auftrag verteidigt. Für Sabine, Ieva und Veras alten Vater trafen sich Menschen in versteckten Jagdhütten oder Lagerhäusern.

Nachdem Vera zurückgekehrt war und ihre Töchter umarmt hatte, schloß sie hinter sich und Wallander die Tür. Sie saßen auf ihrem Bett, und die Situation schien ihr plötzlich peinlich zu sein. Um ihr seine Dankbarkeit zu zeigen, berührte er ihren Arm, aber sie mißverstand die Geste und zog sich zurück. Er sah ein, daß es sinnlos war, ihr das zu erklären, und fragte statt dessen, ob es ihr gelungen sei, Kontakt zu Baiba Liepa aufzunehmen.

»Baiba weint«, antwortete sie. »Sie trauert um ihre Freunde. Sie weint vor allem um Inese. Sie hatte sie alle gewarnt, weil die Polizei ihre Bewachung verstärkt hatte, sie hatte sie angefleht, vorsichtig zu sein. Trotzdem ist geschehen, was sie befürchtet hat. Baiba weint, aber sie ist auch voller Zorn, genau wie ich. Sie will Sie heute abend treffen, Wallander, und wir haben einen Plan. Aber bevor ich weiterspreche, müssen wir etwas essen. Wenn wir nichts essen, haben wir bereits jede Hoffnung aufgegeben.«

Sie zwängten sich an einen Eßtisch, der von einer Wand des Zimmers, in dem der Vater sein Bett hatte, heruntergeklappt wurde. Wallander kam es vor, als lebten Vera und ihre Familie in einem Wohnwagen. Damit alle Platz bekamen, mußte die Einrichtung wohlüberlegt sein, und er fragte sich ernsthaft, wie es möglich war, ein ganzes Leben lang in dieser Enge auszuhalten. Er dachte an den Abend zurück, an dem er Oberst Putnis' Villa außerhalb von Riga besucht hatte. Um seine Privilegien zu wahren, hatte einer der beiden Obersten seinen Untergebenen eine Hetzjagd auf Menschen wie den Major und Inese befohlen. Nun begriff er, wie groß die Kluft zwischen diesen Welten war. Und weil die eine fürchtete, ihre Macht zu verlieren, mußte Blut fließen.

Sie aßen eine Gemüsesuppe, die Vera auf dem winzigen Herd zubereitete. Die beiden Mädchen trugen Brot und Bier auf. Obwohl Wallander Veras gewaltige Anspannung bemerkte, bewahrte sie vor ihrer Familie ihre scheinbar gelassene Haltung. Wieder dachte er, daß er nicht das Recht hatte, sie durch seine Bitte um Hilfe in Gefahr zu bringen. Wie sollte er sich jemals verzeihen können, wenn ihr etwas zustieß?

Als die Mahlzeit beendet war, deckten die Mädchen den Tisch ab und spülten, während Veras Vater sich wieder ins Bett legte.

»Wie heißt Ihr Vater?« fragte Wallander.

»Er hat einen merkwürdigen Namen«, antwortete Vera. »Er heißt Antons. Er ist sechsundsiebzig und hat Probleme mit dem Wasserlassen. Sein ganzes Leben lang hat er als Vorarbeiter in einer Druckerei gearbeitet. Man sagt, daß alte Setzer an einer Bleivergiftung leiden können, die sie zerstreut und abwesend macht. Manchmal ist er wie weggetreten. Vielleicht hat die Krankheit auch ihn eingeholt?«

Sie saßen wieder auf dem Bett in ihrem Schlafzimmer, und sie hatte den Türvorhang zugezogen. Die Mädchen flüsterten und kicherten in der Kochnische, und er wußte, daß der entscheidende Augenblick gekommen war.

»Erinnern Sie sich an die Kirche, in der Sie Baiba während eines Orgelkonzerts getroffen haben?« fragte sie. »Die Gertrudkirche?«

Er nickte, er erinnerte sich.

»Glauben Sie, daß Sie dorthin zurückfinden können?«

»Nicht von hier aus.«

»Aber vom Hotel ›Latvija‹? Vom Stadtzentrum?«

»Das kann ich.«

»Ich kann Sie nicht in die Stadt begleiten. Das ist zu gefährlich. Aber es hat wohl niemand Verdacht geschöpft, daß Sie bei mir sind. Sie müssen allein mit dem Bus ins Zentrum zurückfahren. Steigen Sie nicht an der Haltestelle vor dem Hotel aus. Steigen Sie früher oder später aus. Suchen Sie die Kirche, und warten Sie bis zehn Uhr. Erinnern Sie sich an die Hintertür zum Kirchhof, durch die Sie die Kirche beim letzten Mal verlassen haben?«

Wallander nickte. Er glaubte sich zu erinnern.

»Gehen Sie dort hinein, wenn Sie sicher sind, daß es niemand sieht. Warten Sie dort. Wenn Baiba kann, kommt sie.«

»Wie haben Sie Baiba erreicht?«

»Ich habe sie angerufen.«

Wallander sah sie ungläubig an.

»Das Telefon wird doch sicher abgehört?«

»Natürlich wird es abgehört. Ich habe angerufen und gesagt, daß ein von ihr bestelltes Buch jetzt angekommen sei. Da wußte sie, daß sie in eine Buchhandlung gehen und nach einem bestimmten Buch fragen sollte. Dort hatte ich einen Brief hinterlassen, in dem stand, daß Sie gekommen und jetzt bei mir sind. Daraufhin bin ich in das Geschäft gegangen, in dem ein Nachbar Baibas immer einkauft. Dort lag ein Brief von Baiba, in dem sie mitteilte, daß sie versuchen würde, heute abend in die Kirche zu kommen.«

»Und wenn es ihr nicht gelingt?«

»Dann kann ich Ihnen nicht mehr weiterhelfen. Sie können auch nicht hierher zurückkehren.«

Wallander sah ein, daß sie recht hatte. Es war seine einzige Chance, Baiba Liepa wiederzusehen. Wenn der Versuch mißlang, konnte er nichts anderes tun, als die schwedische Vertretung aufzusuchen, um dort Hilfe für seine Ausreise zu erbitten.

»Wissen Sie, wo hier die Schwedische Botschaft ist?«

Sie dachte nach, bevor sie antwortete.

»Ich bin mir nicht sicher, ob Schweden hier überhaupt eine Botschaft hat«, sagte sie schließlich.

»Aber ein Konsulat muß es doch wenigstens geben?«

»Ich weiß leider nicht, wo.«

»Es muß im Telefonbuch stehen. Schreiben Sie die lettischen Bezeichnungen für Schwedische Botschaft und Schwedisches Konsulat auf. Ein Telefonbuch muß in einem Restaurant zu finden sein. Schreiben Sie auch das lettische Wort für Telefonbuch auf.«

Sie schrieb alles auf einen Zettel, den sie aus einem Schreibheft der Mädchen riß, und brachte ihm bei, die Worte richtig auszusprechen.

Zwei Stunden später verabschiedete er sich von Vera und ihrer Familie und machte sich auf den Weg. Sie hatte ihm ein altes Hemd und einen Schal ihres Vaters gegeben, damit er noch einmal sein Aussehen verändern konnte. Er fragte sich, ob er sie jemals wiedersehen würde, und merkte, daß er diese Menschen bereits vermißte.

Die tote Katze lag wie ein schlechtes Omen vor seinen Füßen, als er zur Bushaltestelle ging. Vera hatte ihm etwas Kleingeld gegeben, mit dem er die Fahrkarte bezahlen sollte.

Als er in den Bus gestiegen war, hatte er das Gefühl, wieder überwacht zu werden. Am Abend fuhren nicht viele Menschen in die Stadt, und er hatte sich in die hinterste Reihe gesetzt, so daß er alle Rücken vor sich hatte. Er warf ab und zu einen Blick durch die dreckige Heckscheibe des Busses, konnte aber kein Auto erkennen, das ihnen folgte.

Trotzdem sagte ihm sein Instinkt, das etwas nicht stimmte. Der Gedanke, daß sie ihn nun gefunden hatten und verfolgten, ließ ihm keine Ruhe. Er überlegte, was er tun sollte. Er hatte ungefähr fünfzehn Minuten Zeit, einen Entschluß zu fassen. Wo sollte er aussteigen, wie sollte er eventuelle Verfolger abschütteln? Das Ganze schien eine unlösbare Aufgabe zu sein, aber plötzlich kam ihm eine Idee, die verwegen genug war, um Aussicht auf Erfolg zu haben. Er ging davon aus, daß sie nicht nur ihn überwachten. Für sie mußte es mindestens genauso wichtig sein, ihm zu einem Treffen mit Baiba Liepa zu folgen, um dann im richtigen Augenblick an das Testament des Majors zu gelangen.

Um seinen Plan durchführen zu können, befolgte er Veras Anweisungen nicht und stieg am Hotel »Latvija« aus. Ohne sich umzusehen, betrat er das Hotel, ging zur Rezeption und fragte, ob für ein oder zwei Nächte ein Zimmer frei wäre. Er sprach laut und deutlich englisch, und als der Portier antwortete, daß sie freie Zimmer hätten, legte er seinen deutschen Paß vor und schrieb sich als Gottfried Hegel ein. Er erklärte, sein Gepäck komme gerade, und sagte dann so laut, daß er nicht unglaubwürdig erschien, er wolle kurz vor Mitternacht geweckt werden, da er um diese Zeit ein wichtiges Telefongespräch erwarte und es nicht verschlafen wolle. Im Idealfall würde ihm das einen Vorsprung von vier Stunden einbringen. Da er kein Gepäck dabei hatte, nahm er selbst den Schlüssel entgegen und ging zum Aufzug. Er hatte ein Zimmer im vierten Stock bekommen, und jetzt durfte er nicht zögern, sondern mußte sofort handeln. Er rief sich ins Gedächtnis, wie die Hintertreppen des Hotels im Verhältnis zu den langen Korridoren lagen, und als er im vierten Stock aus dem Aufzug trat, wußte er sofort, wohin er gehen mußte. Er folgte der dunklen Hintertreppe und hoffte, daß es ihnen noch nicht gelungen war, das ganze Hotel zu überwachen. Er ging bis in den Keller hinunter und fand die Tür, die zur Rückseite des Hotels führte. Für den Bruchteil einer Sekunde fürchtete er, daß sie verschlossen sein würde, aber er hatte Glück, denn der Schlüssel steckte von innen im Schloß. Er trat in die dunkle Gasse hinaus, blieb einen Augenblick völlig regungslos stehen und schaute sich um, aber die Straße lag verlassen da, und nirgends konnte er eilige Schritte ausmachen. Er lief Häuserreihen entlang, bog in immer neue Querstraßen ab und blieb nicht eher stehen, bis er sich mindestens drei Blocks vom Hotel entfernt hatte. Da war er bereits außer Atem und versteckte sich in einem Hauseingang, um Luft zu holen und zu prüfen, ob ihm jemand folgte.

Er stellte sich vor, wie Baiba Liepa zur gleichen Zeit versuchte, die Schatten, die einer der Obersten ausgesandt hatte, abzuschütteln. Er war sich sicher, daß sie es schaffen würde, sie hatte den besten aller Lehrer gehabt, den Major.

Kurz vor halb zehn hatte er die Gertrudkirche erreicht. Die riesigen Kirchenfenster waren dunkel, und er entdeckte einen Hinterhof, in dem er warten konnte. Von irgendwoher hörte er einen langgezogenen, trostlosen Wortschwall, der in einem Poltern und Heulen endete, anschließend war es beklemmend still. Er wippte mit den Füßen, um die Kälte abzuwehren, und versuchte, sich an das Datum zu erinnern. Auf der Straße fuhren einzelne Autos vorbei, und er war die ganze Zeit darauf vorbereitet, daß eins dieser Autos plötzlich bremsen und sie ihn dann in seinem Versteck zwischen den Mülltonnen entdecken würden.

Das ungute Gefühl, daß sie ihn bereits aufgespürt hatten, kehrte zurück, und sein Versuch, sie durch die Buchung im Hotel »Latvija« abzuschütteln, erschien ihm nun vergeblich. War es ein Fehler gewesen, vorauszusetzen, daß die Frau mit den roten Lippen nicht im Auftrag der Obersten handelte? Vielleicht warteten sie in den Schatten des Friedhofs, warteten auf den Augenblick, in dem das Testament des Majors aus dem Versteck geholt werden würde? Er schob die Gedanken beiseite. Seine einzige Alternative war, zu einer schwedischen Vertretung zu fliehen, und er wußte genau, daß er das nicht konnte.

Von der Kirchturmuhr erklangen zehn Schläge. Er verließ den Hinterhof, beobachtete aufmerksam die Straße und eilte dann zu dem kleinen Eisentor. Obwohl er es so vorsichtig wie möglich öffnete, war ein leises Quietschen zu hören. Einzelne Straßenlaternen warfen schwache Lichtbündel über die Kirchhofmauer. Er blieb bewegungslos stehen und horchte. Alles war still. Vorsichtig folgte er einem Trampelpfad zu dem Seitenschiff, durch das er beim letzten Mal zusammen mit Baiba Liepa die Kirche verlassen hatte. Wieder hatte er das Gefühl, beobachtet zu werden, daß seine Beschatter irgendwo vor ihm waren, aber da er nichts anderes tun konnte, ging er zur Kirchenmauer und wartete dort.

Baiba Liepa tauchte lautlos an seiner Seite auf, sie schien ein Teil der Dunkelheit gewesen zu sein, der sich nun löste und Gestalt annahm. Er zuckte zusammen, als er sie entdeckte. Sie flüsterte ihm etwas zu, das er nicht verstand. Dann zog sie ihn hastig durch die nur angelehnte Tür ins Seitenschiff, und da begriff er, daß sie in der Kirche auf ihn gewartet hatte. Sie schloß die Tür mit einem großen Schlüssel ab und ging zum Altarraum. Die Dunkelheit im Innern der Kirche war undurchdringlich, sie führte ihn wie einen Blinden an der Hand, und er konnte nicht verstehen, wie sie sich in dieser Finsternis orientieren konnte. Hinter der Sakristei befand sich ein fensterloser Abstellraum, wo eine Petroleumlampe auf einem Tisch stand. Hier hatte sie auf ihn gewartet. Ihre Pelzmütze lag auf einem Stuhl, und zu seiner Verwunderung und Rührung entdeckte er ein Foto des Majors neben der Lampe. Er sah auch eine Thermoskanne, ein paar Äpfel und ein Stück Brot. Es hatte den Anschein, als wollte sie ihn zu einem letzten Abendmahl einladen, und er fragte sich, wie lange es dauern würde, bis die beiden Obersten sie eingeholt hatten. Er fragte sich auch, welche Einstellung sie zur Kirche hatte, ob sie im Gegensatz zu ihrem verstorbenen Mann einen Gott hatte. Im Grunde genommen wußte er genauso wenig über sie, wie er damals über ihren Mann gewußt hatte.

Als sie in dem Raum hinter der Sakristei angelangt waren, umarmte sie ihn fest. Sie weinte, und ihre Trauer und Wut waren so stark, daß ihre Hände sich wie Eisenklauen hinter seinem Rücken verschränkten.

»Sie haben Inese getötet«, flüsterte sie. »Sie haben alle getötet. Ich glaubte, auch du wärst tot. Ich glaubte, alles wäre aus und vorbei, bis Vera mich anrief.«

»Es war entsetzlich«, sagte Wallander. »Aber daran dürfen wir jetzt nicht denken.«

Sie sah ihn erstaunt an.

»Wir müssen immer daran denken«, erwiderte sie. »Wenn wir das vergessen, dann vergessen wir, daß wir Menschen sind.«

»Ich meinte nicht, daß wir vergessen sollen«, erklärte er. »Ich meine bloß, daß wir weitermachen müssen. Die Trauer lähmt uns.«

Sie sank auf einen Stuhl. Er sah, daß Müdigkeit und Schmerz an ihr gezehrt hatten, und überlegte, wie lange sie noch durchhalten würde.

In dieser Nacht, die sie gemeinsam in der Kirche verbrachten, glaubte Kurt Wallander zum ersten Mal in seinem Leben, bis ins Herz des Jahrhunderts gestoßen zu sein. Bis dahin hatte er selten über den Sinn des Lebens nachgedacht. Manchmal, in düsteren Momenten, wenn er auf Menschen sah, die erschlagen worden waren, auf Kinder, die bei Verkehrsunfällen getötet wurden, auf verzweifelte Selbstmörder, traf ihn die Einsicht, wie kurz das Leben angesichts des Todes war, wie ein Schlag. Man lebte nur kurze Zeit, man würde unendlich lange tot sein. Aber er besaß ein großes Talent, solche Gedanken zu verdrängen; das Leben war für ihn zum größten Teil ein praktisches Durcheinander, und er glaubte nicht, daß er sein Dasein bereichern konnte, wenn er nur einer bestimmten Philosophie folgte. Ebenso wenig hatte er sich über die Epoche Gedanken gemacht, in die er zufällig geraten war. Man wurde irgendwann geboren, und man starb irgendwann; anders hatte er die Grenzen des Daseins noch nie zu betrachten vermocht. Aber die Erlebnisse dieser Nacht ließen ihn tiefer als bisher in sich hineinblicken. Er begriff, daß die Welt ganz anders aussah als Schweden, und seine eigenen Probleme kamen ihm verglichen mit den Schrecken, die Baiba Liepas Leben prägten, belanglos vor. Er schien erst in dieser Nacht zu begreifen, daß es tatsächlich ein Massaker gegeben hatte, daß Inese tot war: Das Unwirkliche wurde wirklich. Die Obersten existierten, Sergeant Zids feuerte mit einer echten Waffe tödliche Kugeln ab, die Herzen sprengen und im Bruchteil einer Sekunde ein verlassenes Universum schaffen konnten. Er machte sich Gedanken darüber, welch verzehrende Qual ein permanenter Angstzustand sein mußte. Das Zeitalter der Angst, dachte er. Das ist meine Zeit, und das habe ich erst jetzt begriffen, da ich bereits über vierzig bin.

Baiba sagte, daß sie in der Kirche sicher wären, so sicher sie nun einmal sein konnten. Der Pfarrer der Kirche war ein enger Freund von Karlis Liepa gewesen und hatte nicht gezögert, Baiba ein Versteck zur Verfügung zu stellen, als diese ihn um Hilfe gebeten hatte. Wallander erzählte von seinem instinktiven Gefühl, daß die Häscher ihn bereits gefunden hatten und nun irgendwo in den Schatten warteten.

»Warum sollten sie warten?« wandte Baiba ein. »Für diese Menschen gibt es keinen Grund zu warten, wenn sie die Absicht haben, andere, die ihre Existenz bedrohen, zu fassen und zu bestrafen.«

Wallander mußte einsehen, daß sie recht haben konnte. Doch er war sich sicher, daß es ihnen vor allem auf das Testament des Majors ankam, die hinterlassenen Beweise schreckten sie, nicht eine Witwe und ein ihrer Einschätzung nach naiver schwedischer Polizist, der sich zu einem privaten und geheimen Rachefeldzug aufgemacht hatte.

Ihm war noch ein anderer Gedanke gekommen, ein Gedanke, der so verblüffend war, daß er Baiba zunächst nichts sagte. Aber er hatte plötzlich eingesehen, daß tatsächlich ein dritter Grund dafür existieren konnte, daß die Beschatter sich nicht zu erkennen gaben, sie nicht ergriffen und in das befestigte Polizeihauptquartier abführten. Je länger er in dieser langen Nacht in der Kirche diese Möglichkeit erwog, desto glaubhafter erschien sie ihm. Aber er sagte erst einmal nichts, um Baiba nicht noch mehr zu belasten.

Er spürte, daß sie so verzweifelt war, weil sie Karlis' Testament nicht finden konnte, und weil sie um Inese und die anderen Freunde trauerte. Sie hatte alle nur erdenklichen Möglichkeiten überprüft, hatte versucht, sich in die Denkweise ihres Mannes hineinzuversetzen, aber trotzdem nicht die Lösung gefunden. Sie hatte Kacheln im Badezimmer herausgerissen und die Polster der Möbel zerschnitten, aber nirgends etwas anderes gefunden als Staub und Überreste von toten Mäusen.

Wallander versuchte ihr zu helfen. Sie saßen sich gegenüber, sie schenkte Tee ein, und das Licht der Petroleumlampe verwandelte das düstere Kirchengewölbe in einen Raum voller Nähe und Wärme. Am liebsten hätte Wallander sie in den Arm genommen und ihre Trauer geteilt. Wieder dachte er daran, sie mit sich nach Schweden zu nehmen. Aber er wußte, daß sie sich das nicht würde vorstellen können, erst recht nicht jetzt, nachdem Inese und die anderen Freunde ermordet worden waren. Sie würde lieber sterben, als den Gedanken aufzugeben, das Testament ihres Mannes zu finden.

Gleichzeitig überprüfte er die dritte Erklärung für das Stillhalten ihrer Verfolger. Er war inzwischen davon überzeugt, daß sie nicht nur einen Feind hatten, der in den Schatten lauerte, sondern auch einen *Feind des Feindes*, der sie überwachte. *Der Kondor* und *der Kiebitz*, dachte er. Ich weiß nach wie vor nicht, welcher Oberst welches Federkleid trägt. Aber vielleicht kennt *der Kiebitz den Kondor* und will dessen Opfer schützen?

Die Nacht in der Kirche war wie eine Reise in einen unbekannten Kontinent. Dort versuchten sie, etwas zu finden, von dem sie nicht einmal wußten, wie es aussah. Ein Paket? Eine Tasche? Wallander hielt den Major für einen weisen Mann, der wußte, daß ein Versteck seinen Wert verlor, wenn es zu gut gewählt war. Aber um in die entschlossene Welt des Majors eindringen zu können, mußte er mehr über Baiba wissen. Er stellte Fragen, die er eigentlich nicht hatte stellen wollen, aber sie forderte, er sollte keine Rücksicht nehmen.

Mit ihrer Hilfe durchforschte er das Leben der beiden bis in die intimsten Details. Hin und wieder erreichten sie einen Punkt, an dem er glaubte, der Lösung auf die Spur gekommen zu sein. Aber jedesmal stellte sich heraus, daß Baiba die Möglichkeit bereits bedacht und die Spur sich als kalt erwiesen hatte.

Morgens um halb vier war er nahe daran aufzugeben. Er betrachtete mit müden Augen ihr erschöpftes Gesicht.

»Was gibt es noch?« Er richtete die Frage auch an sich selbst. »Wo kann man noch suchen? Ein Versteck muß *irgendwo* sein, in einem Raum. Einem unbeweglichen Raum, wasserdicht, brandsicher, einbruchsicher. Was bleibt da noch?«

Er zwang sich, weiterzumachen.

»Hat euer Haus einen Keller?« fragte er.

Sie schüttelte den Kopf.

»Über den Dachboden haben wir schon gesprochen. Die gesamte Wohnung haben wir auf den Kopf gestellt, das Ferienhaus deiner Schwester, das Haus seines Vaters in Ventspils. Denk nach, Baiba. Es muß noch eine andere Möglichkeit geben.«

Er spürte, daß sie am Rande eines Zusammenbruchs stand.

»Nein«, sagte sie. »Einen anderen Platz gibt es nicht.«

»Es muß nicht unbedingt in einem Haus sein. Du hast erzählt, daß ihr manchmal ans Meer gefahren seid. War dort ein Stein, auf dem ihr immer gesessen habt? Wo habt ihr euer Zelt aufgeschlagen?«

»Das habe ich doch schon alles erzählt. Ich weiß, daß Karlis dort niemals etwas versteckt hätte.«

»Habt ihr euer Zelt wirklich immer an der gleichen Stelle aufgeschlagen? In acht aufeinanderfolgenden Sommern? Vielleicht habt ihr ein einziges Mal eine andere Stelle gewählt?«

»Wir beide haben uns immer darauf gefreut, an einen bekannten Ort zurückkehren zu können.«

Sie wollte weitergehen, aber er trieb sie die ganze Zeit zurück. Er war überzeugt, daß der Major niemals ein zufälliges Versteck gewählt hätte. Der von ihm ausgesuchte Ort mußte ganz einfach in ihrer gemeinsamen Geschichte zu finden sein.

Er fing wieder von vorne an. Das Petroleum in der Lampe

war verbraucht, aber Baiba beschaffte eine Kirchenkerze und tropfte etwas Wachs auf eine Papiermanschette. Danach gingen sie noch einmal den gemeinsamen Lebensweg der beiden durch. Wallander fürchtete, daß Baiba vor Erschöpfung ohnmächtig werden könnte. Er fragte sich, wann sie zum letzten Mal geschlafen hatte, und versuchte sie aufzumuntern, indem er sich optimistisch gab. Er begann noch einmal mit ihrer gemeinsamen Wohnung. Könnte sie vielleicht trotz allem etwas übersehen haben? Ein Haus besteht aus einer Unzahl von Hohlräumen.

Er zog sie von Zimmer zu Zimmer. Zum Schluß war sie so müde, daß sie ihre Antworten herausschrie.

»Es existiert nicht!« schrie sie. »Wir hatten ein Heim, nur im Sommer waren wir fort. Tagsüber war ich an der Universität, und Karlis fuhr ins Polizeihauptquartier. Es existieren keine Unterlagen. Karlis muß geglaubt haben, daß er unsterblich ist.«

Wallander merkte, daß sich ihre Wut nun auch gegen ihren Mann richtete. Ihr Klageruf erinnerte ihn an das Jahr zuvor, als ein somalischer Flüchtling in Schweden ermordet worden war und Martinsson versucht hatte, die verzweifelte Witwe zu beruhigen.

Wir leben im Zeitalter der Witwen, überlegte er. Die Wohnstätten der Witwen und der Angst sind unser Zuhause …

Plötzlich unterbrach er seinen Gedankengang. Baiba erkannte sofort, daß ihm eine völlig neue Idee gekommen war.

»Was ist los?« flüsterte sie.

»Warte«, antwortete er. »Ich muß nachdenken.«

Konnte das möglich sein? Er prüfte den Gedanken aus unterschiedlichen Blickwinkeln, versuchte ihn als einen sinnlosen Einfall zu verwerfen. Aber er ließ ihn trotzdem nicht los.

»Ich möchte dir eine Frage stellen«, sagte er langsam. »Und ich will, daß du antwortest, ohne nachzudenken. Ich will, daß du sofort antwortest. Wenn du anfängst nachzudenken, könntest du die Antwort verfälschen.«

Sie betrachtete ihn gespannt im Licht der flackernden Flamme.

»Ist es möglich, daß Karlis das undenkbarste aller Verstecke gewählt hat«, fragte er. »Ein Versteck im Polizeihauptquartier?«

Er sah es in ihren Augen aufblitzen.

»Ja«, antwortete sie schnell. »Das wäre möglich.«

»Warum?«

»Karlis war so. Es würde zu seinem Charakter passen.«

»Wo?«

»Ich weiß es nicht.«

»Sein eigenes Büro kann es unmöglich sein. Hat er jemals über das Polizeihauptquartier gesprochen?«

»Er fand es abscheulich. Wie ein Gefängnis. Es *war* ein Gefängnis.«

»Denk nach, Baiba. Gab es einen Raum, den er besonders erwähnte? Der ihm mehr bedeutete als die anderen? Den er mehr als alle übrigen Räume verabscheute? Oder den er vielleicht sogar mochte?«

»In den Vernehmungszimmern konnte ihm regelrecht übel werden.«

»Dort kann man nichts verstecken.«

»Er haßte die Zimmer der Obersten.«

»Auch dort kann er nichts versteckt haben.«

Sie dachte so angestrengt nach, daß sie die Augen schloß.

Als sie die Augen wieder aufschlug, hatte sie die Antwort.

»Karlis sprach oft vom Raum des Bösen. Er sagte, daß in diesem Raum sämtliche Dokumente versteckt seien, die all jenes Unrecht, das unser Land getroffen hat, beschrieben. Natürlich hat er dort sein Testament versteckt. Mitten zwischen den Erinnerungen an alle, die so lange und so schwer gelitten haben. Er hat seine Papiere irgendwo im Archiv des Polizeihauptquartiers abgelegt.« Wallander betrachtete ihr Gesicht. Plötzlich war alle Müdigkeit wie weggeblasen.

»Ja«, sagte er. »Ich glaube, du hast recht. Er hat ein Versteck innerhalb eines anderen Verstecks gewählt. Er hat das chinesische Kästchen gewählt. Aber wie hat er sein Testament gekennzeichnet, so daß nur du es wiederfinden kannst?«

Plötzlich begann sie gleichzeitig zu lachen und zu weinen.

»Ich weiß es«, schluchzte sie. »Jetzt verstehe ich endlich, wie er gedacht hat. Als wir uns kennengelernt haben, hat er mir immer Kartentricks vorgeführt. Als er jung war, hatte er nicht nur davon geträumt, Ornithologe zu werden. Er hatte auch mit dem Gedanken gespielt, Zauberer zu werden. Ich bat ihn, mir seine Tricks beizubringen. Er weigerte sich. Es wurde zu einem Spiel zwischen uns. Er zeigte mir nur einen einzigen seiner Kartentricks, den einfachsten von allen. Man teilt das Spiel in zwei Hälften, alle schwarzen Karten auf den einen, alle roten auf den anderen Stapel. Dann bittet man jemanden, eine Karte zu ziehen, sie sich zu merken und danach wieder zurückzustecken. Dazu hält man die andere Kartenspielhälfte hin, so landet eine rote Karte zwischen den schwarzen oder eine schwarze zwischen den roten. Er sagte sehr oft, daß ich sein Leben in einer grauen Welt der Trostlosigkeit erleuchten würde. Aus dem Grund suchten wir immer nach einer roten Blume zwischen den blauen oder gelben, wir suchten ein grünes Haus zwischen weißen. Das Spiel war unser Geheimnis. Daran muß er gedacht haben, als er sein Testament versteckte. Ich nehme an, daß das Archiv voll verschiedenfarbiger Ordner ist. Irgendwo gibt es eine Mappe, die von den anderen abweicht, vielleicht in der Farbe oder in der Größe. Darin befindet sich, wonach wir suchen.«

»Das Polizeiarchiv muß sehr groß sein«, sagte Wallander.

»Manchmal, wenn er verreiste, legte er ein Kartenspiel auf mein Kissen, in dem eine rote Karte zwischen die schwarzen gesteckt war«, fuhr sie fort. »Selbstverständlich gibt es in dem Archiv auch eine Akte über mich. In ihrer Nähe hat er unbemerkt seine fremde Karte versteckt.«

Es war halb sechs. Sie hatten das Ziel noch nicht erreicht, aber sie glaubten nun zu wissen, wo es lag.

Wallander streckte seine Hand aus und berührte ihren Arm.

»Ich möchte, daß du mit mir nach Schweden fährst«, sagte er auf schwedisch.

Sie sah ihn verständnislos an.

»Ich habe gesagt, daß wir uns ausruhen müssen«, erklärte er. »Wir müssen von hier verschwinden, bevor die Morgendämmerung hereinbricht. Wir wissen nicht, wohin wir gehen sollen. Wir wissen noch nicht, wie wir den schwierigsten aller Zaubertricks vollbringen und in das Polizeiarchiv hineinkommen sollen. Darum müssen wir uns jetzt ausruhen.«

Im Schrank lag unter einer alten Mitra eine zusammengerollte Decke. Baiba breitete sie auf dem Boden aus. Als wäre es die natürlichste Sache der Welt, krochen sie eng zusammen, um sich warm zu halten.

»Schlaf«, sagte er. »Ich muß mich nur ein wenig ausruhen. Ich werde mich wachhalten. Ich wecke dich, wenn wir gehen müssen.«

Er wartete eine Weile.

Aber es kam keine Antwort.

Sie war schon eingeschlafen.

17

Kurz vor sieben verließen sie die Kirche.

Wallander mußte Baiba stützen, die vor Müdigkeit halb bewußtlos war. Es war noch dunkel, als sie sich auf den Weg machten. Während sie neben ihm auf dem Boden schlief, hatte er darüber nachgedacht, was sie jetzt zu tun hatten. Er wußte, daß er allein entscheiden mußte. Baiba würde ihm kaum noch helfen können. Sie hatte alle Brücken hinter sich abgebrochen und war nun geächtet wie er. Von jetzt an war er auch ihr Erlöser, und er hatte in der Dunkelheit gelegen und gedacht, daß er keine rettende Idee hatte. Sein Einfallsreichtum war erschöpft.

Aber der Gedanke, daß es noch *eine dritte Möglichkeit* gab, hatte ihm neuen Auftrieb gegeben. Er wußte, daß er ein großes Risiko einging, wenn er sich für diese Möglichkeit entschied. Er konnte sich irren, und dann würden sie niemals den Mördern des Majors entgehen können. Aber als es sieben geworden war und sie die Kirche verlassen mußten, war ihm klar, daß sie keine andere Wahl mehr hatten.

Der Morgen war kalt. Völlig regungslos standen sie in der Dunkelheit vor der Tür. Baiba stützte sich auf seinen Arm. Wallander schnappte aus der Dunkelheit ein fast unhörbares Geräusch auf, so als habe ein Mensch blitzschnell seine Körperhaltung verändert und dabei unfreiwillig mit einem Fuß über den hartgefrorenen Schotter geschabt. Jetzt kommen sie, dachte er. Jetzt werden die Hunde losgelassen. Aber nichts geschah. Alles war wieder sehr still, und er zog Baiba zu der Pforte in der Kirchhofmauer. Sie kamen auf die Straße hinaus, und Wallander war jetzt sicher, daß die Verfolger sich irgendwo in ihrer Nähe befanden. Er ahnte eine schattenhafte

Bewegung in einem Hauseingang, hörte das Quietschen, als die Pforte hinter ihnen ein zweites Mal geöffnet wurde. Das sind keine besonders geschickten Hunde, die da einer der Obersten in seiner Meute hat, dachte er ironisch. Oder aber sie wollen uns wissen lassen, daß sie nie die Witterung verlieren.

Baiba war in der kalten Morgenluft zu neuem Leben erwacht. An einer Straßenecke blieben sie stehen, und Wallander mußte sich jetzt etwas einfallen lassen.

»Kennst du jemanden, der uns ein Auto leihen kann?« fragte er.

Sie dachte kurz nach, bevor sie den Kopf schüttelte.

Die Angst machte ihn auf einmal wütend. Warum war in diesem Land nur alles so kompliziert? Wie sollte er ihr nur helfen können, wenn einfach nichts normal war, nichts so war, wie er es kannte?

Ihm fiel das Auto ein, daß er am vorherigen Tag gestohlen hatte. Die Chance war nicht sehr groß, aber er hatte nichts zu verlieren, wenn er nachschaute, ob es noch da stand, wo er es zurückgelassen hatte. Er schob Baiba in ein Café, an dem sie gerade vorbeikamen, und dachte, daß dies die Hundeschar, die ihnen auf den Fersen war, verwirren würde. Nun würden ihre Bewacher gezwungen sein, sich aufzuteilen, und sie mußten die ganze Zeit fürchten, daß er und Baiba die Unterlagen schon in Reichweite hatten. Dieser Gedanke machte Wallander neuen Mut. Er barg eine Möglichkeit, an die er vorher nicht gedacht hatte. Er konnte den Verfolgern Köder vorwerfen. Er eilte durch die Straßen. Als erstes mußte er herausfinden, ob der Wagen noch da war.

Er stand noch an derselben Stelle. Ohne zu zögern setzte er sich hinter das Steuer, bemerkte wieder den eigenartigen Fischgeruch, verband die elektrischen Kabel miteinander und hatte diesmal nicht vergessen, vorher in den Leerlauf zu schalten. Vor dem Café hielt er an und ließ den Motor laufen, während er hineinging und Baiba holte. Sie saß an einem Tisch und trank Tee, und ihm knurrte der Magen, aber er hatte keine Zeit, etwas zu essen. Sie hatte schon bezahlt, und sie gingen zum Wagen.

»Wie bist du an das Auto gekommen?« fragte sie.

»Das erzähle ich dir ein andermal«, antwortete er. »Sag mir jetzt erst einmal, wie ich fahren muß, um aus Riga herauszukommen.«

»Wo fahren wir hin?«

»Ich weiß es noch nicht. Zuerst einmal aufs Land.«

Der morgendliche Berufsverkehr war dichter geworden, und Wallander stöhnte über den trägen Motor, mit dem er zu kämpfen hatte. Schließlich aber hatten sie die äußersten Vororte der Stadt erreicht und befanden sich bald in einer Ebene, in der Bauernhöfe verstreut zwischen Feldern lagen.

»Wohin führt diese Straße?« fragte Wallander.

»Nach Estland. Sie endet in Tallinn.«

»So weit fahren wir nicht.«

Die Tankanzeige stand auf Reserve, und an einer Tankstelle hielten sie an. Ein alter Mann, der auf einem Auge blind war, füllte den Tank auf. Als Wallander bezahlen wollte, reichte sein Geld nicht mehr. Baiba schoß zu, was noch fehlte, und sie fuhren weiter. Während der Fahrtunterbrechung hatte Wallander die Straße im Auge behalten. Zuerst war ein schwarzes Auto einer ihm unbekannten Marke vorbeigekommen, und gleich darauf noch eins. Als sie von der Tankstelle wieder auf die Straße bogen, hatte er im Rückspiegel noch einen weiteren Wagen bemerkt, der am Straßenrand hinter ihnen geparkt stand. Also drei, hatte er gedacht, mindestens drei Autos, vielleicht noch mehr.

Sie kamen in eine Stadt, deren Namen Wallander niemals erfuhr. Er parkte den Wagen auf einem Platz, dort stand eine Gruppe von Menschen um einen Stand, an dem Fisch verkauft wurde.

Er war sehr müde. Wenn er nicht bald etwas Schlaf bekam, würde sein Gehirn nicht mehr lange mitspielen. Auf der anderen Seite des Marktplatzes sah er ein Hotelschild, und sein Entschluß stand fest.

»Ich muß schlafen«, sagte er zu Baiba. »Wieviel Geld hast du noch? Reicht es noch für ein Zimmer?«

Sie nickte. Sie verließen das Auto, gingen über den Marktplatz und schrieben sich in dem kleinen Hotel ein. Baiba erklärte etwas auf lettisch, die Portiersfrau errötete zunächst und verzichtete dann darauf, ihnen die Anmeldeformulare vorzulegen.

»Was hast du ihr gesagt?« fragte Wallander, als sie auf ihr Zimmer gekommen waren, das zu einem Hinterhof hinaus lag.

»Die Wahrheit«, antwortete sie. »Daß wir nicht verheiratet sind und nur ein paar Stunden bleiben werden.«

»Sie ist rot geworden! Ist sie nicht rot geworden?«

»Das wäre ich auch an ihrer Stelle.«

Für einen kurzen Moment war die Spannung wie weggeblasen. Wallander brach in Gelächter aus, und Baiba wurde rot. Dann wurde er wieder ernst.

»Ich weiß nicht, ob dir klar ist, daß dies die wahnsinnigste Angelegenheit ist, in die ich jemals verwickelt war«, sagte er. »Ich weiß auch nicht, ob dir klar ist, daß ich mindestens genausoviel Angst habe wie du. Im Gegensatz zu deinem Mann bin ich ein Polizist, der sein ganzes Leben in einer Stadt gearbeitet hat, die nicht viel größer ist als diese hier. Ich habe keine Erfahrung mit schwer durchschaubaren Verbrecherorganisationen und Massakern. Ab und zu bin ich natürlich gezwungen, einen Mordfall zu bearbeiten. Aber die meiste Zeit bin ich hinter besoffenen Einbrechern und entlaufenen Jungstieren her.«

Sie setzte sich neben ihn auf die Bettkante.

»Karlis hat gesagt, daß du ein tüchtiger Polizist bist«, sagte sie. »Er hat erzählt, daß du einen Flüchtigkeitsfehler begangen hast. Aber er fand trotzdem, daß du ein fähiger Polizist bist.«

Wallander erinnerte sich widerwillig an das Rettungsboot.

»Unsere Länder sind so verschieden«, fuhr er fort. »Karlis und ich hatten völlig verschiedene Ausgangspunkte für unsere Arbeit. Er hätte wohl auch in Schweden seinen Mann gestanden, aber ich könnte in Lettland niemals Polizist sein.«

»Du bist es aber jetzt«, sagte sie.

»Nein«, wandte er ein. »Ich bin hier, weil du mich darum gebeten hast. Vielleicht bin ich auch um Karlis' Willen hier. Im Grunde weiß ich nicht, was ich hier in Lettland zu suchen habe. Nur in einem Punkt bin ich mir sicher. Ich hätte gerne, daß du mit mir nach Schweden kommst, wenn das hier vorbei ist.«

Sie sah ihn erstaunt an.

»Warum das?« fragte sie.

Er wußte, daß er es ihr nicht erklären konnte, weil seine Gefühle noch so widersprüchlich waren.

»Ach, schon gut«, antwortete er. »Vergiß, was ich gesagt habe. Ich muß jetzt schlafen, wenn ich wieder klar denken können soll. Du mußt dich auch ausruhen. Vielleicht ist es das beste, unten an der Rezeption Bescheid zu geben, daß sie in drei Stunden an die Tür klopfen sollen.«

»Das Mädchen wird wieder rot werden«, sagte Baiba, als sie vom Bett aufstand.

Wallander rollte sich unter der Tagesdecke zusammen. Als Baiba zurückkehrte, war er schon fast eingeschlafen.

Als er drei Stunden später wieder erwachte, war es ihm, als habe er nur wenige Minuten geschlafen. Das Klopfen an der Tür hatte Baiba nicht wecken können. Wallander zwang sich, eine kalte Dusche zu nehmen, um die Müdigkeit aus dem Körper zu vertreiben. Als er sich angezogen hatte, dachte er, daß sie ruhig noch weiterschlafen konnte, bis er wußte, was sie als nächstes tun sollten. Auf ein Stück Toilettenpapier schrieb er, daß sie warten solle, bis er zurückkam. Er würde nicht lange fort sein.

Das Mädchen an der Rezeption lächelte ihm unsicher entgegen, und Wallander hatte das Gefühl, daß in ihrem Blick eine Spur von Lüsternheit lag. Als er sie ansprach, stellte sich heraus, daß sie ein wenig Englisch verstand. Wallander wollte wissen, wo er etwas essen konnte, und sie zeigte auf die Tür zu dem kleinen Speisesaal des Hotels. Er setzte sich an einen Tisch mit Blick über den Platz vor dem Hotel. Rund um den Fischstand warteten immer noch einkaufende Menschen, dick verpackt an diesem kalten Morgen. Das Auto stand auch noch dort.

Einer der schwarzen Wagen, die er an der Tankstelle hatte vorbeifahren sehen, parkte an der gegenüberliegenden Seite des Platzes. Er hoffte, daß die Hunde in ihren Autos tüchtig froren.

Das Mädchen von der Rezeption übernahm auch die Rolle der Kellnerin und brachte ihm ein Tablett mit belegten Broten und eine Kanne Kaffee. Während er aß, warf er hin und wieder einen Blick hinaus auf den Platz. In seinem Kopf nahm ein Plan Konturen an. Er war verrückt genug, um schon wieder Chancen auf Erfolg zu haben.

Als er gegessen hatte, ging es ihm wieder besser. Er kehrte auf ihr Zimmer zurück. Baiba war aufgewacht und sah ihn an, als er durch die Tür trat.

Er setzte sich auf die Bettkante und fing an, ihr sein Vorhaben zu erklären.

»Karlis muß zumindest einen Vertrauten unter seinen Kollegen gehabt haben«, sagte er.

»Wir hatten keinen Kontakt zu anderen Polizisten«, antwortete sie. »Wir hatten andere Freunde.«

»Denk nach«, bat er. »Es muß doch jemanden gegeben haben, mit dem er ab und zu einen Kaffee trank. Es muß nicht unbedingt ein Freund gewesen sein. Es reicht, wenn du dich an jemanden erinnerst, der nicht sein Feind war.«

Sie dachte nach, und er ließ ihr Zeit. Sein ganzer Plan hing davon ab, daß es zumindest jemanden gegeben hatte, dem der Major nicht mißtraut hatte.

»Er hat ein paarmal von Mikelis gesprochen«, sagte sie

nachdenklich. »Einem jungen Sergeant, der nicht so sei wie die anderen. Aber ich weiß nichts über ihn.«

»Etwas mehr wirst du doch wohl wissen? Warum hat Karlis von ihm gesprochen?«

Sie hatte sich aufgerichtet und sich die Kissen in den Rücken geschoben, und er sah, wie angestrengt sie nachdachte.

»Karlis erzählte immer davon, wie sehr ihn die Gleichgültigkeit seiner Kollegen erschreckte«, fing sie an. »Wie kaltblütig sie reagierten. Mikelis war da eine Ausnahme. Ich glaube, er mußte zusammen mit Karlis einmal einen armen Mann, der eine große Familie hatte, verhaften. Hinterher hat er dann plötzlich zu Karlis gesagt, daß er es widerlich fand. Ich glaube, daß Karlis auch noch in einem anderen Zusammenhang von Mikelis gesprochen hat, aber daran kann ich mich nicht mehr erinnern.«

»Wann war das?«

»Das ist noch nicht so lange her.«

»Versuche, dich genau zu erinnern. War es vor einem Jahr?«

»Nein, so lange nicht. Es kann noch kein Jahr her sein.«

»Mikelis muß doch im gleichen Dezernat wie Karlis sein, wenn er mit ihm zusammengearbeitet hat?«

»Ich weiß es nicht.«

»Es muß so sein. Du wirst Mikelis anrufen und ihm sagen, daß du ihn treffen mußt.«

Sie sah ihn erschreckt an.

»Er wird mich verhaften lassen.«

»Du wirst ihm nicht sagen, daß du Baiba Liepa bist. Du wirst ihm nur sagen, daß du ihm etwas anvertrauen willst, was für seine Karriere förderlich ist. Aber du verlangst, dabei anonym bleiben zu können.«

»Die Polizisten in Lettland sind nicht so leicht hereinzulegen.«

»Du mußt überzeugend wirken. Du darfst dich nicht abwimmeln lassen.«

»Aber was soll ich denn sagen?«

»Ich weiß es nicht. Wir müssen uns gemeinsam etwas aus-
denken. Was ist für einen lettischen Polizisten die größte Versuchung?«

»Geld.«

»Devisen?«

»Für amerikanische Dollar wären in unserem Land viele
bereit, ihre eigene Großmutter zu verkaufen.«

»Du wirst ihm sagen, daß du ein paar Leute kennst, die
massenhaft amerikanische Dollar haben.«

»Er wird fragen, wie sie an die gekommen sind.«

Wallander dachte fieberhaft nach. Er erinnerte sich an
etwas, was neulich daheim in Schweden geschehen war.

»Du wirst Mikelis anrufen und ihm folgendes sagen: Du
kennst zwei Letten, die einen Raubüberfall auf eine Bank in
Stockholm verübt und dabei eine große Summe an Devisen
erbeutet haben, größtenteils amerikanische Dollar. Sie haben
eine Wechselstube auf dem Stockholmer Hauptbahnhof ausgeraubt, und die schwedische Polizei hat das Ganze niemals
aufklären können. Jetzt sind sie in Lettland und haben die
Devisen dabei. Genau das wirst du ihm sagen.«

»Er wird fragen, wer ich bin und woher ich das weiß.«

»Du behauptest, die Ex-Geliebte von einem der Bankräuber
zu sein, er habe jetzt eine neue. Du willst dich rächen. Aber du
hast Angst vor ihnen und wagst nicht, deinen Namen zu nennen.«

»Ich kann so schlecht lügen.«

Plötzlich wurde er wütend.

»Dann mußt du es eben lernen. Jetzt, sofort. Dieser Mikelis
ist unsere einzige Chance, an das Archiv heranzukommen. Ich
habe einen Plan, und er läßt sich vielleicht sogar durchführen.
Solange du selbst keine Vorschläge hast, muß ich eben welche
machen.«

Er stand vom Bett auf.

»Wir fahren jetzt nach Riga zurück. Im Auto werde ich dir
erzählen, wie ich mir das Ganze gedacht habe.«

»Soll Mikelis nach Karlis' Aufzeichnungen suchen?«

»Nein, nicht Mikelis«, antwortete er ernst. »Das werde ich selbst tun. Aber Mikelis soll mich in das Polizeihauptquartier einschleusen.«

Sie waren nach Riga zurückgekehrt, und Baiba hatte von einem Postamt aus angerufen und Erfolg mit ihrer Lüge gehabt.

Anschließend waren sie zu den Markthallen gefahren. Baiba hatte ihn angewiesen, in einer hangargroßen Halle, in der Fisch verkauft wurde, auf sie zu warten. Von dort aus sah er sie im Gewimmel verschwinden, und er dachte, daß er sie nie wiedersehen würde. Aber wie abgemacht hatte sie Mikelis in der Fleischhalle getroffen. Die beiden waren zwischen den Ständen herumgelaufen, hatten sich das Fleisch angeschaut und miteinander geredet. Sie hatte erzählt, daß es keine Bankräuber und auch keine amerikanischen Dollar gab. Auf dem Rückweg nach Riga hatte Wallander ihr eingeschärft, nicht zu zögern, direkt zur Sache zu kommen, die ganze Geschichte einfach zu erzählen. Sie hatten keine andere Wahl. Jetzt ging es um alles oder nichts.

»Entweder er verhaftet dich«, hatte er gesagt. »Oder er macht, was wir von ihm wollen. Wenn du zögerst, könnte er auf die Idee kommen, daß es sich um eine Falle handelt, die ihm einer seiner Vorgesetzten stellt, der seine Loyalität anzweifelt. Du mußt ihm beweisen können, daß du Karlis' Witwe bist, falls er dein Gesicht nicht wiedererkennt. Du mußt alles so tun und sagen, wie ich es dir erklärt habe.«

Nach gut einer Stunde kam Baiba in die Halle zurück, in der Wallander wartete. Er begriff sofort, daß es geklappt hatte.

In ihrem Gesicht lagen Freude und Erleichterung. Wieder einmal dachte er, wie schön sie war.

Sie berichtete mit gedämpfter Stimme, daß Mikelis große Angst habe. Er wußte, daß er seine ganze Zukunft als Polizist aufs Spiel setzen würde. Vielleicht würde er sogar sein Leben riskieren. Aber sie hatte sehen können, daß er auch erleichtert war.

»Er ist einer von uns«, sagte sie. »Karlis hat sich nicht getäuscht.«

Sie hatten noch ein paar Stunden Zeit, bis Wallander seinen Plan in die Tat umsetzen konnte. Um sich die Zeit zu vertreiben, spazierten sie durch die Stadt, wählten dabei zwei mögliche Treffpunkte aus und gingen weiter zur Universität, an der sie unterrichtete. Wallander schlief in einem leerstehenden Biologiesaal, in dem es nach Äther roch, an einen Glaskasten gelehnt ein, in dem sich das Skelett einer Lachmöwe befand. Baiba kletterte auf einen breiten Fenstersturz hinauf und betrachtete von da aus gedankenverloren den Park. Alles, was es in diesem Augenblick noch gab, war ein erschöpftes, wortloses Warten.

Kurz vor acht trennten sie sich vor dem Biologiesaal. Ein Hausmeister, der seine Runde machte und kontrollierte, ob alle Lampen gelöscht und alle Türen verschlossen waren, ließ sich von Baiba überreden, für einen kurzen Moment die Beleuchtung vor einer der Hintertüren des Universitätsgebäudes auszuschalten.

Als das Licht erlosch, schob sich Wallander schnell zur Tür heraus. Durch den dunklen Park lief er in die Richtung, die Baiba ihm gezeigt hatte, und als er stehenblieb, um wieder zu Atem zu kommen, war er sicher, daß die Hundemeute noch an der Universität war.

Als die Glocken des Kirchturms hinter dem Polizeihauptquartier neun schlugen, betrat Wallander durch die erleuchteten Eingangstüren den Teil der Burg, der für die Allgemeinheit zugänglich war. Baiba hatte ihm eine genaue Beschreibung von Mikelis' Aussehen gegeben, doch Wallander war erstaunt, daß er noch so jung war. Mikelis wartete hinter einem Schreibtisch. Weiß der Teufel, wie er sich hier unabkömmlich gemacht hat, dachte Wallander und ging dann geradewegs auf ihn zu und begann, sein kleines Schauspiel aufzuführen. Mit lauter und gellender Stimme protestierte er auf englisch dagegen, daß er, ein unbescholtener Tourist, auf offener Straße in Riga ausgeraubt worden war. Diese extrem widerwärtigen Banditen hatten nicht nur sein Geld gestohlen, sondern sich auch an seinem allerheiligsten Besitztum, seinem Paß vergriffen.

Verzweifelt wurde ihm plötzlich klar, daß er einen schicksalsschweren Fehler begangen hatte. Er hatte völlig vergessen, Baiba fragen zu lassen, ob Mikelis überhaupt Englisch sprach. Was geschieht, wenn er nur Lettisch versteht, dachte er verzweifelt. Dann wird er kaum vermeiden können, jemanden hinzuzuziehen, der Englisch versteht, und dann ist alles aus.

Aber zu seiner Erleichterung sprach Mikelis ein wenig englisch, besser als der Major, und als einer der anderen diensthabenden Polizisten an den Tisch herantrat, um Mikelis zu helfen, den lästigen Engländer loszuwerden, wurde er brüsk wieder weggeschickt. Mikelis bedeutete Wallander, ihm in einen benachbarten Raum zu folgen. Die übrigen Polizisten legten zwar ein gewisses neugieriges Interesse an den Tag, wirkten aber nicht so, als seien sie mißtrauisch geworden und wollten Alarm schlagen.

Das Büro war karg eingerichtet und ungeheizt. Wallander saß auf einem Stuhl, und Mikelis betrachtete ihn ernst.

»Um zehn kommen die Polizisten, die Nachtdienst haben«, sagte Mikelis. »So lange kann ich mir durchaus Zeit lassen, bis ich die Anzeige des Überfalls aufgenommen habe. Ich werde außerdem einen Wagen mit dem Auftrag losschicken, nach ein paar Verdächtigen zu suchen, deren Personenbeschreibung wir uns noch einfallen lassen müssen. Wir haben also genau eine Stunde Zeit.«

Mikelis bestätigte, was Wallander insgeheim schon befürchtet hatte, daß das Archiv riesig sei. Er würde nicht einmal die Zeit haben, auch nur einen Bruchteil aller Regale und Register in den Räumen im Fels unter dem Polizeihauptquartier systematisch zu durchsuchen. Wenn Baibas Annahme, daß Karlis sein Testament in der Nähe ihrer eigenen Akte versteckt hatte, falsch war, würde alles verloren sein.

Mikelis zeichnete eine Karte für Wallander. Drei verschlossene Türen würde Wallander auf dem Weg zum Archiv passieren müssen. Mikelis würde ihm die dazu nötigen Schlüssel mitgeben. Zuunterst im Kellergewölbe, vor der letzten Tür, würde dann eine Wache stehen. Genau um halb elf würde Mikelis diese durch ein Telefonat weglocken. Eine Stunde später, um halb zwölf, würde Mikelis selbst in den Keller hinunterkommen und die Wache wegen irgendeiner frei erfundenen Angelegenheit mitnehmen. Dann mußte Wallander das Archiv verlassen. Von da an mußte er ohne ihn zurechtkommen. Wenn er einen der diensthabenden Polizeibeamten in den Fluren traf und dieser mißtrauisch wurde, würde er gezwungen sein, allein mit der Situation fertig zu werden.

Konnte er Mikelis vertrauen?

Wallander dachte, daß die Antwort unerheblich war. Er mußte ihm ganz einfach vertrauen. Es gab keinen anderen Ausweg. Er wußte noch, was Baiba dem jungen Sergeant auf seine Anweisung hin gesagt hatte. Aber er hatte keine Ahnung, was sie ihm sonst noch gesagt hatte. Dabei hatte genau das Mikelis davon überzeugt, daß er Wallander helfen mußte, in das Archiv hineinzukommen. Wie er es auch drehte und wendete, so blieb er doch ein Fremder in dem Spiel, das um ihn herum gespielt wurde.

Nach einer halben Stunde verließ Mikelis den Raum, um eine Streife loszuschicken, die nach mehreren Personen suchen sollte, die mit dem Überfall auf den englischen Touristen Stevens zu tun haben konnten. Der Name war Wallanders Vorschlag gewesen. Weshalb er gerade auf diesen kam, wußte er nicht. Mikelis hatte Personenbeschreibungen konstruiert, die auf einen Großteil der Einwohner Rigas zutreffen konnten. Wallander hatte gedacht, daß diese Personenbeschreibungen an Mikelis selbst erinnerten. Es werde angenommen, daß der Überfall in der Nähe der Esplanade geschehen war, aber Herr Stevens sei bis auf weiteres zu mitgenommen, um den Streifenwagen zu begleiten und den genauen Tatort zu bestimmen. Als Mikelis zurückkam, gingen sie noch einmal die Wegbeschreibung zum Archiv durch. Wallander wurde klar, daß er an dem Flur der Obersten vorbeikommen würde, auf dem auch er sein Arbeitszimmer gehabt hatte. Unwillkürlich schreckte er vor dem Gedanken zurück. Auch wenn einer von ihnen auf seinem Zimmer ist, dachte er, kann ich nicht wissen, ob er nicht Sergeant Zids den Befehl gab, Inese und ihre Freunde zu ermorden. War es Putnis oder Murniers? Wer von ihnen läßt seine Hunde von der Leine, um Menschen zu jagen, die nach dem Testament des Majors suchen?

Als die Zeit für den Wachwechsel gekommen war, merkte Wallander, daß die Nervenanspannung seine Verdauung durcheinander gebracht hatte. Er hätte eigentlich auf die Toilette gemußt, aber dafür blieb keine Zeit. Mikelis öffnete die Tür zum Flur einen Spalt, sah hinaus und sagte Wallander dann, daß er gehen könnte. Wallander hatte versucht, die Wegbeschreibung auswendig zu lernen. Er wußte, daß er sich nicht verlaufen durfte. Sonst würde die kurze Zeit, in der Mikelis' Telefonanruf die Wache weglockte, schon wieder verstrichen sein. Das Polizeihauptquartier war wie ausgestorben. Er eilte, so lautlos es eben ging, durch die langen Flure, immer darauf vorbereitet, daß eine Tür aufgestoßen und eine Waffe auf ihn gerichtet würde. Er zählte die Treppen, hörte das Echo von Schritten aus einem weit entfernten Flur und dachte, daß er sich inmitten eines Labyrinths befand, in dem man sehr leicht für immer verschwinden konnte. Dann begann er, Treppen hinabzusteigen und fragte sich, wie tief unter der Erdoberfläche das Archiv eigentlich lag. Schließlich kam er in die Nähe des Wachpostens. In wenigen Minuten würde Mikelis anrufen. Er stand völlig regungslos und lauschte. Es war kein Geräusch zu hören, und das beunruhigte ihn. Hatte er sich doch noch verirrt?

Das schrille Klingeln des Telefons durchschnitt plötzlich die Stille, und er atmete auf. Wallander hörte Schritte im angrenzenden Flur, und als sie verklungen waren, lief er schnell weiter, erreichte die Tür zum Archiv und öffnete sie mit zwei der drei Schlüssel, die Mikelis ihm gegeben hatte.

Wallander wußte, wo sich die Lichtschalter befinden mußten. In der Dunkelheit tastete er mit den Fingern die Wand entlang, bis er sie gefunden hatte. Mikelis hatte gesagt, daß die Tür völlig dicht schloß. Sie ließ keinen Lichtschimmer durchsickern, von dem die Wache alarmiert werden konnte.

Wallander hatte das Gefühl, sich in einem riesigen, unterirdischen Hangar zu befinden. Er hätte nie gedacht, daß das Archiv so groß war. Einen Moment stand er ratlos vor den unzähligen Reihen aus Aktenschränken und Regalen mit dicht an dicht stehenden Ordnern. Der Raum des Bösen, dachte er. Was dachte der Major, als er hier eintrat und die Bombe deponierte, in der Hoffnung, daß sie eines Tages hochgehen würde?

Er sah auf die Uhr und ärgerte sich darüber, daß er kostbare Zeit mit solchen Überlegungen verschwendet hatte. Gleichzeitig spürte er, daß er bald seinen Darm entleeren mußte. Irgendwo in diesem Archiv muß es auch eine Toilette geben, dachte er fieberhaft. Die Frage ist nur, ob ich die Zeit habe, sie zu suchen.

Er begann in die Richtung zu gehen, die Mikelis ihm angegeben hatte. Er hatte Wallander gewarnt, daß man sich schnell in diesem Gewirr aus Regalen und Registraturräumen, die alle gleich aussahen, verirren konnte. Er fluchte, weil ein großer Teil seiner Aufmerksamkeit seinem rumorenden Bauch gewidmet war, und er dachte ungern daran, was geschehen könnte, wenn er nicht bald die Möglichkeit bekam, eine Toilette aufzusuchen.

Plötzlich blieb er stehen und sah sich um. Er hatte einen falschen Weg eingeschlagen. Aber war er zu weit gegangen oder hatte er an der falschen Stelle die Richtung gewechselt? Er ging wieder zurück. Plötzlich wußte er überhaupt nicht mehr, wo er war, und wurde von Panik ergriffen. Er sah auf seiner Uhr, daß er noch zweiundvierzig Minuten hatte. Aber er hätte die richtige Abteilung im Archiv jetzt eigentlich schon gefunden haben müssen. Er fluchte vor sich hin. Hatte Mikelis sich geirrt? Warum fand er den Weg nicht? Er mußte noch einmal ganz von vorne anfangen und lief deshalb zwischen den Regalen zum Ausgangspunkt zurück. In der Eile trat er aus Versehen gegen einen Papierkorb aus Blech, der mit einem ohrenbetäubenden Knall gegen einen Aktenschrank stieß. Die Wache, dachte er. Das muß einfach durch die Tür gedrungen sein. Regungslos stand er da und lauschte, aber kein Schlüssel rasselte im Schloß. Gleichzeitig merkte er, daß er nicht länger einhalten konnte. Er zog die Hose herunter, hockte sich über den Papierkorb und entleerte seinen Darm. Mit einem Gefühl wütenden Ekels griff er nach einem Ordner, der auf einem Regal neben ihm stand, riß ein paar Blätter heraus, die wahrscheinlich zum Protokoll eines Verhörs gehörten, und wischte sich ab. Dann begann er noch einmal von vorn und war sich darüber im klaren, daß er jetzt den richtigen Raum finden mußte, wenn nicht alles zu spät sein sollte. Innerlich beschwor er Rydberg, seine Schritte zu lenken, zählte die abzweigenden Räume und Regalsektionen und war sich schließlich sicher, an der richtigen Stelle angelangt zu sein. Aber das Ganze hatte viel zu lange gedauert. Er hatte jetzt nur noch knappe dreißig Minuten, um das Testament zu finden, und er bezweifelte, daß die Zeit reichen würde. Er begann mit der Suche. Mikelis war nicht dazu gekommen, ihm im Detail zu erklären, wie das Archiv aufgebaut war. Wallander war also gezwungen, sich allein zurechtzufinden. Ihm wurde sofort klar, daß das Archiv nicht alphabetisch geordnet war. Es gab einzelne Abteilungen und Unterabteilungen, die vielleicht noch weiter gegliedert waren. Hier stehen die Abtrünnigen, dachte er. Hier stehen alle, die überwacht und terrorisiert worden sind, alle, die denunziert worden sind oder auf die man aufmerksam wurde als denkbare Kandidaten für den Posten eines anerkannten

Staatsfeindes. Und es sind so viele, daß ich Baibas Akte niemals finden werde.

Er versuchte, in das Nervensystem des Archivs einzudringen, die Stelle logisch einzukreisen, an der sich das Testament wie ein untergeschobener Schwarzer Peter befinden mußte. Aber die Zeit verrann, ohne daß er der Lösung näherkam. Fieberhaft fing er immer wieder aufs neue an, zog Akten heraus, die ihm in einer abweichenden Farbe entgegenleuchteten, und ermahnte sich ständig, die Ruhe zu bewahren.

Als ihm nur noch zehn Minuten blieben, bis er das Archiv verlassen mußte, hatte er Baibas Akte immer noch nicht gefunden. Er hatte überhaupt nichts herausgefunden. Eine zunehmende Verzweiflung bemächtigte sich seiner, er war so weit gekommen und mußte sich dann doch seine Hilflosigkeit eingestehen. Er hatte keine Zeit mehr, systematisch weiterzusuchen. Jetzt konnte er nur noch ein letztes Mal an den Regalen entlanggehen und darauf hoffen, daß sein Instinkt ihn zur richtigen Stelle führen würde. Aber er wußte natürlich, daß kein Archiv der Welt nach einem intuitiven Katalogplan geordnet war, und war überzeugt, daß das ganze Unternehmen gescheitert war. Der Major war ein kluger Mann gewesen, allzu klug für Kurt Wallander von der Ystader Polizei.

Wo, dachte er. Wo? Wenn dieses Archiv wie ein Kartenspiel ist, wo befindet sich dann die überzählige Karte, an den Seiten oder in der Mitte?

Er wählte die Mitte, strich mit den Händen über eine Reihe brauner Mappen, und plötzlich war da eine blaue. Er riß die beiden braunen Mappen, die links und rechts standen, heraus. Die eine trug den Namen Leonard Blooms, die andere den Namen Baiba Kalns. Einen Augenblick verstand er gar nichts. Dann begriff er, daß Kalns Baibas Mädchenname sein mußte, und er zog die blaue Mappe heraus, die weder Namen noch Inventarisierungsnummern hatte. Er hatte keine Zeit, sie näher zu untersuchen. Die Zeit war abgelaufen. Er rannte zum Ausgangspunkt zurück, löschte das Licht und schloß die Tür auf. Die Wache war nicht da, konnte aber Mikelis' Zeitplan zufolge jeden Moment wieder zurück sein. Wallander lief den Flur entlang, hörte aber plötzlich die hallenden Schritte der Wache, die bereits auf dem Rückweg war. Der Fluchtweg war abgeschnitten, und Wallander war nun gezwungen, vom beschriebenen Weg abzuweichen, um auf eigene Faust nach draußen zu finden. Er rührte sich nicht, während die Wache im benachbarten Flur vorbeiging. Als die Schritte verklungen waren, dachte er, daß er zunächst einmal einen Weg aus dieser Unterwelt suchen mußte, der ihn wieder hinaufführte. Er suchte, fand schließlich eine Treppe und rief sich ins Gedächtnis, wie viele Treppenabsätze es bei seinem Abstieg gewesen waren. Als er wieder auf Höhe des Erdgeschosses war, fand er sich überhaupt nicht mehr zurecht. Auf gut Glück begann er, einen verlassenen Flur entlangzugehen.

Der Mann, der ihn überraschte, hatte irgendwo gestanden und geraucht. Er mußte Wallanders näherkommende Schritte gehört, die Zigarette mit dem Absatz ausgedrückt und sich gefragt haben, wer denn so spät in der Nacht noch im Dienst war. Als Wallander um die Ecke bog, hatte der Mann nur wenige Meter von ihm entfernt gestanden. Seine Uniformjacke war aufgeknöpft gewesen. Er war um die vierzig, und als er Wallander mit seiner blauen Mappe sah, hatte er sofort begriffen, daß Wallander nichts im Polizeihauptquartier zu suchen hatte, er hatte seine Pistole gezogen und ihm auf lettisch etwas zugerufen. Wallander verstand nicht, was er sagte, hob aber die Arme über den Kopf. Der Mann redete weiter auf ihn ein, während er näher kam, die Pistole unablässig auf Wallanders Brustkorb gerichtet. Wallander wurde klar, daß der Polizist ihn dazu aufforderte, sich hinzuknien. Er gehorchte dem Befehl, die Hände nach wie vor über dem Kopf. Es gab keine Möglichkeit zu entkommen. Man hatte ihn geschnappt, und bald würde einer der Obersten hinzukommen und sich der blauen Mappe mit dem Testament des Majors bemächtigen.

Der Mann, der seine Pistole auf ihn richtete, rief ihm immer neue Fragen zu. In Wallander kroch die Angst hoch, hier im Flur niedergeschossen zu werden, ihm fiel nichts Besseres ein, als auf englisch zu antworten.

»*It is a mistake*«, wiederholte er mehrmals mit sich überschlagender Stimme. »*It is a mistake, I am a policeman, too.*«

Aber es war natürlich kein Mißverständnis. Der Offizier befahl ihm, wieder aufzustehen, die Hände weiter über den Kopf zu halten, und bedeutete Wallander dann zu gehen. Ab und zu stieß er ihm den Lauf seiner Pistole in den Rücken.

Erst als sie zum Aufzug kamen, bot sich Wallander eine Gelegenheit. Da hatte er eigentlich schon aufgegeben, hatte begriffen, daß es kein Entrinnen mehr gab. Widerstand war zwecklos. Der Offizier würde kaum zögern, ihn niederzuschießen. Aber als sie darauf warteten, daß der Aufzug kam und der Offizier sich halb von ihm abwandte, um sich eine Zigarette anzuzünden, begriff Wallander innerhalb des Bruchteils einer Sekunde, daß dies seine einzige Chance war. Er warf dem Offizier die blaue Mappe auf die Füße und versetzte dem Mann gleichzeitig mit aller Kraft einen Schlag in den Nacken. Er spürte, wie es in seinen Fingerknöcheln krachte, und der Schmerz war fürchterlich, aber der Offizier brach bewußtlos auf dem Boden zusammen, und die Pistole schlitterte lärmend über den Steinfußboden. Wallander wußte nicht, ob der Mann tot oder nur bewußtlos war. Seine eigene Hand jedenfalls ließ sich vor Schmerz nicht bewegen. Er hob die Mappe auf, steckte die Pistole in die Tasche und dachte, daß es keine gute Idee wäre, jetzt den Aufzug zu benutzen. Er versuchte, sich durch einen Blick aus einem Fenster zu orientieren, das zu dem dunklen Burghof hinaus lag. Nach einer Weile wurde ihm klar, daß er sich in dem Flur der Obersten befand. Der Mann gegenüber auf dem Boden begann zu stöhnen, und Wallander wußte, daß er ihn nicht noch einmal bewußtlos schlagen könnte. Er folgte dem Flur, der vom Aufzug wegführte, nach links und hoffte, bald auf einen Ausgang zu stoßen.

Wieder hatte er Glück. Er gelangte in eine der Kantinen, und es gelang ihm, in der Küche eine Tür aufzubekommen, die wohl ein schlampig verschlossener Lieferanteneingang war. Er kam auf die Straße hinaus, seine Hand schmerzte und war bereits angeschwollen.

Der erste mit Baiba verabredete Zeitpunkt für ein Treffen war halb eins. Wallander hatte sich wartend in den Schatten der Kirche im Esplanadepark gestellt, die in ein Planetarium umgewandelt worden und von hohen, kahlen Linden umgeben war. Aber Baiba war nicht gekommen. Die Schmerzen in seiner Hand waren immer unerträglicher geworden. Als es Viertel nach eins war, wußte er, daß etwas passiert sein mußte. Sie würde nicht kommen. Er machte sich große Sorgen, Ineses zerschossenes Gesicht tauchte wieder vor seinem inneren Auge auf, und er rätselte, was geschehen sein konnte. Hatten die Hunde und ihr Anführer begriffen, daß Wallander unbemerkt aus der Universität geflohen war? Was hatten sie in diesem Fall mit Baiba gemacht? Er wagte es nicht, diesen Gedanken zu Ende zu führen. Er verließ den Park, ohne zu wissen, wohin er gehen sollte. Im Grunde war es der Schmerz in seiner Hand, der ihn weiter durch die nächtlich leeren Straßen trieb. Ein Militärjeep mit eingeschalteter Sirene zwang ihn, sich der Länge nach in den nächsten Hauseingang zu werfen, und kurz darauf fuhr ein Streifenwagen langsam durch die Straße, und er mußte nochmals Schutz im Schatten suchen. Die Mappe mit dem Testament des Majors hatte er sich unter sein Hemd geschoben. Die Kanten scheuerten gegen seine Rippen, und er fragte sich, wo er die Nacht verbringen sollte. Die Temperaturen waren gesunken, und er fror so sehr, daß er am ganzen Leib zitterte. Der zweite Treffpunkt, auf den Baiba und er sich geeinigt hatten, befand sich im vierten Stock des Zentralen Kaufhauses. Da dieses Treffen erst für zehn Uhr am nächsten Morgen angesetzt war, hatte er mehr als sieben Stunden Zeit, die er unmöglich auf der Straße verbringen konnte. Er wußte, daß er wegen seiner Hand eigentlich in ein

Krankenhaus mußte. Er war davon überzeugt, daß er sich etwas gebrochen hatte. Aber ein solches Risiko konnte er nicht eingehen. Nicht jetzt, da er das Testament bei sich trug. Einen Moment lang überlegte er wieder, Schutz in der schwedischen Vertretung zu suchen, wenn es denn eine gab. Aber auch dieser Gedanke war nicht sehr beruhigend. Vielleicht wurde ein schwedischer Polizist, der sich illegal in einem anderen Land aufhielt, unmittelbar und unter Bewachung außer Landes gebracht? Er wußte es nicht, und er wollte kein Risiko eingehen.

Verängstigt beschloß er, zu dem Auto zu gehen, das ihm nun zwei Tage lang gedient hatte. Aber als er zu der Stelle kam, an der sie es geparkt hatten, war es verschwunden. Einen Moment lang dachte er, die Schmerzen hätten sein Erinnerungsvermögen benebelt. Hatten sie den Wagen wirklich hier abgestellt? Aber dann war er sich sicher und dachte, daß das Auto jetzt wahrscheinlich schon zerlegt und in Stücke geteilt war wie ein geschlachtetes Stück Vieh. Der Oberst, der ihn verfolgte, hatte sich bestimmt schon vergewissert, daß die Unterlagen des Majors nicht in einem der Hohlräume des Wagens verborgen lagen.

Wo sollte er die Nacht verbringen? Plötzlich überkam ihn ein Gefühl der Ohnmacht, weil er sich tief auf feindlichem Gebiet befand, einer Hundemeute ausgeliefert, die von jemandem befehligt wurde, der nicht zögern würde, auch ihn in einen Kadaver zu verwandeln, in ein eisbedecktes Hafenbecken zu kippen oder in einem abgelegenen Waldgebiet zu verscharren. Sein Heimweh war primitiv, doch es war nicht zu leugnen. Die Ursache für sein Herumirren in der lettischen Nacht, das angetriebene Boot mit den zwei Toten, schien unendlich weit weg und verschwommen zu sein, so als existierte sie nicht.

Weil er keine andere Möglichkeit mehr sah, kehrte er durch die dunklen und leeren Straßen zu dem Hotel zurück, in dem er schon einmal eine Nacht verbracht hatte. Aber die Eingangstür war verschlossen, und als er die Nachtklingel betätigte, ging in den oberen Stockwerken kein Licht an. Der Schmerz in seiner Hand benebelte ihn mehr und mehr, und er fürchtete, sein Urteilsvermögen könnte ihn völlig verlassen, wenn er sich nicht bald aufwärmen konnte. Er ging weiter zum nächsten Hotel, aber seine Versuche, durch Betätigen der Nachtklingel auf sich aufmerksam zu machen, blieben fruchtlos. Beim dritten Hotel endlich, noch heruntergekommener und abstoßender als die beiden anderen, war die Eingangstür nicht verschlossen, und er trat an eine Rezeption, hinter der schlafend ein Mann saß, den Kopf auf den Tisch gelegt und eine halbleere, umgestürzte Flasche Weinbrand zu seinen Füßen. Wallander rüttelte ihn wach, wedelte mit dem Paß, den er von Preuss bekommen hatte, und bekam tatsächlich einen Zimmerschlüssel in die Hand gedrückt. Er zeigte auf die Weinbrandflasche, legte einen schwedischen Hunderter auf die Theke und nahm die Flasche mit.

Das Zimmer war klein und roch streng nach muffigen Möbeln und verrauchten Tapeten. Er ließ sich auf die Bettkante sinken, nahm ein paar große Schlucke aus der Flasche und fühlte, wie die Wärme langsam in seinen Körper zurückkehrte. Dann zog er sich die Jacke aus, füllte das Waschbecken mit kaltem Wasser und tauchte die geschwollene Hand hinein. Langsam begann der Schmerz abzuklingen, und er sah ein, daß es das beste sein würde, die Nacht über an dem Waschbecken sitzenzubleiben. Hin und wieder nahm er einen Schluck aus der Flasche und fragte sich voller Sorge, was Baiba zugestoßen sein konnte.

Er holte die blaue Mappe heraus, die er unter seinem Hemd trug, und öffnete sie mit seiner freien Hand. Sie enthielt etwa fünfzig maschinengeschriebene Seiten, außerdem einige undeutliche Kopien, aber nicht die erhofften Fotos. Das Testament des Majors war auf lettisch geschrieben, und Wallander verstand kein Wort. Er entdeckte, daß von Seite neun an die Namen Murniers und Putnis in schöner Regelmäßigkeit auftauchten. Manchmal wurden beide in ein und demselben Satz genannt, manchmal standen sie allein. Er konnte nicht ausmachen, was dies zu bedeuten hatte, ob beide Obersten beschuldigt wurden, oder ob sich der anklagende Finger des Majors nur gegen einen von ihnen erhoben hatte. Er gab den Versuch auf, die Seiten zu entziffern, legte den Ordner auf den Boden, füllte das Waschbecken mit frischem Wasser und lehnte sich mit dem Kopf gegen den Tisch. Es war vier Uhr, und er dämmerte langsam ein. Als er mit einem Ruck wieder erwachte, hatte er gerade mal zehn Minuten geschlafen. Seine Hand tat wieder weh, das kalte Wasser verschaffte ihm keine Linderung mehr. Er leerte die Flasche Weinbrand bis auf den letzten Tropfen, wickelte die Hand in ein nasses Handtuch und legte sich aufs Bett.

Wallander hatte keine Ahnung, was er tun sollte, falls Baiba nicht im Kaufhaus auftauchen würde.

Ein Gefühl begann in ihm zu wachsen, das Gefühl, besiegt worden zu sein.

Bis zum Morgengrauen blieb er schlaflos liegen.

Das Wetter war wieder umgeschlagen.

18

Beim Aufwachen ahnte er instinktiv die Gefahr. Es war kurz vor sieben. Er lag ganz still und horchte in den dunklen Raum hinein. Doch die Gefahr lauerte nicht vor der Tür oder im Zimmer. Ein Warnsignal tief in seinem Innern sagte ihm, daß er noch nicht unter jedem Stein nachgesehen hatte, was sich darunter verbarg.

Die Schmerzen in seiner Hand hatten nachgelassen. Er versuchte vorsichtig, die Finger zu bewegen, ohne die Hand ansehen zu können. Sofort wurden die Schmerzen wieder stärker. Ohne Behandlung würde er es nicht mehr lange aushalten.

Wallander war sehr müde. Als er vor ein paar Stunden eingenickt war, hatte er sich für besiegt gehalten. Die Macht der Obersten war einfach zu groß, seine Möglichkeiten waren die ganze Zeit über eingeschränkt gewesen. Aber jetzt beim Aufwachen spürte er, daß auch seine eigene Müdigkeit drohte, ihn zu besiegen. Er mißtraute seinem Urteilsvermögen und wußte, daß dies auf den dauernden Schlafmangel zurückzuführen war.

Er versuchte, das nagende Gefühl der Bedrohung, mit dem er eben erwacht war, zu deuten. Was hatte er übersehen? Wo hatte er bei seinen Versuchen, Zusammenhänge zu erkennen, einen Fehler gemacht oder nicht bis zu Ende gedacht? *Was sah er immer noch nicht?* Er mußte sich auf seinen Instinkt verlassen, der gerade jetzt, in diesem benebelten Zustand, seine einzige Möglichkeit war, sich zu orientieren.

Was sah er immer noch nicht? Er setzte sich vorsichtig im Bett auf. Dann riskierte er widerwillig zum ersten Mal einen Blick auf seine geschwollene Hand und ließ kaltes Wasser in das Waschbecken einlaufen. Zuerst tauchte er sein Gesicht ein und dann die verletzte Hand. Ein paar Minuten später ging er zum Fenster und zog die Vorhänge zur Seite. Ein starker Braunkohlegeruch schlug ihm entgegen. Über der Stadt mit ihren vielen Kirchtürmen brach gerade eine feuchte Morgendämmerung an. Er blieb am Fenster stehen, betrachtete die auf den Bürgersteigen vorbeieilenden Menschen und wußte nicht, was er nicht sah.

Schließlich verließ er das Zimmer, bezahlte und ließ sich von der Stadt schlucken.

Als er durch eine der vielen Parkanlagen ging, an deren Namen er sich nicht mehr erinnerte, wurde ihm auf einmal klar, daß Riga eine Stadt mit vielen Hunden war. Da war nicht nur die unsichtbare Hundemeute, die ihn jagte. Es gab auch andere Hunde, wirkliche und ganz normale, mit denen Leute spazierengingen und spielten. Er blieb stehen und beobachtete zwei Hunde, die sich gerade mächtig in der Wolle hatten. Der eine war ein Schäferhund, der andere eine unbestimmbare Promenadenmischung. Die beiden Besitzer versuchten, die Hunde auseinanderzureißen, schrien sie an und gingen dann dazu über, sich gegenseitig anzubrüllen. Der Besitzer des Schäferhundes war ein älterer Mann, während die Promenadenmischung einer Frau um die Dreißig gehörte. Wallander hatte das Gefühl, eine stellvertretende Auseinandersetzung zu beobachten. Gleich einer Hundebalgerei prallten in diesem Land die Gegensätze aufeinander. Die Hunde schlugen sich genauso wie die Menschen, und der Ausgang war nicht absehbar.

Um zehn kam er beim Zentralen Kaufhaus an, gerade als es öffnete. Die blaue Mappe brannte unter seinem Hemd. Sein Instinkt sagte ihm, daß er sie jetzt loswerden und ein vorübergehendes Versteck für sie finden mußte. Während seines morgendlichen Umherstreifens in der Stadt hatte er sämtliche Bewegungen vor und hinter sich genau beobachtet und war nun sicher, daß die Obersten ihn wieder eingekreist hatten. Es schienen ihm mehr Beschatter zu sein, und er dachte bitter, daß sich ein Sturm zusammenbraute. Er blieb hinter dem Eingang des Kaufhauses stehen und tat, als lese er eine Informationstafel, während er einen Kundentresen beobachtete, an dem man Taschen und Tüten zur Aufbewahrung abgeben konnte. Der Tresen war über Eck gebaut, und er sah, daß er sich richtig erinnert hatte. Er ging zum Wechselschalter, schob einen schwedischen Hunderter über den Tisch und bekam ein Bündel lettischer Scheine zurück. Danach fuhr er in die Etage hinauf, wo sich die Schallplattenabteilung befand. Er entschied sich für zwei Schallplatten mit Musik von Verdi und stellte fest, daß die Platten ungefähr dasselbe Format hatten wie die Mappe. Als er bezahlte und die Platten in einer Plastiktüte bekam, entdeckte er den am nächsten stehenden Beschatter, der vorgab, sich für Jazzplatten zu interessieren. Wallander ging wieder hinunter zu dem Kundentresen und wartete, bis sich mehrere Leute davor versammelt hatten. Dann ging er hastig in die hinterste Ecke, zog die Mappe heraus und legte sie zwischen die Schallplatten. Das Ganze ging sehr schnell, auch wenn er nur eine Hand gebrauchen konnte. Er gab die Tüte ab, bekam eine Nummer und verließ den Tresen. Die Beschatter hatten sich im Eingangsbereich des Kaufhauses verteilt, aber er war trotzdem sicher, daß sie nicht gesehen hatten, wie er sich der Mappe entledigte. Natürlich bestand die Gefahr, daß sie die Tüte durchsuchten, aber er hielt es für unwahrscheinlich, weil sie schließlich mit eigenen Augen gesehen hatten, wie er zwei Schallplatten gekauft hatte.

Er warf einen Blick auf seine Armbanduhr. Nun waren es nur noch zehn Minuten, bis Baiba zu ihrem alternativen Treffpunkt kommen sollte. Seine Angst hatte ihn nicht verlassen, aber er fühlte sich nun trotzdem sicherer, da er die Mappe nicht mehr bei sich trug. Er fuhr in die Möbelabteilung hinauf. Obwohl es noch früh war, sah er schon viele Kunden, die resigniert oder verträumt Polstergarnituren und Betten betrachteten. Wallander spazierte langsam in die Ecke der Abteilung, in der Kücheneinrichtungen ausgestellt waren. Er wollte nicht zu früh kommen, wollte genau zur verabredeten Zeit am Treffpunkt erscheinen und blieb ein paar Minuten vor einem Regal mit Armaturen stehen, um die Zeit totzuschlagen. Sie hatten abgemacht, sich zwischen den ausgestellten Herden und Kühlschränken zu treffen, die ausnahmslos in der Sowjetunion hergestellt worden waren.

Als er dort ankam, entdeckte er sie sofort. Sie sah sich einen Herd an, und Wallander registrierte unwillkürlich, daß er nur drei Kochplatten hatte. Im selben Augenblick spürte er, daß etwas nicht stimmte. Etwas war mit Baiba geschehen, er hatte es schon geahnt, als er am Morgen aufgewacht war. Seine Angst wurde größer und schärfte seine Sinne.

In diesem Augenblick sah sie ihn. Sie lächelte ihm zu, aber ihre Augen verrieten ihre Angst. Wallander ging auf sie zu, ohne darauf zu achten, wo die Beschatter standen. Jetzt gab es für ihn nur eins, er mußte sich Klarheit verschaffen. Er stellte sich neben sie, und sie betrachteten gemeinsam einen blanken Kühlschrank.

»Was ist passiert?« fragte er. »Erzähl nur das Wichtigste. Wir haben nicht viel Zeit.«

»Nichts ist passiert«, antwortete sie. »Ich konnte nur die Universität nicht verlassen, sie wurde bewacht.«

Warum lügt sie? dachte er fieberhaft. Warum soll ich es nicht wissen?

»Hast du die Mappe gefunden?« fragte sie.

Er zögerte, ob er die Wahrheit sagen sollte. Aber plötzlich hatte er all die Lügen endgültig satt.

»Ja«, antwortete er. »Ich habe die Mappe. Mikelis war zuverlässig.«

Sie warf ihm schnell einen Blick zu.

»Gib sie mir«, sagte sie. »Ich weiß, wo wir sie verstecken können.«

Da wußte Wallander, daß es nicht länger Baiba war, die sprach. Die Angst, die Gefahr ließen sie die Mappe fordern.

»Was ist denn nur passiert?« fragte er wieder, diesmal mit Nachdruck und einem zornigen Unterton.

»Nichts«, wiederholte sie.

»Lüg nicht«, sagte er und konnte nicht verhindern, daß seine Stimme lauter und schärfer wurde. »Ich werde dir die Mappe geben. Was geschieht, wenn du sie nicht bekommst?«

Er sah, daß sie am Rande eines Zusammenbruchs war. Kipp jetzt nicht um, dachte er verzweifelt. Noch haben wir einen Vorsprung, solange sie nicht völlig sicher sein können, daß ich wirklich das Testament des Majors gefunden habe.

»Upitis muß sterben«, flüsterte sie.

»Wer hat damit gedroht?«

Sie schüttelte abwehrend den Kopf.

»Ich muß es wissen«, sagte er. »Es wird Upitis nicht schaden, wenn du es sagst.«

Sie sah ihn verzweifelt an. Er packte ihren Arm und schüttelte sie.

»Wer?« fragte er. »Wer?«

»Sergeant Zids.«

Er ließ ihren Arm los. Die Antwort machte ihn rasend. Sollte er niemals erfahren, welcher der beiden Obersten hinter allem steckte? Wo lag der Kern der Verschwörung?

Plötzlich sah er, daß die Beschatter sich ihnen näherten. Sie schienen zu der Auffassung gelangt zu sein, daß die Unterlagen des Majors in seinem Besitz waren. Ohne nachzudenken zog er Baiba mit sich und rannte auf die Treppen zu. Upitis wird nicht als erster sterben, dachte er. Das werden wir, wenn wir nicht hier wegkommen.

Ihre plötzliche Flucht hatte die Hundemeute überrascht und verwirrt. Er bezweifelte, daß sie es schaffen würden, aber sie mußten es zumindest versuchen. Er zerrte Baiba die Treppe hinunter, stieß gegen einen Mann, der nicht schnell genug zur Seite sprang, dann gelangten sie in die Konfektionsabteilung. Verkäufer und Kunden betrachteten erstaunt ihre hektische Flucht. Wallander stolperte über seine eigenen Füße und fiel kopfüber in einen Ständer mit Anzügen. Als er an den Jacketts riß, brach der ganze Ständer zusammen. Bei dem Sturz hatte er sich mit der verletzten Hand abgestützt, und der Schmerz durchbohrte wie ein Messer seinen Arm. Ein Mann vom Aufsichtspersonal lief herbei und packte seinen Arm, aber zu diesem Zeitpunkt hatte Wallander bereits keine Skrupel mehr. Mit der gesunden Hand schlug er der Aufsicht mitten ins Gesicht, und dann zog er Baiba weiter, in der Hoffnung, eine Hintertreppe oder einen Notausgang zu finden. Die Beschatter waren nähergekommen, sie betrieben ihre Jagd jetzt ganz offen, und Wallander zerrte und rüttelte an Türen, die sich nicht öffnen wollten. Schließlich entdeckte er eine angelehnte Tür, sie kamen auf eine Hintertreppe hinaus, hörten aber von unten bereits näherkommende Schritte. Menschen waren auf dem Weg zu ihnen, und ihre einzige Chance bestand darin, die Treppen hochzulaufen.

Er riß eine Feuerschutztür auf, und sie gelangten auf das kiesbedeckte Dach hinaus. Er sah sich nach einem Fluchtweg um, aber sie saßen unwiderruflich in der Falle. Vom Dach führte nur noch der große Sprung in die Ewigkeit. Er merkte, daß er Baiba immer noch an der Hand hielt. Nun hatten sie keine andere Wahl mehr, als zu warten. Er wußte, daß der Oberst, der nun bald auf das Dach hinaustreten würde, der Mörder des Majors war. Von der grauen Feuerschutztür sollten sie endlich die Antwort bekommen, und er dachte bitter, daß es nun keine Rolle mehr spielte, ob er richtig geraten hatte.

Aber als die Tür geöffnet wurde und Oberst Putnis mit ein paar seiner bewaffneten Männer hinaustrat, war er doch erstaunt, daß er sich geirrt hatte. Er war zu dem Schluß gelangt, daß Murniers das Monster war, das sich so lange in den Schatten versteckt gehalten hatte.

Putnis kam langsam auf sie zu, und sein Gesicht war sehr ernst. Wallander spürte, wie sich Baibas Fingernägel in seine Hand krallten. Er kann seinen Männern doch nicht befehlen, uns hier zu erschießen, dachte Wallander verzweifelt. Oder etwa doch? Die Erinnerung an die brutale Hinrichtung von Inese und ihren Freunden stieg wieder in ihm auf, seine Angst war plötzlich überwältigend, und er merkte, daß er zitterte.

Da verzog sich Putnis' Gesicht zu einem Lächeln, und Wallander stellte verwirrt fest, daß ihm da kein Raubtier zulächelte, sondern ein Mann, der sehr herzlich wirkte.

»Sie brauchen nicht so bestürzt auszusehen, Herr Wallander. Es hat den Anschein, als glaubten Sie, daß ich hinter diesem ganzen Durcheinander stecke. Aber ich muß sagen, daß Sie sich wirklich nur schwer beschützen lassen.«

Einen Augenblick lang konnte Wallander keinen klaren Gedanken fassen. Dann sah er ein, daß er recht behalten hatte. Nicht Putnis, sondern Murniers war der Handlanger des Bösen, den er so lange gesucht hatte. Außerdem hatte er mit seiner Annahme richtiggelegen. Sogar der Feind hatte einen Feind: Plötzlich sah er alles ganz deutlich vor sich, sein Urteilsvermögen hatte ihn nicht im Stich gelassen, und er streckte Putnis seine linke Hand zur Begrüßung entgegen.

»Ein etwas ungewöhnlicher Treffpunkt«, sagte Putnis lächelnd. »Aber Sie sind anscheinend ein Mann der Überraschungen. Ich muß gestehen, daß ich mich frage, wie Sie sich ins Land geschmuggelt haben, ohne daß unser Grenzschutz es bemerkt hat.«

»Ich weiß es selbst kaum«, antwortete Wallander. »Das ist eine sehr lange und teilweise verwirrende Geschichte.«

Putnis betrachtete besorgt seine verletzte Hand.

»Die sollten Sie so schnell wie möglich behandeln lassen«, meinte er.

Wallander nickte und lächelte Baiba zu. Sie war immer noch angespannt und schien nicht zu verstehen, was um sie herum geschah.

»Murniers«, sagte Wallander. »Er war es also?«

Putnis nickte.

»Major Liepa hatte recht mit seinem Verdacht.«

»Vieles verstehe ich noch nicht«, sagte Wallander.

»Oberst Murniers ist ein sehr intelligenter Mann«, antwortete Putnis. »Er ist bestimmt bösartig, was aber leider nur beweist, daß manche messerscharf denkenden Gehirne Grausamkeiten ersinnen.«

»Ist das wahr?« fragte Baiba plötzlich. »Hat er meinen Mann getötet?«

»Nicht er persönlich hat ihm den Schädel zertrümmert«, sagte Putnis. »Es war wohl eher sein ihm treu ergebener Sergeant.«

»Mein Chauffeur«, meinte Wallander. »Sergeant Zids, der Inese und die anderen in dem Lagerhaus tötete.«

Putnis nickte.

»Oberst Murniers hat die lettische Nation nie gemocht«, erklärte Putnis. »Auch wenn er die Rolle des Polizisten gespielt hat, der die politische Welt professionell auf Abstand hält, ist er ein fanatischer Anhänger der alten Ordnung. Für ihn wird Gott immer im Kreml sitzen. Deshalb konnte er ungestört eine unheilige Allianz mit einer Reihe von Verbrechern eingehen. Als Major Liepa allzu aufdringlich wurde, legte er verschiedene Fährten aus, die in meine Richtung führen sollten. Ich muß zugeben, daß es lange gedauert hat, bis ich auch nur ahnte, was eigentlich vor sich ging. Dann beschloß ich, ebensogut die Rolle des Unwissenden weiterspielen zu können.«

»Trotzdem begreife ich es nicht«, erwiderte Wallander. »Es muß noch mehr dahinter gesteckt haben. Major Liepa sprach von einer Verschwörung, deren Aufdeckung ganz Europa darüber aufklären würde, was in diesem Land geschieht.«

Putnis nickte nachdenklich.

»Natürlich steckt noch mehr dahinter«, sagte er. »Es war nicht nur ein korrupter Polizeibeamter in hoher Position, der seine Privilegien mit Brutalität schützte. Es war ein teuflisches Komplott, und das hatte Major Liepa durchschaut.«

Wallander fror. Er hielt Baiba immer noch an der Hand.

Putnis' bewaffnete Männer hatten sich zurückgezogen und warteten an der Tür.

»Das Ganze war sehr geschickt ausgeklügelt«, fuhr Putnis fort. »Murniers war eine Idee gekommen, die er in kurzer Zeit sowohl im Kreml als auch bei den führenden russischen Kreisen in Lettland durchsetzen konnte. Murniers hatte die Möglichkeit erkannt, zwei Fliegen mit einer Klappe zu schlagen.«

»Indem man das neue Europa, das Europa ohne Mauern, ausnutzte, um durch organisierten Rauschgifthandel Geld zu verdienen«, fuhr Wallander fort. »Unter anderem in Schweden. Aber diesen Handel gleichzeitig dazu benutzte, die nationalen lettischen Bewegungen in Verruf zu bringen. Habe ich recht?«

Putnis nickte.

»Ich habe von Anfang an gewußt, daß Sie ein fähiger Polizist sind, Kommissar Wallander, sehr analytisch, sehr geduldig. Genauso hatte Murniers sich das ausgerechnet. Die Schuld für den Rauschgifthandel sollte den Freiheitsbewegungen in Lettland zugeschoben werden. Nicht zuletzt in Schweden würde die öffentliche Meinung sich dadurch dramatisch ändern. Wer will schon eine politische Freiheitsbewegung unterstützen, die sich bedankt, indem sie ein Land mit Rauschgift überschwemmt? Man muß schon sagen, daß Murniers eine gefährliche und raffinierte Waffe geschaffen hatte, die ein für alle Male die Freiheitsbewegung hier im Land hätte besiegen können.«

Wallander dachte darüber nach, was Putnis gesagt hatte.

»Verstehst du?« fragte er Baiba.

Sie nickte langsam.

»Wo ist Sergeant Zids?« fragte sie.

»Sobald ich die nötigen Beweise habe, werden Murniers und der Sergeant verhaftet«, antwortete Putnis. »Murniers ist im Moment sicher sehr besorgt. Es war ihm wohl nicht klar, daß wir die ganze Zeit seine Männer überwacht haben, die wiederum Sie überwacht haben. Man kann natürlich einwenden, daß ich Sie unnötig großen Gefahren ausgesetzt habe. Aber meiner Ansicht nach war dies die einzige Möglichkeit, die Papiere zu finden, die Major Liepa hinterlassen haben mußte.«

»Als ich gestern die Universität verließ, wartete Zids dort auf mich«, sagte Baiba. »Für den Fall, daß ich ihm die Papiere nicht aushändigen würde, drohte er mit Upitis' Tod.«

»Upitis ist selbstverständlich unschuldig«, erwiderte Putnis. »Murniers hatte die beiden kleinen Kinder seiner Schwester als Geiseln genommen. Wenn Upitis nicht die Rolle des Mörders spielte, sollten sie sterben. Murniers ist zu allem fähig. Seine Entlarvung wird für das ganze Land eine Erleichterung bedeuten. Natürlich wird er zum Tode verurteilt und hingerichtet werden, ebenso Sergeant Zids. Die Ermittlung des Majors wird veröffentlicht werden. Das Komplott wird aufgedeckt, nicht nur während einer Gerichtsverhandlung, sondern in aller Öffentlichkeit. Das wird mit Sicherheit auch über unsere Landesgrenzen hinaus von bedeutendem Interesse sein.«

Wallander spürte, wie sich ein Gefühl der Erleichterung von Kopf bis Fuß in ihm ausbreitete. Es war vorbei.

Putnis lächelte.

»Jetzt muß ich Major Liepas Ermittlungsbericht lesen«, sagte er. »Sie können nun endlich beruhigt nach Hause fahren, Kommissar Wallander. Wir sind Ihnen natürlich sehr dankbar für die Hilfe, die Sie uns geleistet haben.«

Wallander zog die Nummer aus seiner Tasche.

»Die Mappe ist blau«, sagte er. »Sie steckt in einer Plastiktüte bei der Aufbewahrung. Aber die beiden Schallplatten möchte ich gern zurückhaben.«

Putnis lachte.

»Sie sind wirklich geschickt, Herr Wallander. Sie begehen in der Tat keine unnötigen Fehler.«

War es etwas in Putnis' Tonfall, das ihn schließlich doch noch verriet? Wallander bekam nie heraus, woher der unheimliche Verdacht eigentlich kam. Aber in dem Augenblick, als Putnis die Aufbewahrungsmarke in seine Uniformjacke steckte, begriff Wallander mit vernichtender Klarheit, daß er soeben den größten aller Fehler begangen hatte. Er wußte, ohne zu wissen, Intuition und Intellekt gingen ineinander über, und er bekam einen völlig trockenen Mund.

Putnis lächelte weiter, während er eine Pistole aus der Tasche zog. Gleichzeitig kamen seine Männer näher, verteilten sich auf dem Dach und richteten ihre Maschinenpistolen auf Baiba und Wallander. Sie schien nicht zu verstehen, was geschah, und Wallanders Kehle war wie zugeschnürt von Erniedrigung und Angst. In diesem Moment wurde die Tür geöffnet, und Sergeant Zids trat auf das Dach hinaus. Wallander fuhr der Gedanke durch den Kopf, daß Zids hinter der Tür gestanden und auf seinen Auftritt gewartet hatte. Jetzt war die Vorstellung vorbei, und er brauchte nicht länger in den Kulissen zu warten.

»Ihr einziger Fehler«, sagte Putnis mit ausdrucksloser Stimme. »Alles, was ich gerade erzählt habe, entspricht natürlich voll und ganz der Wahrheit. Das einzige, was meine Worte von der Wirklichkeit trennt, bin ich selbst. All meine Aussagen über Murniers treffen auf mich zu. Sie hatten also gleichzeitig recht und unrecht, Kommissar Wallander. Wären Sie Marxist wie ich, hätten Sie begriffen, daß man die Welt hin und wieder auf den Kopf stellen muß, um sie auf die Füße zu bekommen.«

Putnis trat ein paar Schritte zurück.

»Ich hoffe, Sie sehen ein, daß Sie nicht nach Schweden zurückkehren können«, sagte er. »Wenigstens sind Sie dem Himmel nahe, hier oben auf dem Dach, wenn Sie sterben, Kommissar Wallander.«

»Nicht Baiba«, flehte Wallander. »Nicht Baiba.«

»Tut mir leid«, erwiderte Putnis.

Er hob seine Waffe, und Wallander sah, daß er Baiba zuerst erschießen wollte. Er konnte nichts machen, er würde auf diesem Dach im Zentrum von Riga sterben.

Wieder wurde die Feuerschutztür aufgestoßen. Putnis zuckte zusammen und wandte sich dem unerwarteten Geräusch zu. An der Spitze einer großen Zahl bewaffneter Männer trat Oberst Murniers auf das Dach hinaus. Als er Putnis mit gezogener Pistole erblickte, zögerte er keine Sekunde. Er hatte bereits seine eigene Waffe in der Hand und jagte Putnis drei rasch aufeinanderfolgende Kugeln in die Brust. Wallander warf sich schützend über Baiba. Auf dem Dach brach ein schweres Feuergefecht aus. Murniers' und Putnis' Männer suchten hinter Schornsteinen und Luftschächten Deckung. Wallander erkannte, daß er mitten in der Schußlinie gelandet war, und versuchte, Baiba mit sich zu ziehen, um hinter Putnis' leblosem Körper Schutz zu suchen. Plötzlich erblickte er Sergeant Zids, der hinter einem der Schornsteine hockte. Ihre Blicke trafen sich, dann wanderte Zids Blick zu Baiba, und Wallander begriff augenblicklich, daß er die Absicht hatte, Baiba oder sie beide als Geiseln zu nehmen, um mit heiler Haut davonzukommen. Murniers' Männer waren zahlenmäßig überlegen, und mehrere von Putnis' Polizisten waren bereits gefallen. Wallander sah Putnis' Pistole neben dessen Körper liegen. Aber bevor er sie erreichen konnte, hatte Zids sich schon auf ihn gestürzt. Wallander schlug ihm mit der verletzten Faust ins Gesicht und schrie vor Schmerz auf. Zids zuckte unter dem Schlag zusammen, sein Mund blutete, aber er war durch Wallanders verzweifelte Attacke nicht ernstlich verletzt worden. Haß lag in seinem Gesichtsausdruck, als er die Hand hob, um den schwedischen Polizisten zu erschießen, der ihm und seinem Vorgesetzten so viele Probleme bereitet hatte. Wallander wußte, daß er nun sterben würde, und schloß die Augen. Aber als der Schuß dann fiel und er immer noch lebte, öffnete er die Augen wieder. Baiba kniete neben ihm. Sie hielt Putnis' Pistole in ihren Händen, sie hatte nur einen einzigen Schuß abgefeuert, der Sergeant Zids mitten zwischen die Augen getroffen hatte. Sie weinte, aber jetzt aus Wut und Erleichterung, nicht mehr aus der Angst und Unsicherheit, die sie so lange mit sich herumgetragen hatte.

Das Gefecht auf dem Dach endete genauso plötzlich, wie es begonnen hatte. Zwei von Putnis' Männern waren verletzt, die übrigen waren tot. Murniers betrachtete traurig einen seiner eigenen Männer, den eine Kugelsalve in die Brust niedergestreckt hatte. Danach kam er zu ihnen hinüber.

»Es tut mir leid, daß es so kommen mußte«, entschuldigte er sich. »Aber ich mußte einfach herausbekommen, was Putnis zu sagen hatte.«

»Das kann man sicher auch den nachgelassenen Papieren des Majors entnehmen«, gab Wallander zurück.

»Wie hätte ich sicher sein können, daß sie tatsächlich existieren? Geschweige denn, daß Sie sie gefunden haben?«

»Durch eine einfache Frage«, erwiderte Wallander.

Murniers schüttelte den Kopf.

»Hätte ich mit einem von Ihnen Kontakt aufgenommen, wäre es zwischen Putnis und mir zu einem offenen Krieg gekommen. Dann wäre er ins Ausland geflohen, und wir hätten ihn niemals fassen können. Ich hatte in der Tat keine andere Wahl, als Sie dadurch zu überwachen, daß ich Putnis' Bewachern ständig auf den Fersen blieb.«

Wallander fühlte sich plötzlich viel zu müde, um noch länger zuhören zu können. In seiner Hand wütete der Schmerz. Er griff nach Baiba und richtete sich auf.

Dann wurde er ohnmächtig.

Als er wieder aufwachte, lag er auf dem Untersuchungstisch eines Krankenhauses, seine Hand war eingegipst und die Schmerzen endlich weg. Oberst Murniers stand mit einer Zigarette in der Hand im Türrahmen und sah ihn mit einem Lächeln an.

»Geht es Ihnen besser?« fragte er. »Unsere lettischen Ärzte sind sehr tüchtig. Ihre Hand war kein schöner Anblick. Sie werden die Röntgenbilder mit nach Hause bekommen.«

»Was ist passiert?« fragte Wallander.

»Sie sind ohnmächtig geworden. Das wäre ich auch in Ihrer Situation.«

Wallander sah sich in dem Behandlungszimmer um.

»Wo ist Baiba Liepa?«

»Sie ist zu Hause in ihrer Wohnung. Sie war sehr gefaßt, als ich sie dort vor ein paar Stunden verließ.«

Wallander hatte einen trockenen Mund. Er setzte sich vorsichtig auf.

»Kaffee«, sagte er. »Kann man hier eine Tasse Kaffee bekommen?«

Murniers lachte.

»Ich habe noch nie einen Mann getroffen, der so viel Kaffee trinkt wie Sie«, sagte er. »Aber Sie sollen Ihren Kaffee natürlich bekommen. Wenn Sie sich besser fühlen, schlage ich vor, daß wir mein Büro aufsuchen, um die ganze Angelegenheit abzuschließen. Ich vermute, daß Sie und Baiba Liepa danach noch viel zu besprechen haben werden. Ein Polizeiarzt wird Ihnen eine schmerzstillende Spritze geben, sobald die Hand wieder anfängt, weh zu tun. Der behandelnde Arzt hält das für wahrscheinlich.«

Sie fuhren in Murniers' Auto durch die Stadt. Es war schon spät am Nachmittag, und die Dämmerung war bereits angebrochen. Als sie durch die überdachte Toreinfahrt des Polizeihauptquartiers fuhren, dachte Wallander, daß es nun wohl das letzte Mal sein würde. Auf dem Weg zu seinem Büro machte Oberst Murniers an einem Tresor halt, in dem die blaue Mappe verwahrt war. Neben dem großen Schrank saß eine bewaffnete Wache.

»Vielleicht war es gescheit, die Mappe einzuschließen«, meinte Wallander.

Murniers sah ihn erstaunt an.

»Gescheit?« fragte er. »Notwendig, Kommissar Wallander. Auch wenn Putnis jetzt aus dem Weg ist, bedeutet das nicht, daß schon alle Probleme gelöst wären. Wir leben immer noch in derselben Welt, Kommissar Wallander. Wir leben in einem Land, das gerade dabei ist, von Gegensätzen zerrissen zu werden. Und die wird man nicht einfach los, indem man drei Schüsse auf die Brust eines Polizeioberst abfeuert.«

Wallander sann über Murniers' Worte nach, während sie

ihren Weg in dessen Büro fortsetzten. Ein Mann mit einem Kaffeetablett in den Händen stand in strammer Haltung vor der Tür. Wallander fiel sein erster Besuch in diesem dunklen Zimmer wieder ein, und es kam ihm wie eine sehr ferne Erinnerung vor. Würde er jemals all das verarbeiten können, was in der Zwischenzeit geschehen war?

Murniers nahm aus einer Schreibtischschublade eine Flasche heraus und füllte zwei Gläser.

»Es ist zwar geschmacklos, jetzt anzustoßen, so kurz nachdem wir Menschen haben sterben sehen«, sagte er. »Aber trotzdem finde ich, daß wir es uns verdient haben, vor allem Sie, Kommissar Wallander.«

»Ich habe doch nichts als Fehler gemacht«, wandte Wallander ein. »Ich habe falsch kombiniert, ich habe viel zu spät gemerkt, wie die Dinge zusammenhingen.«

»Ganz im Gegenteil«, antwortete Murniers. »Ich bin von Ihrem Einsatz sehr beeindruckt, und von Ihrem Mut.«

Wallander schüttelte den Kopf.

»Ich bin kein mutiger Mensch«, sagte er. »Ich wundere mich, daß ich noch lebe.«

Sie leerten die Gläser und setzten sich an den mit einem grünen Filztuch bedeckten Tisch. Zwischen ihnen lag das Testament des Majors in seiner blauen Mappe.

»Ich habe eigentlich nur eine einzige Frage«, sagte Wallander. »Upitis?«

Murniers nickte nachdenklich.

»Für Oberst Putnis' Durchtriebenheit und Brutalität gab es keine Grenzen. Er brauchte einen Sündenbock, einen passenden Mörder. Außerdem brauchte er einen Grund, um Sie nach Hause zu schicken. Ich habe bemerkt, daß ihn Ihre Kompetenz sofort alarmierte. Er ließ zwei kleine Kinder entführen, Kommissar Wallander. Zwei kleine Kinder, deren Mutter Upitis' Schwester ist. Falls Upitis nicht die Schuld für den Mord an Major Liepa auf sich nahm, sollten die Kinder sterben. Upitis sah keine andere Wahl. Ich frage mich oft, was ich in seiner

Situation getan hätte. Selbstverständlich ist er inzwischen freigelassen worden, und wir haben auch die Kinder gefunden.«

»Es begann mit einem Rettungsboot, das an der schwedischen Küste an Land trieb«, sagte Wallander nach einer Weile nachdenklichen Schweigens.

»Oberst Putnis und seine Mitverschwörer hatten ihre große Operation gerade begonnen«, antwortete Murniers. »Putnis hatte einige seiner Agenten in Schweden postiert. Sie hatten verschiedene Gruppen lettischer Emigranten ausgemacht und wollten ihnen Rauschgift unterschieben, um die gesamte lettische Freiheitsbewegung in Mißkredit zu bringen. Aber irgend etwas passierte an Bord eines der Schiffe, die Rauschgift aus Ventspils schmuggelten. Wahrscheinlich meuterten die Männer, um sich an einer großen Ladung Amphetamin zu bereichern. Sie wurden entdeckt, erschossen und in ein Rettungsboot geworfen. In der Aufregung hatte man vergessen, das in dem Boot befindliche Rauschgift sicherzustellen. Soweit ich verstanden habe, suchte man länger als einen Tag vergeblich nach dem Boot. Heute können wir froh sein, daß es nach Schweden trieb. Sonst hätte Oberst Putnis seine Ziele wahrscheinlich erreicht. Selbstverständlich waren es auch Putnis' Agenten, die dreist genug waren, das Rauschgift aus Ihrem Polizeipräsidium zu stehlen, nachdem sie sicher waren, daß niemand den Inhalt des Bootes entdeckt hatte.«

»Es muß noch etwas geschehen sein«, sagte Wallander nachdenklich. »Was veranlaßte Oberst Putnis, Major Liepa direkt nach seiner Ankunft zu töten?«

»Putnis verlor die Nerven. Er wußte nicht, was Major Liepa in Schweden machte. Er konnte nicht riskieren, ihn am Leben zu lassen, nachdem er ihn nicht mehr unter Kontrolle hatte. Solange Major Liepa sich in Lettland aufhielt, konnte er ihn überwachen oder zumindest erfahren, mit wem er sich traf. Oberst Putnis verlor ganz einfach den Kopf und erledigte ihn. Sergeant Zids erhielt den Auftrag, den Major zu töten.«

Sie versanken in ein lang anhaltendes Schweigen. Wallander merkte, daß Murniers müde und bekümmert war.

»Was geschieht jetzt?« fragte Wallander schließlich.

»Ich werde natürlich Major Liepas Papiere gründlich studieren«, antwortete Murniers. »Dann werden wir weitersehen.«

Die Antwort beunruhigte Wallander.

»Sie müssen natürlich veröffentlicht werden«, sagte er.

Murniers antwortete nicht, und Wallander wurde klar, daß dies für ihn keine Selbstverständlichkeit war. Seine Interessen deckten sich nicht unbedingt mit denen Baiba Liepas und ihrer Freunde. Ihm reichte vielleicht schon die Tatsache, daß Putnis aufgeflogen war. Murniers mochte über die politische Wirkung dieser Veröffentlichung ganz anders denken. Der Gedanke, daß Major Liepas Vermächtnis unter Verschluß bleiben sollte, regte ihn auf.

»Ich möchte gerne eine Kopie des Ermittlungsberichtes haben«, sagte er.

Murniers durchschaute seine Absicht sofort.

»Ich wußte gar nicht, daß Sie Lettisch lesen können«, erwiderte er.

»Man kann nicht alles wissen«, parierte Wallander.

Murniers musterte ihn lange schweigend. Wallander erwiderte seinen Blick und dachte, daß er auf keinen Fall nachgeben durfte. Wenn er nun zum letzten Mal seine Kräfte mit Murniers maß, war es von allergrößter Wichtigkeit, sich nicht besiegen zu lassen. Das war er dem kurzsichtigen, kleinen Major schuldig.

Plötzlich hatte Murniers seinen Entschluß gefaßt. Er drückte auf die Klingel, die unter der Tischplatte angebracht war. Ein Mann kam herein und nahm die blaue Mappe mit. Zwanzig Minuten später hielt Wallander eine Kopie in Händen, über die niemals Buch geführt werden würde, eine Kopie, für die Murniers jegliche Verantwortung abstreiten würde. Eine Kopie, die der schwedische Polizist Wallander sich illegal verschafft hatte, ohne Rücksichtnahme auf die diplomatischen Gepflogenheiten zweier einander freundlich gesinnter Nationen, um sie dann an Menschen weiterzugeben, die kein Recht auf diese geheimen Dokumente hatten. Wallander konnte von offizieller schwedischer Seite keine Rückendeckung erwarten.

So würde es dargestellt werden, falls es überhaupt zu einer Veröffentlichung kam. Wallander dachte, daß er wohl niemals erfahren würde, warum Murniers es geschehen ließ. Tat er es für den Major? Für sein Land? Oder fand er, daß Wallander dieses Abschiedsgeschenk verdient hätte?

Das Gespräch erstarb, es gab nichts mehr zu sagen.

»Der Paß, den Sie im Moment besitzen, ist von äußerst zweifelhaftem Wert«, sagte Murniers. »Aber ich werde dafür sorgen, daß Sie ohne Probleme nach Schweden zurückkehren können. Wann wollen Sie fahren?«

»Nicht schon morgen, wenn möglich«, antwortete Wallander. »Aber am Tag darauf.«

Oberst Murniers begleitete ihn zu dem Wagen, der unten im Hof auf ihn wartete. Wallander fiel plötzlich sein eigener Peugeot ein, der in einer Scheune in Deutschland stand, irgendwo an der polnischen Grenze.

»Ich frage mich, wie ich mein Auto nach Hause bekommen soll«, sagte er.

Murniers sah ihn verständnislos an. Wallander sah ein, daß er niemals erfahren würde, wie nahe Murniers den Menschen stand, die sich selbst als eine Garantie für eine bessere Zukunft in Lettland betrachteten. Er hatte nur an der Oberfläche gekratzt, mehr hatte man nicht zugelassen. Diesen Stein würde er niemals umdrehen können. Murniers wußte schlicht und ergreifend nicht, wie Wallander nach Lettland gekommen war.

»Schon gut«, sagte Wallander.

Dieser verfluchte Lippman, dachte er wütend. Ich frage mich, ob diese lettischen Organisationen geheime Fonds haben, aus denen sie schwedischen Polizisten eine Entschädigung für verschwundene Autos zahlen können.

Er fühlte sich gekränkt, ohne zu wissen, warum. Wieder einmal dachte er, daß immer noch die große Müdigkeit sein Gehirn lenkte. Erst wenn er sich ausgeruht hatte, würde sein Urteilsvermögen wieder zuverlässig sein.

Sie verabschiedeten sich vor dem Auto, das Wallander zu Baiba Liepa bringen sollte.

»Ich werde Sie zum Flughafen begleiten«, sagte Murniers. »Sie werden zwei Flugtickets bekommen, eins von Riga nach Helsinki und eins von Helsinki nach Stockholm. Soweit ich weiß, gibt es zwischen den skandinavischen Ländern keine Paßkontrollen. Es wird also niemand erfahren, daß Sie in Riga gewesen sind.«

Der Wagen verließ den Polizeihof. Eine Fensterscheibe trennte Wallander von dem vor ihm sitzenden Fahrer. Wallander saß in der Dunkelheit und dachte an Murniers' Worte. Niemand würde erfahren, daß er in Riga gewesen war. Ihm wurde klar, daß er es selbst niemals erzählen würde, nicht einmal seinem Vater. Es würde schon deshalb ein Geheimnis bleiben, weil alles einfach zu unwahrscheinlich war, zu unglaublich. Wer würde ihm das schon abnehmen?

Er lehnte sich im Sitz zurück und schloß die Augen. Nun war die Begegnung mit Baiba Liepa das Wichtigste. Über das, was bei seiner Rückkehr nach Schweden geschah, konnte er nachdenken, wenn es soweit war.

Er verbrachte zwei Nächte und einen Tag in Baiba Liepas Wohnung. Obwohl er die ganze Zeit über auf den richtigen Augenblick wartete, stellte der sich niemals ein. Er offenbarte ihr seine widersprüchlichen Gefühle nicht. Am nächsten kam er ihr am zweiten Abend, als sie nebeneinander auf dem Sofa saßen und sich Bilder in einem Fotoalbum anschauten. Als er aus dem Wagen gestiegen war, der ihn von Murniers zu ihrem Haus gefahren hatte, war sie ihm reserviert begegnet, als wäre er für sie wieder zu einem Fremden geworden. Er geriet völlig aus der Fassung, ohne zu wissen, warum. Was hatte er denn eigentlich erwartet? Sie kochte ihm etwas zu essen, einen Eintopf, dessen wichtigste Zutat ein zähes Huhn war, und Wallander konnte sich des Eindrucks nicht erwehren, daß Baiba Liepa nicht gerade eine begnadete Köchin war. Ich darf nicht vergessen, daß sie eine Intellektuelle ist, dachte er. Sie ist ein Mensch, der vermutlich mehr Energie darauf verwendet, von einer besseren Gesellschaft zu träumen, als eine Mahlzeit zuzubereiten. Wir brauchen die Träumer und Denker wie die praktisch und häuslich veranlagten Menschen, aber sie können wohl nur selten gut miteinander auskommen.

Wallander wurde von stiller Melancholie erfaßt, die er jedoch verbarg. Er stellte sich vor, daß er zu den kochenden Menschen gehörte. Er gehörte nicht zu den Träumern. Ein Polizist ließ sich nicht von Träumen leiten, seine Nase war auf die schmutzige Erde und nicht in einen strahlenden Himmel gerichtet. Er liebte sie, und die Melancholie wuchs aus diesem neuen, verstörenden Gefühl. Er würde den merkwürdigsten und gefährlichsten Auftrag, den er jemals ausgeführt hatte, mit einem Gefühl der Trauer beenden. Als sie ihm erzählte, daß er sein Auto bei seiner Rückkehr in Stockholm vorfinden würde, reagierte er kaum. Er bemitleidete sich selbst.

Sie machte ihm ein Bett auf dem Sofa zurecht. Er hörte ihren ruhigen Atem aus dem Schlafzimmer. Obwohl er müde war, konnte er nicht schlafen. Hin und wieder stand er auf, ging über die kalten Dielen und betrachtete die verlassene Straße, auf der Karlis Liepa in den Tod gegangen war. Die Beschatter existierten nicht mehr, sie waren zusammen mit Putnis begraben worden. Geblieben war nur eine große Leere, abstoßend und schmerzhaft.

Am Tag vor seiner Heimreise besuchten sie das anonyme Grab, in das Oberst Putnis Inese und die toten Freunde hatte legen lassen. Sie weinten hemmungslos, Wallander flennte wie ein verlassenes Kind, und er glaubte, zum ersten Mal begriffen zu haben, in welch einer entsetzlichen Welt er lebte.

Baiba hatte Blumen mitgenommen, verfrorene und magere Rosen, die sie auf dem aufgeworfenen Erdhügel niederlegte.

Wallander hatte ihr seine Kopie des Testaments übergeben. Aber sie las es nicht, solange er noch da war.

Am Morgen seiner Abreise fiel Schnee über Riga.

Murniers kam, um Wallander abzuholen. In der Tür umarmte Baiba ihn, sie klammerten sich aneinander, als hätten sie gerade einen Schiffbruch überlebt, und dann ging er.

Wallander stieg die Gangway zum Flugzeug hinauf.

»Gute Reise«, rief Murniers ihm nach.

Sogar er ist froh, daß ich endlich verschwinde, dachte Wallander. Er wird mich nicht vermissen.

Die Maschine der Aeroflot flog eine Linkskurve über Riga. Danach nahm der Pilot Kurs auf den Finnischen Meerbusen.

Noch ehe sie die endgültige Flughöhe erreicht hatten, war Kurt Wallander eingeschlafen, den Kopf auf die Brust gelehnt.

Am Abend des 26. März kam er in Stockholm an.

In der Ankunftshalle warteten sein Paß und die Autoschlüssel auf ihn. Das Auto war gleich hinter dem Taxistand geparkt. Erstaunt stellte Wallander fest, daß es frisch gewaschen war.

Im Inneren des Wagens war es warm. Irgend jemand hatte also dort gesessen und auf ihn gewartet.

Noch in dieser Nacht fuhr er nach Ystad zurück.

Kurz vor dem Morgengrauen betrat er seine Wohnung in der Mariagatan.

EPILOG

Eines frühen Morgens Anfang Mai, als Wallander in seinem Büro saß und sorgfältig, aber gelangweilt, einen Totozettel ausfüllte, klopfte Martinsson an seine Tür und trat ein. Draußen war es immer noch kühl. Der Frühling war noch nicht bis nach Schonen vorgedrungen, aber Wallander hatte trotzdem das Fenster geöffnet, als habe er unablässig das Verlangen, seinem Gehirn frische Luft zuzuführen. Zerstreut hatte er die Chancen der einzelnen Fußballmannschaften abgewägt, während er einem fleißigen Buchfinken zuhörte, der irgendwo in einem Baum trällerte. Als Martinsson sich in der Tür zeigte, schob Wallander den Totozettel zur Seite, stand von seinem Stuhl auf und schloß das Fenster. Er wußte, daß Martinsson ständig in Sorge war, sich erkälten zu können.

»Störe ich?« wollte Martinsson wissen.

Seit seiner Rückkehr aus Riga war Wallander seinen Kollegen gegenüber abweisend und kurz angebunden gewesen. Einige von ihnen hatten sich in Gesprächen unter vier Augen gefragt, was ihn dermaßen aus der Bahn geworfen hatte, er hatte sich während seines Winterurlaubs in den Alpen doch nur leicht an der Hand verletzt. Aber niemand wollte ihn direkt darauf ansprechen, alle dachten, daß sein Mißmut und seine Launen allmählich ganz von allein wieder verschwinden würden.

Wallander war sich durchaus bewußt, daß er seine Kollegen schlecht behandelte. Er hatte keinen Grund, ihre Arbeit dadurch zu erschweren, daß er seine eigene Unlust und Melancholie auf alle übertrug. Er wußte aber nicht, wie er wieder der alte Wallander werden sollte, der entschlossene, gutmütige Polizist aus dem Polizeidistrikt Ystad. Dieser Mensch existierte einfach nicht mehr. Aber er wußte auch nicht, ob er um ihn trauern sollte. Er wußte sowieso nicht so recht, was er von seinem Leben halten sollte. Der Urlaub in den Alpen, die Ausrede für seine Reise, war ein Symbol, er war nicht ehrlich, auch nicht zu sich selbst. Er war bestimmt nicht der Typ, der sich bewußt hinter seinen Lügen verschanzte. Aber er fragte sich jetzt, ob sein mangelndes Wissen nicht doch in gewisser Weise eine Lüge war, aus seiner Ahnungslosigkeit und nicht aus bewußt vollzogener Verdrängung entstanden.

Jedesmal, wenn jemand sein Zimmer betrat, ertappte er sich dabei, ein schlechtes Gewissen zu haben. Dennoch wußte er sich keinen anderen Rat, als so zu tun, als wäre alles wie immer.

»Du störst nicht«, sagte er mit bemühter Freundlichkeit. »Setz dich.«

Martinsson sank in Wallanders Besuchersessel, der schlecht gefedert und ausgesprochen unbequem war.

»Ich dachte, ich erzähle dir eine merkwürdige Geschichte«, fing Martinsson an. »Um genauer zu sein, handelt es sich um zwei Geschichten, von denen ich zu berichten habe. Jedenfalls scheint es, als würden uns Geister aus der Vergangenheit heimsuchen.«

Wallander mochte Martinssons Art nicht sonderlich. Die rauhe Wirklichkeit, mit der sie sich als Polizisten auseinanderzusetzen hatten, eignete sich seiner Ansicht nach nicht für poetische Umschreibungen. Aber er sagte nichts, sondern wartete einfach ab.

»Erinnerst du dich an den Mann, der hier anrief und erzählte, daß ein Boot an Land treiben würde«, fuhr Martinsson fort. »Den wir damals nicht identifizieren konnten und der sich auch nie zu erkennen gegeben hat?«

»Es handelte sich um zwei Männer«, wandte Wallander ein.

Martinsson nickte.

»Laß uns zunächst einmal mit dem ersten anfangen«, sagte er. »Vor ein paar Wochen erwog Anette Brolin, diesen Mann

wegen schwerer Körperverletzung zu einer Haftstrafe zu ver-
urteilen. Aber weil er nicht vorbestraft war, hat sie ihn noch
einmal laufen lassen.«

Wallander hörte mit wachsendem Interesse zu.

»Er heißt Holmgren«, fuhr Martinsson fort. »Durch puren
Zufall habe ich die Akten dieser Körperverletzungsgeschichte
in die Finger bekommen, als sie bei Svedberg auf dem Schreibtisch herumlagen. In den Unterlagen stand, er sei der Besitzer
eines Fischerbootes, das ›Byron‹ heißt. Da begannen bei mir
alle Glocken zu läuten. Besonders interessant wurde es dann,
als sich herausstellte, daß dieser Holmgren sich an einem seiner besten Freunde vergriffen hatte, einem Mann namens
Jakobsson, der auch als Matrose auf dem Boot gearbeitet hat.«

Wallander erinnerte sich an die Nacht im Hafen von Brantevik.

Martinsson hatte recht gehabt, sie wurden offenbar wirklich von Geistern aus der Vergangenheit heimgesucht. Er wartete gespannt auf die Fortsetzung.

»Das Eigenartige war nun, daß Jakobsson die Körperverletzung eigentlich gar nicht anzeigen wollte, obwohl sie so
schwerwiegend war und offenbar grundlos erfolgte«, sagte
Martinsson.

»Wer hat die Sache denn dann angezeigt?« wollte Wallander erstaunt wissen.

»Holmgren hat sich draußen im Hafen von Brantevik mit
einer Windenkurbel auf Jakobsson gestürzt. Jemand hat die
beiden beobachtet und die Polizei gerufen. Jakobsson hat drei
Wochen im Krankenhaus gelegen. Er war übel zugerichtet,
wollte aber Holmgren nicht anzeigen. Svedberg hat nie herausfinden können, was der eigentliche Grund für die Schläge-
rei war. Aber ich habe mich gefragt, ob es nicht mit diesem
Boot zu tun haben könnte. Du erinnerst dich doch sicher, wie
sie beide großen Wert darauf legten, den anderen nicht wissen
zu lassen, daß sie mit uns Kontakt aufgenommen hatten?
Jedenfalls haben wir geglaubt, daß es so war.«

»Ich erinnere mich«, sagte Wallander.

»Ich dachte mir jedenfalls, daß ich einmal mit diesem Holmgren reden sollte«, fuhr Martinsson fort. »Er wohnte übrigens in der gleichen Straße wie du, in der Mariagatan.«

»Wohnte?«

»Das ist es ja gerade. Als ich hinkam, war er weggezogen, weit weg. Er hat sich nach Portugal abgesetzt. Beim Einwohnermeldeamt hat er sich offiziell in Schweden abgemeldet. Er hat eine eigenartige Adresse auf einer Insel in der Nähe von Madeira angegeben. Die ›Byron‹ hat er zu einem Schleuderpreis an einen dänischen Fischer verkauft.«

Martinsson verstummte. Wallander betrachtete ihn nachdenklich.

»Gib zu, es ist wirklich eine merkwürdige Geschichte«, sagte Martinsson. »Meinst du, wir sollen diese Informationen der Polizei in Riga schicken?«

»Nein«, antwortete Wallander. »Ich glaube, das ist nicht nötig. Aber es war nett, daß du mir davon erzählt hast.«

»Ich bin noch nicht fertig«, entgegnete Martinsson. »Jetzt kommt der zweite Teil der Geschichte. Hast du gestern Zeitung gelesen?«

Wallander hatte schon vor langer Zeit aufgehört, sich Zeitungen zu kaufen, es sei denn, er arbeitete an einer Ermittlung, der die Presse mehr als das sonst übliche Interesse entgegenbrachte. Er schüttelte den Kopf, und Martinsson fuhr fort.

»Das hättest du mal tun sollen. Dann wüßtest du nämlich, daß der Zoll in Göteborg ein Rettungsboot aufgefischt hat, das, wie sich später herausstellte, zu einem russischen Trawler gehörte. Man hat es gefunden, als es vor Vinga trieb, und das war ihnen seltsam vorgekommen, weil es an dem Tag praktisch windstill war. Der Kapitän des Trawlers behauptete, sie seien auf dem Weg zu einer Werft gewesen, um einen Schaden an der Schiffsschraube reparieren zu lassen. Vorher hätten sie bei der Doggerbank gelegen und gefischt. Das Boot hätten sie verloren, ohne es zu bemerken. Aus purem Zufall kam ein

Drogenhund in die Nähe von dem Ding und zeigte deutliches Interesse. Im Innern des Boots fand der Zoll dann ein paar Kilo hochwertiges Amphetamin, dessen Ursprung schnell bis in polnische Drogenküchen zurückverfolgt werden konnte. Das gibt uns vielleicht endgültig die Bestätigung, daß auch in dem Boot, das aus unserem Keller gestohlen wurde, etwas zu finden gewesen sein mußte.«

Wallander dachte, daß der letzte Satz ein kleiner Seitenhieb gegen seine mangelnde Sorgfalt war. Aber Martinsson hatte natürlich recht, daß es eine unverzeihliche Schlamperei gewesen war. Er war versucht, sich Martinsson anzuvertrauen, ihm zu erzählen, was sich tatsächlich abgespielt hatte, als er angeblich in den Alpen war. Aber er sagte nichts, brachte es einfach nicht fertig.

»Du hast wahrscheinlich recht«, sagte er statt dessen. »Aber warum diese Männer ermordet wurden, noch dazu ohne ihre Jacketts, werden wir wohl nie erfahren.«

»Sag das nicht«, sagte Martinsson und stand auf. »Wer weiß schon, was die Zukunft bringt? Immerhin sind wir dem Ende der Geschichte wieder einen Schritt nähergekommen, oder nicht?«

Wallander nickte. Aber er sagte nichts.

Martinsson blieb in der Tür stehen und drehte sich um.

»Weißt du, was ich glaube«, sagte er. »Ich glaube, daß Holmgren und Jakobsson geschmuggelt haben, und daß sie rein zufällig dieses Rettungsboot gesichtet haben. Aber sie hatten natürlich gute Gründe, nicht allzuviel mit der Polizei zu tun haben zu wollen.«

»Das erklärt aber noch nicht die Körperverletzung«, wandte Wallander ein.

»Vielleicht hatten sie sich darauf geeinigt, sich nicht mit uns in Verbindung zu setzen? Vielleicht hat Holmgren geglaubt, daß Jakobsson geplaudert hat?«

»Da magst du recht haben. Aber wir werden es nie erfahren.«

Martinsson verließ den Raum. Wallander öffnete wieder das Fenster. Dann fuhr er fort, seinen Totozettel auszufüllen.

Später am gleichen Tag nahm er seinen Wagen und fuhr zu einem neueröffneten Café, das unten am Hafen lag.

Er bestellte einen Kaffee und begann, einen Brief an Baiba Liepa zu schreiben.

Aber als er eine halbe Stunde später durchlas, was er geschrieben hatte, zerriß er den Brief sofort wieder.

Er verließ das Café und ging auf den Pier hinaus.

Die Papierschnipsel streute er wie Brotkrumen ins Wasser.

Noch wußte er nicht, was er ihr schreiben sollte.

Aber er hatte große Sehnsucht.

NACHWORT

Die dramatischen Ereignisse im Baltikum in den letzten Jahren bilden die unverzichtbare Voraussetzung für das Entstehen dieses Romans. Ein Buch zu schreiben, dessen Handlung und Schauplätze in einer für den Autor fremden Umgebung zu suchen sind, ist an sich schon eine schwierige Angelegenheit. Noch problematischer wird es allerdings, wenn man versucht, sich in einer politischen und sozialen Landschaft zu bewegen, in der *nichts entschieden ist.* Abgesehen von sehr konkreten Problemen wie etwa der Frage, ob eine bestimmte Statue sich zu einem gewissen Datum noch auf ihrem Sockel befand oder bereits gestürzt und entfernt worden war oder ob eine Straße an einem bestimmten Tag im Februar 1991 schon oder wieder umbenannt worden war, sind andere, tiefer liegende Probleme zu bewältigen. Vor allem gilt es, zum jetzigen Zeitpunkt ein vorläufiges Fazit in Bezug auf die Entwicklung in den baltischen Ländern zu ziehen. Gedanken und Gefühle zu rekonstruieren ist sicherlich eine der Hauptaufgaben eines Autors. Aber jede Hilfe ist willkommen, und bei diesem Buch bin ich vielen Menschen großen Dank schuldig. Zwei von ihnen möchte ich nennen, einen namentlich und einen anderen anonym. Ich meine zum einen Guntis Bergklavs, der sich unermüdlich Zeit nahm zu erklären, sich zu erinnern und Vorschläge zu machen. Er hat mir viel über die Geheimnisse Rigas beigebracht. Außerdem möchte ich jenem Ermittlungsbeamten bei der »Mordkommission« von Riga danken, der mich geduldig in seine Arbeitsweise und die seiner Kollegen eingeführt hat.

Wir sollten uns immer daran erinnern, wie die Dinge

damals lagen, vor nur einem Jahr, als alles noch ganz anders aussah, um so vieles unklarer als heute. Denn das Schicksal des Balitkum ist keineswegs entschieden. Immer noch stehen große Verbände russischer Truppen auf lettischem Territorium. Wie die Zukunft gestaltet wird, entscheidet sich dabei in einem unerbittlichen Kampf zwischen Altem und Neuem, zwischen dem Altbekannten und dem Unbekannten.

Einige Monate nachdem dieses Buch im Frühjahr 1991 abgeschlossen wurde, kam es in der Sowjetunion zu jenem Putsch, der entscheidend dazu beitrug, die Unabhängigkeitserklärungen im Baltikum zu beschleunigen. Sicherlich war die Möglichkeit eines Putsches eine der Ausgangspunkte für diesen Roman. Aber ich konnte so wenig wie alle anderen voraussagen, ob es auch wirklich zu einem Putsch kommen würde, geschweige denn, wie dieser enden würde.

Dies ist ein Roman, und folglich ist vielleicht nicht alles genauso geschehen oder hat so ausgesehen, wie es in diesem Buch beschrieben wurde. Aber es hätte so geschehen können, und zu den legitimen Freiheiten des Autors zählt es, ein Kaufhaus mit einem Tresen auszurüsten, an dem Taschen zur Aufbewahrung abgegeben werden können, oder eine Möbelabteilung aus dem Nichts zu erschaffen, wenn es denn notwendig ist. Manchmal ist es notwendig.

Henning Mankell, April 1992